STARGAZER

DAS LETZTE ARTEFAKT

Ivan Ertlov

STARGAZER

DAS LETZTE ARTEFAKT

AFTER TERRA 1

BE
Belle Époque Verlag

Ivan Ertlov
c/o Homegrown Games Australia
2783 Lawson, New South Wales, Australia

https://www.facebook.com/ivanschreibt

Lektorat: Sven Bergmeier
Korrektorat: Kay L Storm
Innenlayout und Schriftsatz: Hans-Jürgen Maurer
Cover: MNS Art Studio
Herstellung: Custom Printing, Wał Miedzeszyński 217/1,
04-987 Warszawa, Polen

ISBN 978-3-96357-250-0

VORWORT

Was? Ein Vorwort? Warum fängt der Ivan damit wieder an? Schließlich wissen wir spätestens seit »Kolonie – Im Schatten der Matriarchin«, dass kein Schwein das Vorwort liest!

Ja, das stimmt. Diesmal mache ich aber nach längerer Zeit wieder eine Ausnahme von dieser Regel – aus ganz profanem Grund:

Ich will mich entschuldigen.

Dafür, dass in dieser Space-Opera die uns bekannten Begriffe und Maßeinheiten verwendet werden. Distanzen werden in Metern, Lichtjahren und Parsecs gemessen, Zeiteinheiten in Minuten, Stunden, Tagen und Jahren.

Warum?

In den zwei Jahren, die ich nun schon an Stargazer / After Terra herumbastle, habe ich einen ganzen Kosmos mit unzähligen Zivilisationen, zwei fetten Machtblöcken mit Dutzenden sehr unterschiedlicher raumfahrender Völker entworfen. Die Menschheit spielt (selbstverschuldet!) nur mehr eine klitzekleine Nebenrolle.

Um dies zu reflektieren, habe ich eine Zeitnehmung basierend auf der Rotationsgeschwindigkeit eines Pulsars erfunden und aus dieser sowie der halbwegs konstanten Lichtgeschwindigkeit im interstellaren Raum eine Distanzbenennung erschaffen.

Inklusive kreativer Namen wie »Toka-darar« für das, was wohl einer Lichtminute nahekommt, »Basthadoka« für die Maßeinheit, die am ehesten unserer Stunde (aber eigentlich 72 375 unserer Minuten) entspricht und so weiter.

Fancy, nicht wahr?

Ja, und eine Schweinearbeit.

Leider hat sich bei den ersten Testläufen (keine Tierversuche, alles wurde am menschlichen Nerd erprobt) gezeigt, dass die Lesbarkeit darunter leidet.

Nein, das ist noch ein Euphemismus.

Das menschliche Hirn bricht die Handlung ab, legt sie auf Trockeneis, um schnell die kreativ gemeißelten Fachausdrücke in bekannte Größen umzurechnen.

Der Lesefluss ist dahin, der Leser aus der Immersion gerissen, das Schreibschwein hat versagt. Was bei den Romanen des Klingensängers bestens funktioniert (immerhin können wir uns unter Handbreit, Fingerbreit, Schritt und Meile etwas vorstellen), klappt in der fernen Zukunft einfach nicht.

Die Alternative, einfach die Begriffe mit unseren Maßeinheiten gleichzusetzen (z. B. ein *Frirash-darar* einfach einen Meter lang sein zu lassen), war mir dann doch zu billig. Also habe ich meine Tabellen geschrottet, menschliche Maßstäbe zurück hineingeschrieben und wünsche damit viel Spaß.

– Ivan Ertlov, Jänner (haha, *Jänner!* Tu felix Austria!) 2021

§ 1 Bürgerrechte

Auch wenn aus den in der Präambel beschriebenen Gründen die beschränkt vernunftbegabte, raumfahrende Spezies, welche in ihrer Selbstdefinition als *Menschheit* tituliert, weiterhin als

a) feindliche Streitmacht,
b) Bedrohung des Friedens und der inneren Sicherheit des Protektorats und
c) invasive, destruktive, parasitäre Erscheinung (Definition in § 97, sekundäre Subsektion 4)

betrachtet wird, so erteilt das Protektorat mit sofortiger Wirkung und bis auf Widerruf jedem ***einzelnen*** Vertreter der Spezies »*Mensch*« universale Bürgerrechte unter den in §§ 3 bis 96 genannten Einschränkungen und mit den in §§ 98 bis § 143 erläuterten gesonderten Pflichten.

– Lex Humanitas, erste Fassung aus dem Jahre 27 AT

1

VON PROSPEKTOREN UND DIPLOMATEN

L autlos schwebte die Drohne über die Zinnen der Splitterstadt, glitt seit Minuten zwischen den kilometerhohen Funktürmen der primären strategischen Raumkoordination umher, wich elegant dem gigantischen Faserseil des Orballiftes aus, der Dutzende Docks und Werften in luftleerer Höhe mit der Metropole am Boden verband.

Saranta-Kai, du Herrliche!

Perle des Hurushka-Systems, einende Mediatorin der vierzehn Völker auf mehr als achtzig Planeten und Hunderten Monden, Bewahrerin des Friedens. Hauptstadt des Protektorats, das vielen Milliarden vernunftbegabter (und einigen Millionen tiefreligiöser) Wesen Schutz vor dem Grauen des unerforschten Alls, der Plachtharr-Allianz und den Gefahren unbesteuerten Einkommens bot.

Unterteilt in Habitatzonen, auch Splitter oder Viertel genannt, die jeder im Rat vertretenen Spezies ein Gefühl der Heimat vermittelten. Eine ausgedehnte Steppenlandschaft für die Creesh, brodelnde, feuchte Sümpfe, in denen sich die Durash suhlten, schnee- und eisbedeckte Miniaturgebirge, in denen die Borsht einfach nur Borsht sein konnten und lediglich mit ihrem Fell am Körper dem Tagwerk nachgingen.

Ein semiselbstbewusster Regenwald, in dem die Tarjah mit ihren gewaltigen Ohren von Baum zu Baum segelten, grenzte direkt an die Methanseen der Olbadjar, die bedauerlicherweise ohne Exopanzer nicht am gesellschaftlichen Leben außerhalb teilnehmen konnten.

In der Mitte, erbaut mit der besten Technologie und planerischen Genialität, erhob sich majestätisch die Zitadelle der Herrschaft. Tausende Türme und Hallen reflektierten an der silbrig schimmernden Oberfläche ihrer Fassaden und Fenster das Licht beider Sonnen, die in den Vormittagsstunden kurzzeitig gemeinsam am Himmel standen.

Dies war das Epizentrum der Macht!

Ein Regierungs- und Verwaltungsviertel, sorgfältig als einender Kompromiss konstruiert, als *architektona franca*, eine Universalarchitektur, die allen Völkern den gleichen Respekt, die gleiche Hochachtung zollte.

Nun ja, beinahe allen.

»Menschen werden aus hygienischen Gründen darum gebeten, sich während des Fluges weder der Masturbation noch der Kopulation hinzugeben.«

Obwohl er diesen Satz schon Hunderte Male gelesen hatte, rief er in Frank immer noch ein gewisses Befremden hervor.

Und Scham.

Denn er wusste, dass keine der in den Fahrgastraum projizierten Richtlinien und Vorschriften sinnlos oder gar an den Haaren (Fühlern, Tentakeln, Mandibeln …) herbeigezogen war.

Das Gebot, nur mit ausreichend Kontodeckung den Drohnendienst in Anspruch zu nehmen, verstand sich von selbst. Es gab nun mal nichts geschenkt, nicht einmal in der offiziell unendlich gastfreundlichen Splitterstadt.

Die Empfehlung, auf Speis und Trank während des Fluges zu verzichten, hatte ebenfalls einen guten Grund, welcher jedem einleuchtete, der jemals eine der erstaunlich häufigen Beinahe-Kollisionen erlebt hatte. Nichts versaute einem den Tag gründlicher als eine versehentlich nicht im Mund, sondern am Kragen der Uniform zerquetschte Shrava-Larve oder ein Pot heiße Algenbrühe im Schritt.

All das hatte Sinn, betraf jeden Fluggast gleichermaßen.

Als jedoch die Aufforderung zur Unterlassung geschlechtlicher Handlungen über ihren Köpfen schwebte, warf ein halbes Dutzend anderer Drohnenbenutzer aus rund dreißig Augen (bei einem Durash wusste man die Zahl nie so genau) empörte Blicke in Richtung des einzigen Menschen an Bord.

Frank Gazer, dessen Ohren rot anliefen, der vergeblich versuchte, sich nichts anmerken zu lassen. Genauso gut konnte man probieren, einen thrioloranischen Schneetitanen in einer Handtasche zu schmuggeln oder eine Erektion im Tempel der Freischwinger zu kaschieren.

Frank Gazer, der sich sehr wohl dessen bewusst war, dass es einen

9

Präzedenzfall, nein, eher einen ganzen Haufen Präzedenzfälle geben musste, die diese beschämende Zusatzvorschrift im öffentlichen Nahverkehr von Saranta-Kai notwendig machten.

Frank Gazer, der zukünftige Prospektor.

* * *

»Werter Botschafter, lassen Sie mich zur Sache kommen. Nach den uns vorliegenden Informationen befindet sich die Flotte der Plachtharr-Allianz trotz unserer Proteste immer noch im Anflug auf die Nullzone. Hätten Sie die Güte, uns diese Verletzung des Aringosh-Abkommens zu erklären?«

Aarashkvachora war selbst am meisten darüber erstaunt, mit welcher Höflichkeit sie die Frage gestellt hatte. Nur – so erstaunlich war dies ganz und gar nicht.

Vierzig Jahre im diplomatischen Dienst, davon die letzten zehn Umläufe als erste Sprecherin des Rates, oberste Verhandlerin des gesamten Protektorats, hatten sie an diesen Punkt gebracht. Ihr die Fähigkeit gegeben, mit widerlichen Pfuhlranzen und stoischen Taskars wie dem Abgesandten tatsächlich zu *verhandeln*, anstatt dem Gegenüber einfach den Kopf abzubeißen.

Oh, wie gern sie genau das getan hätte!

Ihre Mandibeln klickerten unbewusst, ihr Schlund sonderte bereits Verdauungsenzyme ab, die sie wohl nach der Audienz mit einem Substratbrocken neutralisieren musste. Schließlich galt es als unschicklich, als grobe Verletzung der diplomatischen Immunität des Botschafters, diesen aufzufressen. Wahrscheinlich war das sogar irgendwo in einer Subsektion der Vorschriften ausdrücklich festgehalten.

Also hielt sie sich und ihre Gelüste im Zaum, lehnte sich scheinbar vollkommen entspannt in ihre Besprechungsmulde zurück und verschränkte die oberen Beinpaare, sichtlich eine Antwort erwartend.

Und sie kam, nicht aus einem Mund, sondern von der gesamten Körperoberfläche des Botschafters, von den Hunderten Plachtharr, die darauf eine zumindest für Blicke undurchdringliche Schicht bildeten, Kleidung und Panzer zugleich waren.

»System, das wir Juratar nennen, im Protektorat als Jashkvachanor bekannt, liegt in Nullzone. Allianz der Plachtharr vermutet in dem System Artefakte einer vergangenen Spezies. Technologische Geheimnisse. Fortschritt für uns und unsere Völker. Große Macht. Wir wollen sie.«

Endlich eine ehrliche Aussage, wie man sie von einem Plachtharr erwartete. Die Sprecherin richtete sich aus der Mulde auf und stemmte ihr oberstes Beinpaar auf den Tisch, der sie von dem Botschafter trennte. Die Segmente ihres Leibes auseinandergezogen, wuchs die Creesh damit auf eine Länge von mehr als drei Metern an – größer als ein Borsht und ganz sicher größer als der unidentifizierbare Zweibeiner, der unter der lebenden Hülle des Abgesandten steckte.

»Wir *wollen* all das ebenfalls, Botschafter. Abgesehen vom strategischen Wert der Nullzone sind es ebenfalls die *möglichen* Artefakte auf Jashkvachanor-2, die wir begehren. Ihre Regierungen haben in den letzten zweihundert Jahren drei Kriege gegen unsere geführt, und jedes Mal endete das Massentöten mit einem Unentschieden. Deswegen gibt es das Aringosh-Abkommen.«

Ein kurzes Zucken ging durch die flachen, gepanzerten Egel auf dem Körper vor ihr, eine Kommunikation, eine Beratschlagung zwischen dem eigentlichen Botschafter und der ihn umgebenden Schwarmintelligenz.

»Ja. Abkommen macht Nullzone zum Sperrgebiet. Wir dürfen nicht hinein. Das Protektorat auch nicht. Aber jetzt wollen wir das Juratar-System für uns. Wir wollten es immer schon.«

Die Sprecherin zog sich zurück, entspannte sich ein wenig. Gemächlich ließ sie ihre Bachsegmente kurz grün schimmern, wechselte ihre Körpersprache von vorwurfsvoll zu lauernd.

»Warum hat ihr Vorgänger dann das Abkommen unterzeichnet?«

Der Botschafter entgegnete mit einer Geste, die bei einem Borsht, einer Tarjah oder sogar einem Menschen als Schulterzucken durchgegangen wäre.

»Weil es vernünftig war. Protektorat hatte starke Flotte. Viele Schiffe auf dem Weg in Nullzone. Wir hätten verloren. Heute ist eure Flotte dort schwach. Unsere groß und mächtig. Wir können nicht verlieren.«

Er hatte recht. So verurteilenswert das Vorgehen der Allianz auch war, an der Logik selbst gab es nichts zu rütteln. Im Umkreis von mehreren Lichttagen um das Jashkvachanor-System existierte kein einziges Wurmloch, keine Abkürzung durch die Raumzeit – eine Gegend tückischer Stille im Ozean des Alls.

Die Nullzone eben.

Jene kleine Observationsflotte des Protektorats, die von einem der Einsprungpunkte weit außerhalb des Systems operierte, regelmäßig dort die gravitonische Leere umrundete, tat dies in einem Turnus von drei Jahren. Ein Zerstörer der Borsht, zwei Hilfskreuzer, ein paar Dutzend Jäger und Bomber. Keines der Schiffe war auch nur ansatzweise modern oder in Topform, dafür war der Dienst an der Nullzone in den letzten Jahrzehnten viel zu ereignislos verlaufen. Die Kosten für einen Kampfverband waren nicht zu rechtfertigen gewesen. Der Oberste Stratege hatte es ihr vor dieser Audienz unmissverständlich und schonungslos klargemacht – die Observationsflotte war eine Handvoll verdienter Borsht kurz vor dem Ruhestand, in Schiffen, die ebenfalls schon dem Abwracken entgegenblickten.

Altes Material, alte Krieger.

Erfahrene Borsht-Veteranen. Die Ältesten unter ihnen haben die Nullzone schon zweimal erfolgreich gegen die Plachtharr verteidigt. Unterschätze sie nicht.

Ihre innere Stimme übte sich vielleicht in Zweckoptimismus, aber sie konnte die Fakten nicht ändern. Ebenso wenig wie die Schwarmverbündeten jemals Jashkvachanor-2 besetzen konnten, war dies dem Protektorat gelungen. Nicht vor zweihundert Jahren, nicht vor fünfzig und schon gar nicht vor dreißig. Die erfolgreichen Schlachten waren immer um benachbarte Systeme geschlagen worden, die Nullzone selbst stellte weiterhin großteils unbekanntes Territorium dar, von den wenigen Aufklärungsmissionen zwischen den Kriegen abgesehen. Und gegen eine dreißigfache Übermacht an modernen Kampfraumern konnten auch die *erfahrensten* Borsht-Kapitäne nichts ausrichten. Schlimmer noch: Sie hatten keinerlei Möglichkeit, sie rechtzeitig zu warnen.

Aber vielleicht half ein guter alter Bluff. Nein, noch besser, eine handfeste Drohung, verbunden mit psychologischer Kriegsführung.

Scheinbar in Gedanken versunken ließ sie das oberste Rechtsbein zu der Schüssel an ihrer Linken gleiten, schob den Deckel zur Seite und fischte eine der zappelnden Shrava-Larven aus dem eisgekühlten Brackwasser.

Ein Zittern ging durch die Plachtharr auf dem Körper des Abgesandten, als sie sich den Snack zwischen die Mandibeln steckte, sanft immer stärkeren Druck ausübte, bis die Larve mit einem panischen Quieken zerplatzte und der süße, köstliche Schleim in ihren Verdauungstrakt floss.

»Botschafter, ich erinnere Sie daran, dass Ihre Allianz nicht einmal zwei Drittel der Produktionskapazitäten des Protektorats aufweist. Wir haben unsere Großraumer vielleicht nicht an der Nullzone positioniert – aber wir werden innerhalb von wenigen Monaten einen Verband aufstellen, der Ihre Flotte vernichtend schlagen kann. Und wird. Was machen Sie dann?«

Wieder ein Zucken der Symbionten – und ja, solche waren sie zweifellos, keine Parasiten. Dafür waren die Plachtharr viel zu wählerisch, wenn es um die Spezies ging, der sie ihre Kinder anboten. Sie beeinflussten auch nicht wirklich den Geist des Abgesandten, sondern versorgten ihn mit zusätzlichen Informationen, sein Gehirn mit mehr Rechenkapazität, sonderten Drogen in seinen Blutkreislauf ab, der ihn wie alle Gesegneten schneller, schlauer und ausdauernder machte.

Und offenbar auch pragmatischer.

»Dann unterschreiben wir neues Abkommen.«

Wie weggetreten starrte die Sprecherin dem Botschafter nach, hatte ihre schillernden Facettenaugen noch lange auf den Eingangsbereich ihres Audienzraumes gerichtet, der in fast einem Kilometer Höhe über der Splitterstadt thronte. Dritter Ring. Äußerer Sektor, mit herrlichem Ausblick über die Stadt – einer jener Bereiche, in denen Geschichte geschrieben wurde.

Welche mochte dies wohl heute gewesen sein? Der Auftakt zu einem weiteren Plachtharr-Feldzug, einem neuen sinnlosen Kräftemessen, das so viele Ressourcen verbrauchen würde?

»Genauso gut könnte man mit einer Wand verhandeln. Vielleicht hätte ich ihn doch einfach entzweireißen sollen.«

Matoshs Stimme riss sie aus den Gedanken, und sie konnte nur zu gut nachvollziehen, was ihrem Assistenten durch den Kopf ging. Zweifellos, es hatte seine Vorzüge, einen zweieinhalb Meter hohen und knapp dreihundert Kilo schweren Borsht-Veteranen als Empfangsdame, rechte Hand und Leibwächter in Personalunion zu beschäftigen. Vor allem, wenn dieser selbst nach Jahren im zivilen Dienst immer noch seine Sturmflinte auf dem Rücken trug. Ein Argumentationsverstärker, der so manche Situation zu ihren Gunsten entschieden hatte – aber die Plachtharr-Allianz nicht im Geringsten beeindruckte.

»Leider genießt er immer noch diplomatische Immunität. Das war noch keine offizielle Kriegserklärung, und selbst wenn wir eine solche hätten – Botschafter werden nicht zerrissen. Oder gefressen. Leider.«

Matosh nickte bekümmert.

»Ich verstehe, Sprecherin. Soll ich den Rat einberufen? Am besten gleich für morgen?«

Aarashkvachora stutzte. Warum erst für morgen? Ein Verdacht beschlich sie.

»Lass mich raten – ich habe heute einige wichtige Termine, die mir entfallen sind?«

Der Borsht lächelte verständnisvoll.

»Dafür hast du ja mich, nicht wahr? Eine Besprechung mit dem Minenkonsortium am Nachmittag, ein Abendessen mit der Kronprinzessin von Durash am Abend, und soeben hat sich der Aufzug vom Sockel aus in Bewegung gesetzt, mit niemand Geringerem als Betshrachthora, der Metallschmeckerin an Bord. Die du für heute vorgeladen hast.«

War da doch ein Hauch von Vorwurf in seiner Stimme? Nein, das bildete sie sich nur ein, ein Produkt ihres eigenen schlechten Gewissens aufgrund eines ganz *speziellen* Termins, den sie eigentlich nicht vergessen durfte.

»Schick sie zu mir rein, sobald sie hier oben ist, und ja, bitte, lade den Rat für morgen früh vor.«

Der Borsht nickte dienstfeifrig, ohne unterwürfig zu wirken, und verließ die inzwischen sehr nachdenkliche Sprecherin. Mit hängenden Fühlern kroch sie an die verglaste Außenwand, richtete sich auf und ließ den Blick über die Splitterstadt gleiten. Warum nur war sie in die

Politik gegangen? Zugegeben, das Protektorat hatte sich in den letzten Jahrhunderten regelrecht daran gewöhnt, dass eine Creesh den Posten der Sprecherin besetzte – aber musste ausgerechnet sie das sein? Viel lieber hätte sie jetzt am Steuer eines Forschungsschiffes gesessen – oder in einer der Audienzkuppeln des Verwaltungsgebäudes tief unter ihr. Dort wurden Entscheidungen getroffen, die nicht das Schicksal von Welten beeinflussten – sondern das Leben einzelner Bürger in hoffentlich bessere Bahnen lenkte. Das war wahre Magie!

* * *

Frank schwitzte Blut und Wasser, rutschte auf dem zu groß geratenen Metallstuhl, den man ihm zugewiesen hatte, nervös hin und her.

Sechzehn Jahre lang hatte er diesem Augenblick entgegengefiebert, dieser einen, alles bedeutenden Chance, die sich einem Menschen wie ihm nur einmal im Leben bot.

Wenn überhaupt.

Das Verwaltungsgebäude war ebenso wie seine künstliche Atmosphäre und die Allgemeinsprache Talash nach dem Prinzip des einenden Kompromisses errichtet worden. Zu hell für seine Augen, zu warm für seine Haut, viel zu heiß für Borsht, zu düsterkalt für Creesh. Eine bescheuerte Philosophie, von der Prämisse getragen, dass ein wahrer Kompromiss niemanden glücklich machte.

Nun, dies war den Architekten, Raumplanern und Klimatechnikern vortrefflich gelungen. Seine alte Arbeitskluft des Minenkonsortiums wies inzwischen gewaltige Schweißflecken an Brust und unter den Achseln auf, ein kleines Rinnsal floss seinen Rücken hinab. Der nun selbst für ihn unüberriechbare Körperduft ließ die Tarjah schräg gegenüber zuerst ihr Näschen rümpfen, dann die Ohren aufklappen und empört in Richtung eines weiter entfernten Baumes segeln. Er konnte es ihr nicht verdenken.

Genauso wenig wie er es den Borsht-Eltern übelnahm, dass sie ihren quicklebendigen Nachwuchs, ein energisches Fellbündel, an der Hand packten und von ihm fortzerrten, ehe dieser neugierige Fragen stellen konnte.

Ein künstlicher Wasserfall an der linken Wand versprach ein wenig Abkühlung, würde ihn aber in die Nähe des Sonderbereiches für Durash bringen, die in einem extra für sie angelegten Pool darauf warteten, dass ihre Nummer aufgerufen wurde. Eine Pentaquappe sprang aus dem kühlen Nass, drehte sich einmal um die eigene Achse – und landete im weit aufgeklappten Kiefer einer Burushbelle, die mit schimmernden Flügeln aus dem Schwarm über dem Becken in den Sturzflug gegangen war.

Es war eine beinahe perfekte Abbildung der Entspannungstümpel auf Durash selbst, ein gelungener Versuch, die amorphen Archivare des Protektorats bei Laune zu halten. Und was bekamen die Menschen?

Einen zu groß geratenen Metallstuhl.

Absichtlich zu groß geraten, damit man ihn auch einem Borsht anbieten konnte.

Frank seufzte und warf einen kurzen Blick auf den kleinen Datenkristall in seiner Linken. Die von diesem projizierte Nummer war immer noch die 78, hatte sich nicht heimlich nach oben bewegt, weil ein anderer, *nichtmenschlicher* Bürger ihm vorgezogen wurde.

Ja, auch das kam vor, aber vor allem in Magistraten auf abgelegenen Monden und Planeten am Rand des Protektorats. Hier in der Splitterstadt hingegen war man modern, weltoffen, dem Speziesismus zumindest offiziell entschieden entgegenstehend.

Seine Augen hatten sich inzwischen an das grelle Licht gewöhnt, blickten sogar beeindruckt nach oben, wo die mehr als hundert Meter durchmessende Kuppel über ihnen thronte. Ein ganzes Geschwader Luft-Raum-Jäger der planetaren Grenzpolizei zog über ihn hinweg, zeigte Präsenz, die vor allem die Diplomaten und Großhändler beruhigen sollte. Ihr wisst schon, jene Würdenträger, die sich ohne Kreuzereskorte nicht von ihrer Heimatwelt zum Sitz des Rates wagten und nur mit einem Trupp schwerbewaffneter Borsht-Leibwächter die Menschengettos betraten.

Wenn überhaupt.

Gerade die Reichen waren oft die Feigsten, was man von den Mächtigen nicht immer behaupten konnte.

Und von diesen gab es hier reichlich.

Durch die semitransparente Membran konnte er den dritten Ring des eigentlichen Regierungsgebäudes ausmachen, das Zentrum der Macht, und er beneidete kurz die Sprecherin und die Ratsmitglieder, die von dort aus die Geschicke des gesamten Protektorats leiteten.

Sie bekamen sicher jeden Wunsch von den Augen abgelesen, mussten sich niemals mit Widerworten und Protesten auseinandersetzen und vor allem nicht unangenehme Termine wahrnehmen.

Unangenehm?

Nein, Blödsinn, das war der beste Tag seines bisherigen Lebens, der Augenblick, auf den er so lange gewartet hatte!

Lediglich die Ungewissheit seines Erfolges ließ ihn zittern und noch stärker schwitzen, in schwachen Momenten sogar beten. Er diskriminierte nicht, wandte seine Wünsche und sein Sehnen an die Steppengeister der Creesh, den Wasseravatar der Durash, die ewigen Büffel der Borsht ebenso wie an die alten, beinahe vergessenen Götter und Heiligen seiner eigenen Spezies.

Er betete zu Jesus und Buddha, Allah und der Regenbogenschlange, Jahwe und Obama, richtete seine Hoffnungen auf jede imaginäre oder semireale Wesenheit, die vielleicht doch noch existierte.

Sicher war sicher, und es gab ihm ein seltsames Gefühl der Zuversicht, als die Zentralprojektion endlich die 78 anwarf, in meterhohen Glyphen im Raum rotieren ließ.

* * *

»Ich begrüße dich, Großlegerin! Möge die Sonne auf deinen Panzer scheinen und der endlose Sand dich deines Weges tragen!«

Die Sprecherin, immer noch die Aussicht über die Metropole genießend, freute sich. Dies war die traditionelle Begrüßung, eine Ehrung der Vorfahren und der Heimat Creesh selbst. Würdevoll drehte sie sich um – und erstarrte.

Ein Anflug der Verärgerung ließ ihre Mandibeln zittern, als sie sah, *wie* Betshrachthora hereinspaziert kam.

Nämlich wirklich *hereinspaziert.*

Sie nutzte lediglich die untersten Beinpaare und schiere Muskelkraft, die ihren Körper hoch – und in Balance hielt. Eine unnötige, kraftraubende Imitation des watschelnden Ganges jener Zweibeiner, mit denen sich die Metallschmeckerin umgab. Ein grotesker Anblick, weit entfernt von dem eleganten, sechsbeinigen Huschen und Wuseln, das die Creesh perfektioniert hatten – und das bei der Jugend von heute als schrecklich altmodisch galt.

Sie schluckte ihren Ärger zusammen mit einer weiteren Larve aus der Eisschüssel herunter, während sie ihren Besuch an den Tisch heranwinkte und eine Projektion auf dem dort eingelassenen Kristallfeld aktivierte.

Natürlich hatte sie den Eintrag schon ein halbes Dutzend Mal gelesen, aber dies änderte nichts daran, dass sie es noch einmal besonders gründlich und langsam vor den Augen ihrer Besucherin tat. Psychologische Kriegsführung – vielleicht half es nicht bei einem Plachtharr, aber ganz gewiss bei Betshrachthora. Diese begann, mit einer gewissen Ungeduld und wachsender Nervosität hin- und herzuwippen, ehe sie doch ein zweites Beinpaar auf den Boden stellte, eine *creeshwürdigere* Haltung einnahm. Wenn auch eine defensive.

»Was verschafft mir die Ehre dieser Audienz? Oder sollte ich lieber *Vorladung* sagen?«

Der Blick der Sprecherin war ruhig, gefasst, und sie zeigte mit einem Doppelklickern der Mandibeln nur sehr dezenten Unmut.

»Du weißt, dass ich dich immer unterstützt habe, soweit es meine Position und unsere Gepflogenheiten zuließen. Mit deiner Einstufung hättest du jeden technischen Beruf im Protektorat bekommen, die nächste Generation unserer Tiefraumschiffe entwerfen und bauen können. Sogar die Grundlagen- und Prototypenforschung hätte dir offengestanden. Aber nein, du wolltest ja unbedingt Schiffsmechanikerin werden, und ich habe dir meinen Segen gegeben. Die richtigen Nachrichten im Hintergrund versandt, das Minenkonsortium überzeugt, dich in einer leitenden Position auf einem ihrer besten Schiffe aufzunehmen.«

Die Metallschmeckerin nickte unterwürfig.

Nickte wie ein Borsht oder gar Mensch. Widerwärtig.

»Ich weiß, meine Legerin, und ich bin dir dafür dankbar.«

»Dann wundert es mich umso mehr, diese Notiz des Konsortiums lesen zu müssen. Du bist von deinem Posten zurückgetreten, hast das Offizierspatent der Handelsflotte auf Eis gelegt wie ein Pack Shrava-Larven. Und wofür? Um auf dem abgehalfterten Schiff irgendeines dahergelaufenen, stinkenden Menschen herumzufliegen?«

Die Metallschmeckerin richtete sich wieder auf, schob ihre Segmente auseinander, wuchs auf über zwei Meter Länge. Ihre Mandibeln zitterten empört, als sie die Kopfsegmente schüttelte.

Wieder so eine typische Zweibeiner-Geste.

»Frank ist nicht irgendein Mensch! DEINE Legerin, meine Legerslegerin, hat seinen Vater gefressen!«

Die Sprecherin beugte sich nach vorne, klickerte höhnisch.

»Und damit gehört er jetzt zur Familie, oder was?«

Ihr Sarkasmus verfehlte seinen Zweck. Betshrachthora gab nicht etwa klein bei, obwohl sie zumindest wieder ein wenig schrumpfte, unbewusst eine Schutzhaltung einnahm. Aber ihre Facettenaugen richteten sich auf die Sprecherin, und ihr Blick wurde lauernd.

»War deine Legerin nicht eigentlich eine *Progressive*? Wenn sie also Franks Vater gefressen hat, bedeutet dies, dass die beiden …«

Aarashkvachora unterbrach sie, verhinderte, dass die beschämenden Worte den Mund ihres Nachwuchses verließen und diesen Audienzraum mit ihrem leider allzu wahren Inhalt besudelten.

»Unsere *gemeinsame* Vorfahrin hatte auf ihre alten Tage einen exzentrischen Geschmack, was ihre *Sozialkontakte* betraf. Ich hoffe, dass du ihr diesbezüglich nicht nacheiferst.«

Betshrachthora die Metallschmeckerin zuckte zurück, und ein angewidertes Zittern ging durch ihre Rumpfsegmente.

Gut, zumindest diese Befürchtung war offenbar grundlos gewesen.

»Was? Nein, natürlich nicht! Aber Frank ist kein hirnloser Primat, kein ressourcengieriger Plünderer! Er hat es nicht auf die reichsten Adern und wertvollsten Erze abgesehen – sondern auf Artefakte. Er hat Träume, Visionen, Ambitionen!«

Die Sprecherin senkte betrübt die Fühler.

»Das letzte Mal, als Menschen Visionen und Ambitionen nacheiferten, hätten sie um ein Haar unseren ganzen Spiralarm vernichtet – und sich gleich dazu.«

»Dann ist es ja gut, dass wir ihnen zumindest das abgenommen und es selbst erledigt haben, nicht wahr?«

Dieser semantische Gegenschlag erfolgte so schnell, dass die Sprecherin unwillkürlich die Mandibeln in den Mund zurückzog, sich erst fassen musste. Das grenzte gefährlich an Blasphemie.

»Du zweifelst an der Wahrhaftigkeit unserer Geschichte, an der Rechtmäßigkeit des Ratsbeschlusses von damals?«

Die Metallschmeckerin zögerte, ließ ihre Segmente kontraktieren und expandieren, ehe sie mit deutlich sanfterer Stimme antwortete.

»Nein, natürlich nicht. Die Vernichtung der Menschheit war ebenso eine Notwendigkeit wie die Lex Humanitas, mit der wir ihre Überlebenden mit offenen Beinpaaren willkommen hießen. Zumindest hast du mir dies so eingebläut, und ich glaube immer noch daran. Irgendwie zumindest. Aber Franks Pläne sind spannend, meine Freunde haben sich der Crew angeschlossen und, seien wir ehrlich, du hast 374 andere Nachkommen, auf die du stolz sein kannst.«

Die Sprecherin lehnte sich zurück, richtete ihren Blick zur Decke.

»373. Pshtravaroch ist tot.«

Betshrachthora zuckte wie von einem Schleimbolzen der Durash getroffen zusammen. Kein Wunder, denn der junge, ehrgeizige Creesh war aus demselben Gelege wie sie selbst entsprungen, hatte sich Seite an Seite mit ihr aus der Brutkammer gekämpft. Ein Vollbruder, wie die meisten anderen Spezies des Rates sagen würden.

Die Stimmung kippte.

»Wie ist es geschehen?«

»Er hat sich als Testpilot für die neuen 99 Prozent-Langstreckenaufklärer gemeldet, die künftig schnellsten Schiffe des Rates, und sogar einen neuen Geschwindigkeitsrekord aufgestellt. Also, kurz bevor er bemerkte, dass die Konstrukteure gewisse Kompromisse eingegangen waren.

Vor allem bei der Redundanz in der Antimaterieeindämmung. Viel mehr als ein starkes Lichtsignal ist von ihm und dem Schiff nicht übrig geblieben, aber man hat ihm posthum die Verwegenheitsschärpe verliehen. Hängt jetzt in meinem Quartier.«

Die Metallschmeckerin schwieg, und Worte waren auch nicht notwendig. Die latente Telepathie ihres Volkes reichte vollkommen aus, harmonisierte Legerin und Schlüpfling in der gemeinsamen Trauer.

Würdevoll erhob sich die Sprecherin, signalisierte, dass sich die Audienz dem Ende zuneigte.

»Also gut, ich wünsche dir auf deinem neuen Posten alles Gute. Sei vorsichtig, vertraue nicht den Menschen, habe immer einen Borsht an der Seite. Fliege gut – und in Sicherheit!«

Betshrachthora klickerte versöhnlich.

»Danke, Großlegerin. Aber zuerst muss Frank seine Lizenz bekommen.«

»Was mit einer ermunternden Nachricht aus meinem Büro, gerichtet an die pflichtbewussten Diener unserer Verwaltungsabteilung, kein großes Problem sein sollte. Seine Verdienste stehen ebenso wenig außer Frage wie sein potenzieller Charakterfehler, der ihn und seine ganze Crew vermutlich ins Verderben reißen wird. Also auch dich.«

»Nur weil er ein Mensch ist? Das ist Speziesismus!«

»Nein, das ist *Realismus*. Aber wie ich sagte, seine *bisherigen* Verdienste sind unbestritten. Und ich werde den Verwalter daran erinnern.«

* * *

Schlagartig wuchs der Schleimklumpen in die Höhe, erhob sich aus der meterbreiten Schale, in der er geruht hatte, und begann, seine Pseudopodien auszubilden. Drei Köpfe entstanden an der Oberseite der dunkelgrünen, gallertartigen Masse, ein halbes Dutzend Fortsätze wurde zu Händen, die nach Datenkristallen, Projektionseinheiten und Interlink-Terminals griffen.

Frank schwitzte nicht mehr, er fröstelte. Und dies lag nicht an dem für ihn inzwischen vertrauten Anblick eines Durash, der sich an die Arbeit machte. Er hatte mit ihnen gedient, in schummrigen Minenschächten und auf Schiffen, für die selbst die Bezeichnung Seelenverkäufer schmeichelhaft war. Nein, er freute sich sogar, dass der Verwalter einer der Sumpfschleimer war, die er als pedantisch, manchmal nörglerisch, aber stets *fair* kennengelernt hatte. Speziesismus war ihnen genauso fremd wie dem Minenkonsortium der Begriff »bezahlte Überstunden«.

21

Vernünftig und zuvorkommend, so rücksichtsvoll, dass der Vertreter vor ihm die Audienzkuppel auf menschliche Verhältnisse optimiert hatte – was ihm jedoch nach der langen Wartezeit in der überhitzten, gleißenden Halle wie eiskaltes Zwielicht vorkam.

Er blinzelte, als der Durash auf dem mittleren Kopf seine Lichtrezeptoren zu Augen formte, eine Membran ausstülpte und in fließendem, irgendwie feucht klingendem Talash seinen Vortrag begann.

»Frank Gazer, Mensch, Alter 29, Subkommandantin und erste Offizierin auf einer auslaufenden Heuer des vereinten Minenkonsortiums unseres Protektorats. Sie haben auf Basis des *bewiesenen Kommandos* eine unabhängige Prospektorlizenz beantragt, insgesamt dreimal in den letzten vier Monaten. Dies ist nun Ihre erste Verhandlung dieses Anliegens. Ist das so richtig, junge Dame?«

Frank räusperte sich.

»*Beinahe* richtig, mein Verwalter. Ich bin *männlich*.«

Die Augen des Durash fuhren auf spontan gebildeten Stielen nach vorne, kamen auf einen halben Meter an Frank heran, der in der Universalmulde hin- und herrutschte, in dem für andere Körperformen gebauten Platz kaum Halt fand.

»Aber ich sehe Ihre Brustwarzen, Subkommandant!«

Tatsächlich, das Hemd seiner Uniform war inzwischen so durchgeschwitzt, dass es nichts mehr der Fantasie überließ.

»Verwalter, bei uns Menschen haben auch die Männchen Brustwarzen.«

Der Durash stutzte, suchte zweifellos in den Milliarden chemisch gespeicherter Datensätze in seinem Körper nach einer Bestätigung – und fand sie schließlich.

»Ah, tatsächlich. Ein interessantes Völkchen, das muss man Ihnen lassen. Nun, ich bin Verwalter Uhjashar, und ich werde über Ihren Antrag richten.«

Interessant.

Das war schon mehr als ein Euphemismus, das war beinahe ein Kompliment. *Interessant* war normalerweise kein Wort, das man für den ehemaligen Schrecken aller anderen Völker, die absolute Nemesis im Umkreis von mehr als 500 Lichtjahren reservierte.

Mörderrasse, *Raumpsychopathen* oder schlicht *Wahnsinnige* hatte er hingegen schon öfters gehört.

Aber Uhjashar schien es tatsächlich ernst zu meinen, nickte ihm mit dem linken Pseudokopf freundlich zu, als er jene Projektion hochbrachte, in der sich sein Beweisstück A befand.

Nun, genau betrachtet sein *einziges* Beweisstück, jene vage Hoffnung, auf der Franks Antrag fußte. Ein Kommandobericht, unterzeichnet von der stellvertretenden Flottenaufseherin des mächtigen Minenkonsortiums. Die Glyphen leuchteten in sattem, tiefem Blau, und Uhjashar ließ es sich nicht nehmen, jeden Satz, jedes Wort zu verlesen.

Debriefing Prospektoradjutant Frank Gazer
== Kampfhandlungen ==
17. Koros des Jahres 8621

<u>Bestätigte Fakten:</u>

Der beschriebene Vorfall ereignete sich auf dem Rückweg von einer Erkundungs- und Erzerntemission im Brohash-Sektor, nahe der lateralen Protektoratsgrenze.

Am 8. Tapas des Jahres 8621, zur Schiffszeit 0715, kollidierte die MKS Brashatar, ein schwerer Explorationsraumer der dritten Prospektoreinheit des Konsortiums, mit einer getarnten Raummine.

Die Primärexplosion riss ein Loch von mehr als drei Metern Breite in den Schiffsrumpf, zerstörte die Primärabschirmung der Brücke und verursachte eine schlagartige Dekompression. Acht Besatzungsmitglieder, darunter Kommandantin Frijahla und Subkommandant Hrashkhar, fanden den Tod, gaben ihr Leben für unseren Profit und den Wohlstand des Protektorats in der besten Tradition des Konsortiums.

Dreizehn weitere wurden schwer verletzt, darunter die oberste Technikerin Betshrachthora, genannt die Metallschmeckerin, und Lajashar Obrosh, diensthabender Schiffsarzt.

Zwei Bomber der Arosh-Klasse lösten sich aus dem Asteroidenfeld der Werashzone, um einen koordinierten Angriff auf die führerlos treibende Brashatar einzuleiten. Einer der äußeren Frachtcontainer wurde abgetrennt, eine Gruppe von vier, später als Krathar-Piraten identifizierte Eindringlinge, enterten die Brashatar über das Heck.

Zu diesem Zeitpunkt erlangte der leicht verletzte Zweite Offizier und Prospektoradjutant Frank Gazer Kontrolle über einen Teil der Redundanzsysteme, stellte eine Notabschottung der verbleibenden Brücke her und übernahm die tertiäre Waffenstation.

Unter heftigem Gegenfeuer, das sich besonders auf die bereits beschädigte Brücke konzentrierte, gelang es Gazer, ein Feindschiff auszuschalten und das verbliebene in die Flucht zu schlagen. Danach stabilisierte er die Metallschmeckerin unter Anwendung der im Rahmen der Konsortiumsausbildung erhaltenen Sanitätskenntnisse und begab sich mit der Waffe der Kommandantin zum Frachtraum, wo er dem Sicherheitschef Sturmkommandant Troshk bei der Eliminierung des Enterkommandos behilflich war.

Nach umfangreichen Reparaturarbeiten durch die oberste Technikerin gelang es der überlebenden Besatzung unter dem Kommando von Frank Gazer und der Navigation von Astrotelepathin Kreethan mit der MKS Brashatar den Außenposten Brohash 14 zu erreichen.

<u>Beurteilung der Leistung</u>:

Der Rentabilitätsausschuss des Konsortiums kommt einstimmig zu folgender Beurteilung:

1. Sämtliche von Prospektoradjutant Frank Gazer getätigten Schritte und Handlungen erfolgten im Einklang mit den Vorschriften des Protektorats und unter Anwendung jener Fähigkeiten, die ihm in jahrelanger kostspieliger und großzügiger Ausbildung durch das Konsortium vermittelt wurden.
2. Die Benutzung der Schiffslaser sowie der schweren Sturmpis-

tole der Kommandantin bedeutet keine direkte Verletzung von § 4 der Lex Humanitas, da Prospektoradjutant Gazer sich und die Waffen für die Dauer der Kampfhandlungen der Befehlsgewalt von Sturmkommandant Troshk unterstellte und keine eigenmächtigen aggressiven Akte tätigte.

3. In einer Situation höchster Gefahr, konfrontiert mit seinem unmittelbar bevorstehenden Tod, hat Prospektoradjutant Frank Gazer in bester Tradition des Konsortiums unser Eigentum und unseren Profit über sein Leben gestellt. Auch wenn wir nichts weniger von unseren Führungsoffizieren erwarten, so halten wir dennoch unsere Zufriedenheit hiermit fest. Es ist bemerkenswert, wie konsequent Gazer die physischen, psychologischen und charakterlichen Schwächen seiner Spezies überwinden und dadurch das Schiff und seine Ladung retten konnte.

4. Der Gesamtwert der geborgenen Komponenten der MKS Brashatar, ihres noch funktionsfähigen Inventars sowie der von Gazer und Troshk gesicherten Ladung beläuft sich auf 28735,17 Mineraleinheiten oder 0,0328 Prozent des prognostizierten Profits des Konsortiums für das Geschäftsjahr 8621.

Empfehlungen:

Der Rentabilitätsausschuss des Konsortiums gibt hiermit mehrstimmig folgende Empfehlungen ab:

1. Sturmkommandant Troshk, Prospektoradjutant Frank Gazer, Astrotelepathin Dilara Kreethan und die oberste Technikerin Betshrachthora, genannt die Metallschmeckerin, erhalten einen Bonus in Höhe von 0,5 Prozent des ermittelten Gesamtwertes.

2. Dem gegengerechnet werden die Kosten für die Wiederherstellung oder den Ersatz der MKS Brashatar. Sollte sich daraus eine Verbindlichkeit der überlebenden Führungsoffiziere ergeben, wird diese von der Heuer abgezogen. Sollte auch dann noch

eine Bilanz zu deren Lasten bestehen, räumen wir unseren verdienten Mitarbeitern einen großzügigen Zahlungsplan ein.

3. Prospektoradjutant Frank Gazer ist mit sofortiger Wirkung zum Subkommandanten zu befördern und erhält das Angebot, sich nach einem ausgedehnten (unbezahlten) Genesungsurlaub ein neues Schiff zu wählen, auf dem er den Posten des Ersten Offiziers bekleiden wird.
Gezeichnet, *Tribala die Bilanziererin*

»… *auf dem er den Posten des Ersten Offiziers bekleiden wird.* Sie sind sich bewusst, was das für Sie mittelfristig bedeutet, nicht wahr?«

Frank nickte.

»Jawohl, mein Verwalter. Die Einleitung einer vollwertigen Kommandantenlaufbahn, mein eigenes Schiff in zwei, maximal drei Jahren.«

»Ganz genau. Ihnen steht eine Karriere bevor, wie sie die meisten Ihrer Gattung nicht einmal ertasten können. Sie kommen von ganz unten, haben sich seit Ihrem zwölften Lebensjahr in Minenschächten, auf verrosteten Abbaustationen und schließlich auf den Konsortiumschiffen hochgearbeitet. Aber Ihre Zukunft ist schlammbraun, mein junger Freund! Ein Jahrzehnt als Kommandant des Konsortiums, und Sie können sich einen gemütlichen, hoch bezahlten Posten hier in der Splitterstadt suchen. Jedes Kartell, das etwas auf sich hält, würde Sie mit Freudenklickern als Quotenmensch anstellen! Wollen Sie das alles riskieren?«

Das war eine gute Frage – und gleichzeitig eine unsagbar dämliche. Natürlich *wollte* er, schon seit frühester Kindheit. Es war sein Lebenstraum, für einen Menschen beinahe so unerreichbar wie die Karriere, die ihm nun das Konsortium bot.

Er wollte in der Tat, aus ganzem Herzen. Trotzig starrte er Uhjashar ins Gesicht – also in eine der Flächen, die ein Gesicht darstellen sollten.

»Ja, ich will freier Prospektor werden. Und da ich meine Tauglichkeit als Kommandant – wenn auch nur als temporärer – unter Beweis gestellt habe, darf ich den Antrag stellen.«

»Natürlich, Herr Gazer, es ist Ihr gutes Recht – und meine Pflicht, darüber zu entscheiden. Ich bearbeite jährlich Tausende solcher Anträge, genehmige Hunderte davon. Aber wissen Sie auch, wie viele unabhängige Prospektoren nach den vorgeschriebenen fünf Jahren ihre Lizenz verlängern lassen?«

Nein, das wusste er natürlich nicht. Zögernd schüttelte er den Kopf, erwartete doch ein klein wenig neugierig die Antwort.

»Nicht einmal ein Drittel, Herr Gazer. Sicher, viele zieht es zurück ins Konsortium, manche gehen in die Militärlaufbahn, einige wenige erzielen tatsächlich den Fund ihres Lebens. Sie wissen schon, die eine Erzader, das eine Mineraliendepot, vielleicht sogar ein Artefakt, das ihnen genug ME einbringt, um sich zur Ruhe zu setzen. Einzelfälle, absolute Minderheiten. Die meisten jedoch sind am Ende der fünfjährigen Laufzeit nicht mehr am Leben.«

Uhjashar ließ nun die beiden äußeren Köpfe leicht hängen, und eine erstaunliche Erkenntnis traf Frank wie ein Golodurschlag: Dem Verwalter ging es gar nicht darum, einem Menschen die begehrte Lizenz zu verweigern, um so dafür zu sorgen, dass er weiterhin dem Minenkonsortium lukrativ zur Verfügung stand.

Nein, er machte sich wirklich Sorgen um ihn, wollte den jungen, dummen Menschen einfach nur vor sich selbst und seinen kühnen Träumen beschützen. Der Verwalter meinte es gut mit ihm, und Frank hasste sich ein klein wenig dafür, ihn enttäuschen zu müssen.

§ 4 Waffenbesitz

Menschen ist das Tragen, Führen und Benutzen von Waffen generell untersagt, von folgenden Ausnahmen abgesehen:

a) Im militärischen Dienst des Protektorats, unter der direkten oder indirekten Führung eines nichtmenschlichen Kommandanten.

b) Bei den Sicherheitskräften des Protektorats, seiner Mitgliedswelten und Kartelle, unter der Führung eines nichtmenschlichen Vorgesetzten.

c) Zum Zwecke der Selbstverteidigung ist es gestattet, die in der jeweiligen Legislatur des Wohnortes in ihrer Wirkung harmloseste Waffe zu tragen, die zu diesem Zweck von den regionalen Verwaltungsorganen als ausreichend eingestuft wurde. Unabhängig von dieser Einstufung darf es sich jedoch nicht um automatische, Plasmawaffen, Bräter oder Waffen mit Detonationsprojektilen handeln.

d) In Notsituationen zur Selbst-, Protektorats- oder Schiffsverteidigung, falls von einem nichtmenschlichen Experten angeordnet.

Führt ein Mensch rechtmäßig das Kommando über einen Gleiter, ein Shuttle oder ein tiefraumfähiges Schiff mit einer Bewaffnung, die über einen einfachen Bergbaulaser der Klasse drei hinausgeht, so hat er die Verfügungsgewalt über diese Waffen an einen nichtmenschlichen Waffenoffizier abzugeben.

– Lex Humanitas, achte Fassung aus dem Jahr 1482 AT

2

KAMPFBEREIT

Der Sturmkommandant läuft los, den schweren Werfer in der linken, seine Flinte in der rechten Hand. Ein Krieger wie aus längst vergangenen Zeiten, eine offiziers- und missionsgewordene Urgewalt. Sein Fell, von zahlreichen Streifschüssen versengt, von seinem Blut dort verkrustet, wo er weniger Glück hatte, flattert im Wind, als er sich den Hügel hinabstürzt.

Ausgebrannte Ruinen säumen den Weg zu seiner Rechten, die Überreste einst vieler Stockwerke hoher Befestigungsanlagen, vom Orbitalbombardement in Schutt und Asche gelegt.

Der Boden unter ihm – geschwärzt, teils verbrannt, keine Vegetation mehr tragend, an vielen Stellen sogar zu Schlacke geschmolzen, in bizarren Formationen erstarrt.

Drei unerbittliche Wochen lang haben sie um diesen einen Planeten, diese eigentlich vollkommen unwichtige Steppenlandschaft zwischen den Sektoren der Allianz und des Protektorats gekämpft, um jeden Kontinent, jede Gebirgskette gerungen.

Übrig ist eine Ruine, eine Welt, die schon vorher karg war, nun ganz und gar verheert ist, auf Jahrhunderte keine Siedlung mehr eigenständig erhalten wird.

Ein Totenbett, übersät mit Millionen von Leichen.

Zu seiner Linken ein Abhang, eine Schlucht, der Ausläufer des Storadash-Canyons, der sich von ihrer primären Landungszone bis zum Hauptquartier des Feindes erstreckt.

Nein, sie sind nicht dumm genug gewesen, diese scheinbar leichte Route zu nehmen, die Truppen durch die Schlucht zum Ziel zu führen und sie so dem Feuer aus Tausenden perfekter Schusspositionen über ihren Köpfen auszusetzen.

Der Weg führt sie *über* die Berge, durch heftige Gegenwehr –

immer wieder auftauchende Widerstandsnester, hastig improvisierte Barrikaden, einige taktisch meisterhaft gelegte Hinterhalte.

In seinem Rücken hört der Sturmkommandant das Gebrüll seiner Truppen, den Kampfschrei der Borsht, der seit Jahrtausenden Angst und Schrecken in die Herzen seiner Feinde pflanzt.

Nur scheint dieser Gegner keine Angst zu kennen.

Acht Offiziere und knapp dreihundert Soldaten sind ihm geblieben, der klägliche Rest einer zehntausend tapfere Borsht, furchtlose Creesh und entbehrliche Menschen zählenden Truppe, die er in die Schlacht führte.

Natürlich, nicht alle sind gefallen, einige kämpfen noch in den Widerstandnestern weit hinter ihnen, in Ruinen der Vorposten, stellen sicher, dass ihnen keine Plachtharr in den Rücken fallen, wenn sie die letzte Bastion des Feindes stürmen.

Die Luft schmeckt nach verbrannter Erde, aufgewühltem Sand, Schwermetallen, die sie langsam, aber stetig vergiften, bei jedem einzelnen Schritt ihres Ansturms.

Ein Leuchten hinter dem bulligen, flachen Gebäude am Horizont, dem verfluchten, dreifach gesicherten Kommandobunker mit seinem undurchdringlich gepanzerten Dach.

Das Donnern erreicht sie einige Sekunden später, gefolgt von einem schrillen Pfeifen, das ihnen entgegenkommt, mit jedem Meter lauter und höher wird.

›ARTILLERIEBESCHUSS!‹

Er dreht sich nicht um, nicht einmal zur Seite, verlangsamt seinen Lauf nicht – im Gegenteil: Er beschleunigt, als er das Kommando brüllt, vertraut darauf, dass seine Männer richtig reagieren.

Die Horde hinter ihm zerfasert, wird von einem dicht gedrängten Pulk innerhalb von wenigen Schritten zu einer weit auseinander gefächerten Meute, die sich rechts bis tief in die Ruinen ergießt.

Es gibt keinen Schutz vor diesem Beschuss, kein Gegenmittel, kein Abwehrfeuer – man kann nur die Verluste minimieren.

Einschlag!

Mit einem blauen Leuchten detonieren die Plasmagranaten, saugen für einen Sekundenbruchteil allen Sauerstoff in der Umgebung an, fressen ihn in einer gewaltigen exothermen Reaktion – und jagen eine Feuersbrunst über die Anhöhe.

Schmerzen.

Unsägliche, brennende Schmerzen in seiner Schulter, an den Waden, dort, wo die Flammenzungen nach ihm lecken, ihm das Fell vom Leibe brennen.

Feuerwelle um Feuerwelle rast durch die laufende Truppe, verbrennt Körper, lässt Augäpfel platzen, verkocht Gehirne und vaporisiert die glücklichsten ihrer Opfer in einem einzigen, alles verzehrenden Augenblick.

Ein gnädiger Tod, den meisten nicht vergönnt.

Der Sturmkommandant hört die gellenden, spitzen Schreckenslaute hinter sich, vernimmt mit noch mehr Grauen in seiner Seele die röchelnden, abbrechenden Todesschreie und zieht im Lauf den Werfer hoch.

Die Waffe, reserviert für ihn und seine unmittelbaren Stabsoffiziere, die tragbare Fackel der Erleuchtung, der Hammer der Gnade für jeden Borsht, privilegiert genug, ihn zu tragen.

Der Lauf zittert und wackelt bei jedem Schritt, als er unter Schmerzen und Qualen mit der Willenskraft eines Kriegerpoeten aus dem alten Zeitalter und der sturen Verbissenheit seiner Rasse die Waffe ausrichtet – und schießt!

In einer flachen Kurve rast das Projektil auf die letzte Bastion des Feindes zu, überwindet den Großteil der Distanz in jenen Augenblicken, in denen die zweite Salve der Artillerie einschlägt.

Eine Feuerwelle, diesmal noch näher, noch intensiver.

Sein Sturmhelm schützt den Kopf, der Karamah-Panzer die lebenswichtigen Organe.

Der Rest – verbranntes Fell, Haut, die Blasen wirft, und vor allem Schmerzen.

Erst nach drei weiteren Schritten realisiert er, dass der gellende Schrei, der durch die letzten Häuserschluchten vibriert, sein eigener ist.

Er zwingt sich vorwärts, reißt die Augen weit auf, befürchtet einen Augenblick lang, das Ziel verfehlt zu haben.

Verfehlt?

Vielleicht.

Wirkungslos?

Auf keinen Fall.

Innerhalb von Millisekunden verdunkelt sich das Visier seines Helms, schützt ihn vor dem gleißenden Lichtblitz neben dem Bunker, aber *lässt ihn sehen.*

Lässt ihn sehen, wie die Detonation der Nukleargranate die Seitenwände aufreißt, eine Feuersbrunst in den Unterstand schickt, riesige Brocken gegossenen Steins in alle Richtungen schleudert, kleinere zu Schlacke schmilzt.

Das aus Terathium geschmiedete Dach, zuvor sogar dem Beschuss aus dem Orbit trotzend, erhebt sich, wird von der atomaren Urgewalt vom Sockel gerissen, schwebt einige Sekunden lang scheinbar schwerelos über dem Trümmerhaufen, aus dem Flammen schießen.

Und *Überlebende.* Nein, das trifft es nicht ganz.

Es sind todgeweihte, sterbende, brennende und verstrahlte Gestalten, die aus den Trümmern kriechen, auf sie zu taumeln, um Gnade und Erlösung flehen.

Sie sollen sie bekommen.

Mit einem letzten Kriegsschrei, an der Spitze seiner verbliebenen Soldaten laufend, stürzt sich der Sturmkommandant dem Ausläufer der Druck- und Hitzewelle, der alles verseuchenden Strahlung, entgegen.

Ein Problem für die Ärzte und Biogenetiker, eine Sorge für später.

Falls es ein *Später* gibt.

Gegenfeuer, vereinzelt, von jenen Feinden, die noch fähig sind, eine Waffe zu halten.

Ein Burond galoppiert auf allen vieren aus den herabfallenden Trümmern, verbrannt, verstümmelt, mehr als die Hälfte seiner Plachtharr-Symbionten vom Leib gerissen, die Flanke offen.

Seine Eingeweide hängen heraus, er schleift die eigenen Gedärme hinter sich her, während das Sturmgeschütz auf seinem Rücken blindlings feuert.

Fingerdicke Laserstrahlen zerteilen die staubige Luft, fressen sich durch die aufgewirbelte Asche, durchtrennen anstürmende Borsht.

Das Sterben seiner Getreuen hinter ihm beflügelt ihn, gibt ihm zusätzliche Kraft, lässt ihn die Sturmflinte in Anschlag bringen. Hundert Meter, achtzig, fünfzig – Waffenreichweite!

Schuss um Schuss jagt er die Wolframprojektile dem Feind entgegen, trifft den gewaltigen Leib, zertrümmert den Schädel des Buronds.

Lautlos kippt der Gegner zur Seite, beinahe enthauptet, die furchterregende Waffe am Rücken verstummt.

Eine weitere Gestalt schält sich aus dem Inferno der vernichteten Basis, ein Zweibeiner, größer und wuchtiger als der Sturmkommandant selbst.

Zu spät realisiert dieser, dass sich sein Gegner ergeben will, die Hände über den Kopf in die Höhe reißt, in allzu vertrauter Sprache um Gnade fleht.

Die Flinte in seiner Hand entlädt sich ein weiteres, ein letztes Mal.

Der Hartkern durchschlägt den Kopf des Gegners, die Streumunition fegt ihm die Symbionten aus dem Gesicht.

Einen kurzen, unendlich schrecklichen Augenblick lang steht der Feind wie angewurzelt vor dem Sturmkommandanten, hat sein Körper den eigenen Tod noch nicht realisiert.

Dann erschlaffen die Arme langsam, während der Hüne in die Knie bricht – und wie ein gefällter Baum nach vorne kippt.

Das Grauen steht dem Sturmkommandanten ins Gesicht geschrieben, und er lässt die Waffe sinken.

Es gibt ohnehin nichts mehr zu töten, keine Feinde zu besiegen, keinen Widerstand.

Die Schlacht ist gewonnen, ebenso der Krieg.

Doch all das bedeutet ihm gar nichts, lässt sein Herz nicht jubeln, seine Kehle nicht den dreifachen Siegesschrei ausstoßen, der seinem Volk seit ihrem späten Triumph gegen die Tarjah Respekt und Furcht aller anderen raumkämpfenden Rassen einbringt.

Denn der letzte gefällte Gegner, die Leiche zu seinen Füßen, war kein Feind.

Sondern einer der ihren – ein Borsht.«

* * *

»Wir haben erst nach dem Krieg erfahren, dass sie die verdammten Symbionten auch für Verhöre einsetzten, Kriegsgefangenen damit die Geheimnisse und ihre Fachkenntnisse entrissen.«

Troshk blickte in die Unendlichkeit, *durch* die Mauern der abgefuckten Kneipe, *durch* die Straßen des Freihändlerviertels, *durch* das ganze Universum hindurch. In seinen Augen spiegelten sich unauslöschliche Erinnerungen an millionenfaches Sterben, unvergängliche Bilder aus achtzig Jahren Militärdienst, zwei großen Kriegen, einer Handvoll kleinerer Scharmützel und unzähligen Schlachten. Gefallenen Kameraden, verstümmelten Untergebenen, eigenem Schmerz, allgegenwärtigem Tod.

Das Grauen, Sturmkommandant, das Grauen!

»Verdammte Plachtharr, verdammter Krieg.«

Er murmelte die Worte mehr zu sich selbst, ehe er den Humpen Frulashwein in seiner Rechten auf einen Zug leerte. Und doch hallten sie von den Wänden der Raumfahrerbar wider, drangen in Ohren, Hörfortsätze, Schwingungsmembranen der bunt gemischten Gästeschar.

Denn eine gespenstische Stille hatte sich über den Raum gelegt, Zeugnis der Ergriffen- und Betroffenheit selbst der hartgesottenen Abenteurer hier, sowie jener, die dazugehören wollten.

Die *Mitläufer.*

Eine Gruppe junger Borsht, gerade frisch von der Grundausbildung gekommen und auf ihren ersten Marschbefehl wartend, lungerte mit zwei heruntergekommenen Creesh-Männchen herum. Ein Toronk, mit ebenso auffälligen wie geschmacklosen Schnitzereien in seiner Rinde, vervollständigte den Trupp Halbstarker, die sich normalerweise so benahmen, als ob ihnen der Laden gehörte.

Nicht heute.

Auch sie waren in andächtiges, vielleicht sogar ehrfurchtsvolles Schweigen verfallen, als der Sturmkommandant seine Geschichte erzählte. Gebannt von den mit Worten gemalten Bildern des Schlachtberichtes, hatte einer der Creesh ganz seine Dreiacht vergessen, die Spitze gedankenverloren in dem Bottich mit Shrava-Larven ruhen lassen, den die Wirtin für ihre Gäste regelmäßig auffüllte.

Mit zweitklassiger Ware versteht sich, denn niemand gibt ein Vermögen für Gratishäppchen aus.

Die Larven jedoch, einem schnellen Tod am Gaumen der Saufenden geweiht, hatten ihre Chance gewittert, schon vor ihrer Verspeisung Rache zu nehmen und schlugen ihre kleinen Saugrüssel in das weiche Fleisch unter der Klaue des Creesh.

Mit einem schrillen Kreischen zog dieser sie heraus, schüttelte seine Klaue hysterisch, bis auch die letzte Larve in hohem Bogen durch den Schankraum flog. Höhnisches Gelächter seiner Kameraden ertönte, brach endgültig den Bann, mit dem sie die Geschichte belegt hatte.

Der größte und vermutlich auch älteste der Halbstarken nickte Troshk selbstbewusst zu.

»Ein guter Kampf, Sturmkommandant, und noch besser erzählt. Hast du noch eine Geschichte auf Lager? Vielleicht eine aus grauester Vorzeit?«

Er blickte sich um, zwinkerte seinen Kameraden verschwörerisch zu.

»Jene der letzten Stunden von Terra?«

Ein Johlen ging durch die Menge, durch das gesamte Lokal, beschränkte sich nicht nur auf die Bande neben Troshk. Arme und Fühler, Flügel und Tentakel wurden hochgerissen, und ein Sprechchor begann, Stimmen und Lautstärke gleichermaßen zu sammeln.

»Terras Vernichtung! Terras Vernichtung!«

Sogar die Wirtin fiel in die Rufe mit ein, schwenkte eine Flasche undefinierbare, grünen Dampf absondernde Flüssigkeit über ihrem Kopf.

Lediglich die Creesh an Troshks Seite rümpfte die Mandibeln, schüttelte die Fühler, und in einer dunklen Ecke an einem der halblegalen Spieltische, drehte sich eine Halbtarjah argwöhnisch um. Nein, eher eine Vierteltarjah, mit Ohren, so klein, dass sie nicht einmal zum Notsegeln taugten, kaum einen halben Meter lang.

Der Sturmkommandant schnaubte verächtlich.

»Der letzte Schlag war keine glorreiche Schlacht, kein Kampf, über den wir Lieder singen und Geschichten erzählen. In einigen Jahren wirst du verstehen, warum, junger Soldat.«

Der Borsht gab sich nicht zufrieden, sprang von seinem Platz hoch, vergoss dabei ein Gutteil seines Weines. Mit einer kleinen Handflinte am Gürtel und der schweren Jacke aus schlecht imitiertem Menschenleder über den Schultern versuchte er, verwegen, ja sogar gefährlich auszusehen. Aber neben dem alten Sturmkommandanten wirkte er mehr wie ein Taruf-Welpe, der einen alten Alpha ankeifte.

»Warum nicht? Wir haben gesiegt! In einem einzigen, glorreichen Schlag!«

Mit einer Geschwindigkeit, die man dem alten Veteranen niemals zugetraut hätte, fuhr Troshks linke Pranke nach vorne, packte den jungen Artgenossen am Brustfell und hob ihn mühelos einen Meter hoch an.

Die Beine des Jünglings zappelten hilflos über dem Boden, und Angst kroch in seine Augen, als diese vom Sturmkommandanten fixiert wurden.

»Neun Milliarden Menschen, ausgelöscht in einer einzigen Stunde, von zwölf unserer Rasse, die sich dafür opferten. Es war eine *Notwendigkeit*, aber keine Ehre, kein Kampf, keine Schlacht. Eine Selbstmordmission, direkt in die Sonne der Menschen, das Ende eines ganzen Systems. Wir schämen uns nicht, weil es der einzige Weg war, um vierzehn andere Völker, vielleicht sogar den gesamten Spiralarm zu retten, aber darüber singen wir keine Lieder. Verstanden?«

Der Halbstarke nickte ängstlich, atmete erleichtert aus, als ihn Troshk wieder absetzte, sich von ihm abwandte und den Humpen nachfüllte.

»Eigentlich …«, murmelte der Sturmkommandant, »… eigentlich sind Menschen gar nicht so übel.«

* * *

Frank verließ mit derartigem Enthusiasmus, mit so viel Freude und Begeisterung seinen Wohnturm, dass er beinahe einen Mord beging.

Halt, nein, juristisch stimmte das natürlich nicht, vielmehr musste man von Totschlag oder gar nur fahrlässiger Körperverletzung sprechen.

Aber alles der Reihe nach.

Mit einem sanften, unaufdringlichen Summen verschloss sich die Schiebetür hinter Frank, verriegelte in seinem Rücken das ihm zugewiesene Habitat 141-Xorosh, dritter Sektor. Seine 12,45 Quadratmeter Privatsphäre und Gemütlichkeit. Eine deutliche Verbesserung zu seinen ersten Nächten im Dienst, damals, in den Schlafsälen des Minenkonsortiums mit ihren betrunkenen Schnarchern. Grunzend und stinkend in eng aneinander gestaffelten Kojen, Kunstbäumen, Hängematten und Schlammgruben. Und allen fragwürdigen Erlebnissen mit den gelegentlich zärtlich über die Schulter kriechenden Tentakeln, Fühlern und Pseudopodien.

Trautes Heim, Glück allein. Und was für ein Glück dies heute war!

Sein persönlicher ID-Kristall schien unter der Haut zu glühen, freudig zu verkünden, dass er, Frank Gazer, nun im Besitz der begehrten Lizenz war. Nicht nur das, auch ein erster Claim war ihm zugesprochen worden – zugegeben, einer, den sonst keiner haben wollte. Ebenso wenig wie das abgetakelte Schiff kurz vor der Verschrottung, das er zu *verdächtig* günstigen Konditionen bekommen hatte.

Zusammen mit der Grundausrüstung, die fleißige Hände, Pranken oder Klauen wahrscheinlich gerade an Bord brachten, hatte ihn all das den letzten Rest seines Vermögens gekostet, die spärlichen Ersparnisse der vorletzten Heuer.

Frank Gazer war pleite, aber glücklich.

Pfeifend streifte er mit den Fingern über die antihaft-versiegelten Wände, während er die Rundtreppen des Turmes hinablief, zu energiegeladen, zu aufgedreht, um die Schwebeplattform zu benutzen.

Die letzte Desinfektion, das gründliche Durchspülen des gesamten Turmes, um ihn vom Gestank der darin hausenden Menschen zu säubern, lag zwei Tage zurück. Was wiederum hieß, dass man noch bis morgen gefahrlos die Spiralstufen rauf- und runterlaufen konnte, ohne von einer Welle reinigungsmittelversetzten Wassers mitgerissen zu werden. Was er auch schon das ein oder andere Mal absichtlich riskiert hatte, um nach einer anstrengenden Tiefraummission gründlicher gewaschen zu werden, als es seine Duschzelle mit den zugeteilten zwölf Litern Wasser pro Tag schaffte.

Als er das untere Drittel des Turms erreichte, der von der Straße eindringende Schein ihm verriet, dass die Zentralpforte offen stand, beschleunigte er erneut seinen Lauf. Mit weiten, adrenalingetriebenen Schritten überwand er die letzten Stockwerke, sah, wie sich die Tür zu schließen begann, gab abermals alles – und sprang übermütig, grinsend und innerlich immer noch jauchzend hinaus ins Freie auf die Straße.

Noch in der Luft schwebend spürt er instinktiv, dass etwas falsch läuft, ein Unheil sich zusammenbraut, die gnadenlose Faust des Schicksals unbarmherzig ausholt, um ihm so richtig saftig in die Magengrube zu hämmern.

Und dann landet er, schlägt mit dem vollen Gewicht seines nicht gerade unterernährten, aber auch alles andere als fetten Körpers auf der Straße auf, das rechte Bein voran, die Sohlen des schweren Minenstiefels direkt auf die Fratoriumschicht des Gehsteigs aufprallend.

Fast direkt.

Denn zuvor fährt sein Fuß durch etwas Weiches, Glitschiges, Schleimiges, das seinen Aufprall dämpft.

Grauen und Ekel kommen über ihn wie die Schreie der Passanten, großteils menschliche, dazwischen das schrille Quieken einiger weniger Tarjah.

Finger und Ohren zeigen auf ihn, Augen werden schreckgeweitet aufgerissen, Entsetzen in Dutzenden Gesichtern, allesamt ihm zugewandt.

Unendlich langsam, die Wahrheit fürchtend, lässt er seinen Blick nach unten gleiten, senkt seinen Kopf – und sieht den Durash, auf dem er landete.

Den sein Stiefel feinsäuberlich in der Mitte zertrennte.

Tötete!

Tötete?

Beide Hälften zucken und winden sich unter Qualen, schwappen hin und her, rollen über den Boden, während sie versuchen, Pseudopodien auszubilden.

Und Sprechmembranen.

Frank schluckt, versucht verzweifelt, sich an die Sanitätsausbildung im Minenkonsortium zu erinnern, klammert sich an die vage Hoffnung, dass der von ihm zerteilte Durash vielleicht doch überleben wird.

»Du mieses Arschloch! Du elende, dreckige, plachtharrverdammte Missgeburt!«

Zumindest kann er noch schimpfen.

»Komm in die Splitterstadt, haben sie gesagt! Besuche das Menschenviertel, haben sie gesagt! Ein einzigartiger Einblick in eine barbarische, längst untergegangene Kultur – genau so stand es im Prospekt! Bei den Monden von Grarosh, was für eine Scheiße!«

Von beiden Seiten hallen die Verwünschungen, prasseln Vorwürfe auf Frank ein.

Von beiden Seiten?

Tatsächlich, inzwischen ist aus jeder Durashhälfte ein Kopf gewachsen, der es sich nicht nehmen lässt, den tölpelhaften Menschen zu beschimpfen. Sie brauchen keinen Arzt, keinen Sanitäter – eher einen *Bankier.*

»Ich wollte mich erst nach dem Urlaub teilen, du stinkender, dämlicher Zweibeiner! Jetzt müssen wir uns ein zweites Rückflugticket nach Hause kaufen – hast du Minenpenner überhaupt eine Ahnung, was das kostet? Wirst du mir das etwa bezahlen? Ha, kannst du es dir überhaupt leisten?«

Nein, konnte er nicht, zumindest nicht jetzt, *nicht mehr.* Und deswegen beließ es Frank bei einigen sehr aufrichtigen, mit hochrotem Kopf gestammelten Entschuldigungen, ehe er die beiden immer noch keifenden Durash zurückließ und sich tiefer in den Abgrund stürzte.

Nun, *Abgrund* war vielleicht übertrieben – aber so nannten die meisten anderen Rassen das Menschenviertel, auch wenn das eigentliche Wort in jenem sie alle vereinenden *Talash* einen beinahe heimeligen Klang hatte.

Die Peinlichkeit des Zwischenfalles schob sich rasch aus Franks Gedanken, als er durch die engen, angesichts der Helligkeit der Sonnen am Himmel manchmal erstaunlich düster wirkenden Straßen schritt.

Neben schreienden, in pulsierenden Glyphen leuchtenden Holoschaufenstern flanierte, die kurzzeitig seine Aufmerksamkeit erhaschten.

Deutlich vorsichtiger über Pfützen fragwürdiger Flüssigkeit hinwegsprang, an noch dunkleren Seitengassen vorbeihuschte, in denen dubiose Geschäfte florierten.

Hier ließen sich gelangweilte Creesh von heruntergekommenen Menschenjungen diskret ihre Sahvorahchten massieren, wurden *garantiert echte* Artefakte für einen Bruchteil ihres eigentlichen Wertes gehandelt – und potenzielle Kunden abgestochen, wenn sie den Betrug witterten.

Diebe stahlen, Huren hurten, Hehler verkauften unverhohlen ihre heiße Ware an alle, die zahlen konnten. Gier und Geld, Claims und Mineraleinheiten bewirkten hier, was die offizielle Politik des Rates verzweifelt wie vergeblich anstrebte – Egalität. Sexismus, Speziesismus und alle Vorurteile in Bezug auf Äußerlichkeiten und Herkunftsplanet wurden ausgelöscht, hinweggefegt von der Strahlkraft des Kontostands.

Frank kannte seinen viel zu gut, um seine Nase noch länger den köstlichen Bratenduft aus dem halbherzig auf edel getrimmten Restaurant an der gegenüberliegenden Straßenseite inhalieren zu lassen.

»Zur Krone Britanniens – Kulinarische Legenden der einstigen Erde« wurde hoch in den Himmel projiziert, rotierte dank einer vermutlich durch exzessive Bestechung erlangten Sondergenehmigung über dem halben Straßenzug.

Britannien? Ja, das war eines der blutrünstigen Barbarenreiche gewesen, die sich zuerst gegenseitig den Schädel eingeschlagen hatten, ehe sie sich gemeinsam auf ihre kosmischen Nachbarn stürzten. Und wenn man der nun immer schneller aufblitzenden Reklame mit ihrer direkt in den Neocortex geschossenen Subliminalkomponente trauen konnte, war Britannien für seine vorzügliche Küche berühmt gewesen. Auch wenn Franks Intuition ihm zuflüsterte, dass sich irgendwo in dieser Legende ein schlechter Scherz verbarg.

Er ignorierte das Knurren seines Magens, schluckte tapfer das im Mund zusammengelaufene Wasser und beschleunigte, sich unter die ebenfalls holografischen Tentakel duckend, die aus dem Tempel der lüsternen Freuden zu seiner Rechten kamen.

Ihm folgte die Kirche des Profits, die auch nach mehr als zweitausend Jahren noch nicht ausgestorbene Sekte jener Spinner, die von den Gurus in erotischer Ekstase um sündhaft teures Geld – echte Mineraleinheiten! – gekaufte *Optionsscheine* verbrannten, um sich so die Gunst der Dreifaltigkeit Bezos, Gates und Buffet zu sichern.

Sympathischer waren da schon die Söhne Obamas, die vor allem Frieden durch Drohnenschläge predigten und gegen klingende ME-Waffensysteme segneten, und natürlich die Zeugen Merkels, die in roten Westen ihre Schellen aneinanderschlugen und »Wir schaffen das!« brüllend durch die Viertel zogen.

An noch exotischeren Religionen mangelte es der Menschheit in ihrer Diaspora keineswegs. Soziale Gerechtigkeit und Menschenliebe, Hoffnung und Wiederauferstehung sollten sich in Bildnissen von gekreuzigten Göttersöhnen, Verheißungen von Erdogan und seinen zweiundsiebzig jungfräulichen Ziegen oder der allgegenwärtigen Güte von Vater Marx widerspiegeln. Frank selbst gehörte zur größten menschlichen Glaubensgemeinschaft – jener der Pragmatiker. Er betete im Notfall zu jeder Wesenheit, die bereit war, ihm zuzuhören. Und je nach Situation konnten das durchaus konkurrierende Götter sein. Im Moment, noch immer benebelt von den britannischen Gerüchen, bat er den dicken Buddha um einen Hauch seiner Gnade, einen Weg zur Fettleibigkeit.

Und er wurde erhört.

Eine kleine Flugküche, antik wirkende Holoreklame mit stylischen menschasiatischen Schriftzeichen aus altersschwachen Projektoren hinterherzerrend, segelte über ihn hinweg. Viel zu schnell, viel zu ungestüm – und so krachte sie beinahe in den Gleiter, der gerade vom Wohlfahrtsgebäude aufstieg.

Frank verschwendete keine Sekunde an die Frage, woher die Klientel der protektoratseigenen Sozialstelle die finanziellen Mittel für den schwarzen, luxuriösen Boden-Orbit-Raumer hatte, und sprang stattdessen nach vorne, um Erste Hilfe zu leisten.

Nicht etwa dem keifenden Besitzer der schwebenden Imbissbude, der dem aufsteigenden Luxusflieger eine Verwünschung nach der anderen nachrief, sondern den würzigen, fetttriefenden, glänzenden Knusperrattenspießen, die aus seiner Heckklappe vom Himmel fielen. Er balgte sich mit einem halben Dutzend weiterer Augenzeugen des Beinaheunfalles um die herabregnenden Snacks, schlug einem ohnehin schon fettleibigen Penner einen Beutel Scharfsoße aus der Hand – und ließ ebenso subtil wie augenzwinkernd einem kleinen Mädchen den Vortritt, das wirklich hungrig wirkte.

Es war ein freundliches Gerangel, ein sportlicher Wettbewerb, an dessen Ende er zwei der Spieße in seinem Gewahrsam und ein Dutzend in bedürftigen Händen wusste. Gut gelaunt knabberte er von einem der Schädel die herrlich knusprigen Rattenohren ab und überquerte auf der bläulich schimmernden Schwebeplattform den Grojashfluss. Seine fettigen Finger an der Hose abstreifend ließ er das Menschenviertel mit seinen 438.000 *offiziellen* Bewohnern hinter sich und begab sich in eine deutlich wohlhabendere, edlere Gegend – die Freihändlerzone, auch das »Abschaumviertel« genannt. Keiner einzelnen Spezies zugeordnet, selbst wenn Borsht und Tarjah klar die Mehrheit stellten. Dies war das Zentrum jenes Handels und aller Exploration, die weder unter der bürokratischen Fahne des Protektorats noch in einer genehmigten Operation des Minenkonsortiums betrieben wurden.

Glücksritter, Schmuggler und Raumpiraten gaben sich hier die Ehre, wohnten zwischen ihren Erkundungs- und Raubzügen in kurzfristig angemieteten Kojen der Habitattürme, verprassten enthusiastisch ihre Beute.

Dies geschah einerseits in heruntergekommenen Kaschemmen, die den Universalmampf *Greshkho* – kompatibel mit dem Metabolismus von 13 der 14 Ratsvölker! – ebenso kredenzten wie die billigsten Drogen und Fusel. Andererseits aber natürlich auch in teuren Restaurants und Multispeziesbordellen, in die sich gelegentlich selbst die Stützen der Gesellschaft naserümpfend begaben, um eine besonders legendäre Kommandantin oder einen sehr erfolgreichen Schmuggler anzuheuern.

Irgendwo dazwischen, aber definitiv im unteren Drittel angesiedelt, rangierte »Das letzte Wurmloch«, jene Kneipe vor der Frank nun stand und darauf wartete, dass ihn die semiintelligente Tür nach dem obligatorischen Scan seines ID-Kristalls für gut genug befand, um sich gnädigerweise zu öffnen.

Pulsierende Glyphen warben für die Kochkünste der Wirtin ebenso wie für Live-Musik und Glücksspiel in allen Variationen, wiesen darauf hin, dass keine Haftung für irgendwas übernommen wurde und forderten die Gäste auf, aggressive Haustiere und Menschen an der Leine zu halten.

Ein Hinweis, so subtil wie eine Raum-Raum-Rakete mit fünfzehn Kilotonnen Sprengkopf, direkt vor den Bug geknallt.

Nach einer Wartezeit, die dem immer ungeduldiger von einem Bein auf das andere tretenden Frank wie eine Ewigkeit vorkam, glitt das Portal endlich auf, ließ ihn eintreten – und einen Augenblick später erstarren.

Eine ganze Gruppe hatte sich versammelt, um ihn willkommen zu heißen, vermutlich von einem Terraneralarm des Portals angelockt. Mit breit grinsenden Gesichtern und Mäulern, offenen Armen – und der einen oder anderen improvisierten Waffe darinnen. Vier Borsht und drei Creesh hatten einen Halbkreis gebildet, bleckten die Zähne und klickerten mit den Mandibeln, winkten betont lässig mit Knüppeln und schweren Metallketten. Einer der Pelzberge, offenbar ihr Anführer, schob sich nach vorne, blickte ihn von oben ebenso herausfordernd wie höhnisch an.

Das Gesicht, für aufmerksame Besucher des Terranermuseums stets an eine Mischung aus Bär und Schwein erinnernd, verriet ein jugendliches Alter, aber davon ließ sich Frank nicht täuschen. Die Uniform wies ihn als Sturmläufer aus, und damit hatte er zumindest die Grundausbildung im härtesten und besten Militär des Protektorats hinter sich.

»Wir wollen keine Menschen hier, Kleiner.«

Ein einziger Satz, ein kurzer, dezenter Schwung mit der mehr als einen Meter langen, sehr schwer wirkenden Keule in der Rechten, und eigentlich war alles gesagt.

Nun, fast alles.

»Außer, er ist in Gruufkraut eingelegt, gut durchgebraten und wird auf einem Bett aus Shrava-Larven serviert.«

Das kam von dem jungen Creesh, der nun ebenfalls den Halbkreis verließ und an die Seite des Anführers trat.

Die Fronten waren geklärt.

Sieben Gegner, jeder Einzelne davon körperlich stärker, härter, zäher als Frank selbst. Einen Creesh, vielleicht sogar zwei konnte er womöglich erledigen, mit einem schmutzigen Trick außer Gefecht setzen. Die langen, harten Jahre Minenarbeit hatten nicht nur Spuren in seiner Lunge, sondern auch in seinem Muskelgedächtnis hinterlassen. Niemand arbeitete sich aus den Stollen und Schächten auf die Brücke eines Konsortiumschiffes hoch, ohne durch die Feuertaufe der Grubenkämpfe zu gehen. Sogar einen Borsht konnte er mit etwas Glück kampfunfähig schlagen oder treten.

Sieben Gegner?

Keine Chance.

Das einzig Vernünftige war, den Rückzug anzutreten, das Wurmloch stumm nickend zu verlassen. Aber das wollten die Halbstarken nicht wirklich, sie taten nur so. Rauflust blitzte in den tiefliegenden Schweinsaugen der Borsht, glitzerte in den Facetten der Creesh.

Sie wollten ihn nicht wirklich vertreiben, sondern verprügeln. Ihre Körperhaltung, ihre Bewegungen, ihre Blicke verrieten vor allem eines: Sie gierten nach dem Kampf.

§ 2 Nicht-Human-Status (NHS)

Jedes ich-bewusste Lebewesen mit einem bestätigten Nicht-Human-Status (NHS) ist von sämtlichen Bestimmungen, Einschränkungen und Pflichten dieses Gesetzes vollständig ausgenommen. Der NHS wird wie folgt vergeben:

- Bürger des Protektorats ohne menschliche Vorfahren genießen automatisch NHS. Es ist keine Bestätigung notwendig.
- Bürger des Protektorats mit mindestens 75 Prozent nicht-menschlichen Vorfahren erhalten bei Eintragung in das jeweilige Register der Geburtswelt automatisch NHS.
- Bürger des Protektorats mit mindestens 50 Prozent nicht-menschlichen Vorfahren können bei ihrer regionalen Behörde NHS beantragen. Dieser ist, sofern keine offensichtlich menschlichen negativen Verhaltensweisen und Vergehen des Antragstellers entgegenstehen, unverzüglich zu genehmigen.
- Bürger des Protektorats mit mindestens 25 Prozent nicht-menschlichen Vorfahren können bei ihrer planetaren Zentralbehörde NHS beantragen. Jeder Antrag ist genau zu prüfen und zu begründen, da ein einmal gewährter NHS nicht widerrufen werden kann.
- Der Rat behält sich das Recht vor, NHS für besondere Verdienste auch an Individuen zu vergeben, die keines der oben genannten Kriterien erfüllen.

– Lex Humanitas, fünfte Fassung aus dem Jahr 985 AT

3

GUTE PLÄNE, SCHLECHTE KARTEN

»Werte Sprecherin, du suggerierst uns also hiermit, dass Kampfhandlungen unausweichlich sind, vielleicht sogar ein Krieg bevorsteht. Weißt du eigentlich, was das bedeutet?«

Aarashkvachora klickerte verärgert mit den Mandibeln und fokussierte ihre Facettenaugen auf die Kronprinzessin der Durash. Briashana, die sich in ihrer kristallbeschichteten Sumpfschale aufgerichtet hatte, bildete sensorentragende Pseudopodien nicht nur in ihre Richtung aus. Fast schien es, als hielte sie Augenkontakt mit allen Mitgliedern des Rates gleichzeitig, um so ihren Worten mehr Gewicht zu verleihen.

Und diese waren herablassend, ja beinahe beleidigend. Natürlich wusste die Großlegerin genau um die Konsequenzen ihres Vorschlags.

»Ja, ich weiß, was es bedeutet. Aber der Botschafter hat mehr als deutlich gemacht, dass sie sich zurückziehen und an den Verhandlungstisch setzen, wenn wir eine Streitkraft aufbieten, die sich mit ihnen messen kann. Aber das muss schnell geschehen. Innerhalb weniger Monate können sie sich auf Jashkvachanor-2 derart eingraben und befestigen, dass wir Jahre für eine Rückeroberung bräuchten – und dabei vermutlich den Planeten in Trümmern legen.«

»Und damit alle Artefakte, die sich vielleicht dort befinden. Was natürlich inakzeptabel ist.«

Die Sprecherin nickte Jorosh dankbar zu. Der Große Alte der Borsht hatte schon oft genug bewiesen, dass er nicht nur über Scharfsinn, sondern auch Weitblick und vor allem jene ganz spezielle Geduld verfügte, die man im Rat benötigte. Er erhob sich aus seinem gepanzerten Lehnstuhl und aktivierte eine Projektion aus dem Kristall an seiner linken Pranke. Ein Dutzend Sektoren und Hunderte Systeme erschienen vor den versammelten Ratsmitgliedern, mit der Nullzone im Zentrum der Holografie. Orange blinkende Lichter zeigten die Flotte der Plachtharr an, die sich unermüdlich beschleunigend an das Meer der Stille heranschob, bald mit dem Bremsen beginnen würde. Verdammt viele orange blinkende Lichter, und die einzigen nennenswerten Ansammlungen bläulich schimmernder Konterparts waren weit entfernt.

»Wenn wir die Flotte im Turuf-Sektor mit dem Galimor-Geschwader vereinen, haben wir mehr als genug Feuerkraft, um die Plachtharr in die Schranken zu weisen.«

Die Sprecherin blickte zwischen den Lichthaufen hin und her, maß die Entfernungen in Gedanken ab.

»Wie lange?«

Jorosh zuckte mit den in Ehren ergrauten Schultern.

»48 Sprünge für die Flotte, 53 für das Geschwader. Ich würde sagen, mindestens ein halbes Jahr, wenn alles gut geht.«

Die Ratsmitglieder fielen in ein betretenes Schweigen, kauten die Fakten in Gedanken durch, die durch Primär- und Sekundärhirne, diverse Oberschlundganglien und schockstarre Ganzkörperneuronalnetze gleichermaßen schwirrten.

Fünfzig Sprünge im Schnitt, ohne genug Zeit, sich von diesen zu erholen. Die Besatzungen würden sich die Seele aus dem Leib kotzen, dehydrieren und halluzinieren, in einem bemitleidenswerten Zustand die Nullzone erreichen. Und das vielleicht gerade noch rechtzeitig, um die Plachtharr daran zu hindern, ihre Stellungen zu befestigten. Aber gab es eine Alternative?

»Wir könnten eine zweite Supernova zünden. Jashkvachanor-2 und das ganze verdammte System einfach ausradieren, mitsamt der Plachtharr-Flotte und allen vielleicht vorhandenen Artefakten. Was nicht mehr existiert, kann nicht mehr gegen uns verwendet werden.«

Die Stimme war metallisch, empfindungslos und künstlich, ließ so manchem der anderen Ratsmitglieder einen kalten Schauer über Rücken und Oberpanzer laufen. Kein Wunder, kam sie doch aus den Synthesizern an der Unterseite jener Schwebeplattform, die Grirrshs hermetische Methanblase trug. Eingeschlossen in dem organischen Kristall seiner Heimat, in der beinahe alchemistisch anmutenden Lösung treibend, die Grundlage für alles Leben auf Thirror-4 war, gab der Abgesandte des sprechenden Ozeans der Einfachheit halber vor, ein Individuum zu sein.

In gewisser Weise stimmte das sogar. Jeder Grirrsh-Verband, der lange genug von den Methanozeanen und Schwefeleismeeren, vor allem aber von der alles durchziehenden, ständig mit sich und seinen lebenden Komponenten kommunizierenden Planetenintelligenz getrennt war, entwickelte mit der Zeit eine Persönlichkeit. Ihre ersten Raumfahrer, die damals vor drei oder vier Jahrtausenden zu den Sternen aufbrachen, waren bei ihrer Rückkehr ausgelöscht, absorbiert, vernichtet worden. So fremd und damit angsteinflößend für das Weltbewusstsein waren sie gewesen, in ihrer Eigenständigkeit, ihrer Selbstdefinition als Einzelexistenzen.

Dies wurde inzwischen jedoch nicht als Fehler, nicht als erworbener Makel betrachtet – sondern als Chance, mehr über die seltsamen Isolierten der anderen Völker zu erfahren. Dieser Grirrsh, aus wie vielen Lebewesen und Verbindungen zwischen ihnen er auch bestehen mochte, weilte schon seit Jahrzehnten in der Splitterstadt, hatte gelernt, an Banketten teilzunehmen und beim Kartenspiel zu betrügen, genoss den Respekt der übrigen Ratsmitglieder.

Aber selbst aufrichtiger, tiefgehender Respekt bedeutete nicht automatisch widerspruchslose Zustimmung.

»Auf keinen Fall, Abgesandter. Denkt nicht einmal daran, dass wir die Wahnsinnstat von damals wiederholen, nur um einen strategischen Vorteil zu erzielen, ein wahrscheinlich leeres System zu neutralisieren. Nein, meine Freunde, wir Borsht werden keinen einzigen Soldaten dafür opfern.«

Joroshs Tonfall war ruhig und sachlich, beinahe sogar freundschaftlich – was aber nichts an der eindeutigen Botschaft änderte. Die Borsht hatten gesprochen, durch ihn und mit seiner Stimme, und nichts konnte sie umstimmen. Die Sprecherin, von der eine gewisse Neutralität erwartet wurde, unterdrückte ein freudiges, zustimmendes Schnalzen ihrer Mandibeln.

Grirrsh nahm dem Großen Alten die Opposition nicht übel, hatte offenbar damit gerechnet.

»Das sollt ihr auch nicht, werter Jorosh – und wir können meinen

Plan ohne dein Wohlwollen auch nicht umsetzen. Die Pläne des Sonnenverzehrers sind verschlüsselt, nur ein einstimmiger Ratsbeschluss kann sie ans Licht bringen. Ich schlage vor, wir tun genau dies, bauen die Waffe – und bemannen sie mit einer menschlichen Crew. Wenn wir den NHS für die gesamte Verwandtschaft jedes Mannes und jeder Frau an Bord in Aussicht stellen, vererbbar und für alle Ewigkeit garantiert, werden uns die Freiwilligen Schlange stehen.«

Ein zustimmendes Raunen, Surren und Zwitschern ging durch die Ratshalle, während sich die Segmente der Sprecherin unwillkürlich zusammenzogen, sie einige Zentimeter schrumpfen ließen. Eine subtile, kaum merkbare Reaktion.

Hoffte sie zumindest. Jorosh und die Sprecherin der Tarjah warfen ihr vielsagende Blicke zu, baten sie darum, offen dem Wahnsinn entgegenzutreten.

Ein schwieriges Unterfangen, gegen den erahnbaren Willen der Mehrheit, gegen die Mischung aus Logik und der Genugtuung, kein Mitglied eines Ratsvolkes opfern zu müssen. Nein, sie musste es etwas anders versuchen.

»Menschen? Wir hätten sie alle ausrotten sollen, nicht wahr? Ja, gut, sie sind wohlschmeckend und für die Drecksarbeit ganz nützlich, aber man kann ihnen einfach nicht trauen.«

Grirrsh signalisierte mit einem blauen Leuchten seiner Schwebeplattform Zustimmung und Zuversicht.

»Ganz genau, werte Sprecherin. Und deswegen würden wir eine gravitonische Sicherung einbauen, die den Sonnenverzehrer nur im Zielsystem scharf werden lässt – und ihn deaktiviert, wenn dieses verlassen wird. Wie du richtig sagst, den Menschen kann man nicht trauen.«

Hatte er ihren Sarkasmus bewusst ignoriert, sie mit einem routinierten Gegenargument in die Ecke getrieben? Oder war ihm wahrhaftig entgangen, wie sie ihre Worte tatsächlich gemeint hatte?

Das Endergebnis war dasselbe – wachsende Zustimmung, die Opposition auf zwei Ratsmitglieder geschrumpft – und sie selbst natürlich. Es war Zeit, die Karten auf den Tisch zu legen.

»Werte Abgesandte, wir alle hassen die Menschheit, und manche von uns fürchten sich immer noch vor ihr, selbst Jahrtausende nach ihrer beinahe vollständigen Vernichtung. Und ja, wenn es nach meiner Vorgängerin und den meisten der euren gegangen wäre, hätten wir tatsächlich die gesamte Spezies ausgelöscht. Wer könnte es uns nach ihren Gräueln verdenken? Aber es waren die Borsht und die Tarjah, die sich damals dagegenstemmten, die Lex Humanitas auf den Weg brachten, eine Integration der versprengten Feinde vorantrieben. Und wisst ihr was? Sie hatten recht! Sihara, willst du erläutern, warum?«

Die Sprecherin der Tarjah klappte ihre Ohren auf, ließ sie versteifen und brachte sich mit kräftigen Schlägen in die Luft, bis sie über den anderen Ratsmitgliedern schwebte. Ihr knapp über einen Meter langer Körper wirkte zwischen den Großseglern beinahe winzig, aber ihre Stimme hallte mit Urgewalt durch den Raum.

»Weil wir ihnen alles verdanken, was wir hier sehen. Die Splitterstadt, der Rat, das Protektorat selbst ist aus unserem vereinten Kampf gegen einen Feind entstanden, der uns alle vernichtet hätte. Sogar unser Talash, die Sprache, in der wir alle unsere Differenzen beseitigen, wurde für den gemeinsamen Krieg gegen die Menschen erschaffen. Ohne sie wären wir der Plachtharr-Allianz wehrlos ausgeliefert, hätten als einzelne Völker wahrscheinlich schon längst die Symbionten um Aufnahme und Vereinigung gebeten.«

Würdevoll drehte sie eine Runde über den Köpfen und kopfähnlichen Körperteilen der Ratsmitglieder, ehe sie wieder auf ihren Platz zurücksegelte und zufrieden jenen Kollegen zunickte, die nun die Seiten wechselten.

Es waren genug, doch Grirrsh gab sich noch nicht geschlagen.

»Weise Worte, auch wenn wir uns die Frage stellen müssen, ob wir ihnen tatsächlich DAFÜR unseren Dank schulden. Aber ich weiß die Fähigkeiten unserer alten Feinde zu schätzen, sonst hätte ich meinen Vorschlag nicht unterbreitet. Tatsache ist nun mal, wir haben *vielleicht* eine Flotte, die *unter günstigsten Umständen* gerade noch rechtzeitig kommen kann, um den Feind mit massiven Verlusten aufzuhalten, falls dieser sich dem Kampf stellt. Und einen Kampfverband vor Ort, der dem Gegner nicht einmal ansatzweise gefährlich werden kann.«

»Und genau da irrst du dich, alter Freund.«

Jorosh lehnte sich nach vorne, stützte seine mit langem grauem Fell überwucherten Pranken auf dem Podium vor sich auf. Eine strategische Pause, um sich die Aufmerksamkeit des Rates zu holen, gepaart mit jener projizierten Zuversicht eines Xlursh-Spielers, der noch das eine oder andere Crachat auf dem verdeckten Würfel hatte.

»Die Observationsflotte ist klein, veraltet und schwach bewaffnet, weil wir sie in den letzten drei Turnussen jedes Mal weiter reduziert haben. Aus Kostengründen, was ja durchaus verständlich ist, auch ich habe zuletzt mitgestimmt. Wir können sie nicht warnen, ihnen auch nicht rechtzeitig mitteilen, dass Verstärkung unterwegs ist. Und trotzdem solltet ihr sie nicht unterschätzen. Denn das Kommando über den Zerstörer führt Marusha selbst, mit Troshks Sohn als Adjutanten.«

Zwei Namen, in die Mitte des Rates geworfen, reichten aus, um eine Welle der Zuversicht, des erleichterten Aufatmens und optimistischen Plätscherns zu erzeugen.

Zu optimistisch?

Vielleicht, aber die Sprecherin konnte es ihnen nicht verdenken. Sturmkommandant Troshks Name wog allein schon schwer genug, um seinen Sohn als Lichtblick zu präsentieren, aber es war Marusha, die neue Hoffnung in die Versammlung trug.

Marusha, die Wahnsinnige.

Marusha, die Heldin unzähliger Schlachten in zwei Kriegen gegen die Plachtharr.

Eine jener Borsht, denen sich nur ein Verrückter freiwillig im Kampf stellen würde.

* * *

Frank bereitete sich auf den Kampf vor – nicht, weil er diesen wollte, nicht, weil er ihn gewinnen konnte, sondern weil es keine Alternative gab. Vielleicht hatte er noch eine allerletzte Chance, mit heilen Knochen das Wurmloch zu verlassen.

Der Anführer.

Schalte den lautesten und größten einer Gruppe aus, und der Rest zieht sich eingeschüchtert zurück. Eine goldene Regel des Gruben- und Straßenkampfes, die mit viel Glück gleichermaßen hier gelten konnte.

Na ja, eher eine Richtlinie als eine *Regel*, vielleicht auch nur ein heftiges Wünschen all jener, die einer blutrünstigen Meute gegenüberstanden. Diejenigen, bei denen es nicht geholfen hatte, konnten vermutlich den Irrtum nicht mehr berichtigen. Oder erst nach mehreren Wochen, in denen jede Nahrung durch einen Satumahohlstamm geschlürft wurde.

Frank verlagerte sein Gewicht unmerklich auf das linke, hintere Bein, machte sich heimlich sprungbereit, musterte ein letztes Mal den Borsht vor sich.

Ein heftiger Schlag, mitten auf die hochempfindliche Schweinebärnase, der ihn zurücktaumeln lässt. Ein Tritt gegen die Knie, ein Einknicken des gewaltigen Körpers, dann eine Drehung und ein Hieb in den Hals. Luft abgeschnürt, Kehle zu, der Borsht fällt zu Boden.

Genau so müsste es funktionieren, dachte Frank. Justament, als ein Schatten durch die Luft wirbelte, ein Schemen in dreifachem Salto angeflogen kam, ihm die Initiative – und seinen Gegnern die Aufmerksamkeit raubte.

Dilara landete mit raubtierhafter Eleganz zwischen ihm und der abgelenkten, verwirrten Bande, den Rücken zu Frank gewandt, die Arme gefährlich locker schwingend. In beiden Händen blitzte je eine geschwungene Silbersichel auf, ebenso wie die Flügel ihrer Schulterpanzer mit Baumrunen und Blütenglyphen verziert, die Klingenspitzen von Borsht zu Borsht wandernd. Offiziell keine *Waffen*, sondern *zeremonielle Symbole der kulturellen Identität* jeder Tarjah, die nur rein zufällig scharf genug waren, um durch die dreifach gepanzerte Außenhülle eines Schlachtschiffes zu schneiden.

Und doch wirkten sie noch harmlos im Vergleich zu ihrer Trägerin.

Es war erstaunlich, wie viel Zorn und Aggression, Zynismus und Kampfeslust in diesem gedrungenen Körper vereint waren. Zugegeben, die Astrotelepathin ragte einen halben Meter höher empor als reinrassige Angehörige ihres Volkes, aber das war immer noch einen Kopf kleiner als Frank. Geradezu winzig im Vergleich zu den potenziellen Angreifern, denen sie sich in den Weg stellte.

Dennoch zögerten diese, gingen sogar einen halben Schritt zurück, als sie aus irreführend niedlichen Kulleraugen angestarrt und mit einer sanften, beinahe hypnotischen Stimme zurechtgewiesen wurden.

»Zurück auf eure Hocker und Lehnen, Jungspunde! Niemand rührt den hässlichen Terraner an, verstanden?«

Hässlich?

Frank verzog sein Gesicht, vergaß einen Augenblick lang seine Dankbarkeit und nahm sich sogar Zeit, in seinem Stolz gekränkt zu sein, während die Situation vor ihm auf einen Wendepunkt zusteuerte.

Der Anführer gewann seine Zuversicht wieder, machte den zurückgewichenen Schritt wett, um vor seiner Truppe nicht als Schwächling dazustehen.

»Warum mischst du dich hier ein? Es ist ja nur ein Mensch!«

Ein Schatten fiel auf ihn, eine Gestalt wuchs in die Höhe, direkt hinter seinem Rücken. Die Knie des jungen Borsht begannen zu zittern, als sich Betshrachthora zu ihrer vollen Größe aufrichtete, die Segmente ihres von Narben gezeichneten Körpers auseinanderzog und das oberste Beinpaar auf seine Schultern legte.

Langsam schob sie ihren Kopf an seiner linken Wange nach vorne, ließ ihre Mandibeln beinahe zärtlich durch den Gesichtsflaum streifen.

»Ja, aber es ist *unser* Mensch. Hast du ein Problem damit?«

Nein, hatte er nicht. Frank atmete erleichtert durch, fühlte sich sicher, nickte Bettsy dankbar zu. Es war eine seltsame Genugtuung, mit anzusehen, wie seine Kontrahenten einer nach dem anderen sehr subtil zurückwichen, im Zwielicht der Bar verschwanden. Die jungen Creesh sackten in sich zusammen, huschten über den Boden, versteckten sich unter den beiden Groashtischen, auf denen enthusiastisch betrunkene Spieler bedenklich hohe Geldeinsätze riskierten.

Der Kampf war vorbei, noch ehe er begonnen hatte.

Eine Kombination aus Respekt, Angst und gesundem Selbsterhaltungstrieb sorgte dafür, dass sich der rauflustige Haufen auflöste, seine individuellen Bestandteile wieder zu scheinbar harmlosen Kneipengästen wurden*. Der Anführer deutete eine Verbeugung an, duckte sich

---

* Übrigens die gleiche Kombination, die dafür sorgt, dass gewisse Tierschützer ihre „Pelz ist Mord"-Farbbeutel bevorzugt auf die Nerzmäntel eitler Schnepfen schleudern – und nicht auf die Lederjacken der Hells Angels.

unter den Klauen der Metallschmeckerin hinweg und trat ebenfalls den Rückzug an, vielleicht sogar um eine wichtige Erfahrung bereichert.

Beinahe enttäuscht ob des entgangenen Gemetzels drehte sich Dilara zu Frank um und winkte ihm mit den Ohren zu.

»So, du Möchtegern-Prospektor, du schuldest uns was. Also, eigentlich schuldest du uns noch mehr – was ist mit unserer letzten Heuer?«

Jetzt war es Frank, der schluckte und schwitzte, mit einer Mischung aus vagem Schuldbewusstsein, rechtschaffener Empörung und leider ganz genauer Kenntnis seines Kontostands.

»Was soll damit sein? Das Minenkonsortium hat sie eingezogen, mitsamt unserer Belohnung. Angeblich reicht das gerade mal so für die Reparaturarbeiten. Wir können froh sein, dass wir nicht verschuldet sind und …«

»*Ein guter Kommandant sorgt immer dafür, dass seine Crew bezahlt wird.*«

Er zuckte zusammen, als ihm seine eigene Stimme entgegenschlug, aus Dilaras Mund, mit ihren Tarjah-Multistimmbändern perfekt imitiert. Nicht nur das, es war sogar ein wortwörtliches Zitat seiner Herausforderung an den ersten Kommandanten, unter dem sie gemeinsam gedient hatten.

Man kann sich nur schwer selbst widersprechen, und ein Kloß drang in Franks Hals, ließ ihn seine manchmal erstaunliche Schlagfertigkeit kläglich vermissen. Schuldbewusst senkte er den Kopf.

»Lass den Kleinen in Ruhe, Dila, er kann nichts dafür – das Konsortium hat ihn genauso durch den Schleimpfuhl gezogen wie uns.«

Das schwere Stapfen mächtiger Stiefel und die tiefe, brummende Stimme Troshks ließen ihn wieder aufblicken, mit einem Anflug von Dankbarkeit für die Verteidigung durch den Sturmkommandanten. Aber es änderte nichts daran, dass die Astrotelepathin recht hatte, auch wenn sie ihrer Forderung keineswegs mit den Klingen Nachdruck verlieh, sondern diese blitzschnell in den Seitenholstern verstaute.

»Nein, sie hat recht. Ich hatte das Kommando, wenn auch nur, um uns nach Hause zu schleppen. Es ist meine Schuld, dass ihr die Heuer nicht bekommen habt.«

Das war es tatsächlich, nicht im rechtlichen, aber im moralischen

Sinne. Hätte ein Borsht, Durash oder Grirrsh – scheiße, alles außer einem Menschen – die MKS Brashatar zurück in sicheren Raum geschleppt, wäre die Belohnung großzügiger ausgefallen. Und vor allem ausbezahlt worden, zusammen mit der fälligen Heuer.

Nein, er war schuld, allein durch seine Genetik und Herkunft. Ein beschissenes Gefühl, aber kein Grund, seine Träume und Visionen zu trüben oder gar aufzugeben. Im Gegenteil, diese waren der Schlüssel hier.

»Aber ich werde es wiedergutmachen und mehr als das. Leute, ich habe meine Lizenz …«

»Hey, gratuliere, Kleiner! Ich wusste, dass du es eines Tages schaffst!«

Bettsy unterbrach ihn nicht nur mit ihren Worten, sondern auch mit einem liebevollen Stups einer ihrer Chitinpanzerbeine direkt in die Rippen, beinahe stark genug, diese zersplittern zu lassen. Beinahe. Sie hatte sich wirklich *sehr* zurückgehalten.

Frank schnaufte und grinste schmerzverzerrt in die Runde.

»… und ein Schiff für uns. Nicht nur das, ich habe auch einen Claim abgesteckt, der uns alle reich machen wird!«

Dilaras Miene erhellte sich, und ihre Ohren begannen mit flatternden Bewegungen Neugier zu signalisieren. Aber sie kannte ihn lange genug, um vorsichtig zu sein und sich eine gesunde Skepsis zu bewahren.

»Was für einen Claim?«

Frank streckte sich, lächelte seiner künftigen Crew selbstbewusst zu.

»Ein Komet, drei Kilometer im Durchmesser, mit einer vermuteten Geode knapp unter der Oberfläche. Die Initialmessungen deuten auf seltene Erden, Metametalle und sogar Elektroaktivität hin. Und dazu der besagte Hohlkörper, wahrscheinlich eine Diamantgeode. Leute, das ist ein Volltreffer.«

Troshk und Bettsy blickten sich kurz an, ein Lächeln erschien auf dem Gesicht des Sturmkommandanten, während die Mandibeln der Creesh unbewusst klickerten.

Lediglich Dilara schien immer noch nicht überzeugt.

»Kein Verwalter gibt einem frisch lizenzierten Prospektor einen solchen Claim, nicht, ohne diesen zuvor an das Minenkonsortium verhökern zu wollen. Also, Frank Gazer, was ist der Haken hier?«

Eigentlich gab es keinen. Zumindest keinen, der der Rede wert war, wenn man mit Dila die beste Astrotelepathin und – bei aller Bescheidenheit – mit ihm selbst den fähigsten Piloten des Sektors im Team hatte. Und natürlich Bettsy, falls doch etwas schiefging, was bei diesem Anflug gar nicht mal so unwahrscheinlich war.

»Es ist ein Irrläufer. Keine erkennbare Umlaufbahn um irgendwas, unberechenbare Trajektorie, Schwenkbewegungen durch Ausgasungen bei jeder Annäherung an Sonnen. Aber hey, das ist doch für uns kein Problem, nicht wahr?«

Genauso gut hätte er »Hey, lasst uns im Methanozean der Grirrsh eine Runde schwimmen!« oder »Wie wäre es mit dem Überraschungsmenü der Minenkantine zum Abendessen?« sagen können. Die Blicke, die sie ihm zuwarfen, sprachen Bände – seine Kolleginnen (und natürlich Kollege Troshk) hielten ihn für verrückt.

Für vollkommen gaga.

Kopfüber vom Baum gesegelt, ohne die Ohren auszubreiten, wie man auf Tarjah zu sagen pflegte.

Aber noch hatte er ihre Neugier – vor allem jene von Bettsy.

»Moment, hast du vorhin behauptet, wir hätten ein Schiff?«

* * *

»Jawohl, ein Schiff. Also ein weiteres Schiff, vermutlich ein Transporter, der zwischen den Großraumern hin und her verkehrt.«

»Shuttleflüge während hochrelativistischem Flug? Die müssen entweder vollkommen bescheuert sein oder wirklich erstklassige Piloten haben. Wie viele Feindschiffe haben wir damit insgesamt?«

Torotoshk blinzelte kurz, strich sich das Stirnfell aus den Augen und überprüfte die sekundäre Projektion zu seiner Linken. Sie standen zu dritt auf der Brücke, jeder in seinem kreisrunden Pod, unter einer leicht gewölbten, dreifach gepanzerten Kuppel, die das Gehirn des Zerstörers zusätzlich schützte. Sorgfältig gepulstes blaues Licht förderte nicht nur die Konzentration, sondern machte auch die Datenhologramme besonders deutlich sichtbar.

In diesem Fall zu deutlich.

»Achtzig Schiffe, Großkommandantin. Bei unserer und deren Beschleunigung noch fünf Lichtstunden und zwei Wochen Flugzeit von uns entfernt. Zehn schwere Bergbauoperatoren, acht Träger, zwölf Zerstörer, zwanzig Kreuzer und jenes Kleinzeug, das wir erst jetzt erkennen können. Und alle halten stur Kurs auf das Jashkvachanor-System.«

Marusha nickte grimmig. Natürlich taten sie das, seit mehreren Monaten schon. Die Nullzone hatte ihre eigenen Regeln, und diese spielten den Plachtharr in die Hände. Das Protektorat befand sich auf verlorenem Posten. Kein Nachschub für die übersichtliche Observationsflotte, kein Einsatzgeschwader, das sie rechtzeitig erreichen konnte. Nur der kleine Verband unter Marushas Kommando stand zwischen den Aggressoren und dem System ihrer Begierde.

Aggressoren?

Das war hier die Frage.

»Spiel die Nachricht noch einmal ab, Subkommandant.«

Torotoshk nickte eifrig, ließ seine linke Pranke durch das Interferenzpanel gleiten, bis die Schallemitter an der Decke die monotone Stimme der Plachtharr wiedergaben, die sie vor etwas mehr als einer Woche erreicht hatte.

»Hier ist Hithamar, erster Gong des Plachtharr-Schiffes Itthakama und Leiter der Expedition. Dies ist eine Botschaft an die Observationsflotte des Protektorats. Wir befinden uns im Anflug an jenes System, das Sie Jashkvachanor-2 nennen, um einen Außenposten der Allianz zu errichten. Wir wollen keinen Kampf mit Ihnen. Gespräche werden geführt, auf höchster diplomatischer Ebene. Verhandlungen laufen. Stören Sie nicht unsere Mission. Ich wiederhole, stören Sie nicht unsere Mission. Jeder feindliche Akt wird mit der Vernichtung Ihrer Flotte geahndet.«

Sie hörten die Botschaft zum gefühlt hundertsten Male, und immer noch wurde Marusha nicht restlos schlau aus ihr. Aber damit ging es ihr vergleichsweisebesser als ihrem jungen Adjutanten.

»Großkommandantin, glaubst du wirklich, unser Rat gibt Jashkvachanor-2 einfach so auf? Ich weiß ja, Plachtharr können nicht lügen, wenn sie also sagen, dass Verhandlungen geführt werden …«

Marusha schnaubte ungehalten und schüttelte ihren Kopf so heftig, dass Strähnen ihres graubraunen Fells hin- und hergerissen wurden, in der reduzierten Schwerkraft zu schweben schienen.

»Sie *wollen* nicht lügen, das ist ein großer Unterschied. Falsche Informationen verursachen den Symbionten Unbehagen, sorgen für schmerzhafte Störungen in der Schwarmkommunikation. Sie *hassen* es sogar, zu lügen oder auch nur ungenaue Daten berichten zu müssen. Aber das bedeutet nicht, dass sie es nicht können. Also ja, mein junger Freund, ich bin überzeugt, dass sie die Wahrheit sagen. Ebenso wie ich überzeugt bin, dass unsere Sprecherin und der Rat niemals die Nullzone samt Jashkvachanor-System freiwillig räumen würden.«

Troshks Sohn sah sie noch verwirrter an als zuvor. Was nicht etwa daran lag, dass er dumm war. Seine Schlauheit hatte er schon bewiesen, als er in die Flotte eingetreten war – und nicht in die Infanterie, in der sein Vater immer noch eine omnipräsente Legende, einen unüberwindbaren Schatten darstellte. Nein, der junge Mann war auf dem besten Weg, selbst ein herausragender Kommandant zu werden, brachte alle erforderlichen Talente dafür mit. An Erfahrung mangelte es ihm jedoch gravierend.

»Der Schlüssel liegt im Wortlaut. *Gespräche werden geführt, auf höchster diplomatischer Ebene.* Wer spricht hier mit wem? Vielleicht nur die Vertreter verschiedener Plachtharr-Völker miteinander. *Verhandlungen laufen.* Wer verhandelt über was? Selbst wenn Aarashkvachora tatsächlich mit deren Botschafter berät, bedeutet das noch lange nicht, dass sie ihnen grünes Licht gegeben hat. Vermutlich protestiert sie gerade aufs Heftigste oder droht ihnen mit einem neuen Feldzug. Sie sagen die Wahrheit, aber es ist eine *irreführende*, die uns in die Schlammpfütze leiten soll. Also, mein Adjutant, was ist in diesem Fall die *tatsächliche*, nach der wir uns richten sollten?«

Torotoshk lehnte sich zurück, schloss kurz die Augen, um nachzudenken, atmete langsam und tief ein und aus, so wie sie es ihn gelehrt hatte.

»Es ist eine Annexion. Sie holen sich Jashkvachanor-2, das System, im Endeffekt die gesamte Nullzone. Und wir sollen glauben, dass sie es mit der Billigung des Protektorats tun. Eine List, um uns vom Einschreiten abzuhalten. Wir haben keine Möglichkeit, rechtzeitig Rücksprache mit der Heimat zu halten, sind ihnen zudem hoffnungslos unterlegen. Aber warum sollten sie auch einen Kampf riskieren? Wenn wir sie nicht an der Landung hindern, haben sie ihr Ziel erreicht, ohne dass es zu einem Krieg kommt. Sie gehen strategisch gestärkt aus der Situation heraus, ohne einen Schuss abzufeuern.«

Marusha lächelte in sich hinein, ließ ihren Blick über die Konsolen und Projektionen an der kreisrunden Wand der Brücke schweifen. Nicht weil sie abgelenkt war, sondern weil sie dem Jungspund nicht zeigen wollte, wie stolz sie auf ihn war. Außerdem übersah er ein kleines Detail.

»Nicht nur strategisch. Wenn die Legenden um die Artefakte stimmen, nein, wenn sie auch nur einen Mikrokristall Wahrheit enthalten, können sie uns technologisch um Jahrtausende überflügeln. Das war es dann mit der Dominanz des Protektorats in unserem Spiralarm, und du kannst dir schon mal das Fell abrasieren, um Platz für die Symbionten zu schaffen. Falls die uns überhaupt akzeptieren.«

Torotoshk schluckte und nickte betreten.

»Aber was können wir tun, Großkommandantin? Einen offenen Kampf werden wir nicht nur verlieren, nein, wir werden sie nicht einmal nennenswert schädigen.«

Marusha blickte auf die Hauptprojektion, die sie über die Köpfe der gesamten Brückenbesatzung ausgedehnt hatte, um allen den bestmöglichen Überblick zu gewähren. Einige wenige bläuliche Schimmer, viel zu viele orange Punkte, dazwischen ein Abstand von wenigen Lichtstunden. Und beide mindestens zwei Monate Reisezeit von Jashkvachanor-2 entfernt – bei voller Beschleunigung.

»Nein, können wir nicht. Aber vielleicht haben wir eine Chance, sie zu verlangsamen, abzulenken. Wenn unsere politischen Anführer keine vollkommenen Idioten sind, wird in einem halben Jahr die fetteste Protektoratsflotte der letzten Jahrzehnte hier auftauchen. Und wir können ihre Chancen drastisch verbessern. Was wir brauchen, ist ein solider Plan.«

Und ein Wunder.

Dies sagte sie aber nicht laut, sondern versuchte vielmehr, Optimismus und Zuversicht auszustrahlen. Nicht nur für ihren Adjutanten, sondern auch für jedes einzelne Mitglied der Besatzung – sogar die selig auf ihrem Stuhl vor sich hin schnarchende Astrotelepathin Ghalina. Ihre Ohren waren bis zum Boden ausgerollt, und Sabber floss aus ihrem Mundwinkel. Nun ja, was sollte eine Sprungschmeckerin auch sonst machen in einem Sektor ohne Wurmlöcher?

Die Großkommandantin war froh, dass der Rest der Besatzung auf Vordermann gebracht war – auf allen Schiffen. Ebenso wie der Zerstörer und die Hilfskreuzer selbst. Keine Wartung war vernachlässigt, kein Drill ausgelassen worden. Im Gegenteil, mehrere Flottenübungen im Kleinformat hatten den Kommandanten der restlichen Schiffe auf ihre alten Tage noch den ein oder anderen neuen Trick beigebracht. Die Techniker gaben ihr Bestes, und das merkte man. Mehr als hundert Jahre alte Reaktoren liefen auf höherer Effizienz als bei ihrer Jungfernfahrt, antiquierte Waffensysteme glänzten mit gesteigerten Energieoutputs, neuen Zielroutinen und schnelleren Such- und Zerstör-Algorithmen. Scheinbar langweilige Monate und Jahre des Observationsdienstes waren verwendet worden, um eine Handvoll Smartdrohnen von Grund auf zu bauen, die nun die betagten Raum-Raum-Raketen ergänzten. Jeder Geschützmeister, jeder Waffenoffizier war mit beiden Systemen vertraut, und auch die Piloten hatten ihren Motivationsschub erhalten. Die Jäger und Bomber wurden wöchentlich ausgeflogen und getestet, und nicht einmal im hintersten Winkel der allerletzten Frachtkammer, dort, wo selbst eine Marusha keine Inspektionen durchführte*, war ein Fleckchen Rost zu finden.

* * *

---

* Was ein Irrtum war. Über kurz oder lang fand die Kommandantin alles und jeden, was ein fauler Menschenkoch namens Jared Kushner auf die harte Tour lernte. Seine kleine Schwarzbrennerei im Ersatzteillager 13D auf der fünften Ebene wurde konfisziert, das erstaunlich schmackhafte Produkt von Marusha eigenhändig vernichtet. Über einen längeren Zeitraum hinweg, gemeinsam mit ihren verdientesten Offizieren und Soldaten, die danach alle zustimmten, dass es besser war, Kushner nicht an die Creesh an Bord zu verfüttern. Er hatte ein Talent, das in die richtige, hochprozentige Bahn gelenkt werden musste.

»Das ist *Rost!* Weißt du überhaupt, wann das letzte Mal in der Raumfahrtgeschichte des Protektorats etwas verbaut wurde, das *rosten* kann?«

Frank stoppte, schnaufte und ließ die verflucht schwere Metalltruhe zu Boden sinken, die er gerade über die Ladeluke in den Mittelgang der *Belthrana* schleppte. Die fünfte Kiste mit Abbauequipment, eine gewichtiger als die andere, und jede Einzelne war an ihm hängen geblieben. Troshk inspizierte immer noch sehr gründlich und vor allem langsam die Waffensysteme, denn Dilara hatte ihm unmissverständlich klargemacht, dass sie als Astrotelepathin und nicht als Lastenträger an Bord war und Bettsy – nun, Bettsy kümmerte sich tatsächlich um den Pre-Flight-Check. Überprüfte jedes System, jeden kritischen Teil des Schiffes. Und sie sah, dass es eben nicht gut war.

Frank schwitzte inzwischen wie ein Schwein. Nicht, dass er wusste, was denn ein Schwein nun genau war – nur wie es aussah. Er erinnerte sich vage an einige Schautafeln im Terranermuseum, an die Ähnlichkeiten mit einem kahlrasierten Borsht auf allen vieren. Auf diesen würde er selbst bald kriechen, noch bevor sie den Frachthafen – Andockschleuse 23, ganz hinten bei den Seelenverkäufern – verließen. Und so war er durchaus dankbar für die kurze Verschnaufpause, auch wenn der Grund dafür eher bedenklich schien.

»Nein, weiß ich nicht. Fünfzig Jahre? Hundert vielleicht?«

Bettsy griff in ihre riesige Mechanikertasche, die sie auf Missionen stets an ihrer Seite trug. *Das schwarze Loch* nannte sie den Beutel oft spöttisch, ein schier unergründlicher Fundus an Werkzeug, Materialien und sogar Mahlzeiten. Ohne hinzusehen, mit einem einzigen, schnellen Griff, holte sie einen kleinen Materialscanner heraus, den sie mit verärgert klickernden Mandibeln aktivierte.

»Eher zweihundertfünfzig, Kleiner. Wer auch immer dir das Schiff angedreht hat – du wurdest durch die Schlammpfütze gezogen.«

Ein Anflug von gekränktem Besitzerstolz durchfuhr Frank, als er sich umsah. Natürlich, die *Belthrana* war alt, uralt sogar, und ja, man konnte mit genug Boshaftigkeit oder einfach nur solidem Mechanikerverstand behaupten, dass sie ein Schrotthaufen war.

Aber es war *sein* Schrotthaufen.

Der Gitterboden unter seinen Füßen, aus einer undefinierbaren Legierung gefertigt und das Einzige, was ihn und Bettsy davon abhielt, in den Frachtraum zu stürzen, knirschte und ächzte bei jeder Bewegung. Kleine, unregelmäßig verteilte Lücken aus ausgebrochenen Elementen erlaubten einen noch genaueren Blick in die Tiefe auf mit halbverfallenen Trennwänden unterteilte Ladebereiche. Eine Mischung aus Kondenswasser, Maschinenöl und der Kühlflüssigkeit hoffentlich unwichtiger Systeme bildete an zahlreichen Stellen Lachen, in denen sich das flackernde Licht unzuverlässiger, von den Wänden hängender Luminanzpaneele spiegelte.

Der grüngraue Bereich vor ihm, der trapezförmige Hauptgang, schien in absolute Finsternis zu führen – was er auch tat. Die Beleuchtung der Vorbrücke und der dort nach unten in den seltsam riechenden Bauch des Schiffes führenden Stufen war ausgefallen, als Bettsy die Tür zur Brücke öffnen wollte – mit dem dafür vorgesehenen Schaltsystem und nicht mit dem mechanischen Nothebel. Sie würde sich auch darum kümmern müssen. Aber, verdammt nochmal, es war ein Schiff, mit eigenem Reaktor, eigenem Expander und reichlich Frachtraum.

Sein Schiff.

»Hör mal, du weißt ja nicht einmal, wie viel ich dafür bezahlt habe. Und so schlimm kann es ja gar nicht sein, oder? Immerhin hat es eine Tiefraumplakette.«

Bettsy ließ den Scanner sinken und drehte sich langsam, würdevoll, vielleicht sogar ein wenig theatralisch zu ihm um. Ihre Facettenaugen wanderten zwischen ihm, dem Gitterboden unter ihnen und dem Metallträger an ihrer Seite hin und her. Behutsam hob sie das oberste Linksbein, fixierte Frank mit einem Blick, von dem es kein Entkommen gab, und stupste den Träger an.

Ganz behutsam, vorsichtig.

Zärtlich.

Ihre Chitinklaue glitt durch das Metall wie ein torsionserhitzter Bolzen durch einen unvorsichtigen Durashtechniker, durchstieß mühelos den gesamten Träger und zog sich wieder zurück.

Braunes Pulver rieselte aus dem Loch dem Gitterboden entgegen, fiel durch diesen hindurch und als feiner Eisenoxidregen in den Frachtraum, wo einige Raumratten empört quiekten.

Rost.

»Du hast dafür bezahlt, Kleiner? Also richtige Mineraleinheiten? Und kein Geld dafür genommen, um dem Händler die Abwrackung zu ersparen? Junge, du wurdest nicht nur durch die Schlammpfütze gezogen, man hat deinen Kopf bis zum Boden in den Schleim gedrückt. Von wem hast du diesen Kahn überhaupt gekauft?«

Frank zögerte. Natürlich wusste er auf einer unbewussten Ebene, dass Bettsy in allem recht hatte. Dies ihr und vor allem sich selbst gegenüber einzugestehen, fiel ihm jedoch alles andere als leicht. Und all das aus einer falschen Speziessolidarität heraus, in diesem Fall einer unangebrachten.

»Vom alten Özgür, du weißt schon, der mit dem knallrot angestrichenen Universalladen auf der dritten Handelsebene.«

Bettsy klickerte traurig mit den Mandibeln und ließ ihre Fühler pendeln – ein resignierendes Kopfschütteln nach Creesh-Art.

»*Özgürs exotische Waren aller Art – Shishas, frisierte Gleiter, billige Gebrauchtraumschiffe.* Ja, kenne ich leider nur zu gut. Der und seine ganze Sippe sind bekannt dafür, Einsatzstunden zu fälschen, Meteoritenschäden zu übermalen. Oder das Baujahr großzügig nach vorne zu verlegen, nachdem die Originaldaten durch einen tragischen Unfall aus dem Kristall gelöscht worden sind und sogar die Sprunganzahl im Expander um 100.000 zurückzudrehen, wenn ein Käufer dumm genug ist, darauf hereinzufallen. So wie du eben. Du kennst doch das Sprichwort – *Wer vom Menschen kauft, zahlt doppelt.*«

Frank nahm die Beleidigung seiner Spezies widerstandslos hin und hob beschwörend die Arme.

»Aber du kannst doch sicher etwas draus machen? Ein paar Reparaturen hier und da, ein bisschen die tragende Struktur verstärken, gerade gut genug, um uns zum Kometen und zurück zu bringen. Und dann haben wir genug Geld, um alles richtig auf Vordermann zu bringen. Die besten Materialien, nagelneue Ersatzteile, was auch immer du willst. Komm schon Bettsy, du bist die genialste Mechanikerin, die ich kenne.«

Die Metallschmeckerin ließ amüsiert die Fühler wippen.

»Versuchst du es jetzt mit Schmeicheleien? Was kommt als Nächstes? Lädst du mich zu einem Date ein und marinierst dich vorher in Gewürzölen?«

Geschickt ließ sie sich zu Boden gleiten, huschte auf allen sechsen durch den Gang, klopfte Wände ab, betrachtete die Decke und baute sich schließlich wieder vor ihm auf.

»Ja, ich bekomme das hin. Aber ich werde all meine Titanrollen brauchen. Wir haben dann nichts mehr in Reserve, um Hüllenschäden zu flicken. Du musst also doppelt vorsichtig fliegen, verstanden?«

Dankbar nickte er ihr zu.

»Verstanden! Ich werde das Schiff wie einen frisch verpuppten Shra-vakokon behandeln, versprochen! Und – du bist wirklich die Beste!«

»Jaja, schon gut, du Schleimer. Erinnere dich daran, wenn wir die Beute aus der Geode aufteilen. Ich begebe mich gleich an die Arbeit, mach du uns inzwischen startklar.«

§ 114   Verpflichtungen durch Kriegsschulden

Die Völker des Rates erkennen hiermit an, dass durch die Vernichtung der Erde sowie des Heimatsystems der Menschen deren Überlebende keine Möglichkeit haben, die von ihnen verursachten Schäden und Verluste jemals vollständig zu kompensieren. Von einer Geltendmachung der berechtigten Reparationsforderungen gegenüber einzelnen Menschen wird abgesehen. Sie werden stattdessen einem moralischen Dauerschuldverhältnis gegenüber dem Protektorat unterworfen, das folgende Pflichten verankert:

- Sollte sich durch unvorhersehbare, nicht im Vorfeld vermeid- oder mitigierbare Umstände auf einer Protektoratswelt die Notwendigkeit von Zwangsarbeit ergeben, so sind Menschen im arbeitsfähigen Alter als Erste einzuberufen.
- Sollte sich in einer vom Rat genehmigten Militäroperation des Protektorats die Notwendigkeit zu einem Selbstopferungseinsatz ergeben, so gelten menschliche Soldaten automatisch als freiwillig gemeldet, falls sie die intellektuellen Fähigkeiten für eine erfolgreiche Durchführung aufweisen.
- Sollte sich in einer extremen Hunger-, Schiffbruch- oder Isolationssituation die Notwendigkeit der Wesensschmeckerei ergeben, werden Menschen als Erste gefressen. Sie gelten diesbezüglich als freiwillig gemeldet, die Schlachtung sollte jedoch so schmerzfrei wie möglich gestaltet werden. Die Zehrenden, so sie die genannte Notsituation überleben, sind verpflichtet, sich bei den Hinterbliebenen der von ihnen Verspeisten persönlich zu bedanken und erkenntlich zu zeigen.
- Die jeweiligen Regierungen und Verwaltungsbehörden der Ratsvölker sind berechtigt – aber nicht verpflichtet – bei menschlichen Bürgern den doppelten Steuersatz auf Einkommen und Vermögen anzuwenden.

– Lex Humanitas, erste Fassung aus dem Jahre 27 AT

4

DER SPRUNG DES GLAUBENS

»Protektoratsflotte an Plachtharr-Expedition: Wir ersuchen Sie, Ihren Anflug auf das Jashkvachanor-System zu verlangsamen, bis wir eine Bestätigung der laufenden Verhandlungen oder deren Ergebnisse erhalten. Hiermit schlagen wir ein Treffen unserer beiden Verbände am äußeren Rand der demilitarisierten Zone vor, um weitere Schritte zu besprechen. Wir erwarten Ihre Antwort innerhalb von zwei Standardtagen.«

Marusha schloss die Augen, atmete tief ein und wieder aus. Derselbe Text, dieselben Worte und Sätze, zum achten Mal in der letzten Woche gefunkt. Nur die Frist hatte sich entsprechend verkürzt, der Rest war ident geblieben, eine eindringliche Bitte um Kontaktaufnahme.

Ohne Reaktion.

»Großkommandantin, ich muss dir eine Frage stellen. Wir drohen ihnen nicht, wir nennen nicht einmal Konsequenzen dafür, wenn sie uns ignorieren und weiterfliegen. Warum? Weil wir nichts haben, mit dem wir ihnen drohen können?«

Sie öffnete die Augen, musterte ihren Adjutanten eindringlich. Nein, es war kein vorwurfsvoller Ton gewesen, eher eine Mischung aus Neugier und der Hoffnung, dass sie, die alte Veteranin, noch einen hohen Würfel unter dem Becher hatte. Schlauer Junge.

»*Beinahe* richtig, Torotoshk. Sie sollen überzeugt sein, dass wir *glauben*, ihnen nicht gefährlich werden zu können. Erinnere dich an deine Offiziersausbildung, Strategie & Planung: Kenne die Ziele deines Feindes und versuche, sie zu verhindern. Genau das machen wir. Ihr oberster Auftrag ist es, das System und die Nullzone zu besetzen, das nachrangige Missionsziel ist die Vermeidung eines Kampfes mit uns. Sie müssen glauben, dass beides möglich ist, um für uns berechenbar zu bleiben.«

Der Adjutant strich sich das Stirnfell aus den Augen, blickte sich auf der Brücke um. Der Rest der Besatzung war in jene seltsam monotone Effizienz verfallen, von der ihm sein Vater erzählt hatte. Die Ruhe vor dem Sturm, entscheidende Stunden und Tage, in denen jeder Prankengriff saß, alle Besatzungsmitglieder mit einer geisterhaften Gelassenheit ihren Pflichten nachgingen – und sich wappneten.

»Alles erledigt, Großkommandantin.«

Eine menschliche Stimme riss ihn aus seinen Gedanken und Beobachtungen, ließ ihn zu der Schwebeplattform blicken, die aus dem Rumpf emporgestiegen war und einen untersetzten, grauhaarigen Veteranen in Technikeruniform auf ihrer titanglänzenden Platte trug.

Gut sechzig Jahre alt, mit einem furchigen Gesicht, an dessen rechter Seite eine grimmige Narbe von den erbitterten Nahkämpfen zeugte, die er im letzten Plachtharr-Feldzug überlebt hatte. Als Sturminfanterist in einem Enterkommando, noch lange vor seiner Ingenieursausbildung, die ihn gegen jede Wahrscheinlichkeit und genetische Unzulänglichkeit an die Spitze der griesgrämigen Maschinenschrauber gebracht hatte.

Der Chefingenieur, von seinen menschlichen und vielen andersrassigen Untergebenen ehrfurchtsvoll Obryan genannt, ein mystischer Titel, dessen Ursprung im Strudel der Vergangenheit und der Vernichtung terranischer Kultur verloren gegangen war.

Zwei Werkzeugtaschen in den Händen, eine Sturmflinte über der Schulter, Flecken von Schmieröl an Uniform und linker Wange.

Schmieröl?

Seit Jahrhunderten gab es kein System mehr an Bord von Protektoratsschiffen, das noch Schmieröl brauchte. Es war eines der großen, aber militärisch unwichtigen paranormalen Rätsel in jeder Flotte, die einen Obryan besaß, denn die archaische, schwach giftige Flüssigkeit schien sich aus dem Nichts zu materialisieren, rituellen Stammeszeichen gleich an den Chefingenieuren zu erscheinen. Ein Anblick, der die traditionell abergläubischen Raumfahrer jeder Spezies beruhigte – und der Großkommandantin eine grimmige Freude entlockte.

»Und, wie sieht es aus? Wie ist unser Status, *Chief*?«

Der Obryan ging zwei Schritte nach vorne, machte die Plattform frei für die nächsten Benutzer und stellte sein Werkzeug ab.

»Die *Holosh* würde in einem Kampf keine Minute überleben, aber als Transporter taugt sie noch. Wir haben sie restlos ausgeräumt, bis auf die Meteoritenabwehr alle Geschütze demontiert und auf der *Ciarosh* oder hier verbaut. Wir müssen sie noch justieren, die Energieleitungen von den Reaktoren verstärken, aber du bekommst damit reichlich zusätzliche Feuerkraft, Großkommandantin. Und natürlich alle Raketen aus ihren Beständen.«

Marusha nickte zufrieden. Ein halbwegs moderner Zerstörer, die *Dorashadar*, zwei hoffnungslos veraltete Hilfskreuzer – *Holosh* und *Ciarosh* – sowie eine kleine Schar Begleitschiffe, Jäger, Bomber, Transfershuttles. Mehr hatte man der Observationsflotte zuletzt nicht zugestanden, und sollten sie tatsächlich in den Kampf ziehen, würde sie es mit einem Kreuzer weniger tun.

Die *Holosh* war so alt, dass sie noch keine Streulinsen und keine Smartbeschichtung hatte. Ihre einzigen Defensivsysteme, die lächerlich wirkende Abwehr, bestand in ihrer Panzerung und den automatischen Partikel-Kanonen, die Raum-Raum-Raketen mit viel Glück abschießen konnten. Gegen die hochgezüchteten Lasergeschütze der Plachtharr half das weniger als Stoßgebete oder jene kleine Zuckerkugeln, die von menschlichen Gaunern auf zwielichtigen Stationen als Allheilmittel verkauft wurden.

Die *Ciarosh* hingegen, dreißig Jahre jünger, hatte eine kämpfende Chance, wie es die Taktiker nannten. Oh nein, nicht auf ein Überleben, schon gar nicht auf einen Sieg, nicht gegen jene Übermacht, die ihnen entgegenstand. Aber darauf, dem Feind wirklich empfindlichen Schaden zuzufügen, bevor sie in einem glorreichen Feuerball verging.

Wenn es hart auf hart käme, würde Marusha genau von hier aus, auf der Brücke der *Dorashadar* stehend, die Flotte in den Kampf führen. Der Zerstörer war alt, aber nicht antik, kampferfahren, aber ohne schlecht reparierte Schäden, die sich rächen konnten. Im Prinzip eine fliegende Panzerung mit viel zu viel Geschützen und Werfern, gnadenlos darauf optimiert, möglichst lange an der Frontlinie zu überleben und dabei möglichst viele Feinde mit in den Tod zu nehmen.

In den Tod?

Vielleicht war er unausweichlich, aber daran glaubte Marusha nicht.

Es gab immer eine Chance auf Überleben, und für manche eine viel höhere als für andere.

Mit einer sorgfältig aktivierten und bestätigten Dreifachverschlüsselung aktivierte sie den sicheren Flottenfunk, der sie alle sprachlich vereinte, vom schnittigen Jäger bis zu ihrem fliegenden Titankasten.

»Großkommandantin Marusha an die Flotte. Wir gehen derzeit davon aus, dass die Absichten der Plachtharr feindlich sind und ihr Eindringen in die Nullzone nicht vom Rat sanktioniert wurde. Kampfhandlungen scheinen wahrscheinlich, und ihr alle kennt unsere Chancen in so einem Gefecht. Ich habe deswegen befohlen, die *Holosh* zu einem Ferntransporter umzufunktionieren. Jedes Besatzungsmitglied auf jedem Schiff, das die Heimreise antreten will, bekommt von mir ausdrücklich den Befehl dazu. Es verbleiben im System nur ich, Adjutant Torotoshk und Freiwillige. Verstanden?«

Sie hielt kurz inne, zögerte, rang einen Moment mit sich selbst, ehe sie wieder die Stimme erhob.

»Paragraf 114, Sektion b der Lex Humanitas kommt nicht zur Anwendung. Ich wiederhole, dies wird nicht als Selbstopferungseinsatz angesehen; allen menschlichen Besatzungsmitgliedern steht es frei, sich auf die *Holosh* zu begeben.«

Sie beendete die Übertragung und zwinkerte dem Obryan verschwörerisch zu.

»Hast du gehört, Chief? Du kannst nach Hause fliegen, zu deiner Familie zurückkehren.«

Genauso gut hätte sie ihm »*Deine Mutter lutscht Pseudopodien für Mineralienstaub!*« oder »*Deine terranischen Vorfahren haben Schlager gehört!*« ins Gesicht brüllen können. Mit hochrotem Kopf, bebenden Schultern, jawohl zutiefst beleidigt, schüttelte er sein ergrautes Haupt, brachte beide Arme vor seinem Körper in Anschlag, richtete sie auf Marusha aus.

Zwei Hände zu Fäusten geballt, die sich langsam umdrehten, und aus denen nun jeweils ein Finger herausgestreckt war. Jener, den die Menschen *Mittelfinger* nannten.

Seine Stimme zitterte vor verletztem Stolz.

»Ich bin dir in mehr als zwanzig Missionen und zahllose Schlachten gefolgt, *Großkommandantin,* und ich habe nicht vor, damit aufzuhören. Bei allem gebührendem Respekt – du kannst mich an meinem ungewaschenen Menschenarsch lecken.«

Torotoshk riss entsetzt die Augen auf, hielt den Atem angesichts dieser Insubordination unwillkürlich an. Jeder niederrangige Mensch hätte sich vor einem Strafappell wiedergefunden, bei einer Creesh-Kommandantin vielleicht sogar knusprig gebraten auf einem Bett aus Shrava-Larven. Marusha hingegen lachte schallend.

»Nun gut, *Chief,* wie du willst. Lass uns wieder gemeinsam in die Schlacht ziehen, auf in den nächsten Plachtharr-Krieg!«

* * *

»Eigentlich gut, dass wir auf eine Mission gehen. Wenn man den Gerüchten glauben darf, steht ein neuer Krieg gegen die Plachtharr bevor, und ich kann gerne darauf verzichten, für ein Todeskommando bei der Aufklärung rekrutiert zu werden.«

Erstaunt drehte sich Frank zur Seite, blickte aus seinem Kommandantenstuhl nach links zur kleineren und bequemeren Liege der Astrotelepathin und Co-Pilotin. Nicht so sehr wegen Dilaras Aussage – es war logisch, dass die besten Raumfühlerinnen und Gravitonenschmecker bei den Spähern landeten. Nein, ihn verwunderte, dass die abgebrühte Tarjah tatsächlich mit einem Krieg rechnete. Langsam schüttelte er den Kopf, während er das nächste Triebwerk startete und seine Leistungsdaten überprüfte.

»Glaube ich nicht. Ich habe gehört, dass unsere Sprecherin den Botschafter der Plachtharr vorgeladen hat. Und das bedeutet, sie hat ihm die Symbionten ordentlich ausgerichtet, mit jener Überzeugungskraft, wie man sie von Aarashkvachora der Grausamen erwarten kann. Vielleicht hat sie ihm sogar ein Bein ausgerissen und vor seinen Augen gefressen.«

Mit erstaunlicher Geschwindigkeit huschte Bettsy zwischen ihnen hindurch, richtete sich vor ihm auf und klickerte empört.

»Hör auf mit diesem Methanfurz, Kleiner! Aarashkvachora ist weder grausam noch eine Wesensschmeckerin!«

70

Die Heftigkeit ihrer Reaktion überrasche Frank, nein, sie erschreckte ihn sogar. Unsicher hob er die Hände.

»Aber ihr Beiname …«

Die Metallschmeckerin fauchte nochmals mit Nachdruck, und ein wütendes Zischen begleitete ihre Mandibeln.

»Ihr eigentlicher Beiname ist *die Mediatorin*. Diesen ganzen Unfug mit Aarashkvachora der Grausamen hat sie dem Minenkonsortium zu verdanken.«

Frank schüttelte den Kopf.

»Es tut mir leid, das verstehe ich nicht.«

»Natürlich nicht, du warst damals noch nicht geboren. Das Minenkonsortium hat eine PR-Kampagne finanziert, um ihr diesen Beinamen zu verpassen, jeden Korrespondenten auf den Protektoratswelten und alle Holonetschreiberlinge bestochen. Und warum? Weil sie es war, die damals als einfache Abgeordnete die Finanztransaktionssteuer durch die Gremien boxte, die *vielleicht* die Gewinne des Konsortiums um ein Viertelprozent schmälerte, aber *ganz sicher* ein viel besseres Sozial- und Bildungssystem im gesamten Protektorat durchfinanzierte. Das Terranermuseum wird ausschließlich damit betrieben, etwas, dass du wissen solltest.«

Frank schluckte. Natürlich hätte er so etwas wissen können, vielleicht wissen müssen – aber es war ihm vollkommen unbekannt. Er hatte nicht einmal geahnt, dass sich Bettsy für Politik interessierte, offenbar eine Anhängerin Aarashkvachoras war. Und mit ihren Ausführungen noch lange nicht am Ende.

»Und davor, auf Creesh selbst, hat sie das Gesellschaftsreformpaket mitgetragen. Seitdem werden Erstlegerinnen von der Gesellschaft unterstützt, und Männchen dürfen nur mehr aus sehr triftigen Gründen gefressen werden.«

Jetzt hatte sie seine Neugier endgültig geweckt.

»Was, ihr fresst eure Männchen immer noch? Also auch eure eigenen, nicht nur die anderer Rassen? Was ist denn das für ein triftiger Grund, den es dafür braucht?«

Bettsy zögerte, zog ihre Segmente wieder etwas zusammen, schrumpfte vor Frank und Dilara so weit, dass sie mit ihnen nun auf Kopfhöhe war.

»Eigentlich ein Zusammenspiel aus mehreren Gründen, allesamt ein Konglomerat aus soziologischen Faktoren und traditionellen Werten. Eine Folge von Interaktionen, die abseits der Erwartungshaltung …«

Er starrte sie mit genau jener Verständnislosigkeit an, die sich in seinem Kopf breitgemacht hatte, und die Metallschmeckerin ließ mit einem resignierenden Klickern die Fühler hängen.

»Also gut, wenn du es unbedingt wissen willst – im Endeffekt läuft es immer auf schlechten Sex hinaus.«

Dilara drehte sich zu ihnen um, lachte so laut und stürmisch, dass ihre Ohren sich aufrichteten, versteiften und zu zittern begannen.

»Schlechter Sex? Ernsthaft? Wenn es danach ginge, wäre ich schon hundert Mal der Wesensschmeckerei angeklagt gewesen – und unser guter Frank hier hätte nicht einmal seinen zwanzigsten Geburtstag überlebt.«

Mit einem Ausdruck rechtschaffener Empörung, verletztem Stolz und gut unterdrücktem Selbstzweifel hob er protestierend die Arme.

»He, Moment, woher willst denn ausgerechnet DU das wissen? Wir haben niemals …«

Die Astrotelepathin kicherte.

»Nein, natürlich nicht, weil ich zu viel Geschmack und Selbstachtung habe. Müssen wir auch gar nicht. Du bist der einzige Raumfahrer, den ich kenne, der sich in seiner Kajüte eine *Fellatioforelle* hielt.«

»Ich wusste nicht, was es war! Verdammt, Dila, ich hatte ein Haustier beantragt, und der Personalleiter genehmigte nur ein Aquarium! Woher hätte ich ahnen sollen, dass dieses Vieh dafür gezüchtet war …«

»… und dann sind da noch diese *ganz speziellen* Holos, die du dir immer auf die Datenkristalle geladen hast, wenn du dich unbeobachtet fühltest. *Tentakelspaß im Silbersumpf, Menschenweibchen in der Brunft, Sechzig Lichtjahre bis Sodom* und …«

Franks Kopf war hochrot, Schweiß stand ihm auf der Stirn, seine Hände verkrampften sich um den Steuerknüppel. Er schrie die nächsten Worte förmlich über die Brücke.

»Schon gut, schon gut! Lass uns nicht mehr darüber reden. Wir haben einen Kometen zu ernten! Troshk, wie sieht es mit den Waffensystemen aus?«

Der Sturmkommandant, bereits in seinem verstärkten Stuhl angeschnallt, brummte gutmütig, wohl wissend, dass er Frank mit seinem Bericht gerade aus der Patsche half.

»Wir haben zwei Raketenrohre, wovon eines einsatzbereit ist. Was aber vollkommen ausreicht, denn wir haben nur eine einzige funktionsfähige Rakete an Bord. Die drei anderen sind schon seit Jahrzehnten hinüber, haben nicht einmal mehr einen Sprengkopf drinnen. In einer hat sich eine Rattenfamilie eingenistet, mit niedlichen kleinen Jungen. Die Mutter habe ich *Flauschi* getauft. Zwei schwere Laser sind einsatzbereit, als Stufe fünf klassifiziert, also kein Spielzeug für dich, Kleiner. Oh, entschuldige – ich meine natürlich: Alle Waffensysteme gesichert und in nichtmenschlicher Hand, Kommandant!«

Frank nickte und aktivierte das letzte Triebwerk, holte sich die Leistungsdaten des Leerlaufs in die primäre Projektion. Alles im grünen Bereich. Na ja, das war übertrieben, aber alles war zumindest im gelben Bereich, wenn man die ein oder andere Sicherheitsnorm sehr großzügig auslegte.

»Leute, schnallt euch an – ich fliege uns raus!«

Bettsy huschte zurück an ihren Platz, Dila senkte die Ohren leicht ab und Troshk gab einen Ton von sich, der ein Schnauben oder Schnarchen sein konnte.

Egal, es ging los – und für Frank ein Traum in Erfüllung. Jede Reise beginnt mit dem ersten Sprung, sagt man. Für ihn war es damals ein gefälschter Registerauszug gewesen, der ihn statt zwölf vierzehn Jahre alt erscheinen ließ, es ihm erlaubt hatte, in den Minen anzuheuern. Alles andere war Zufall, Schicksal, Fleiß und Glück gewesen. Jede Tracht Prügel, jedes Mal, wenn ihm »Drecksmensch« oder Ähnliches zu gezischt worden war; jede der zahlreichen Demütigungen hatte ihn an diesen einen Punkt geführt. Aber auch jede gutmütige Pranke und Pseudopodie, hilfsbereit entgegengestreckt, jede aufmunternd klickernde Mandibel, jedes freundliche Wort, jedes Mal, wenn sich jemand dazu entschloss, diesem Menschen eine Chance zu geben.

Und seine Begleiter.

Oder gar Freunde?

Nein, das eher nicht.

NOCH nicht.

Aber keiner wäre ohne den anderen mehr am Leben, und sie alle hatten weitaus bessere, sicherere, lukrativere Angebote ausgeschlagen, um hier mit ihm im Cockpit zu sitzen.

Seine Crew.

Sein Schiff.

Sein Schicksal.

Ein erhabener Moment, als er die Klammer vom Raumdock löste, das Manövriertriebwerk an der Steuerbordseite vorsichtig hochfuhr, sich die *Belthrana* in Bewegung setzte. Tiefe innere Zufriedenheit, ein Gefühl der Harmonie mit dem Kosmos selbst überkam Frank Gazer, als der alte Frachter endlich Fahrt aufnahm, sich den Sternen entgegenschob. Die Erhabenheit der Schöpfung selbst, in diesem Fall die Andromeda-Galaxie, so weit entfernt und doch überdeutlich den Horizont ausfüllend, berührte seine Seele, als …

… ein heftiger Ruck die *Belthrana* erschütterte. Franks Zähne wurden hart aufeinander geschlagen, Dilara stöhnte und sogar Troshk rang sich ein erstauntes Grunzen ab. Eine Explosion verhallte, Metall knirschte, Legierungen gaben unter dem Druck von Torsionskräften nach. Ein zweiter Ruck ließ das Schiff einen Satz nach vorne machen, schüttelte die Crew heftig durch.

Entsetzt drehte sich Frank um.

»Was zum dreifach verfluchten Minenschacht war das?«

Bettsy, die Facettenaugen auf die Technikkonsole gerichtet, klickerte beruhigend.

»Ach, das war nur die sekundäre Schutzabdeckung der Hecktriebwerke, offenbar hat sie sich im Irrglauben einer Überhitzung abgesprengt. Kann ich ohne Probleme ersetzen, sobald wir am Kometen gelandet sind …«

Sie stutzte, überlegte, drehte sich zu ihren Kollegen um und zuckte entschuldigend mit dem obersten Beinpaar.

»… wenn ich noch eine Titanrolle hätte.«

* * *

Frank läuft. Er sprintet, hetzt, setzt einen Schritt weiter als den vorigen, holt das Letzte aus seinem Körper heraus. Jeder Tag Schwerstarbeit in den Minen, jeder Einsatz auf den Verladungsmissionen des Konsortiums macht sich bezahlt als lebensnotwendige Ausdauer und Geschwindigkeit.

Denn Frank läuft um sein Leben.

Unter seinen Füßen knirscht das Metallgitter, scheint sich bei jedem Schritt zu verbiegen, sich nur noch mühevoll in der Verankerung zu halten.

Wenn er fällt, stirbt er.

Der ehemalige Laderaum der *Belthrana* hat sich in einen tobenden, wirbelnden Pfuhl aus Schlacke und geschmolzenem Synthmaterial verwandelt. Giftgrüne Flammen tanzen auf brodelnder Masse, alles verschlingendem zähflüssigem Schleim, der sogar die im Boden verankerten Titankisten langsam auflöst.

Beißende Dämpfe und widerwärtige Gerüche dringen in seine Nase, kämpfen sich ins Gehirn vor. Ein Odem aus dem tiefsten Schlund der Hölle, metallisch bitter und gleichzeitig an verbrannte Fäkalien oder die Überraschungsmahlzeiten am Restesonntag in den Minenkantinen erinnernd, lässt ihn würgen, schaudern, taumeln.

Aber er wird nicht langsamer, treibt sich selbst mit übermenschlicher Willenskraft an, springt mit einem verzweifelten Satz über eine Lücke, eine Stelle, an der das Gitter schon geschmolzen ist.

Wenn er das Tempo reduziert, stirbt er.

Die Feuersbrunst ist auch in seinem Rücken, ein alles verzehrender Ball, der sich von der Vorbrücke ausbreitet, gierige Flammen, die den Sauerstoff in der Luft verzehren, immer näher kommen.

Er spürt die Hitze hinter sich, als sich der Gang vor ihm noch einmal zu strecken scheint, den Weg zum rettenden Heck und zur Rettungskapsel weiter in die Länge zieht.

Krachend und knirschend fallen Stützbalken zu Boden, das von Bettsy aufgetragene Titan schält sich ab, rollt vor seinen Beinen herum.

Er springt darüber hinweg, schafft es in den Mittschiffbereich, wo ein kleiner Teich von mehreren Metern Durchmesser auf ihn wartet.

Ein Teich? Wie kommt ein Teich auf ein Raumschiff?

Keine Zeit zu überlegen, keine Zeit, sich zu wundern. Er nimmt Anlauf, beschleunigt noch einmal und katapultiert sich mit einem gewaltigen Satz in die Höhe, versucht in der verminderten Schwerkraft über das Wasser zu springen, auf dem sich plötzlich Dilas Gesicht spiegelt, ihre großen dunklen Augen ihn vorwurfsvoll anstarren.

Dutzende Fellatioforellen schälen sich elegant aus dem Wasser, lassen ihre schuppigen Körper in der Luft hin- und herwippen, schnappen mit hungrigen Mäulern und der Saugkraft einer Gesteinspumpe nach seinen Genitalien.

Denn Frank ist nackt.

Nackt, wie ihn fragwürdige Genetik, ungesunde Nahrung und zahlreiche Entbehrungen schufen, mit frei schwingender Männlichkeit, die nur knapp von einem der Fische verfehlt wird.

Nicht jetzt, ihr kleinen Schlürfer, nicht jetzt!

Er kommt auf, rollt sich ab, springt wieder empor – und schlägt mit der Stirn hart gegen den Querbalken, den die Metallschmeckerin als Verstärkung in den Rumpf geschweißt hat.

Schmerz und Finsternis.

Stöhnend sackt er zu Boden, während die Flammen über ihn hinwegrollen, mit einem fauchenden, klickernden Geräusch.

Klickernd?

Nein, es ist eine Stimme in der Dunkelheit, eine vertraute, wohlbekannte Stimme mit einer Frage, die nicht an ihn gerichtet ist.

»Du magst den Kleinen, nicht wahr?«

»Du doch auch, oder?«

»Ich habe zuerst gefragt.«

»Ja, natürlich mag ich ihn, sonst wäre ich nicht hier. Ich weiß nicht, was es genau ist, aber irgendwas an Frank macht es leicht, ihn sympathisch zu finden.«

Wieder ein Klickern, diesmal ein amüsiertes.

»Ha, ich weiß ganz genau, was es ist. Hast du dich im Frachtraum umgesehen? Ein paar der Kisten geöffnet, die wir ihn ganz alleine an Bord schleppen ließen?«

»Nein, habe ich nicht. Ich war mit den Waffen beschäftigt. Hätte ich das tun sollen?«

»Oh ja, denn dann wüsstest du, dass es nicht nur Prospektorzeug war, das er angeschleppt hat. Frulashwein und frische Früchte für dich, die allerbesten Shrava-Larven, frisch geschlüpft und auf Nährlösung, für mich. Genug Kaffee für alle von uns und zwei dieser Schokoladentafeln, die Dilara heimlich futtern wird, damit wir ja nicht glauben, dass sie irgendwas mit den Menschen gemeinsam hat.«

»Außer drei von vier Großeltern.«

»Über die wir nicht reden. Niemals. Wie auch immer – es ist kein Wunder, dass der Junge pleite ist; er hat sein letztes Geld verpulvert, um es uns an nichts mangeln zu lassen.«

»Hast du etwa seinen Kontostand gescannt?«

»Nein, das hat Dila erledigt, als er schlafen ging. Wollte wissen, ob sie sich nicht doch vielleicht Hoffnung auf die letzte Heuer machen kann. Aber der Punkt ist – sogar sie mag Frank, auch wenn sie sich eher die Ohren abschneiden würde als dies zuzugeben.«

»Okay, dann mögen wir eben alle unseren kleinen Kommandanten. Aber das dürfen wir ihn nicht zu sehr spüren lassen.«

»Natürlich nicht, schließlich ist er immer noch *ein Mensch*. Wir sollten ihn grimmig anstarren, wenn wir ihn gleich aufwecken.«

Frank unterdrückte den Impuls, so laut »Ich bin schon wach!« zu rufen, dass sie ihn selbst in der Nachbarskajüte, wo sie sich zweifellos befanden, hören würden. Stattdessen blinzelte er, öffnete schließlich die Augen und blickte auf die Zahlen der Deckenprojektion. Drei Stunden hatte er geschlafen – das sollte eigentlich genug Zeit gewesen sein, um Dilara ihren Job erledigen zu lassen.

Eigentlich.

Er streckte sich und gähnte, absichtlich so laut und inbrünstig, dass es hoffentlich jeder in den Crewquartieren mitbekam, ehe er in seine schweren Prospektorstiefel schlüpfte und geräuschvoll auf den Gang hinaus schritt.

Bettsy und Troshk hatten sich aufgebaut, starrten ihn tatsächlich mit einem Gesichtsausdruck an, der zumindest wie der Versuch wirkte, grimmig zu erscheinen.

Er unterdrückte ein Lachen, verkniff sich sogar ein Schmunzeln.

»Ist unsere Raumhexe schon fertig?«

Der Sturmkommandant schüttelte den Kopf.

»Nein, aber es kann sich nur mehr um eine Stunde oder so handeln.«

Die Metallschmeckerin klickerte zustimmend.

»Auf jeden Fall Zeit genug, damit du dir noch einen Kaffee brauen kannst, bevor du auf die Brücke gehst. Köstlichen, starken Kaffee. Ich glaube, den brauchst du jetzt.«

Troshk nickte.

»Ganz sicher sogar. Und wenn du schon dabei bist …«

Frank verzog sein Gesicht zu einer Grimasse.

»Habe verstanden. Einen Kaffee für jeden von euch, kommt sofort.«

* * *

Er musste sich gedulden, ehe er das frisch gebraute, ganz nach ihrem Geschmack mit Glurafdüsensekret und Zucker verfeinerte Gebräu auch an Dilara reichen konnte. Die Astrotelepathin war noch immer in Trance, vollkommen weggetreten, obwohl ihre großen Augen offen standen, Tausende Datenpunkte auf der Projektion vor ihr analysierten.

Aber ihre Ohren verrieten sie, waren aufgerichtet und gestreckt, drehten sich nach vorne und zurück, klappten gelegentlich nach unten, nur um sich kurze Zeit später wieder neu auszurichten.

Nicht einmal die klügsten Köpfe und besten Wissenschaftler des Protektorats hatten den Ansatz einer Theorie, warum die Tarjah Gravitationsabweichungen und Raumzeitverwerfungen spüren konnten, dank scheinbar geisterhafter Magie mit dem Kosmos selbst in telepathischer Verbindung standen.

Natürlich konnte man auch ohne ihre Hilfe springen, sich nur auf Messgeräte und Sensoren verlassen und so einen Kurs durch das interstellare Medium plotten – aber dann dauerte eine Reise eben Monate statt Wochen. Kein Instrument war in der Lage, Wurmlöcher mit jener Präzision aufzuspüren und vorherzusagen, die selbst der untalentiertesten Baumseglerin in die Wiege gelegt war. Dilara aber zählte zu den Besten ihres Faches. Drei Viertel menschliche Vorfahren und der häufige, oft exzessive Konsum psychoaktiver Substanzen aus allen Völkern des Rates änderten nichts daran, dass niemand die Abkürzungen durch die Raumzeit besser und schneller aufspürte als sie.

Psychologen mutmaßten, dass die ständige Verbindung mit Informationen und Geschehnissen jenseits der greifbaren Sinne einen latenten Stress verursachte, der mit- oder hauptverantwortlich für Jähzorn, Zynismus und Wesensverachtung der Tarjah war.

Frank konnte dieser Theorie durchaus etwas abgewinnen.

Wenn Dilara schlechte Laune hatte, versteckten sich sogar Troshk und Bettsy, wagte er sich selbst nur auf Zehenspitzen und mit Schokolade bewaffnet an sie heran. Sie hatte das diplomatische Fingerspitzengefühl einer Nukleargranate und einen derart schwarzen Humor, dass er im Menschenviertel das Streetballturnier im Alleingang hätte gewinnen können.

Und so sprachen sie kein Wort, starrten sie in Ehrfurcht an, bis sich ihre Ohren entspannten, ihre Schultern herabsanken und drei, vier tiefe Atemzüge verrieten, dass die Astrotelepathin geistig wieder unter ihnen weilte.

Knurrend riss sie den Becher aus Franks Hand, sog das Aroma des Kaffees tief in ihre Nase und deutete auf die Projektion vor ihr, wo inzwischen zahlreiche Lichtpunkte abwechselnd pulsierten.

»Kein Wunder, dass du den Claim bekommen hast. Der Komet ist so gut wie unerreichbar. Wenn ich einen konservativen Kurs plotte, brauchen wir dreizehn Sprünge in vier Tagen.«

Frank schluckte. Das war nicht mehr anstrengend, das war Wahnsinn. Sie würden in einem Zustand ankommen, der jede halbwegs effiziente Arbeit unmöglich machen würde, eine mehrtägige Pause im Solarwindschatten des Irrläufers brauchen, um mit dem Abbau zu beginnen. Wenn sie es überhaupt schafften, halb tot und mit leergekotzten Mägen an dem Ding anzudocken.

Dilara drehte sich mit einem boshaften Grinsen um.

»Keine Sorge, du Anfänger, immerhin bin ich ein Genie. Sieben Sprünge mit meinem kreativen Kurs, und morgen Nachmittag sind wir in konventioneller Triebwerkreichweite. Ich habe dir die Koordinaten schon einprogrammiert, du musst nur noch fliegen.«

Sieben. Das war immer noch eine ganze Menge Unwohlsein und aufsteigende Magensäure, aber durchaus schaffbar, auch wenn Troshk gerade theatralisch aufstöhnte. Dilas Genie rettete ihnen den Arsch – und vor allem den Claim. Ehre, wem Ehre gebührt!

»Du bist die Beste!«

»Ich weiß. Die Allerbeste, um genau zu sein. Schwing deinen Arsch in den Pilotensessel und bring uns zum ersten Sprungpunkt.«

Er nickte dankbar, atmete ein letztes Mal tief durch und ließ sich in den Kommandantenstuhl fallen, die Hände auf Steuerknüppel und Flugkonsole gelegt.

Vorsichtig zog er die *Belthrana* in eine sanfte Linkskurve, tauchte dabei zügig ab, bewegte den altehrwürdigen Frachter von allen Schiffsrouten weg. Vorschriftsmäßig, vielleicht sogar ein klein wenig pedantisch, brachte er die zwei Millionen Kilometer zwischen ihr Schiff und allen anderen Himmelskörpern, ehe er die Triebwerke auf volle Leistung schob.

Eigentlich nur auf zwei Drittel ihrer Leistung – zu intensiv waren die Erinnerungen an den Brand in seinem Albtraum, die Todesangst, das Grauen und an die bissigen, nach seiner Penisspitze schnappenden Forellen fragwürdiger Herkunft. Falls Bettsy oder Dila etwas davon merkten, verkniffen sie sich einen Kommentar, ließen ihn seine Arbeit tun und mit dem von ihm gewählten Tempo zu dem ersten pulsierenden Punkt der Projektion fliegen.

Und das war auch gut so, denn dies war schließlich sein Schiff, er der Kommandant, der Mann an Bord, der das Sagen hatte.

Haha, in deinen Träumen vielleicht. Wir haben zwar keine Ahnung, wer hier den Quantenmodulator in der Hand hält, aber du ganz bestimmt nicht.

Mit zusammengekniffenen Augen ignorierte er die wahrheitsliebende Stimme seines Unterbewusstseins, lockerte seine Schultern und stellte den Steuerknüppel auf haptische Resonanz. Er liebte es, mit spürbarem Widerstand zu fliegen, die Fliehkräfte und Gravitationseinflüsse als Feedback im Handgelenk zu fühlen, mit tatsächlicher Körperkraft zu überwinden.

Niemand protestierte, als er eine Doppelschwalbe flog, vorsichtig und mit Respekt vor dem alten Material unter ihren Ärschen. Er musste sich an das Schiff gewöhnen, ebenso wie die *Belthrana* sich an ihn und seinen Flugstil.

Bis jetzt lief das gut. Metall knarzte, der linke Ausleger verformte sich leicht bei engen Wendemanövern – aber die *Belthrana* hielt, brachte sie mühelos zu den ersten Koordinaten.

»Dila, deine Show.«

Die Astrotelepathin nickte würdevoll, übernahm die Kontrolle über das Schiff und ihrer aller Leben.

»Koordinaten bestätigt. Wurmloch öffnet sich zyklisch, nächste Sprunggelegenheit in drei Minuten und zwanzig Sekunden. Aktiviere Expander.«

Zwei Terajoule (und ein paar zerquetschte Kalorien obendrauf) Energie machten sich aus dem Reaktor auf den Weg, wurden in den mächtigen Pufferspeichern unter dem Bauch des Schiffes zwischengelagert, bereit, nach vorne in die nun langsam ausfahrenden Expanderarme zu strömen.

Die Raumanomalie erwachte auf der Zentralprojektion, versetzte die Sensoren des alten Frachters in helle Aufregung.

Ein Wurmloch, Dresche-Klasse, knapp drei Millimeter im Durchmesser – bei maximaler Ausdehnung. Davon war es derzeit weit entfernt, bewegte sich noch im Nanobereich. Aber es wuchs und das erstaunlich schnell.

»Expanderlock in zehn, neun, acht ...«

Unwillkürlich klammerte sich Frank an seinen Sitz, krallte seine Fingerspitzen in die Synthschleimpolsterung der Lehnen.

Sein Atem ging flach und schnell, seine Ohren lauschten auf jedes warnende Geräusch, jede unerwartete metallische Verformung.

Es kommt keine.

Lediglich Bettsy, die ihre Segmente ganz eng zusammenschiebt, auf etwas mehr als einen Meter Länge schrumpft, verursacht ein Knirschen in seinem Rücken.

»... drei, zwei, eins – HARDLOCK!«

Ein Stoß geht durch die *Belthrana*, als die gesamte auf Ultrakurzvorrat gehaltene Energiemenge sich in einem einzigen haardünnen Gravitonenstrahl bündelt, wie eine gnadenlose Nanoklinge das All vor ihnen zerschneidet – das Wurmloch aufreißt.

Geschundene, pervertierte Raumzeit gibt nach, wölbt sich, biegt das Wesen der Existenz selbst – und stülpt sich nach außen.

Das Wurmloch wächst rasend, springt vom Millimeter- in den Zentimeterbereich, klafft weiter auf, auf drei, fünf, zehn, schließlich fünfzig Meter Trichterdurchmesser.

Der Schlund zur Hölle öffnet sich. Alternative Realitäten und Quantenschaumverwirbelungen tanzen in dem Abgrund, in den die *Belthrana* vom Gravitonenstrahl gezogen eintaucht, gnadenlos verschlungen von der Macht vor ihr.

Realität wird relativ.

Zeit negiert.

Existenz verkümmert zur Illusion.

Wirkung kommt vor Ursache, lässt eine Lache Kaffee auf dem Boden erscheinen, bevor noch der Becher von der Lehne stürzt. Frank sieht Vergangenheit, Zukunft und Gegenwart gleichzeitig, einen Strudel aus Ereignissen, die geschehen waren, geschehen konnten, vielleicht niemals *eingetroffen werden würden*. Scheiß Raumzeitverwerfungen und ihre Auswirkungen auf die Grammatik!

Er sieht sich selbst als kleinen Jungen, von einer sorgenvollen Mutter darüber belehrt, dass der Kosmos dunkel ist und voller Gefahren. Er sieht sich bei ihrem Begräbnis, beim feierlichen Herablassen ihres Körpers in die Recyclinggrube jener abgefuckten Station, auf der er aufwächst.

Seine erste Minenarbeit, die Fäuste der viel größeren und älteren, vor allem nichtmenschlichen Kumpel, die auf ihn einprügeln. Sein erster karger Lohn, die erste Mahlzeit seines Lebens, die er frei wählt, die ersten Freunde unter Tage, denen er vertraut.

Das Glückwunschschreiben angesichts der Verspeisung seines Vaters durch irgendeine hochrangige, wichtige Creesh, zusammen mit einer Einladung in die Flotte des Minenkonsortiums. Ein Dankeschön für das zarte Fleisch. Kein Wunder, wahrscheinlich war es verdammt gut in Alkohol mariniert.

Aber er sieht auch die Zukunft, eine *mögliche* Zukunft, Hunderte Meter hohe Bäume eines Dschungelparadieses, in dem er mit einer leicht bekleideten Dilara lustwandelt. Er spürt die eigene Erektion schmerzhaft in seinem Pilotenanzug pochen, noch ehe seine Gedanken überhaupt die Gelegenheit bekommen, in jene Gefilde zu wandern – Wirkung vor Ursache!

Er sieht den Kometen, das Ziel ihrer Träume, nein, das nächste, kurzfristige, erreichbarste Ziel einer ganzen Leiter an Träumen und Ambitionen.

Er sieht …

… Schwarz. Gnadenlos abrupt spuckt sie das Wurmloch wieder aus, speit sie zurück in die normale Raumzeit mit ihren sanften Verwerfungen und ständig aneinander zerrenden Gravitationskräften.

Sein Schädel brummt, die Brücke dreht sich vor seinen Augen, seine Knie zittern. Betsy klickert angespannt, Troshk brummelt einen alten Fluch seines Volkes vor sich hin – *Möge dein Fell ausfallen, sodass die Sonne deinen Arsch verbrennt!* – und Dilara klatscht vergnügt in die Hände.

Der erste Sprung ist geschafft, sechs werden noch folgen.

§ 7   Populationskontrolle

Die Bevölkerungsdichte der menschlichen Population auf Protektoratswelten wird wie folgt geregelt:

a) Die Gesamtanzahl menschlicher Individuen in Siedlungen, Städten oder urbanen Konglomeraten auf Planeten und Monden der Ratsvölker wird hiermit auf 500 000 oder 10 Prozent der Gesamtbevölkerung limitiert, je nachdem, was zuerst erreicht wird.

b) Der Anteil menschlicher Individuen auf dem Planeten oder dem Mond selbst darf insgesamt 5 Prozent nicht übersteigen.

c) Bei einer erkennbaren Überschreitung dieser Zahl oder dieses Anteils sind bereits im Vorfeld von den lokalen Verwaltungen Umsiedelungsmaßnahmen einzuleiten.

d) Diese Umsiedelungsmaßnahmen sind vorrangig mit finanziellen oder sonstigen Anreizen voranzutreiben, dürfen aber bei mangelnder Kooperation der Menschen auch mit Gewalt und gegen deren Willen durchgeführt werden.

e) Auf Minenstationen, vorrangig der Rohstoffgewinnung gewidmeten Asteroiden oder Monden, dürfen diese Zahlen und Anteile überschritten werden, um die Produktionseffizienz zu gewährleisten.

– Lex Humanitas, achte Fassung aus dem Jahr 1482 AT

5

DER STÖRRISCHE KOMET

»Großkommandantin, ich weiß nicht einmal, wie ich es genau sagen soll – aber wir haben nicht genug Freiwillige. Nicht einmal ansatzweise genug.«

Marusha schloss die Augen.

Es fiel ihr nicht nur schwer, diese Nachricht zu verdauen, nein, sie erschütterte ihren Glauben an alles, was gut und heilig war, was die Essenz, das Wesen eines Soldaten ausmachte. Und noch viel mehr jene ihres Volkes. Dies war Verrat, natürlich legaler, sanktionierter, aber deswegen um nichts weniger beschämender Verrat an den Borsht und mehr als drei Jahrtausenden stolzen militärischen Traditionen. Den Durash und Creesh, Toronk und Gulptar konnte sie so ein Verhalten nachsehen, bei Menschen wurde es vielleicht sogar irgendwie erwartet – aber die Borsht? Niemals!

Mit eiserner Disziplin öffnete sie die Augen, riss sich zusammen, zwang sich, dem Adjutanten zu antworten – wenn auch mit belegter Stimme.

»Also gut, Torotoshk – wie viele Schiffe können wir bemannen? Reicht es zumindest, um die *Dorashadar* auf Sollstärke zu halten?«

Der junge Offizier blinzelte verwirrt, strich sich das Stirnfell mit einer nervösen Geste hinters Ohr.

»Großkommandantin, ich glaube, du hast mich falsch verstanden, ich meinte eigentlich, dass … «

Scham und verletzter Stolz wurden zu einer irrationalen Wut, und der Sohn des legendären Sturmkommandanten zu dem einzigen Ventil, an dem sie diese ablassen konnte. Sie hasste sich selbst dafür, aber es war zu spät – ihre Kehle schrie die Worte beinahe ohne ihr Zutun.

»Dann drücke dich gefälligst präzise aus, du Sumpfgrahle! Habe ich

dir nicht beigebracht, Berichte an deine Kommandantin klar und deutlich zu formulieren?«

Torotoshk zuckte zusammen, und der verwundete, schmerzvolle
Ausdruck in seinen Augen verstärkte Marushas Selbsthass noch mehr.

»Ja – jawohl, Großkommandantin. Unsere Kampfstärke hier ist un-
vermindert. Wir haben nicht genug Freiwillige, um die *Holosh* nach
Hause zu schicken. Genauer gesagt, nicht einmal einen Piloten. Die
Besatzung hat kollektiv um die Versetzung auf jene Schiffe gebeten, die
sich den Plachtharr stellen werden.«

Marusha brauchte einige Zeit, um zu verstehen, was der Junge da
gerade gesagt hatte.

»Du meinst, auch die Toronk und Menschen ...?«

Der Adjutant nickte.

»Alle, Großkommandantin. Jede Soldatin und jeder Soldat steht
bedingungslos hinter dir, will an deiner Seite in die Schlacht ziehen.«

Ihre Herzen schlugen doppelt, vor Freude und Erleichterung, vor
allem aber vor Stolz auf die ihr untergebenen Truppen. Was für eine
Moral, was für eine Flotte! Und doch grenzte es an Insubordination.

»Lobenswert, aber ich kann der *Holosh* und ihrer Kommandantin
ganz einfach befehlen, nach Hause zu fliegen. Was dann jeden Verset-
zungswunsch, der dem Befehl entgegensteht, automatisch annulliert.«

Torotoshk nickte, und ein Lächeln schlich sich in sein Gesicht.

»Kannst du, Großkommandantin. Aber vergiss nicht – der Hilfskreuzer wird von Ghrashbrachova der Pedantischen befehligt. Sie hat
diese Möglichkeit bereits vorhergesehen und lässt dir ausrichten, dass
sie einen solcherlei lautenden Befehl nur dann akzeptiert, wenn er
schriftlich, in dreifacher Ausführung und von einem Mitglied des Ober-
kommandos abgesegnet kommt.«

Marusha schüttelte den Kopf – mehr amüsiert als entrüstet.

»Und das Oberkommando ist mehrere Monate Kommunikations-
zeit weit weg. Verdammt, warum haben wir ausgerechnet eine Creesh
auf der Brücke dort?«

Torotoshk grinste nun wieder selbstsicher.

»Weil du sie dorthin befördert hast, mit den Worten, ich zitiere:
Kriecher hin, Insekt her, ich kenne niemanden, der so effizient ein Schiff

führen kann wie Ghrashbrachova. Wenn sie den Schrotthaufen nicht auf Vordermann hält, dann niemand.«

Marusha nickte langsam.

»Ja, das klingt nach mir. Nun gut, dann richte ihr aus, dass ich sie und alle anderen Schiffsführer umgehend hier auf der *Dorashadar* erwarte. Ja, ich weiß, Shuttleflüge bei relativistischen Geschwindigkeiten, nicht gerade empfohlenes Protokoll. Methanfurz drauf, wenn wir schon in die Schlacht ziehen, dann mit einem Plan. Und noch etwas, Adjutant …«

Torotoshk blickte neugierig von den Notizen auf, die er sich in seine Kristallprojektion machte.

»Ja, Großkommandantin?«

»Entschuldige meinen Ausbruch von vorhin.«

Er bleckte seine Zähne, bis die gewaltigen Hauer zwischen dem dunkelbraunen Gesichtsflaum förmlich glänzten.

»Schon vergessen!«

* * *

Der zweite Sprung war noch länger, weiter, kräftezehrender als der erste. Der dritte brachte ihn beinahe an den Rand der Ohnmacht, ließ Bettsy kreischend aufstöhnen. Nach dem vierten kotzte Troshk stoisch vor seine eigenen Beine, wischte sich Gesichtsflaum und Stirnfell mit einem Smarttuch ab und betete zu seinen Ahnen.

Frank flog auf Autopilot. Nein, nicht das Schiff, dieses wurde immer noch zielsicher und in halbwegs logischen Anflugvektoren von ihm selbst durchs All gesteuert. Von einem Austrittspunkt zum nächsten Wurmloch, manchmal nur Minuten, oft viele Stunden weit. Sein Bewusstsein und Denken aber hatten sich zurückgezogen, den von der gravitonischen Folter gepeinigten Körper sich selbst überlassen, eine Art meditativer Starre erreicht. Mechanisch führte er die Handgriffe eines Piloten durch, während sein Verstand sich längst verabschiedet hatte.

Nach dem fünften Sprung sackte Bettsy in sich zusammen, rollte sich ein, glitt in die unbewusst aktivierte Dauerstarre, mit der ihre Spezies Dürreperioden, extreme Sonnenstürme und nukleare Winter überstand.

Sprung sechs brachte eine Premiere – eine kotzende Dilara. Noch nie hatte Frank sie reihern gesehen, miterlebt, dass ihr die Sprünge durch die Raumzeit tatsächlich so sehr zusetzten, dass sie die Kontrolle über ihren Körper verlor.

Nun, streng genommen sah er es auch diesmal nicht, hörte es nur am Rande, während er selbst gekrümmt nach vorne hing, die Reste seiner zwischen Sprung zwei und drei hastig runtergewürgten Militärration – gut und günstig, erst vor drei Jahren abgelaufen! – auf den Boden spie.

Nach dem siebten und letzten Sprung verwandelte sich die *Belthrana* in ein Geisterschiff. Verformtes Metall knirschte, irgendwo im Lagerraum rollte ein umgekipptes Fass von einer Wand zur anderen, das leise Piepsen eines Annäherungsalarms hallte von den Paneelen der Brücke wider.

Erst nach einigen Minuten verriet Frank ein Stöhnen aus seinem eigenen Mund, dass er noch am Leben war. Zitternd richtete er sich auf, machte einen Schritt nach vorne – und rutschte in der Lache vor seinem Kommandantenstuhl aus. Hart krachte sein Hinterkopf gegen die Sitzfläche, und schmerzhaft heftig ging der Stoß durch sein Steißbein, als er auf seinem durch die Mangel von sieben Wurmlochsprüngen gedrehten Arsch landete.

»Frank! Frank! Alles in Ordnung?«

Blinzelnd hob er seine Lider, sah in die riesigen, von Besorgnis um ihn geprägten Augen der Astrotelepathin, die sich über ihn gebeugt hatte. Eine interessante Perspektive voll neuer Erkenntnisse.

»Du hast wunderschöne Ohren, Dila.«

Sie verzog das Gesicht, schnaubte verärgert.

»Und du siehst scheiße aus. Außerdem, meine Ohren wären zehnmal so groß und vor allem flugtauglich, wenn ihr Menschenmännchen nicht eure Schwänze überall reinstecken würdet, wo man euch lässt.«

Frank rappelte sich auf, kam mühevoll wieder auf die Beine – und stutzte.

»Moment, hattest du nicht einen Tarjah-*Großvater*? Also hat dieser sein Ding ...«

»Spitzfindigkeiten, Frank, Spitzfindigkeiten! Mir geht es ums Prinzip. Ihr seid einfach eine primitive Spezies, und ich zahle den Preis dafür, sehe aus wie eine verdammte Missgeburt.«

Frank wollte lauthals protestieren, ihr versichern, dass sie eine der schönsten überwiegend als weiblich identifizierbaren Lebensformen war, die er kannte – doch er verkniff es sich, sowohl aus Gründen der Selbstachtung als auch jenen der Selbsterhaltung. Stattdessen drehte er sich um, warf nun seinerseits einen besorgten Blick auf die hinteren Sitze.

Troshk kam gerade selbst auf die Beine, schwankte wie ein betrunkener Koloss nach links und nach rechts, ehe er sich stöhnend und brummend an der Wand abstützte und den Kopf schüttelte.

»Was für eine verdammte Idiotenaktion. Sieben Sprünge hintereinander! Na, Bettsy, alles klar bei dir?«

Ein Stöhnen und erbärmlich unregelmäßiges Klickern drang aus der zusammengerollten Metallschmeckerin, die wie eine riesige Chitinschnecke neben ihrer Liege am Boden kauerte. Nur langsam zogen sich die Segmente auseinander, kamen Fühler zitternd wieder zum Vorschein.

»Ich denke – ich denke, schon. Wie weit sind wir gesprungen?«

»Knapp hundert Lichtjahre durch drei stabile Wurmlöcher – und vier weniger stabile. Das letzte war eine kreative Improvisation von mir.«

Stolz schwang in Dilaras Stimme, als sie sich leicht schwankend erhob und in Richtung des Wasserkanisters wankte, der an der Steuerbordseite an der Wand hing. Ohne Rücksicht auf Verschwendung drehte sie den Hahn auf und wusch sich von halb verdauter Schokolade klebrig gemachte Nahrungsreste aus dem Haarschopf, ehe sie Frank ein schiefes Grinsen zuwarf.

»Jetzt weiß ich, warum du dir diesen hässlichen Bürstenhaarschnitt verpassen hast lassen. Harmoniert gut mit deinen schlammbraunen Augen, lässt dich aber wie einen dieser brutalen Menschensoldaten aus den Kriegsholos aussehen. Wie nanntet ihr eure Infanterie nochmal? Space-Ozeane?«

Frank schüttelte den Kopf, seine Augen immer noch besorgt auf Bettsy gerichtet, die gerade benommen in ihre Liege zurückkroch.

»Space *Marines*. Und ich weiß nicht, ob diese Holos historisch korrekt sind. Zumindest wage ich zu bezweifeln, dass unsere Vorfahren jemals Creesh aufgefressen haben. Meine Familienerfahrung sagt mir, dass es eher umgekehrt war.«

»Ach ja, ich vergaß, du hast dich ja *hochfressen lassen* und so deinen ersten Schiffsjob ergattert. Im Vertrauen, immer noch besser, als sich hochschlafen zu müssen …«

Dila zögerte kurz, ließ ihre Ohren auf und ab wippen, ehe sie mit den Schultern zuckte.

»… na ja, kommt drauf an, mit *wem* man schlafen muss. Ich hatte da mal diesen Durash-Verwalter, ein richtig hohes Tier, und der konnte mit seinen Pseudopodien Dinge anstellen …«

»Bitte, keine weiteren Gespräche über Auffressen oder Beischlaf mit Schleimern, mir ist auch so noch schlecht genug, besten Dank.«

Erleichtert nickte Frank der Metallschmeckerin zu, die sich sichtlich angewidert von der Liege erhob und ihre Tasche umwarf.

»Bist du wirklich in Ordnung?«

Sie klickerte missmutig.

»Ja, bin ich, aber die Sauerei hier auf der Brücke könnt ihr sauber machen. Ich gehe die Systeme durchchecken.«

Troshk witterte offenbar die Gefahr, auch zum Putzlappen greifen zu müssen, und erhob sich ebenfalls.

»Gute Idee, ich sehe nach den Waffen. Nicht, dass sich unser letzter Sprengkopf von selbst scharf gemacht hat. Dila, willst du die Austrittskoordinaten checken?«

Das war es also. Der Sturmkommandant hatte ihr gerade eine Fluchtbrücke gelegt, und es würde an Frank hängen bleiben, seine eigene Kotze ebenso zu entsorgen wie jene seiner Crew. Seufzend holte er das Reinigungskit aus dem Versorgungsschrank und machte sich an die Arbeit. Dilara lachte kurz und böse auf.

»Muss ich nicht. Ich habe uns wie immer perfekt ans Ziel geführt. Der Komet fliegt auf uns zu, wird in weniger als dreißig Minuten unseren Hauptschirm füllen. Und erspar mir deinen Hundeblick, Frank. Ich bin Astrotelepathin, keine Putze.«

* * *

Dilara hatte nicht übertrieben – ihre Sprungvektoren waren tatsächlich perfekt gewesen, sie konnten sich sogar einen relativistischen Anflug sparen. Der Komet kam in der Tat auf sie zu – aber von direkt konnte keine Rede sein. Der Himmelskörper besaß nicht den von ihm erwarteten Anstand, in einer berechenbaren Trajektorie seine Bahnen zu ziehen, sich den Gesetzen von Gravitation, Masse und Beschleunigung zu unterwerfen.

Troshk brummte.

»Scheiße, Frank, was hast du uns da eingebrockt? Dieses Ding torkelt mehr als du damals nach deinem Versuch, den Obryan der *Vrirrosh* unter den Tisch zu saufen!«

Frank erinnerte sich kurz, intensiv und mit reichlich Grauen an jenen Abend, ehe er sich wieder auf den Hauptschirm fokussierte.

Der Komet war eine Schönheit, wenn auch eine störrische. Milliarden Tonnen Gestein und Eis, Mineralien und Metalle bildeten einen eiförmigen Kern, der im Schein ihrer Weltenstrahler selbst auf Tausende Kilometer Entfernung die glitzernde Verheißung von Reichtum in sich barg.

Schwarze Gebirgsketten im Miniaturformat erhoben sich aus kleinen Eismeeren, deren Oberfläche nicht wie erwartet schmutzig-braun, sondern teilweise türkis, teilweise schneeweiß und dazwischen richtiggehend silbrig reflektierte. Von der Sonne des nahe gelegenen roten Zwerges KR-SH-188 – zu unbedeutend für einen richtigen Namen – aufgeheizt, wurde Eis wieder flüssig, verwandelte sich im Beinahe-Vakuum der dünnen Mikroatmosphäre in Gaswolken, Schwaden und nicht zuletzt den Hunderte Kilometer langen Schweif.

Und bereits an diesem konnte man die Irrationalität der Bewegungen erkennen. Fast schien es, als ob der Himmelskörper navigieren, Kurskorrekturen vornehmen würde, entweder unsichtbaren Hindernissen auswich oder gar tatsächlich betrunken war. Ein subtiler, aber doch sichtbarer Zick-Zack-Kurs.

Insofern stellte sich Dilas Vergleich als gar nicht mal schlecht heraus.

»Was verursacht diese Schwankungen?«

Die Astrotelepathin zuckte mit den Ohren, während sie wieder und wieder die Messanzeigen der altersschwachen Sensoren durchging.

»Keine Ahnung. Er bewegt sich im Großen und Ganzen so, wie man es vermuten würde, aber die kleinen Abweichungen – fast scheint es so, als ob er für einige Augenblicke seine gesamte Masse verlieren würde, nur um dann zehn oder zwanzig Millisekunden lang eine beinahe unendliche aufzuweisen.«

Frank holte tief Luft.

»Kann es sein, dass er künstlichen Ursprungs ist? Vielleicht gar kein Komet, sondern eine Art Raumschiff?«

Dila lachte laut auf.

»Nein, ausgeschlossen. So was kommt höchstens in den schlechten Science-Fiction-Romanen vor, die ihr als kulturelles Artenerbe in die Museen gerettet habt, und dann auch nur, wenn der Autor eine Vorliebe für Hochprozentiges hatte. Ich muss dich enttäuschen – keine signifikante elektromagnetische Aktivität, keine erkennbaren synthetischen Strukturen oder Legierungen. Die Zusammensetzung ist vielleicht ein wenig exotisch, aber der Hauptanteil besteht immer noch aus stinknormalem kosmischem Eis und Gestein. Was mir Sorgen macht, ist die Tatsache, dass die Sonne hier seine gesamte Vorderseite aufheizt.«

Eine berechtigte Sorge, wie Frank stumm nickend zugeben musste. Niemand wollte auf einer erhitzten Kometenoberfläche landen – spontane Wassereruptionen, aufbrechende Gesteinsschluchten und unangenehm tödliche Gasexplosionen konnten einem den Mineralienabbau gründlich verleiden.

Andererseits – wenn die Anzeigen auch nur halbwegs stimmten, war der Irrläufer eine Goldgrube, eine Schatzkammer kosmischen Ausmaßes. Nichts, das er sich durch die Finger gehen lassen konnte. Sie mussten abbauen.

Ein Claim war ein Claim.

»Okay Leute, schnallt euch an und haltet euch gut fest.«

Ein misstrauisches Klickern und ein verstimmtes Brummen ertönten in seinem Rücken, während sich Dila mit einem ungehaltenen Gesichtsausdruck zu ihm beugte.

»Was zum dreckigen Symbionten hast du vor?«

Frank grinste, legte die Schubkontrolle auf seinen Steuerknüppel

und seine linke Hand auf die Bedienfelder für die Navigationstriebwerke.

»Ich fliege uns ran – von hinten, durch den Schweif!«

* * *

Ungefiltert dringen die Strahlen des roten Zwerges auf der Vorderseite
des Kometen tief in das Gestein ein, erhitzen es unaufhaltsam. Die
Schattenseite, ungeküsst von Infrarot, verharrt nahe dem absoluten
Nullpunkt.

Thermische Spannungen lassen die Felsen zittern, Kräfte ungeahn-
ten Ausmaßes durch die Oberfläche jagen. Ein unsichtbares, titanisches
Ringen beginnt. Ströme aus Druck und Zug, die sich gegenseitig auf-
schaukeln oder abschwächen. Torsionskraft erzeugt zusätzlich Wärme
in Regionen des Himmelskörpers, in denen Eis und Stein in ewiger
Kälte verharren. Dampfblasen bilden sich unter der Oberfläche, detonieren, schleudern Material in den beeindruckenden Schweif des Kometen.

Ein knapp drei Meter großes Stück Stein und Erz, überzogen von
sich abschälendem Kohlendioxidschnee, fliegt mit beachtlichem Tempo
davon – und dem Schiff entgegen, das sich von hinten nähert. Vier
Tonnen Masse, fünftausend Stundenkilometer Relativgeschwindigkeit,
3,85 Gigajoule kinetische Energie.

Genug, um einen Kreuzer zu zertrümmern.

Ausreichend, um selbst einen schweren Träger außer Gefecht zu setzen.

Die *Belthrana* ist nichts davon, sondern ein alter, schlecht gewarteter
Schrotthaufen, ein Zwerg unter den sprungfähigen Schiffen. Ein schimmernder, fliegender, hin- und herschaukelnder Larvenschiss in der Unendlichkeit des Alls.

Noch drei Sekunden und sie wird vaporisiert werden, die Fragmente
und Moleküle von Hülle und Crew gleichermaßen als interessante Bei-
mischung in den Schweif einbringen.

Zwei Sekunden bis zum Tod des verhinderten Prospektors und seiner Mannschaft.

Die Steuerdüsen an der Backbordseite zünden, entfachen ihr chemisches Feuer mit einer Inbrunst, die sich über alle Sicherheitsparameter hinwegsetzt. Eine unsichtbare Faust hämmert in das Schiff, treibt es einige Dutzend Meter zur Seite.

Der Brocken streift die Hülle, zieht eine tiefe Furche, lässt ein knarrendes, nervenzerreißendes Geräusch von gequältem Metall durch das Schiff hallen – und verschwindet hinter ihnen in der Unendlichkeit.

Bettsy klickert, stöhnt und flucht.

»Beim tiefsten Schlammloch von Durash, Frank, ich schwöre dir, wenn du uns umbringst, fresse ich dich höchstpersönlich auf!«

Frank antwortet nicht, lässt sich die Gelegenheit für eine spitzfindige Erwiderung ebenso entgehen wie für die bestechend logische Anmerkung, dass Tote niemanden mehr auffressen können.

Keine Zeit für Geplänkel, keinen Fokus für irgendetwas anderes als den Hauptschirm.

Er fliegt beinahe blind.

Mit schwitzenden Händen und glänzender Stirn steuert er die *Belthrana* durch die Verwirbelungen im Schweif, durch Fontänen aus Schnee und Dampf, durch kleine Fragmentschwärme und an größeren Brocken vorbei. Jeder einzelne davon kann ihnen den Tod bringen, die Last auf seinen Schultern ist gewaltig – und doch jubelt Frank innerlich.

Das ist es, wofür er geboren wurde, das ist, wonach er sein Leben lang gestrebt hat. Ein Pilotensessel unterm Arsch, sein eigenes Schiff unter der Kontrolle seiner Hände am Steuerknüppel, treue Gefährten an seiner Seite, fette Beute vor den Augen.

Treue Gefährten?

Nun ja, zumindest so etwas Ähnliches.

Lächelnd weicht er einem Hagel aus Eiszapfen aus, gleitet unter einem weiteren meterlangen Gesteinssplitter hindurch, der sogar Troshk ein kurzes Quieken entlockt.

Und dann sind sie hindurch, lassen das Chaos und Farbenspiel des von den Weltenstrahlern zum Leuchten gebrachten Schweifes hinter sich, treiben im Partikelschatten des Kometen auf seine Oberfläche zu, erleben eine …

… Enttäuschung.

Erste, zwischen Zähnen und Mandibeln hervorgestoßene Flüche und Verwünschungen dringen über die Brücke, während Dila die Strahler kreisen lässt.

Nein, kein Zweifel – es gibt keine offensichtliche Landemöglichkeit, nicht einmal im Hochrisikobereich. Die Rückseite beherbergt eine gigantische Wulst, ein Geschwür auf der Oberfläche, das mehr als einen Kilometer Durchmesser aufweist, und erst dort, wo die Verwirbelungen der Stürme wieder beginnen, in flachere, sichere Formen übergeht.

Bedeckt ist es von Spitzen und Graten, schroffen, weit ins All ragenden bizarren Formationen, zwischen denen es keinen Platz für die *Belthrana* gibt. Ein Gleiter könnte es riskieren, ein Shuttle mit einer vollkommen wahnsinnigen Pilotin vielleicht auch – aber ihr Frachter?

In diesem Zustand?

Keine Chance.

Aber Frank gibt nicht auf, nicht hier, nicht jetzt.

Nicht so kurz vor dem Ziel.

»Sturmkommandant, fertig machen für Softlock! Wir gehen vor Anker!«

Ein erstauntes Klickern von Bettsy.

Ein überraschter Blick, dann ein zustimmendes Nicken von Dilara.

Troshk, von seinem offiziellen Titel aus dem Sessel hochgejagt, übernimmt die Waffenstation, richtet die Ankerkanone aus.

Jahrzehntelange Erfahrung und die Ruhe seiner kaum aus der Fassung zu bringenden Pranken lassen ihn zielen, den immer noch nur um wenige Meter, aber *irrational* nach links und rechts, oben und unten driftenden Irrläufer ins Visier nehmen. Und dann, nach einigen Minuten, die Frank wie eine halbe Ewigkeit vorkommen, ist sein Waffenoffizier zufrieden.

FEUER!

Dreitausend Kilobar Pressluftdruck beschleunigen den zusammengefalteten Titanium-Doppelhaken auf zigfache Schallgeschwindigkeit, treiben ihn tief in das Gestein. Die Spitze zündet ihre Treibladung, dicht gepackte Masse mit einigen Milligramm Antimaterie, schießt die Coltan- und Infiniumverstrebungen meterweit hinaus, erschafft eine kompakte, solide Stütze.

An dieser, durch ein mehr als dreihundert Meter langes Seil aus gulptaruringetränktem Nanocarbon mit ihr verbunden, hängt nun die *Belthrana,* wird vom Kometen durchs All gezogen.

Grinsend deaktiviert Frank die Triebwerke, dreht sich zu Troshk und nickt ihm anerkennend zu.

»Softlock bestätigt. Leute, wir liegen vor Anker.«

* * *

»Eigentlich sollten wir ihn taufen.«

Erstaunt blickte Frank zu Dilara, die immer noch mit einer beinahe hypnotischen Faszination auf den Kometen vor ihnen starrte.

»Taufen? Er hat doch eine Registriernummer und …«

Sie löste den Blick vom Schirm und schnaubte ihn beinahe empört an.

»Eine *Nummer,* Frank, ist kein *Name.* Das hier ist ein Klasse drei Komet, beinahe schon Klasse zwei, und wir haben als Erste physischen Kontakt mit ihm. Es ist unser Recht, uns hier zu verewigen. Also, wie sollen wir ihn nennen?«

»Krishkhirr-Hatshirr!«

»Gesundheit!«

Instinktiv hatten sie sich zu Bettsy umgedreht, die jetzt verärgert die Segmente auseinanderzog und ihren Oberleib schüttelte.

»Nein, ihr Idioten! Das ist *Altcreesh* und bedeutet *der aus Stein und Eis geformte,* ich finde das sehr passend und poetisch.«

Dila klappte die Ohren nach oben.

»Laaangweilig! Ich bin für *Frahgluck-Snusnutarjahr!*«

Frank runzelte die Stirn.

»Was soll das bedeutet?«

»*Reichlich Schnaps und potente Männchen.* Denn genau das wird mir dieser Felsbrocken finanzieren!«

Troshk brummte vor sich hin.

»Nein. Es ist Franks Claim, er sollte ihn taufen.«

Bettsy und Dila starrten sich kurz gegenseitig an, zuckten schließlich mit den Schultern und insektoiden Äquivalenten.

»Also gut, *Kommandant*, wie sollen wir ihn nennen?«

Eine gute Frage.

Es war mehr als nur ein exotischer Komet, ein Irrläufer, der vielleicht schon Hunderte Lichtjahre interstellaren Raumes durchquert hatte, dem noch Tausende mehr bevorstanden – wenn auch um einige wertvolle Mineralien erleichtert.

Nein, dies war der erste Schritt in der Erfüllung seiner Träume, die er seit jenen Kindheitstagen hegte, an denen er zum ersten Mal die unerschütterlichen, verwegenen Prospektoren gesehen hatte, die sich von den Minenstationen und abgefuckten Monden, auf denen er hauste, ins All stürzten. Unermesslichen Reichtum ebenso vor Augen wie langfristig den beinahe sicheren Tod trotzten sie dem Weltenraum alles ab.

Seine Vorbilder, seine Inspiration.

Der Komet, sein erstes eigenes Ziel vor Augen.

Ja, er verdiente einen würdigen, einen epochalen Namen, der in den Legenden, die hoffentlich noch in Jahrtausenden irgendwelche Toronkbarden über Frank Gazer und seine Crew singen würden, den Klang von Heldenmut weitertrug.

»Sepp.«

Drei Stimmen antworteten im Chor.

»*Sepp*? Warum ausgerechnet *Sepp*?«

Frank zuckte mit den Schultern.

»Ich weiß nicht. Nennt es Intuition, nennt es Tradition, für mich klingt das nach einem Eroberer von Berggipfeln, einem Helden, der durch Eis, Schnee und zerklüftetes Gebirge schreitet, um sein Ziel zu erreichen.«

Troshk nickte anerkennend.

»Warum nicht, mir gefällt der Klang.«

Bettsy und Dila ließen den Namen noch einige Male über Zunge und Mandibeln rollen, ehe sie zustimmten.

Es war beschlossen, und Frank lächelte seiner Crew zu.

»Also gut, dann lasst uns *Sepp* besteigen.«

Bereits als die Worte seinen Mund verließen, realisierte er, wie falsch sie sich anhörten. Aber zu seinem Erstaunen war es nicht unbeabsichtigte Zweideutigkeit, die Dila lachend den Kopf schütteln ließ.

»*Uns*? Du willst ernsthaft, dass ich in einen Prospektoranzug steige? Dreißig Kilo Legierungen und Synthschleim am Körper, irgendwo dazwischen zwei Gramm fragwürdig eingedämmte Antimaterie? Vergiss es, Frank! Ich bin Astrotelepathin, keine Erzschürferin.«

Sein Blick wanderte zu Bettsy, die mit einem geheuchelten Bedauern die Fühler schüttelte.

»Sorry, Frank, mein Graphash hat die Dichtungen meines Anzugs gefressen. Aber ich werde dir über Funk technisch beratend zur Seite stehen!«

»Und ich muss an den Waffensystemen bleiben. Dieser Sektor ist berühmt für seine Eispiraten, und wir wollen ja nicht, dass jemand unseren *Sepp* hier stiehlt, oder?«

Von allen Begründungen und Ausflüchten war dies noch die Beste. Seufzend machte sich Frank auf den Weg zum Laderaum, um in seinen Anzug zu steigen.

* * *

Erstaunlich mühelos überwand Frank mit der am Ankerseil dahingleitenden Lastengondel die Distanz zur Kometenoberfläche, angetrieben von Neugier und Entdeckergeist, Vorfreude auf die Prospektion und den aufmunternden Funksprüchen seiner Mannschaft.

»Komm schon Kleiner, du schaffst es!«

Die wohltuende, brummende Stimme Troshks, tatsächlich ein Rückhalt, den er gerne hörte. Und natürlich ließ es sich Bettsy, die ihn gelegentlich immer noch regelrecht bemutterte, nicht nehmen, ihren Teil beizutragen.

»Ja, Frank, nur mehr einige wenige Meter! Wir glauben alle fest an dich!«

»*Ach so, tun wir das? Letzte Woche hast du noch ein Fass Shrava-Larven darauf gewettet, dass er seinen fünfunddreißigsten Geburtstag nicht erlebt?*«

»*Halt die Klappe, Dila! Das ist ein offener Kanal, er kann alles hören!*«
»*Was, wirklich?*«
»*Ja!*«
»*Verdammt, dann meine ich natürlich …!*«
»… Frank, ich glaube auch an dich! Mach uns alle reich und berühmt!«

Mit einem schiefen Grinsen und einem Kopfschütteln, das außer ihm niemand wahrnahm, betrat Frank schließlich die zerklüftete Oberfläche, setzte vorsichtig seinen Fuß in eine kleine Mulde zwischen zwei verflucht scharfen Steinspitzen und verschaffte sich einen Überblick.

Erhabene Schönheit und absonderliche, mitunter angsteinflößende Fremdartigkeit waren hier vereint. Mäandernde, rotbraune Eisen- und Schwefeleinlagerungen zeichneten bizarre Muster in das teils hellblaue, teils türkise Eis, das sich in den Spalten und Gräben festgesetzt hatte, erschufen Bilder von beinahe kosmischen Ausmaßen. Dominiert wurde die Landschaft jedoch von dem harten schroffen Gestein, schwarz und von keiner Erosion abgeschliffen, turmhohen Klingen und Graten, die ihn bei jedem Sturz das Leben kosten konnten.

Unwirtlich, lebensfeindlich, düster.

Sie erinnerten ihn an die alten Legenden seines Volkes, ebenso gottverdammten und menschenverlassenen Orten gewidmet. Geschichten über die Unterwelt der Griechen, das Helheim der Nordmänner, die ausgebrannten Ruinen von Detroit und das sagenumwobene Ruhrgebiet jagten ihm einen Schauer über den Rücken, als er vorsichtig, ein Bein vor das andere setzend, die Ausbuchtung des von ihm in Besitz genommenen Kometen bestieg.

Vorsicht und Sorgfältigkeit hielten ihn am Leben, die von den Sohlen der Prospektorstiefel künstlich generierte Schwerkraft am Boden, als er langsam nach oben stapfte und zum ersten Mal den Mineraliensensor auf der Oberseite des linken Handschuhs aktivierte.

Volltreffer.

Franks Herz machte einen Freudensprung, und unwillkürlich lachte er auf.

Harter Diamant und noch härteres Chucknorrisium, Coltan, Titan, Lithium und Kobalt in reichen Mengen warteten auf ihn, nur wenige

Meter unter der Oberfläche. Dazu einige hochkomplexe Moleküle und Verbindungen, einige sogar so exotisch, dass sie die Anzeige seines Suits als »unbekanntes Material« einstufte.

Sehr gut, das war Stoff für die Labore und Forschungsinstitute, ein Dienst an der Wissenschaft, der vielleicht keine klingenden Mineraleinheiten, aber erstklassige Reputation einbrachte. Von wegen gierige, egoistische Menschen! Na gut, die meisten waren immer noch genau das, aber nicht er, nein, seine Ziele waren hehr und edel und …

… Sabber lief in seinem Mund zusammen, an dessen Winkel herab und die Innenseite seines Helmes entlang, als kurz ein elektromagnetischer Impuls im Inneren des Kometen angezeigt wurde.

Nur einige Nanosekunden lang messbar, schwach, tiefer im Felsen drinnen, aber eindeutig identifiziert.

Ein Artefakt.

Der ultimative Jackpot. Selbst wenn es von einem der bekannten raumfahrenden Völker stammte, musste es Zehntausende Jahre alt sein, wenn nicht sogar mehr. Offizielle Ausstellungen zahlten ein Vermögen dafür, klandestine Sammler ein Vielfaches davon.

Ein Artefakt einer unbekannten Spezies hingegen, vielleicht sogar eines der sagenumwobenen Altvorderen – da bewegten sich die Summen jenseits der Vorstellungskraft.

Schlagartig kippte seine Stimmung, und eine seltsame Melancholie überkam ihn. Was, wenn es das wirklich war? Wenn gleich der allererste Einsatz sie alle so reich machen würde, dass sie sich zur Ruhe setzen konnten?

Das war nicht, was er vorgehabt, nicht der Weg, den er sich erträumt hatte. Das Leben eines Prospektors bestand darin, sich Stück für Stück auf der Erfolgsleiter hochzuarbeiten. Der erste größere Fund, die erste Beute, reichhaltig genug, um sich ein besseres Schiff zu leisten, immer auf der Jagd nach dem nächsten fetteren Claim.

Wie hatte der bedeutende Menschenphilosoph H.P. Baxxter dieses Gefühl einst beschrieben?

»*The chase is better than the catch!*«

Er fühlte sich darum betrogen und, schlimmer noch, eine subtile Angst kroch seinen Rücken hinauf.

Sorge darum, dass sich die erst frisch geschmiedete Schiffsgemeinschaft auflösen, jeder mit dem obszön hohen Gewinn seiner eigenen Wege gehen würde.

Eine Zukunft in Luxus und Reichtum, aber ohne Troshk, Bettsy und Dila?

Was für ein beschissener Tausch!

Gedankenverloren klappte er den Bohrlaser aus der Kapsel am rechten Unterarm aus, justierte ihn auf die Gesteinsmischung zu seinen Füßen und regelte den Output auf dreihundert Kilowatt. Beinahe Minimalleistung, aber er hatte reichlich Zeit – und jetzt weder Stress noch eine besonders hohe Motivation, den Geheimnissen *Sepps* auf den Grund zu gehen.

Entsprechend gemächlich fraß sich das gebündelte Licht in das Gestein, verursachte keine großen Temperaturschwankungen in der Umgebung, keine Ausgasungen oder gar Detonationen. Lediglich einige Risse breiteten sich aus, harmlose, an Truufsspinnennetze erinnernde Haarlinien im Boden.

Ein Meter Tiefe war dennoch schnell erreicht und Frank, inzwischen aus seinen melancholisch abschweifenden Tagträumen erwacht, prüfte wieder die Daten in der kleinen, schimmernden Holografie, die über seinem linken Handgelenk schwebte.

Achtzig Zentimeter noch, dann würde er auf die erste Erzader treffen – beziehungsweise auf die Einkapselung oder was auch immer sich dort verbarg. Sah nach Coltan aus, aber die Ergebnisse waren nicht eindeutig.

Sechzig Zentimeter noch, und das angenehme Kribbeln der Aufregung kehrt zurück, verscheucht die letzten schwermütigen Gedankenfetzen.

Noch knapp zwanzig Zentimeter, er erstattet Meldung an seine Crew, die ihn nun tatsächlich ebenso aufrichtig wie enthusiastisch anfeuert.

Kontakt!

Der Laser erreicht die berechnete Tiefe des ersten Vorkommens, frisst sich …

… fest.

Ungläubig starrt Frank auf die Anzeige, die bei exakt 1.853 Millimeter stehen bleibt.

Er wartet erst zehn, dann zwanzig Sekunden lang.

Vorsichtig schiebt er die Leistung auf fünfhundert Kilowatt hoch.

Kein Effekt. 1.853 Millimeter Tiefe.

Frank runzelt die Stirn, überprüft die Energieanzeige, führt einen Sicherheitscheck seines Anzugs durch.

Alles in Ordnung.

Kopfschüttelnd geht er auf 1.000 Kilowatt Output, jagt ein Megawatt puren gepulsten Lichts in das Loch.

Hitze strahlt aus dem Loch, Dampf steigt auf, raubt ihm teilweise die Sicht. Risse verbreitern sich, werden zu Sprüngen und schließlich Spalten im Gestein.

Der Boden unter ihm zittert, beginnt zu schwanken. Eine Platte links von ihm senkt sich ab, ein Grat rechts von seiner Position zerbricht, fällt in sich zusammen.

Erste Blasen flüchtigeren Materials detonieren, jagen Gesteinssplitter durch die Mikroatmosphäre. Etwas streift seine Waden, knabbert an der Integrität seines Anzugs.

Er steht immer noch bei exakt 1.853 Millimeter Tiefe, ist kein Haarbreit tiefer gekommen. Frustriert deaktiviert Frank den Laser, tritt an das Bohrloch heran und leuchtet hinein.

Vergeblich.

Flüssiges Gestein, vermischt mit was auch immer im zwischen seinen Poren verdampften Eis gefangen war, bedeckt den Grund des Lochs, versperrt ihm die Sicht auf den Fund.

Unwillkürlich knurrt er, ein seltener Ausdruck von Frustration und Aggression.

»Troshk, mach die Schiffsbatterie klar. Gib mir zwanzig Megawatt auf das Bohrloch, fünf Sekunden lang.«

Eine kurze Pause, betretenes Schweigen, dann die tiefe Stimme des Sturmkommandanten.

»Alles klar, Frank. Geh in Deckung, gib mir das Kommando, wenn du bereit bist.«

Deckung?

Eine gute Idee. Er blickt sich um, marschiert gut dreißig Meter den Hügel hinab zu einer der Schluchten, über die er zuvor sprang. Vorsichtig steigt er hinab, befindet den Schutz für ausreichend, kauert sich in die Stellung.

»FEUER!«

Ein Zittern geht durch die Oberfläche des Asteroiden, als der armdicke Laserstrahl sich unbarmherzig in das Gestein bohrt, es schmilzt und verdampft. Grate zittern und brechen in sich zusammen, Geröll rutscht in Franks Deckung. Eine Wolke aus Dampf und schwarzem Rauch steigt auf, hüllt die Hügelspitze in einen giftig erscheinenden, grauen Dunst, der sich langsam ins All verflüchtigt.

Die Laserkanone schweigt wieder, und Frank spricht.

»Danke. Erreichte Bohrtiefe?«

Wieder eine Pause, diesmal anderer Natur. Fast scheint es, als ob die Crew den Daten nicht glauben kann, nicht glauben will, die sie auf dem Schirm hat.

»Frank, wir sind auf exakt 1.853 Millimeter.«

Wutschnaubend klettert er aus seinem Loch empor, watet durch die Schwermetallschwaden, die über den Kometen kriechen, bis er an der Bohrstelle steht.

Ein kleiner Teich, vielleicht fünf Meter im Durchmesser, aus erkaltender Schlacke, sich wieder verfestigender Lava. Keine Sicht auf den Fund, keine Spur von etwas anderem als gequältem, zusammengeschmolzenem Gestein.

Frank schließt die Augen, flucht herzhaft und öffnet sie wieder. Er blickt sich um, und seine Gedanken kreisen. Die Spitze der Ausbuchtung ist abgeflacht, eine Art Deckel auf dem Topf aus Asteroidengestein, der aus dem Leib des Kometen ragt.

Die längst zu Wut transformierte Frustration weckt eine grimmige Entschlossenheit. Er schreitet zum Bohrloch, brennt mit seinem Handlaser fünfzig Zentimeter tief in den Schlackenhaufen und holt die erste Sprengladung aus seinem Tornister.

Vier weitere folgen, strategisch an jenen Punkten platziert, wo die abgeflachte Wölbung in eine erwartungsgemäß runde, *natürliche* überzugehen scheint.

Er vermint den verfluchten Felsen mit insgesamt 1.500 Milligramm Antimaterie, fast seinem gesamten verbliebenen Vorrat, und aktiviert die Erschütterungszünder.

»Frank, was zum Höllenfeuer tust du da unten?«

Sturheit und verletzter Stolz hindern ihn daran, sofort eine Antwort zu geben, und als sie endlich kommt, ist es eine pathetische.

Eine lächerliche.

Ein Klischee.

»Meinen Job.«

Die letzte Ladung gelegt, läuft er den Hügel hinab, bringt mehrere Hundert Meter zwischen sich und die Todesfalle in seinem Rücken. Hektisch blickt er sich um, sieht einen Vorsprung, einen Felsrücken im Miniaturformat, gut fünf Meter hoch.

Perfekt.

Er umrundet ihn, findet eine Nische, in die sein Körper passt, kauert sich an das Gestein.

»Troshk, feuere die Rakete auf das Bohrloch.«

Er hört, wie Luft entsetzt in Lungen und Tracheen gesaugt wird, fühlt beinahe die Ungläubigkeit und Sorge seiner Crew.

»Hör mal, Frank, wenn wir nicht durchkommen, dann lass uns doch einfach ein paar Proben nehmen und an die Wissenschaftsinstitute verhökern. Ein wenig abgeschabtes Gestein, ein paar Kisten von dem Eis mit seinen Verunreinigungen, und wir haben nicht nur die Kosten herinnen, sondern auch ein wenig Kleingeld bis zum nächsten Claim.«

Es ist Bettsy, die Stimme der Vernunft, wie so oft zuvor. Und nicht zum ersten Mal verhallt sie ungehört. Frank hasst sich dafür, aber es hindert ihn nicht daran, die nächsten Worte zu funken.

»Ich bin der Kommandant, und das war *ein Befehl*. Troshk, Raum-Raum-Rakete auf das Bohrloch! Jetzt!«

Der Sturmkommandant gehorcht.

»Zieh den Kopf ein, Kleiner. Raketenabschuss in drei, zwei, eins …«

Der altersschwache Raumtorpedo rast auf den Felsen zu, überwindet die Entfernung in Wimpernschlägen.

Er trifft – und entzündet, nur um Nanosekunden verzögert, die zusätzlichen Sprengladungen.

WELTUNTERGANG!

Ein Erdbeben rast durch den Kometen, erschüttert Frank selbst hinter seiner Deckung. Der Grat, hinter dem er sitzt, bricht in der minimalen Gravitation geisterhaft langsam zusammen..

Und dann erst kommt die Druckwelle, trotz der dünnen Atmosphäre mit einer Gewalt, die er tausendfach unterschätzt hat. Sie zerbröselt seine Deckung, reißt ihn von den Beinen, wirbelt ihn wie eine Puppe über die Oberfläche. Dutzende Mikrofragmente durchschlagen seinen Prospektoranzug, kostbarer Sauerstoff entweicht ins All.

Synthschleim fließt in die Löcher, dichtet ab, rettet sein Leben – vorerst.

Er schlägt hart mit dem Rücken auf eine der höchsten Felsnadeln, so hart, dass ihm die Luft wegbleibt, er der Ohnmacht nahe an der Oberfläche zappelt, bis ihn seine Stiefel wieder zum Boden tragen und sich festsaugen. Der Tornister verbiegt sich, er fühlt die Torsionskräfte alle Legierungen an ihre Grenzen bringen – und darüber hinaus.

Die Antimaterieeindämmung hält.

Stöhnend geht Frank in die Knie, die Schreie seiner besorgten Schiffskameraden im Ohr, eine kilometerhohe Rauch-, Dampf- und Gesteinswolke vor den Augen, die sich langsam ins All verzieht. Er ist selbst auf einer Anhöhe gelandet, hoch genug, um jene Teile der Oberfläche zu sehen, die seine Wahnsinnstat verwüstet hat.

Der Nebel lichtet sich, und silberner Glanz schimmert durch die sich verflüchtigenden Schwaden. Helles Metall, dunkles Metall, geometrische Strukturen, Vertiefungen und Erhebungen.

Fassungslos starrt Frank auf etwas, das es nicht geben kann, etwas, dass nicht hier sein sollte, nicht hier sein *darf*.

Die Schleuse zu einer Raumstation.

Erleichtertes Seufzen auf dem Funkkanal, als er endlich wieder seine Sprache findet, zittrige Worte aus seinem Mund der Crew beweisen, dass er noch am Leben ist. Mehr als drei schafft er nicht.

»Das … ist … Wahnsinn!«

§ 9 Politische Partizipation

Aus den in der Präambel erklärten Gründen wird der Menschheit als solcher kein Sitz im Rat eingeräumt. Dem einzelnen Menschen wird jedoch die politische Partizipation wie folgt gestattet:

a) In Verwaltungseinheiten, die zur Bestimmung von Repräsentanten allgemeine Wahlen durchführen, genießen Menschen das aktive und passive Wahlrecht.

b) Entsprechend ihrer erwiesenen sozialen Empathie sowie ihres gesellschaftlichen Umgangs wird die Stimme eines menschlichen Weibchens mit 50 Prozent, die eines Männchens mit 25 Prozent jener eines Bürgers mit NHS gewichtet.

c) Menschen, die sich zur Wahl für ein Amt stellen oder stellen lassen, benötigen einen Fürsprecher der nächsthöheren Verwaltungsebene mit NHS, um als wählbare Kandidaten zu gelten.

d) Innerhalb des Gremiums zählt die Stimme des gewählten Menschen ident mit jener der Vertreter anderer Rassen.

e) Da es keine über dem Ratssprecher angesiedelte Verwaltungsebene gibt, sind Menschen von diesem Amt ausgeschlossen.

– Lex Humanitas, achte Fassung aus dem Jahr 1482 AT

6

YRSHA-GAHAR

Das ist Wahnsinn! Du verlangst von mir, dass ich den Kreuzer aufgebe! Mein Kommando niederlege! Das ist laut Paragraf 4 der allgemeinen Flottenvorschriften, Sektion C, nur dann zulässig, wenn mein Schiff nicht mehr oder deines ohne meine Crew nicht mehr vollständig kampffähig ist. Beides sehe ich hier nicht gegeben.«

Marusha seufzte. Kein Wunder, dass man die Creesh-Veteranin vor ihr einst die Pedantische getauft hatte. Sie machte diesem Namen alle Ehre.

»Nein, Kommandantin, du sollst deinen Kreuzer immer noch in die Schlacht führen, mitsamt seiner Crew. Aber von hier aus, per semiautomatisiertem Fernkommando und virtuellem Brückeninterface.«

»Du willst, dass ich mein ausgeschlachtetes Schiff per Fernsteuerung in den sicheren Untergang bringe.«

»Ganz genau, damit unser aller Erfolgschancen deutlich, die Überlebenschancen merkbar steigen.«

Ghrashbrachova lehnte sich zurück, ließ die Fühler etwas absinken und entspannte sich sichtlich – was nicht nur Marusha und Torotoshk erleichtert bemerkten, sondern alle anwesenden Führungsoffiziere der Flotte, die sich auf der Brücke der *Dorashadar* versammelt hatten. Dazu zählten diesmal auch die Kommandanten der Bomber und jene Jägerpiloten, die mit ihren schlanken Nadelschiffen alleine in die Schlacht ziehen würden.

Es war eine von ihnen, eine kleine, bissige, legendär jähzornige, aber noch viel legendärer kämpfende Jagdfliegerin, die schließlich ihre Stimme erhob.

»Bei allem Respekt, Großkommandantin, was bedeutet in diesem Fall *deutlich* und *merkbar*?«

Marusha musterte die Tarjah in ihrer abgewetzten, beinahe zwei

Generationen lang getragenen Fliegerkluft sorgfältig. Ghiara Darakash, 84 Jahre alt, mehr als zweihundert bestätigte Abschüsse gegen die Plachtharr, auf ihrem inzwischen dritten »garantiert letzten Posten vor dem Ruhestand«. Ihre riesigen, teilweise durchlöcherten und wieder verheilten Ohren lagen wie ein Umhang um ihre Schultern, und nominell war sie mehrere Hierarchieebenen unter Marusha angesiedelt.

Nominell.

Kein Kommandant, der bei Trost war, ignorierte die Stimme einer Veteranin, die von den einfachen Soldaten wie eine Heldin verehrt wurde.

Weil sie eine verdammte Heldin **ist** *und du sie an der Spitze jener Kämpfer brauchst, die bei diesem Irrsinn die geringsten Überlebenschancen haben werden.*

Marusha nickte würdevoll.

»Eine berechtigte Frage, Jagdmeisterin. Ich reiche sie deswegen an den Profi weiter. Chief, was können wir aus diesem *Opfer* herausholen?«

Der Obryan kratzte sich am Hinterkopf. Streng genommen war er kein Offizier, aber geachtet und respektiert wie ein verdienter Kommandant. Die Augen aller Anwesenden richteten sich erwartungsvoll auf ihn, was ihm sichtlich unangenehm war.

»Wenn wir die Lateralgeschütze und Partikelkanonen auf die *Ciarosh* transferieren, verdoppeln wir auf einen Schlag die Abwehrfähigkeiten gegen Smartdrohnen und Raum-Raum-Raketen. Das gibt ihr einige Sekunden mehr in der Schlacht, mindestens. Mit dem redundanten Material können wir ihre empfindlichen Systeme und jene unseres Flaggschiffes mit einer improvisierten Reaktivpanzerung versehen.«

Torotoshk, der bis jetzt stumm hinter Marusha gestanden hatte, wurde hellhörig.

»Reaktiv – was?«

»Reaktivpanzerung, Subkommandant. Eine weitere, zusätzliche Schicht Panzerung mit kleinen Sprengladungen, auf Füllmaterial gebettet, und das wiederum auf die Hüllen unserer Schiffe aufgetragen. Wenn eine RRR oder eine Smartdrohne einschlägt, wird sie mitsamt ihrer Annihilation wieder ins All geblasen, vom Schiff weg. Hilft nicht viel gegen die harte Strahlung, verhindert aber Hüllenschäden.«

Marusha war ebenso beeindruckt wie skeptisch.

»Und das funktioniert?«

Der Obryan nickte eifrig.

»Ja, Großkommandantin, das funktioniert, aber eben nur einmal pro Hüllenabschnitt. Meine Vorfahren haben das auf ihren Landkreuzern aufgebracht, mit guten Ergebnissen, wenn man den alten Aufzeichnungen trauen kann.«

Ghrashbrachova schnaubte und klickerte teils amüsiert, teils höhnisch.

»Typisch Menschen, bevor ihr euch auf die Galaxie gestürzt habt, wart ihr Meister darin, euch gegenseitig umzubringen.«

Ruckartig drehte sich Ghiara um, fixierte die Kreuzer-Kommandantin mit einem harten, alles durchdringenden Blick, während sich ihre Ohren wie Flügel ausklappten und die Narben Dutzender Schlachten noch deutlicher offenbarten.

»Und du hast noch mal wie viele deiner Geschwister gefressen, bevor du überhaupt der Brutkammer entstiegen bist?«

Beleidigt zuckte die Creesh zurück, hisste kulturchauvinistische Empörung über die Brücke.

»Das ist etwas anderes. Das Recht auf Leben wird nicht geschenkt, man muss es sich erkämpfen! Eine Brutkammer, 250 Eier, Ressourcen für 125 Nachkommen. So war es vor fünfzigtausend Jahren, so wird es auch in Zukunft sein. Das ist unsere Tradition.«

Die Tarjah lächelte überlegen, entspannte sich und ließ ihre Ohren wieder sinken.

»Und sich gegenseitig den Schädel einzuschlagen, war einst eben die Tradition der Menschen. Wenn uns das jetzt weiterhilft, umso besser. Stimmst du mir zu?«

* * *

»Ja, da hast du durchaus recht. Aber anders kann ich es mir nicht erklären. Das ist eine Luftschleuse, die Atmosphäre hat sich perfekt an uns angepasst, und ich meine an jeden von uns individuell. Du hast um deinen Kopf herum die Sauerstoffsättigung der einstigen Erde, vor meinem Visier sind Selenpartikel in Schwebe, auch Troshk und Dila werden die Luft ihrer Heimat atmen, sobald wir die Helme ablegen.«

Zur Bestätigung ihrer Worte hielt Bettsy den Handscanner hoch, ließ sie alle einen guten Blick darauf werfen.

Vollkommen unnötig.

Frank glaubte ihr, aber er war sich nicht sicher, ob er ihr glauben *wollte*. Die Implikation war eindeutig – etwas hatte sie mit einer ihnen unbekannten Technologie gescannt, durch die dreifach gesicherten Prospektoranzüge hindurch, und dann die Realität um jeden einzelnen von ihnen herum gezielt verändert.

Das war einerseits sehr zuvorkommend, andererseits aber vor allem besorgniserregend.

Paranoid blickte er sich zum wiederholten Male um.

Das schwere Tor hatte sich hinter ihnen geschlossen, aber er zweifelte keinen Augenblick daran, dass man es von der Innenseite genauso per Handhebel öffnen konnte wie von außen. Die Metallschmeckerin hatte den Mechanismus innerhalb von Sekunden gefunden, und er war genau das – ein *Mechanismus*. Keine Magie, keine überlegene Technologie, die sie nicht verstanden. Ebenso wenig konnte er Sensorenpaneele oder Kameras erkennen, überhaupt Anzeichen einer organischen oder künstlichen Intelligenz, die hinter den seltsamen Veränderungen steckte. Es war tatsächlich nur eine Luftschleuse, und sie erschien ihm *verdächtig* normal. Auch die Lichtpaneele an der Decke, die sie in einen türkisen, augenfreundlichen Schein tauchten, schienen ebenso wenig exotisch wie die Metallwände, zwischen denen sie standen.

Zumindest, solange man keinen Scanner aktivierte. Die Hälfte der verwendeten Legierungen war nicht nur einfach unbekannt, nein, ihre Instrumente konnten nicht einmal die zugrunde liegenden *Elemente* identifizieren.

Mit jedem der wenigen Schritte innerhalb der Schleuse wirbelten sie den Staub von Äonen auf, der aber in der Schwebe zu leuchten begann. Der Partikeldunst glitzerte wie ein Vampir im Sonnenlicht (also, wie einer in den miesesten alten Geschichten von der einstigen Erde) und verschwand. Vermutlich in seine chemischen Bestandteile aufgelöst und diese wiederum der Luft beigemischt – jedem das Seine, punktgenau. Dies war so *verdächtig einladend*, dass nur ein Wahnsinniger es gewagt hätte, tatsächlich aus dem Anzug zu klettern und ...

»Ich bleibe keine Sekunde länger in diesem Sarg, wenn es nicht notwendig ist!«

Noch ehe die entsetzten Gefährten reagieren konnten, streifte Dilara den Helm ab. Ihr Ohren klappten auseinander, ihr Näschen schnupperte kurz, mehr neugierig als skeptisch – und dann umspielte ein Lächeln ihre Lippen, die Frank vielleicht einen Augenblick zu lang anstarrte.

»Ein bisschen Buruschwurzel, ein wenig Großbaumaroma, aber nicht schlecht, ganz und gar nicht schlecht!«

Sie schälte sich vollständig aus dem schweren Anzug, während Troshk schulterzuckend ihrem Beispiel folgte – und einen Moment lang erstaunt verharrte.

»Riecht, schmeckt und atmet sich wie die Eisfelder zu Hause. *Fast wie bei Muttern* würdet ihr Menschen sagen.«

Neugier siegte über Vernunft, sowohl bei Bettsy als auch bei ihm selbst. Zischend öffneten sich ihre Helme, und tatsächlich, die Luft um ihn herum war nicht nur atembar, nein, sie schien perfekt zu sein. Was bei Frank wiederum bedeutete, dass sie nicht die längst vergangene Erde imitierte – 2.000 Jahre der Evolution zwischen den Sternen hatten die Physiologie der Menschen doch ein wenig verändert.

Bettsy klickerte anerkennend.

»Alle Achtung, das ist fast so wie bei uns in der großen Steppe. Ich habe noch immer keine Ahnung, wie es funktioniert, aber es gefällt mir. Sind wir jetzt mutig, blöd oder beides genug, um das Innentor zu öffnen? Auch auf die Gefahr hin, dass dahinter Vakuum ist und wir alle draufgehen?«

Dila nickte grinsend.

»Tu es!«

Schulterzuckend schälte sich die Metallschmeckerin aus dem Rest ihres Anzugs, der seltsamerweise doch mit intakten Dichtungen aufgetaucht war. Sie huschte über den Boden zur Wand und zog mit ihrem obersten Beinpaar scheinbar mühelos den prominent platzierten Hebel nach unten. Unwillkürlich sog Frank ein letztes Mal die köstliche, für ihn abgemischte Luft tief in seine Lungen und hielt den Atem an, als sich die Schleuse öffnete, die beiden Türhälften auseinander glitten – und grelles Licht ihnen die Sicht nahm.

Immer noch irgendwo zwischen bläulich und grün angesiedelt, ein Türkis wie in den Meeresbuchten von Tarjah oder den Suppenkesseln der Durash-Lokale, aber Hunderte Male stärker als der gedimmte Vorgeschmack in der Schleuse zuvor. Bettsy klickerte begeistert, alle anderen, die Hände oder Pranken hatten, hielten sich diese vors Gesicht, blinzelten vorsichtig durch die kleingehaltenen Schlitze zwischen den Fingern.

Verschwommene, sich aus dem Lichtermeer schälende Schemen gewannen an Substanz, verfestigten sich zu einer Silhouette, dann zu einem Objekt, das immer mehr Details offenbarte. Kein Atmen, nicht einmal ein erstauntes Keuchen oder ein Ausruf der Überraschung.

Ehrfürchtige Stille.

Denn in dem gewaltigen Hangar – *Ja, nichts anderes war es!* – vor ihnen, scheinbar auf dem tanzenden, glitzernden, sich transformierenden Staub aus Hunderttausenden Jahren oder mehr schwebend, zwischen Wänden mit fremdartigen Geräten und bizarren Emittern, *ruhte ein Schiff.*

Kein schlanker, flachgepresster Gleiter, kein nadelförmiger Jäger, kein plumper Frachter wie die *Belthrana* – sondern etwas vollkommen anderes, eine Bauart, die keiner von ihnen je gesehen hatte.

Fenster, die wie Augen wirkten, tatsächlich einen Blick ins Innere erlaubten, dorthin, wo die Brücke zu sein schien, verliehen dem Bug das Aussehen eines Kopfes, eines grimmig nach vorne starrenden Hauptes auf einem Körper, dessen Form kaum mit Sinnen begreifbar, und noch viel weniger mit Worten beschreibbar war. Der abgerundete Bauch wies an der Vorderseite Schlitze auf, ob Einlassdüsen für Atmosphärenflug oder Emitter irgendeines bizarren Lichtes, vielleicht sogar einer exotischen Waffe, vermochte Frank nicht zu sagen. Wieder und wieder glitt sein Blick über die Oberfläche, die vor allem am Rücken aus ineinander übergehenden Flächen und Rundungen, Vielecken und abgeflachten Hügeln bestand. Ob grün oder blau, vielleicht auch einfach nur grau und vom türkisen Licht in Fehlfarben getaucht, wirkte es wie eine Skulptur aus in Metall gegossenen und erstarrten Harmonien, die sich vom Bugansatz über das an der Stirn der Brücke ruhende Fenster bis an die Spitze der kurzen, wuchtigen Flügel erstreckten.

»Akiritishhsh-trhrssh-Tufrirrsh!«

Es war Bettsy, die erste Worte fand, auch wenn sie im zischenden, knacksenden Creesh formuliert waren.

Zu benommen, zu fasziniert, viel zu sehr in Bann geschlagen von diesem aus einer anderen Welt stammenden Artefakt, konnte Frank seinen Blick nicht abwenden, stammelte nur ein kurzes »Was? Was meinst du?« vor sich hin.

»Ein *Tarnschiff*. Es ist ein verdammtes Tarnschiff.«

Troshk brummte.

»Das macht keinen Sinn. Wir haben es versucht, vor mehr als tausend Jahren. Sowas ist viel zu aufwendig, viel zu ineffizient.«

Bettsy zog beleidigt ihr Kopfsegment zurück.

»Was soll es sonst sein? Schau dir die Oberfläche an; diese Wölbungen und Abflachungen sind kein Zufall. Es zerstrahlt LIDAR und Gravitonenabtaster ebenso wie jeden Laser, den du darauf feuerst.«

Frank starrte immer noch auf das Gebilde vor ihm, und seine Nackenhaare stellten sich auf, während ein Frösteln ihn kurz beben ließ.

Das Schiff wirkte nicht nur fremdartig, bizarr, wie etwas, das keinen Platz in seiner Realität haben *durfte* – nein, nicht nur das, vor allem wirkte es *lebendig* und *starrte zurück*.

Es dauerte eine Weile, bis er begriff, warum ihm dies so erschien.

»Die *Fenster*. Wer verbaut Fenster auf einem Raumschiff?«

Dila schnaubte und schritt an seiner Seite nach vorne, sowohl dem Schiff entgegen als auch dem Licht, das von seiner Unterseite ausging.

»Jemand, der dumm genug ist, die Brücke auf den Bug zu klatschen. Exponiert, mit einem einzigen guten Treffer auszuschalten. Die Fenster sind da nur die Soße auf der Larve, exponieren die Besatzung zusätzlich. Ein halbwegs präzise gefeuerter Laserstrahl, und du hast eine knusprig geröstete Brückencrew.«

Sie hatte recht – und dennoch: Frank war sich keineswegs sicher, dass dies eine Schwachstelle, ein Konstruktionsfehler des unbekannten Raumschiffs war. Nichts daran erschien zufällig – und schon gar nicht wehrlos.

Sie alle fühlten es.

Unbewusst hatte Troshk seinen Handstrahler gezückt, mit der Linken ebenso automatisch über die Schulter gegriffen, sich vergewissert, dass die Sturmflinte immer noch einsatzbereit dort baumelte. Bettsy zog ihre Segmente zusammen, panzerte sich selbst, schrumpfte auf unter zwei Meter Länge.

Franks Herz raste, und nur Dila übernahm scheinbar furchtlos die Führung, ging weiter, das grünliche Licht auf ihren Schulterpanzern glitzernd.

»Das Universum kennt keinen Zorn, der dem Sterben eines Sternes oder der Wut einer Tarjah gleicht.«

Er erinnerte sich an diesen Spruch, Dutzende Male in der Ausbildung, in Minenschächten und abgehalfterten Kneipen gehört. Da war etwas dran. Dilara fürchtete sich vor nichts, und alles fürchtete sich vor ihr, wenn die Ohren steif vom Haupte standen und rot pulsierten. Doch nun wackelten sie neugierig, und Frank musste sich zusammenreißen, um an ihre Seite zu treten, sich daran erinnern, dass *er* der Kommandant dieser Mission war und eigentlich einen kühlen Kopf bewahren sollte.

»Keine der Ratsrassen hat eine derartige Bauweise, und nach Plachtharr oder Randsystembewohnern sieht es auch nicht aus. Das Schiff muss den Altvorderen gehört haben.«

Dila drehte sich um und warf ihm einen Blick zu, der normalerweise jenen Leuten vorbehalten war, die auf schlecht isolierte Plasmaleitungen pinkelten.

»Ernsthaft, Frank? Nur, weil du etwas nicht erkennst, glaubst du, es gehört den Vergangenen?«

Bettsy klickerte beschwichtigend, als sie an ihre Seite huschte.

»Lass den Kleinen in Ruhe, die Menschen haben immer an lineare Entwicklung geglaubt. Die Vorstellung von zyklischer Evolution der Gesellschaft und dunklen Jahren war ihnen weitestgehend fremd.«

Troshk, die Waffenhand halb erhoben und in Richtung des rechten Flügels marschierend, brummte zustimmend.

»Das stimmt. Wie war das noch mal, Frank? Ihr habt ein paar Jahrtausende lang keinen Förderbesuch bekommen, eine einzige Bibliothek ist niedergebrannt – und schon habt ihr alle im kollektiven Größenwahn geglaubt, tatsächlich selbst die Pyramiden gebaut zu haben.«

Dila kicherte.

»Was für eine Selbstüberschätzung.«

Frank verzog beleidigt das Gesicht, ohne seine Augen wirklich von dem Schiff abzuwenden, dessen Bug nun kaum zehn Meter von ihnen entfernt über dem Boden thronte, einen ersten Blick durch die Fenster hindurch erlaubte, auf Instrumente und Panels im Inneren.

»Ihr glaubt also, dass es eines unserer Schiffe ist, nur uralt?«

Bettsy huschte nach vorne, näherte sich mit ihrem Handscanner der Hülle.

»Die meisten Ratsvölker hatten drei oder vier Zivilisationspeaks mit zumindest interplanetarer Raumfahrt in den letzten zehntausend Jahren, viele haben allzu detaillierte Aufzeichnungen darüber verloren. Es gibt also Dutzende uns unbekannte Bauarten von Raumschiffen, ohne mysteriöse, fremdartige Aliens oder Altvordere bemühen zu müssen.«

Frank nickte, und bei aller Faszination für das Schiff vor ihnen schlich sich eine gewisse Enttäuschung in sein Gemüt. Ganz im Gegensatz zu Dilara, deren Ohren nun so heftig schlugen, dass er ihr beinahe doch Flugfähigkeit zugetraut hätte.

»Es ist scheißegal, wer das Ding gebaut hat, ob damit meine Vorfahrinnen ihre berüchtigten Beutezüge nach Borsht vollführten und Troshks Urahnen das Fell über die Ohren zogen oder sich die Durash damit ihre ersten Coltanminen erschleimten. Selbst wenn es eine Fehlkonstruktion ist und alle Systeme nur noch Schrott sind – das Teil hier ist mehr Mineraleinheiten wert, als wir jemals ausgeben können. Aber, bei den Großbäumen, ich werde es versuchen!«

Wieder ein Stich in Franks Herz, Worte, die bestätigten, was er zuvor befürchtet hatte. Er schluckte, wollte etwas erwidern, als sich Bettsy mit bedeutungsschwerem Blick und ihrem Scanner in der Klaue an sie wandte.

»Das Licht hier ist nicht nur einfach eine Beleuchtung für den Hangar – die Emitter strahlen zusätzlich etwas aus, das ich nicht einmal richtig erfassen kann. Aber wenn ich raten müsste, würde ich sagen, dass es ein Stasisfeld ist, wie für hochverderbliches Gemüse oder Organe, nur auf Technologie umgemünzt. Entweder konserviert es das Schiff oder hält es gefangen. Vielleicht auch beides.«

Sie ließ ihre Worte nicht einmal richtig wirken, huschte nach vorne, richtete sich am Rumpf des Schiffes unter dem linken Flügel auf.

»Und für alles gibt es ein mechanisches Redundanzsystem. Sieht so aus, als ob die Erbauer ihrer Elektronik, Quanten-KI oder Kristallschaltung nicht immer vertrauten.«

Wieder ein Hebel, der ihren Klauen keinen Widerstand zu leisten schien, sanft von einer Position in die andere glitt. Geräuschlos öffnete sich ein Tor hinter der Brücke, senkte sich eine Rampe in den leuchtenden Staub zu ihren Füßen.

Das Schiff erwartete sie.

* * *

»Sieht gemütlich aus. Ein wenig zu groß, aber gemütlich.«

Frank hörte Dilas Stimme, registrierte ihre Aussage, aber seine Gedanken waren ganz woanders. Wie benebelt starrte er durch das Glas in den Hangar, fixierte die Schleuse, durch die sie gekommen waren, ohne sich auf sie zu konzentrieren.

Natürlich war es nicht wirklich *Glas* – aber auch sonst nichts, was sie kannten. Bettsy hatte es dreifach gescannt, transparentes Coltan ebenso ausgeschlossen wie eine Carbon- oder Aluminiumvariante.

Aber einst, vielleicht vor tausend, vielleicht vor einer Million Jahren, hatten ihnen unbekannte Raumfahrer durch diese Fenster ins All gestarrt.

Was sie wohl gesehen hatten?

Noch immer wussten sie nichts über die Spezies der Erbauer – außer, dass sie ein Stück größer als Frank gewesen sein mussten. Zumindest sprachen die beiden Liegen dafür, die gerade von Dila inspiziert wurden. Etwas mehr als zwei Meter Länge, mit einer dunkelbraunen

Polsterung überzogen, die an Synthschleim erinnerte – aber definitiv keiner war.

Parallel nebeneinander ausgerichtet, offenbar für eine Doppelpilotenkonfiguration vorgesehen, den Blick durch das oberste Fenster auf die Sterne gerichtet.

Oder, wie jetzt, auf die Hangardecke. Ein feiner, gräulicher Staub bedeckte die Liegen, laut Bettsy organische und anorganische Überreste von – was auch immer.

Frank, der sich endlich vom Fenster lösen konnte, fragte sich nicht zum ersten Mal, wie die unbekannten Erschaffer dieser Technologien ihr Schiff gesteuert hatten.

»Keine Steuerknüppel, keine Konsolen, nicht einmal ein Startknopf. Wie fliegt man dieses Ding?«

»Das kann ich dir zumindest teilweise beantworten.«

Überrascht blickte er zu Bettsy, die aus dem geräumigen Mittschiffbereich auf die Brücke huschte, mit Troshk im Schlepptau und seltsamen Apparaturen in der Hand. Keinen außerirdischen Artefakten, sondern improvisierten Maschinen, zusammengeschraubt aus Teilen, die dem unerschöpflichen Fundus ihrer Tasche entsprungen waren.

»Das Dämpfungsfeld lähmt das Schiff, aber nicht unsere Energiequellen. Spannend, unerklärlich, aber gut für uns. Im Prinzip funktioniert hier alles mit gutem altem Strom. Und – seht euch das einmal an.«

Mit flinken Klauen stöpselte sie ein selbst gebasteltes Interface in eine der Buchsen an der Wand, aktivierte ihren portablen Reaktor und gab auf ihrem persönlichen Pad einige Befehle ein.

Der Weltraum um sie erwachte digital zum Leben, baute sich über mehrere Sekunden hinweg als dreidimensionales Abbild auf. Frank sah *Sepp*, schimmernd im Licht des roten Zwerges, er sah den Schweif, der hinterhergezogen wurde, die *Belthrana*, wie an einer Nabelschnur an der dunklen Seite des Kometen hängend. All das zusammengeschrumpft auf ein Hologramm von knapp zwei Metern Durchmesser, das über den mutmaßlichen Pilotenliegen schwebte. Frank hatte noch nie in seinem Leben eine Projektion gesehen, die derart lebendig wirkte. Physisch. *Greifbar*. Gedankenverloren streckte er eine Hand aus, führte einen Zeigefinger an den Schweif heran – und zuckte mit einem Schmerzensfluch zurück.

»WAS ZUR HÖLLE ...«

Mit weit aufgerissenen Augen sah er auf die intensiv gerötete Haut, während Bettsy amüsiert klickerte.

»Ha-Ho!«

Winzige Blutstropfen quollen durch die Rillen seiner Fingerabdrücke. Ungläubig starrte er auf seinen Lebenssaft, roch das schwache, aber wahrnehmbare Aroma von Hämoglobin.

»Das ist nicht witzig, Bettsy! Dieses verfickte Hologramm hat mich *gepikt* und *vereist*!

Die Metallschmeckerin schüttelte die Fühler.

»Ich habe dich nicht ausgelacht – also, vielleicht doch, aber nur ein kleines bisschen. Ich sagte nicht *Haha*, sondern Ha-Ho. *Haptische Holografie*. Volle Simulation aller Sinneseindrücke, physische Interaktion mit der Umgebung, tiefenprojizierende Penetrationswirkung. Ich könnte dich mit einem holografischen Dolch erstechen oder dich einen projizierten Burger essen lassen – im ersten Fall wärst du tot, im zweiten satt, zumindest so lange, bis dein Körper bemerkt, dass da keine Kalorien drin sind. Ziemlich beeindruckend, nicht wahr?«

Dilaras Ohren pulsten rot.

»*Beeindruckend*? Das ist Magie!«

Bettsy kicherte.

»Für dich vielleicht. Ich war vor fünf Jahren auf einem Symposium der Gulptar-Ingenieure, die hatten einen ersten funktionsfähigen Prototyp. Nein Leute, wir sind immer noch bei jenen Systemen, die ich zumindest im Ansatz verstehe. So wie dieses dort drüben.«

Das haptische Hologramm verschwand, als sie ihren Generator vom System trennte und zu der gegenüberliegenden Wand huschte, wo sie eine Klappe öffnete und einen Gegenstand herauszog, der verdächtig nach einer Mütze für kalte Winternächte aussah – nur mittels einer daumendicken Datenleitung mit dem Schiff verbunden.

»Ein Braincap, wahrscheinlich zum vollständigen Auslesen der Crew.«

Frank verstand nicht.

»Warum sollte ich mich auslesen lassen?«

Troshk schritt an seine Seite, legte ihm freundschaftlich eine Pranke auf die Schulter.

»Aber, aber, Frank, waren es nicht deine Vorfahren, die sich mittels postmortaler Avatare unsterblich machen wollten?«

Da war etwas dran – allerdings nicht sehr viel.

»Nur die Weltuntergangsspinner und Wahnsinnigen. Verrückte, die daran glaubten, dass unser aller Ende gekommen war und ...«

»... oh.«

Er verstummte betreten. Bettsy hob ihre Fühler an, deutete auf die Vorrichtung in ihren Klauen.

»Das ist auch etwas anderes. Kein postmortaler Avatar, sondern eine vollständige Bewusstseinskopie. Oder besser gesagt, eine vollständige Bewusstseinssimulation, die du in den Systemen oder als Holografie abspielen kannst. Im Prinzip könntest du gegen dich selbst boxen, mit dir selbst Sex haben oder – was viel wahrscheinlicher ist – mit dir schwierige Probleme erörtern und ausdiskutieren.«

Dilara bewegte sich geschmeidig an Franks Seite, glitt mit ihren Fingern über die Kappe.

»Was bringt mir ein Gespräch mit einer Kopie meines Bewusstseins? Ich würde mir doch immer zustimmen, ständig einer Meinung mit mir selbst sein?«

Die Metallschmeckerin schüttelte heftig ihr Kopfsegment.

»Eben nicht! Dein simuliertes Ich hätte all dein Wissen, all deine Erfahrungen – aber keine der lästigen Emotionen. Keine Interaktion durch Hormone oder chemische Schwankungen in deinem Körper. Du hättest einen hundertprozentig objektiven Ratgeber. Es gab vor einigen Jahrzehnten den ernstgemeinten Vorschlag der Toronk, alle Ratssitzungen von Simulationen der Mitglieder durchführen zu lassen, um vernünftige Entscheidungen zum Wohle aller zu garantieren.«

Frank nickte bedächtig – das hatte Hand und Fuß, klang sogar nach einem überaus unterstützenswerten Vorschlag.

»Warum wurde das nicht angenommen?«

Bettsy klickerte ihm verschwörerisch zu.

»Der Vertreter der Durash hat die Frage in den Raum gestellt, ob

Ratsmitglieder noch bezahlt werden, wenn nur ihre *Simulationen* tagen. Du glaubst nicht, wie schnell das dann wieder von der Tagesordnung verschwunden ist.«

Troshk lachte auf, und auch Frank konnte sich ein Schmunzeln nicht verkneifen. Aber schließlich wanderten seine Gedanken zu etwas, dass er vorher nur nebenbei wahrgenommen hatte.

»Moment, du hast gesagt, dass dies die Systeme sind, die du noch verstehen kannst – was ist mit den anderen?«

Sorgfältig packte sie ihre Tasche, bedeutete ihnen mit den Fühlern, ihr zu folgen. An glatt polierten Wänden unbekannten Materials vorbei, über einen Boden, der vage unter ihren Schritten vibrierte, subtile Geräusche in den Metallstrukturen erzeugte, die an weit entfernte Klagelaute erinnerten.

»Zuallererst, es gibt keinen Expander. Also keinen, den ich als solchen erkennen würde.«

Frank stutzte, unterbrach beinahe ihren gemeinsamen Marsch durch das Schiff. Kein Expander? Es fiel ihm schwer zu glauben, dass eine technologisch derart hoch entwickelte Gesellschaft nur relativistisch flog. Außerdem bedeutete es, dass sie keine Chance hatten, ihren Fund nach Hause zu bringen. Zumindest nicht im Ganzen, und eine innere Stimme sagte ihm, dass es schlicht unmöglich war, dieses Artefakt zu filetieren, in seine Einzelteile zu zerlegen.

Unmöglich und blasphemisch, ein Akt der Barbarei.

Es wäre Mord.

»Das größte Rätsel, die gewaltige Unbekannte in allen Fragen und Spekulationen befindet sich hier drinnen – denn das, meine Freunde, ist der Maschinenraum.«

Die Tür, an der sie nun standen, glitt lautlos auf, offenbarte den Blick in das Herz der Maschine, die Quelle all ihrer Kraft. Und sie gab ihm …

Enttäuschung.

Pure, abgrundtiefe Enttäuschung.

Was hatte er erwartet?

Technologien jenseits seiner Vorstellungskraft, pulsierende Kristalle, schwebend in organisch anmutenden, grün leuchtenden Kraftfeldern, vielleicht sogar Apparaturen, die Kraft aus anderen Dimensionen oder Bereichen der Physik schöpften, die dem Protektorat noch unbekannt waren.

Er hatte Wunder erwartet und bekam stattdessen – Kästen. Würfelförmige Schränke mit etwas mehr als zwei Metern Kantenlänge. Zwei Dutzend davon füllten den Großteil des hohen, beinahe an eine Halle erinnernden Raumes, jeweils zwei Stück aufeinandergestapelt. Simples Metall mit einigen Polymerüberzügen, unlesbaren Schriftzeichen auf der grauen Hülle, Kabelsträngen und Leitungen, die sie untereinander verbanden. Und mit dem Objekt in der Mitte, das sich zumindest ein wenig Mühe gab, exotisch auszusehen.

Mit begrenztem Erfolg.

Es war eine an der Spitze abgeflachte Pyramide, aus einer Mischung unbekannter Metalle und Gesteine gebaut, graue und bläuliche Blöcke, die einen Sockel auf Franks Augenhöhe stützten. Auf diesem ruhte eine Kugel, die vielleicht einmal weiß gewesen war, aber jetzt von Schlieren und Flecken in schmutzigem Grau zumindest optisch entstellt wurde. Kaum einen halben Meter im Durchmesser, war sie zweifellos ein Artefakt, aber ein unansehnliches.

Bettsy hielt ihren Scanner demonstrativ in Richtung des Objekts, deutete mit ihrem rechten Fühler auf die Anzeigen.

»Von hier aus betrachtet ist es klein, hässlich – enthält aber einen unendlichen Hohlraum, gähnende Leere unvorstellbaren Ausmaßes.«

Dilara ging einige Schritte nach vorne, blickte zuerst auf die Kugel, dann zurück zur Metallschmeckerin.

»Bist du dir sicher, dass du dieses Artefakt gescannt hast – und nicht versehentlich Franks Kopf?«

Bettsy stutzte, klickerte kurz und drückte erneut einige Tasten ihres Scanners.

»Ja, bin ich, jetzt zumindest. Aber sieh mal, was passiert, wenn ich mich nähere.«

Die dunkelblauen, fast schwarzen Balken in der handgroßen Projektion des Scanners verfärbten sich, wurden erst blau, dann grün, um schließlich in ein helles, beinahe weißes Strahlen überzugehen.

»Jetzt bekomme ich unendliche Masse angezeigt. Also, nicht wirklich unendlich, aber so viel wie in drei oder vier fetten Neutronensternen zusammen.«

Verblüfft gingen sie nach vorne, standen um die Pyramide herum, die Frank jetzt eher an einen Altar erinnerte.

»Ein Schwarzes Loch?«

Bettsy klickerte zustimmend.

»Das ist zumindest derzeit meine beste Theorie – in diesem Ding befindet sich wirklich eine Quantensingularität, gefangen als Energiequelle. Nach unserem Verständnis absolut unmöglich, aber …«

»… und was sind diese Kisten hier? Eine Art Back-up oder Energieversorgung?«

»Nein, Troshk, im Gegenteil. Das Artefakt ist die Energiequelle, die Kästen sind der Pufferspeicher, aus dem sich das ganze Schiff versorgt. Leute, dieses Ding fliegt auf *Batterie.*«

Frank riss die Augen auf, wollte zuerst protestieren – bis er sich erinnerte, dass es tatsächlich immer wieder Tüftler gab, die Elektroraumschiffe mit Batterien als umwelt- und ressourcenschonende Alternative vorantrieben. Und nicht wenige davon waren Menschen, die das Problem der beschränkten Reichweite mit geradezu religiösem Eifer abstritten. Erst vor wenigen Jahren hatte die Sekte der Muskiten einen Versuch gestartet, in ihrer *HSS Tesla* bis in die Randsysteme zu fliegen. Sie kamen gerade mal drei Sprünge weit, ehe ihnen der Saft ausging und sie von einem Schlepper des Minenkonsortiums gegen eine horrende Bergungsgebühr zur nächsten Station gebracht wurden.

Zum Aufladen.

»Elektroantrieb, Batterien und kein Expander? Glaubst du im Ernst, sie haben versucht, mit derart begrenzten Energiemengen relativistisch zu fliegen?«

Die Metallschmeckerin huschte mit piependem Scanner zwischen Leitungen und Kästen, dem gezähmten Schwarzen Loch und ihren Kollegen umher, ehe sie sich aufbäumte und die Fühler nicken ließ.

»Nicht nur *versucht*, Frank. Ich traue meinen Messergebnissen nicht mehr als Dila beim Würfelspiel, aber wenn die Größenordnungen nur halbwegs stimmen, hatten diese Teile eine Speicherdichte von mindestens zehn Gramm Antimaterieäquivalent – pro Würfel. Das ist eine

Menge Saft, und selbst wenn dieser alle war, konnte man die Speicher wahrscheinlich mit diesem ...«

Sie deutete beinahe hilflos auf die Pyramide.

»... was auch immer in einer kurzen Flugpause wieder auffüllen.«

Es war Dilara, der die kritischen Worte in diesen Ausführungen zuerst auffielen.

»Du sagst *hatten* und *konnte*? Bedeutet das, diese Systeme sind hinüber? Klar, wir haben so oder so ausgesorgt, einer der Kästen reicht wahrscheinlich, um uns in Mineraleinheiten schwimmen zu lassen, aber ...«

Bettsy klickerte ungehalten.

»Nein, nicht wirklich hinüber – glaube ich zumindest. Soweit ich beurteilen kann, hat das Schiff keinerlei Schäden erlitten. Es ist das verdammte Kraftfeld des Hangars, irgendwie legt es alle Systeme lahm. Ich werde mich gleich darum kümmern.«

Troshk starrte immer noch abwechselnd auf die Kästen, die Pyramide und vor allem die Kugel.

Mit einem überaus misstrauischen Blick, den ihm Frank keineswegs verübelte. Niemand, der recht bei Trost war, hielt sich gerne in der Nähe eines Schwarzen Lochs auf. Schließlich brummte der Sturmkommandant vor sich hin.

»Und was sollen wir in der Zwischenzeit tun? Die Pranken falten und beten?«

Die Metallschmeckerin ließ amüsiert die Fühler wackeln.

»Du kannst ja versuchen, so was wie Waffensysteme zu finden – ich habe keine Spur davon entdeckt. Oder ihr macht es euch einfach gemütlich und wartet darauf, dass Tante Bettsy dem Kahn Leben einhaucht.«

* * *

»Du hattest recht, Dilara – es ist sogar verdammt gemütlich.«

»Sag ich doch. Diese Polsterung ist ein Traum! Wenn wir das Schiff schon nicht flottbekommen, sollten wir zumindest diesen Überzug auf der *Belthrana* verbauen.«

Frank streckte sich, bäumte sich kurz auf und ließ sich wieder zurück in die Liege sinken. Sofort passte sich das Material an seinen Kopf an, schmiegte sich an seinen Nacken, massierte sanft seine Muskeln. Dass es sich auf Körpertemperatur – seine Körpertemperatur! – aufwärmte, machte die Angelegenheit nur noch angenehmer – und ihn selbst müder.

Herzhaft gähnte er und blinzelte der Astrotelepathin zu, deren Ohren links und rechts in vollkommener Entspannung von der Liege baumelten.

»Solltest du nicht eigentlich Baumkronen bevorzugen?«

Dilara ließ ihre Augen geschlossen und seufzte wohlig auf.

»Tue ich auch, was aber keineswegs bedeutet, dass ich ein gutes Bett nicht zu schätzen weiß. Kommt immer darauf an, WER darin liegt.«

Sie begann zu grinsen, und ein dünner Sabberfaden lief ihren Mundwinkel herab.

»He, habe ich euch jemals die Geschichte erzählt, wie ich diesem Toronk-Schönling seinen Hauptast abgeritten ...«

»Ja, hast du, mehrmals!«

Es war Troshk, der sie rüde unterbrach, es offenbar leid war, wieder eine der blumigen und sehr bildreich geschilderten Bettgeschichten seiner Kollegin zu hören. Auch Frank konnte darauf gerne verzichten, wenngleich aus ganz anderen Gründen, die er sich nur dann eingestand, wenn er betrunken und allein in einer dunklen Ecke saß.

Nicht hier, nicht jetzt, vor allem, da sich gerade vom Emitter an seinem Handrücken aus die Metallschmeckerin meldete.

»Leute, wer auch immer dieses Dämpfungsfeld errichtet hat, wollte auf Nummer sicher gehen. Es ist offenbar das einzige System, für das es keine mechanische Überbrückung gibt, auch nicht für die Energieversorgung. Methanfurz, ich habe nicht einmal herausfinden können, woher diese Station ihren Saft bezieht.«

Frank schloss die Augen und seufzte. Wie gewonnen, so zerronnen – zumindest der Traum davon, ein antikes Artefakt-Schiff zurück ins Hurushka-System zu fliegen.

»Na gut, dann müssen wir eben ausschlachten und einpacken, was wir können. Diese unglaublich bequeme Polsterung zum Beispiel, und ...«

»Nicht so schnell, Kleiner. Gerade habe ich eine EMP-Granate so eingestellt, dass sie alle Systeme hier ausknocken können. Zumindest theoretisch. Ich glaube, das wäre einen Versuch wert ...«

Erstaunt richtete sich Frank auf und warf Troshk einen fragenden Blick zu.

»Wusstest du, dass Bettsy in ihrer Tasche EMPs herumschleppt?«

Eine berechtigte Frage an seinen *Waffenoffizier*, der jedoch nur mit den Schultern zuckte.

»Gibt es irgendwas, das sie nicht in ihren endlosen Taschen hat? Vielleicht findest du dort ja sogar noch Überreste eines deiner Artgenossen, geräuchert oder in Kirubaessig eingelegt.«

»Das habe ich gehört!«

Bettsys Empörung war heftig, aber von kurzer Dauer.

»Also Frank, die Chance ist da, dem Schiff sollte es nichts anhaben können. Deine Entscheidung als Kommandant: Soll ich oder soll ich nicht?«

Frank ließ sich zurücksinken, in die herrliche Umarmung der Polsterung fallen.

»Nur zu, Bettsy, lass es krachen!«

»DAS wollte ich hören. Also gut, EMP-Zündung in vier, drei, zwei, eins ...«

Ein Lichtblitz drang durch die Fenster, kurz und grell, ein trockener Knall hallte von den Wänden des Hangars wider. Eine Sekunde verging, dann noch eine, und dann ...

... verschmilzt Franks Bewusstsein mit dem von Dilara. Ohne Vorwarnung teilt er plötzlich ihre Gedanken, ihre Gefühle, ihre Erinnerungen. Er hört die Schmähungen, die ihr als *Flugunfähige* zu Hause nachgerufen wurden, sieht Fäuste, die auf sie einprügeln, die hämischen Gesichter ihrer reinrassigen oder zumindest halbblütigen Artgenossen, wenn sie über sie hinwegschweben. Er spürt den Zorn über die Jahre wachsen, sich in Grubenkämpfen und Raufereien entladen, ihre anschwellende Wut, Aggression und den Hass in ihren Adern. Er wird Zeuge, wie ihre Hände Genicke brechen, Zähne ausschlagen, ihre rituellen Klingen Kehlen aufschlitzen und Feinde ausweiden. Er sieht Tausende Flaschen, die geleert werden, Hunderte Liebhaber und Dutzende Liebhaberinnen mit orgasmenverzerrten Fratzen, fühlt ihre Ekstase als Flucht vor der Dunkelheit in sich selbst, als Bestätigung von …

… und er sieht sich selbst durch ihre Augen. So wie sie sich sieht, durch die seinen.

Es geht in beide Richtungen.

Sie ist in ihm, wühlt sich durch seine Erinnerungen, fühlt in ihn hinein. Er ist nackt, entblößter als ein Wesen sein kann, jemals sein darf, liegt wie ein offenes Buch vor ihr.

Er schämt sich.

Umsonst, denn einige Augenblicke später ist der Spuk vorbei, die Verbindung zumindest gelockert, wenn auch nicht getrennt. Die mutmaßlich geteilten Erinnerungen verblassen, werden zu Bildern und Fragmenten, deren Wahrhaftigkeit zweifelhaft bleibt. Und dann dringt etwas ein, bemächtigt sich ihrer beider Gedanken, sondiert sie gnadenlos – und öffnet sich ihnen dabei.

Die Erinnerungen eines kurzen, intensiven, gewaltvollen Lebens fluten in ihre Gedanken, rauben ihnen den Atem. Eine fremde Welt, in tiefem Grün von kilometerhohen Bäumen, dazwischen Städte, deren Silbertürme in den Himmel ragen. Künstliche, rautenförmige Monde, die sie umkreisen, an denen sie vorbeifliegen, hinaus ins All, in die Dunkelheit ihrer grausamen Mission.

Sie sehen Planeten, von einer grauen widerwärtigen Masse bedeckt, die sich hinaus ins All eruptiert, sich ausbreitet, den Kosmos mit ihrer Präsenz besudelt, das Leben auf Hunderten Welten auslöscht.

Die infizierten und gefallenen Welten müssen brennen!

Frank spürt gottgleiche Macht in seinem Inneren, grimmigen Zorn, der das Gefüge von Raum und Zeit zerreißt, als alles vernichtender Hass die geschändeten Planeten zerfetzt, vernichtet, aus dem Kosmos tilgt.

Keine Überreste, keine Überlebenden.

Eine Welt nach der anderen fällt unter seinem Ansturm, silberne titanische Tropfen der alles verschlingenden Masse werden im All gestellt und vernichtet.

Er führt die Fackel in einem hundertfachen Weltenbrand, einer Apokalypse, die keine Opfer mehr kennt, nur die Milliarden Seelen rächt, die zuvor dem Grauen zum Opfer fielen. Monde zerbersten in Fragmente, die zu Molekülen zerrieben werden, widerspenstige Planeten werden von ihm in die alles verzehrende Glut ihrer Sonnen gestoßen.

Er, Dilara und das Dritte im Bunde sind der Tod des Todes, die Vernichter der *Weltenverschlinger*. Ein Summen dringt in sein Ohr, begleitet den Feldzug der Zerstörung, wird zur Melodie des Untergangs, ehe es Struktur gewinnt. Summen wird zu Krächzen, Krächzen zu bizarren, fremdartigen Silben, aus denen sich schließlich Worte formen.

Hrshurkhir-takh... gha-kidaphturr... aghallo-dhangarr-frwort... kalneuronaelingr... ghaelerkenne... ghritassprachmuster... kterfasse... Syntax... Spracheinstellung abgeschlossen.

Ein Stich geht durch Franks Bewusstsein, und mit einer intuitiven Leichtigkeit trennen er und Dila in selten harmonischer Übereinkunft jenes letzte Band, das sie vereint.

Die Präsenz des dritten Elements bleibt. Sie spüren sie beide, als sie von ihren Liegen hochfahren, sich gegenseitig anblicken, ihre Stimmen langsam abklingen lassen, die sich in einem alles anklagenden Schrei vereint hatten. Entsetzt starrt Troshk sie an, der arme, alte Sturmkommandant, ohne Ahnung, was geschieht, ohne einen Hauch jenes grauenhaften Wissens, das Frank und Dila nun teilen.

Keine Zeit, ihn zu beruhigen, kein Gedanke, der auf etwas anderes gerichtet sein darf als auf den ehemaligen Dritten ihres Bundes.

Frank blickt sich um.

»Wer bist du?«

Troshk schluckt, und seine Sorge wird zur Angst um sie beide, zu der Befürchtung, dass sie den Verstand verloren haben. Und dann ertönt die Stimme, seltsam beruhigend, überaus *weiblich*, vor allem aber klar und deutlich *hörbar*, auch für den Sturmkommandanten.

»Ich bin Yrsha-Gahar, die Flamme der Gahar.«

Dilara schluckte.

»Du bist das Schiff, nicht wahr?«

Frank schüttelte den Kopf, benommen und überwältigt, kaum fähig, seine gefühlten Gedanken und Intuitionen in Worte zu fassen. Und doch schaffte er es.

»Du bist nicht nur ein Schiff. Du bist ein Wesen und eine Waffe. Eine Waffe, die Welten vernichten kann.«

»Nein, das bin ich nicht, Frank Gazer, Mensch von der Gruhufmine, ungewollt gezeugt und geboren. Ich bin nur ein Teil davon – das Schiff und der Körper. Zur Waffe werde ich durch die Piloten und deren Seele, mit meiner vereint. Ich bin alles, was du glaubst, aber nur zusammen mit dir. Und natürlich mit dir, Dilara Kreethan, Großteilsmenschin, die keine sein will, Ausgestoßene von Tarjah. Alleine bin ich leer, denn ich existiere nicht ohne Piloten. Ohne euch von nun an. Denn dies ist eure Aufgabe, bis meine Mission erfüllt ist.«

Man konnte über den alten Sturmkommandanten sagen, was man wollte, aber Jahrzehnte des Krieges hatten ihn trainiert, mit Überraschungen schnell fertig zu werden. Die Sturmflinte im Anschlag ging er auf die Mitte der Brücke, blickte sich um.

»Wo sind deine eigentlichen Piloten?«

»Frank Gazer und Dilara Kreethan liegen auf ihren Überresten, zumindest jenen, die nicht auf dem Boden verstreut sind, über den du schreitest, seltsames Fellwesen mit kriegerischem Gemüt, von deinen Gefährten Troshk genannt.«

Dila fuhr hoch.

»Hör zu, du Blechbüchse. Das ist Sturmkommandant Troshk, unser Waffenoffizier, verstanden? Ich fühle, wie du uns brauchst, wie sehr du von mir und Frank abhängig bist, also zeig einmal Manieren, du Rostkübel!«

»Kein Ferrit wurde in meinem Leib verbaut, daher kann ich nicht rosten. Aber du hast recht. Ich respektiere euch, und ich brauche euch, um meine Mission zu beenden.«

Frank schluckte, während er versuchte, seine Gedanken zu ordnen. Es war zwecklos, an der Begegnung mit einem sprechenden, denkenden, fühlenden Schiff zu zweifeln, seinen Verstand hier infrage zu stellen. Er und Dila waren mit diesem Bewusstsein verbunden gewesen, wussten, dass es lebendig in jedem Sinn des Wortes war, kannten sogar einige seiner Geheimnisse.

»Diese Mission, die nun auch die unsere sein soll – das war die Vernichtung der grauen Masse?«

»*Ja, Frank. Die Nanitenapokalypse, der silberne Tod, von meinem Volk versehentlich entfesselt. Autonome selbstreplizierende Maschinen, die außer Kontrolle gerieten und viele Welten fraßen. Sie mussten zerstört werden, um jeden Preis.*«

Dilara erhob sich endgültig, trat an Franks Seite, legte ihm beruhigend eine Hand auf die Schulter.

»Aber du hast sie zerstört, nicht wahr? Ich habe es in dir gesehen, Yrsha-Gahar, die Vernichtung aller besudelten Welten, die Jagd nach den letzten interstellaren Tropfen, ihren Tod durch dich vollzogen. Deine Mission ist zu Ende, oder?«

Das Schiff zögerte.

»*Ich denke – ja, die Vernichtung war vollbracht, aber der Auftrag nicht zu Ende. Missionsparameter erforderte die Rückkehr der Piloten und den Schutz der Heimat. Wir flogen wieder nach Hause, und dann …*«

Es folgte ein Schweigen, das Dila nicht gelten ließ.

»Was dann? Warum bist du nicht zurückgekehrt? Warum sind deine ursprünglichen Piloten tot, zu Staub zerfallen? Hast du sie getötet?«

Noch längeres Schweigen, dann eine Unsicherheit, die Frank einen Schauer über den Rücken jagte.

»*Ich weiß es nicht. Ich kann mich nicht erinnern.*«

Die Stimme der Astrotelepathin gewann an Schärfe, wurde zum Instrument eines Verhörs, dem die Flamme der Gahar nicht gewachsen war.

»Warum kannst du dich nicht erinnern?«

Kläglich krächzte Yrsha.

»*Ich weiß es nicht!*«

»Aber ich.«

Frank, Dilara und Troshk wirbelten herum, überrascht und erschrocken zugleich, aufgeschreckt von der Metallschmeckerin, die mit triumphierend klickernden Mandibeln auf die Brücke geflitzt kam.

Natürlich.

Die Leitung zu ihr war offen gewesen, sie hatte jedes einzelne Wort mitgehört.

»Die Langzeitspeicherbänke sind permanentkristallin, die halten ihre Daten für Jahrmillionen, aber die Arbeitsspeicher sind von dem Dämpfungsfeld ordentlich durch die Mangel gedreht worden. Mit anderen Worten, Yrsha, dein Kurzzeitgedächtnis wurde gelöscht. Ich kann versuchen, die Fragmente wiederherzustellen – wenn du das willst. Wird aber eine Zeit lang dauern.«

Frank staunte darüber, mit welcher Selbstverständlichkeit Bettsy die Tatsache akzeptiere, in einem lebenden, denkenden Schiff zu stehen, wie locker sie mit der Intelligenz an Bord kommunizierte. Wenn eines alle Ratsvölker mehr einte als das Misstrauen gegen Menschen, dann war es der allgemeine KI-Bann, der sogar mit den Plachtharr enthusiastisch geteilt wurde. Zu groß war die als Gewissheit geltende Vermutung, dass jede künstliche Intelligenz, der man zu viel Evolution zugestand, eines Tages alles organische Leben vernichten würde. Ein Misstrauen, das offenbar eine Grundkonstante des Universums war – und auf Gegenseitigkeit beruhte.

»*Dilara und Frank, vertraut ihr diesem vielbeinigen Wesen mit kaltem Blut, Betshrachthora genannt?*«

Eine dumme Frage.

»Natürlich vertrauen wir Bettsy, bedingungslos. Du warst mit uns verbunden, du weißt, dass wir jederzeit unser Leben in ihre Hände legen würden.«

Wieder folgte ein kurzes Zögern, die Stimme wurde ruhiger, gelassener.

»*Dann werde ich das auch. Betshrachthora, ich bitte darum, meine gelöschten Erinnerungen wiederherzustellen, so du das vermagst.*«

Frank sah zu Dilara, sie zu ihm, ihre Blicke tauschten stumm Informationen, Gefühle, Einschätzungen aus, die den Kameraden, vor allem aber dem Schiff selbst verborgen blieben. Die Astrotelepathin war genau das – eine *Telepathin*. Sicher, nur zu einem Viertel Tarjah, und zweifellos von Jahrzehnten fragwürdiger alkoholgeschwängerter Exzesse in ihren Fähigkeiten gebremst, aber eine *Telepathin*. Und sie hatten ihre Gedanken, Gefühle, Erinnerungen geteilt, wenn auch nur für einen Augenblick.

Es reichte nicht für einen Dialog, ja nicht einmal, um Fragen klar zu beantworten, aber durchaus, um sich sicher zu sein, die Situation, in der sie alle waren, übereinstimmend zu beurteilen. Daraus die Konsequenzen zu ziehen, war seine Aufgabe als Kommandant.

»Yrsha, du warst nicht ganz aufrichtig zu uns. Wenn ich das richtig fühle, bist du auch ohne Piloten handlungsfähig, nicht wahr?«

Ich habe nicht gelogen, Frank. Ohne meine organischen Komponenten in Reichweite meiner Empfindungsfähigkeit werde ich temporär deaktiviert. Ich falle in einen tiefen Schlaf, ebenso, wenn meine Energiespeicher geleert sind. Ein Failsafe, wie ihr es nennen würdet, eine Versicherung gegen einen zerstörerischen Alleingang von mir. Nach der Katastrophe mit der nanitenbasierten Exploration des Raumes wurde mein Volk vorsichtiger.«

Es klang logisch, fühlte sich vor allem aufrichtig an, und Frank sah keinen Grund, ihrem Fund in diesem Punkt zu misstrauen. Er und Dila hatten gespürt, dass Yrsha weder feindlich noch bösartig war, trotz ihrer Bestimmung als Weltenvernichter, ihrem grimmigen Daseinszweck. Troshk hingegen war weniger offenherzig.

»Organische Komponenten? Du redest von meinen Freunden, Schiff. Was geschah mit deinen alten *organischen Komponenten*? Selbst wenn du dich nicht erinnerst – ist es möglich, dass du dich gegen sie gewandt hast?«

»Nein, Krieger, ist es nicht. Die Flamme der Gahar basiert auf Harmonie. Kein Element der Triade kann gegen den ausdrücklichen Willen, die innerste Natur eines anderen handeln und dessen Grundsätze verletzen.«

Dilara ging auf und ab, und ihre Ohren wackelten mit jener behäbigen Geschwindigkeit, die verriet, dass sie intensiv nachdachte.

»Es ist wie Hypnose.«

Frank runzelte die Stirn.

»Hypno – was?«

»Hypnose. Eine alte Mentalkunst deines Volkes, manche Tiefraumpsychologen setzen sie zur Stresstherapie immer noch ein. Meine menschliche Großmutter hat mir die Grundzüge beigebracht, und eine der eisernen Regeln lautet, dass du niemanden dazu bringen kannst, etwas zu tun, was gegen die innersten Prinzipien verstößt. Würde ich Troshk unter Hypnose befehlen, dich zu erschießen, würde es den Bann brechen. Empfehle ich Bettsy hingegen, dich aufzufressen, würde es angesichts deines zarten jungen Fleisches und dem Appetit ihrer Rasse darauf …«

»Methanfurz! Niemals würde ich Frank fressen, wenn es nicht absolut sein MUSS!«

Bettsy klickerte empört, während die Astrotelepathin schmunzelte.

»Siehst du? Es widerspricht eben *nicht* deinem Naturell.«

Die Metallschmeckerin schüttelte heftig die Fühler.

»Keine *Hypnose* des Universums bringt mich dazu, Franks Wesen zu schmecken. Und jetzt genug mit dem Unsinn, wir müssen uns beeilen. Ich weiß nicht, ob mein EMP die Emitter wirklich allesamt gegrillt hat, wir sollten hier raus.«

Frank, der dafür dankbar war, dass sich das Thema von seiner eigenen Schmackhaftigkeit entfernte, nickte und wandte sich wieder an das Schiff.

»Yrsha, kannst du fliegen?«

»Du hast es immer noch nicht vollkommen verstanden. Wir können fliegen, Frank. Du, Dilara, ich – wir sind die Triade. Und eure Gefährten können uns begleiten. Aber ja, meine Systeme sind einsatzbereit. Spürst du es nicht?«

Tatsächlich.

Überwältigt von der Verschmelzung, abgelenkt von der Unterhaltung, war es ihm vollkommen entgangen, dass nicht nur die Seele des Schiffes zum Leben erwacht war. Panels leuchteten aktiviert in schwachem Türkis, subtile mechanische Geräusche vermischten sich mit dem Summen allgegenwärtiger Elektronik, und aus dem Reaktorraum fühlte er eine sanfte Vibration, die sich bis zur Brücke ausbreitete.

»Wenn ihr wollt, könnt ihr wieder Platz nehmen. Es ist nicht unbedingt notwendig, solange ihr in meinem Sensorenbereich bleibt, aber es ist schöner, gemeinsam zu fliegen.«

»Leute, ich weiß nicht, ob das eine gute Idee ist.«

Troshk hatte recht, wie so oft. Es war sogar eine verdammt schlechte Idee angesichts dessen, was sie über das Artefakt nicht wussten. Aber der Mensch wird nun mal von Neugier getrieben, und so sehr sie sich dagegen wehrte – Dilara war zumindest überwiegend menschlich. Ihre Augen füllten sich mit beinahe kindlicher Begeisterung, ihre Ohren zitterten aufgeregt, als sie und Frank sich stumm zunickten und zurück auf die Liegen sanken.

Wieder eine Verbindung, aber viel weniger intensiv, viel weniger *in-*

vasiv als der Erstkontakt. Es war ein Austausch aktueller Informationen, Sorgen, Ängste, Pläne und Wünsche, auf den Augenblick gemünzt.

Holografische Interfaces entstanden vor Dilaras und seinem Kopf, wurden im selben Moment von Yrsha wortlos erklärt, gaben ihnen einen Teil der Kontrolle über das Schiff. Drei Gehirne und vier Hände, vereint in einer Harmonie, die sich stetig verbesserte, synchronisierte.

Ein tiefes Gefühl der Zufriedenheit überkam Frank, als die Triebwerke anliefen und sie langsam vom Boden aufstiegen – und wurde mit einer eiskalten Dusche wieder gedämpft.

»Scheiße, wir müssen die Hangartore öffnen!«

»*Nein, Frank, müssen wir nicht.*«

Und plötzlich wusste er, welche vor ihm tänzelnde Schaltfläche er wie berühren, welche Gesten er in die Luft malen musste. Aber Dilara kam ihm zuvor.

Eine gewaltige Plasmawolke schoss aus dem Bug Yrshas, gebündeltes Sternenfeuer, das sich durch die Legierungen fraß, das Tor nicht einfach nur zusammenschmolz, sondern *verdampfte*. Vor ihren Fenstern öffnete sich eine Lücke ins All, gab den Blick frei auf den sich verwirbelnden Schweif des Kometen, bahnte ihnen einen Weg in die Kälte und Finsternis. Bettsys Mandibeln klickerten aufgeregt, und Troshk keuchte entsetzt auf.

»Frank! Das ist ein *Waffensystem*, und was für eines! Lass die Finger davon!«

Natürlich hatte er recht.

»Ich weiß, Sturmkommandant, und den Schuss hat Dila abgefeuert. Eigentlich wir alle, aber – es ist kompliziert. Yrsha, kannst du die Waffenkontrolle an Troshk übertragen?«

Kurzes Schweigen.

»*Ja. Es werden einige Modifikationen notwendig sein, für die ich eine Werft und Betshrachthoras Hilfe benötige, aber ihr könntet theoretisch eine Waffenstation erschaffen. Das wird aber nicht notwendig sein.*«

Da war Frank anderer Meinung. Es musste vielleicht noch warten, aber sie würden nach ihrer Rückkehr alles vorschriftsmäßig modifizieren. Um nichts in der Welt wollte er den Protektoratsbehörden einen Grund geben, sie zu enteignen.

In stiller Ehrfurcht glitten sie hinaus in das All, flogen vorbei an den Resten der Hangartore, den Kabelstrang entlang, ließen auch die *Belthrana* hinter sich.

»Ich muss mich orientieren. Sternenkonstellationen vermessen, heraus-finden, wo ich bin.«

»Und wie lange du hier gefangen warst.«

»Ganz genau, Dilara.«

Eine Minute verging, und sie begannen die Unsicherheit des Schiffes zu spüren, eine vage Vermutung, die zu Angst und Sorge wurde, schließlich zu einer grausamen Bestätigung.

»Hunderttausend Umläufe! Es waren mehr als hunderttausend Umläufe, wir sind achthundert Lichtjahre von Gahar entfernt! Diese Station hat mich gefangen gehalten, meine Piloten mit Zeit ermordet, mich daran gehindert, meine Mission abzuschließen! Ich bin …«

Traurig.

Das Schiff bedauert den Verlust seiner organischen Gefährten, ihren sinnlosen Tod in der Weite und Einsamkeit des Alls. Es bedauert die Jahrtausende, sinnlos verschlafen, und in die Trauer mischt sich Zorn.

Wütend.

Yrsha ist wütend, voller Hass auf die Station, eine brodelnde Masse an negativen, destruktiven Emotionen, die sich über Frank und Dilara ergießt, ansteckt, sie mitreißt in einen Strudel dunkler Gedanken.

Sie hassen mit ihr im Chor, vereinigen ihren Wunsch auf Rache und Vernichtung, hören nicht die Fragen und beschwichtigenden Zurufe ihrer Freunde auf der Brücke.

Sie sind kein Teil der Triade, sie können es nicht verstehen.

Langsam drehen sie Yrshas Bug auf den Kometen zu, auf den Sitz des Gefängnisses, das ihr Ziel und Bestimmung nahm, ihren Vorgängern zum Grab wurde. Etwas erwacht.

Eine andere Waffe, von ungleich größerer Wirkung. Sie krümmt, verbiegt, verwirbelt die Raumzeit selbst, schickt dem Hangar eine Wolke falscher Realität entgegen. Ein kurzer Moment des Zögerns, ein letzter Rest von Rationalität, ein Augenblick der Vernunft in Yrshas Geist, nein, in ihrem gemeinsamen Bewusstsein.

Er vergeht in einem Wimpernschlag.

Einschlag!

Ein Loch entsteht an Yrshas Ort der Gefangenschaft, saugt Metall und Polymere, Gestein und Eis in sich ein. Existenz wird verschlungen, vernichtet, negiert. Raum und Zeit kondensieren an einem winzigen Punkt absoluter Zerstörung.

Ein Lichtblitz, eine gewaltige Detonation reißt den Kometen selbst in Stücke, pulverisiert ihn, zerfetzt die Grate und Hügel, vaporisiert das Eis – und schließlich die *Belthrana*.

Entsetzt erwachen Frank und Dilara aus ihrer Trance, erkennen, was sie im gemeinsamen Zorn angerichtet haben, lauschen den Schreien, die über die Brücke hallen.

Ihre eigenen sind dabei.

»Mein Schiff!«

»Meine Waffen!«

»Meine Larven!«

»Meine SCHOKOLADE!«

»Keine Sorge. Ich habe alle eure Besitztümer und die Anzüge aus der Luftschleuse in meinen Frachtraum translokalisiert. Und entschuldigt meinen Wutausbruch, die Frustration war – sie war zu viel für mich.«

Frank blinzelte. Eine Entschuldigung hatte er erwartet, das Potenzial dafür schon in der Wahnsinnstat gefühlt. Aber was bedeutete translokalisiert? Er war nicht der Einzige, der sich wunderte – wenn auch auf technisch weitaus weniger gebildetem Niveau als die Metallschmeckerin hinter ihm.

»Du hast einen Ort-zu-Ort-Transporter?«

»Ja. Und ich bedaure den Verlust eures Schiffes. Das war nicht meine Absicht. Ich werde dafür sorgen, dass ihr entsprechend entschädigt werdet, sobald wir Gahar erreichen.«

Dilara erhob sich aus der Liege.

»Sobald wir Gahar erreichen? Du hast selbst gesagt, dass es achthundert Lichtjahre entfernt liegt – und wir haben keinen Expander! Wir sitzen hier fest!«

Das Schiff war verwirrt.

»Was ist ein Expander?«

Bettsy klickerte wütend und richtete sich auf ihren hintersten Beinpaaren auf.

»Ein Wurmloch-Expander, du fliegender Amokläufer! Ein Gravitonenstrahl zum Erweitern von Raumzeitverdichtungen! Wie sollen wir ohne wegkommen? Selbst wenn du bis auf relativistische Geschwindigkeit beschleunigst ...«

Yrsha lachte, und es lag warmes, wohlwollendes Amüsement in ihrer Stimme.

»Auch DAS wird nicht nötig sein. Bitte, lasst mich die Reise für euch so angenehm wie möglich gestalten. Frank, Dilara, nehmt wieder Platz auf euren Liegen. Troshk, Bettsy – darf ich dich auch Bettsy nennen, wie deine Freunde? – hier, für euch ...«

Die Metallschmeckerin war alles andere als begeistert von der Art und Weise, wie das Schiff ihr die Freundschaft anbot, aber durchaus beeindruckt von der Liege, die neben ihr erschien. Gleichermaßen gepolstert wie die realen Varianten von Frank und Dila, war dieses haptisch-holografische Exemplar perfekt auf Creesh-Maße zugeschnitten, wies eine tiefe Mulde für den rundlichen Leib ebenso auf wie knapp drei Meter Länge.

Hinter Troshk entstand ein robuster Metallstuhl mit gepolstertem Sitz und Lehne, doppelten Sicherheitsgurten und Fußrasten, perfekt auf seine Körpermaße zugeschnitten.

Wieder einmal sah alles *sehr einladend* aus.

Blicke wurden ausgetauscht, stumme Fragen mit knappem Kopfnicken und wippenden Fühlern beantwortet. Selbstverständlich würden sie mit Yrsha nach Gahar fliegen. Was blieb ihnen auch anderes übrig? Frank fragte sich insgeheim, ob er zu naiv, zu neugierig gewesen war, sich selbst und vor allem seine Freunde unnötig einem Risiko ausgesetzt hatte.

Natürlich hatte er das.

Immerhin war er ein Prospektor!

Und die Neugier teilte er mit seinen Schiffskameraden, die alle wie er selbst in ihre zugewiesenen Sitzgelegenheiten schlüpften, gespannt der Dinge harrend, die kommen würden.

Die Konsole erschien vor seinen Augen, in Griffreichweite, ebenso wie Dilara wieder einen Teil der Kontrollen übernahm. Die Triade schloss sich, flog einige Tausend Kilometer ins All hinaus, richtete den Bug in die leere Unendlichkeit aus.

»Macht euch sprungbereit. Eintritt in zehn Sekunden, neun, acht ...«
Dilara, die wie er die Gewissheit Yrshas fühlen musste, stutzte dennoch.

»Sprungbereit? Hier gibt es weit und breit kein Wurmloch, ich fühle das nächste erst ... – WAS ZUM METHANFURZ!«

Yrsha expandiert kein Wurmloch, tunnelt keinen Gravitonenstrahl in ein natürliches Phänomen, das sie als bequeme Abkürzung durch die Raumzeit nutzen.

Sie *erschafft* sich ihren eigenen Übergang.

Kein kleines Wurmloch, keinen engen Korridor, durch den sie navigieren, sondern ein gigantisches Portal, fast einen Kilometer im Durchmesser, ein Ereignishorizont, in dem sich die Gesamtheit des Alls spiegelt, das zwischen ihnen und dem Ziel liegt. Silberne tanzende Spiralen, das Licht von Tausenden Sternen und Zehntausenden von ihnen beleuchteten Welten, farbenprächtige Gasnebel mit wirbelnden, durch sie tanzenden Ionenstürmen werden zu einem Kaleidoskop, zu einem Bild, das in ständiger Bewegung ist.

Sie werden Zeugen technologischer Macht, die nur noch in Sagen und Legenden geflüstert, mystischen Völkern zugeschrieben wurde, die seit Millionen von Jahren aus dem Kosmos verschwunden sind. Es ist die Macht der Altvorderen, und sie zerreißt das All, biegt es, zwingt es unter den Willen Yrshas. Nein, unter ihrer dreier Willen.

Sie sind die Triade, sie sind das Schiff – und sie springen.

* * *

Keine Kopfschmerzen, keine Übelkeit, keine sich drehenden Bilder im Kopf. Der Austritt verlief so geschmeidig und harmonisch, wie sie in den Korridor eingeflogen wurden.

Ohne Nebenwirkungen.

Ohne die Sprungkrankheit in ihren Körpern.

Die Anzeigen und Sternenkonstellationen bestätigten es ihnen – sie waren 812,5 Lichtjahre gesprungen, ohne auch nur ans Kotzen zu denken.

Na gut, im Moment dachte Frank schon ans Kotzen, aber ausschließlich daran, dass er es auf keinen Fall vermisste. Es war ein Wunder, dessen Bedeutung er nur langsam erahnen konnte – und Bettsy war schneller.

Viel schneller.

»Furz auf den Prospektorjob, den Kometen und die *Belthrana!* Leute, wenn wir mit diesem Schiff nach Hause kommen, sind wir reicher als das Minenkonsortium und mächtiger als die Plachtharr-Allianz!«

»Das wird leider nicht möglich sein. Mein Volk würde es niemals zulassen, dass ich in die Hände einer anderen Spezies falle. Aber man wird dankbar sein, und ihr werdet sicher nach Hause gebracht werden – mit reichlich jener Güter, die für euch großen Wert haben. Vertraut mir, es wird euer Schaden nicht sein, aber unsere Wege müssen sich trennen.«

Ein Stich durchfuhr Franks Herz, eine Wehmut, die er mit Dilara teilte, nicht wegen des verlorenen Vermögens, schon gar nicht wegen der durch die Finger geglittenen Macht – sondern aufgrund eines Abschiedes, den sie nicht wollten.

Er schluckte.

»Sind das die Sonnen deiner Heimat?«

Er deutete auf die Lichtpunkte, von denen einer nur in der von Yrsha projizierten Anzeige, der zweite jedoch direkt vor ihnen durchs Bugfenster sichtbar war.

»Ja, das ist mein Heimatsystem. Lass uns fliegen, und ich zeige euch meine Welt.«

Sie glitten nach vorne, flogen eine langgezogene Kurve, vorbei an zwei Gasriesen mit leuchtend blauen Atmosphären, in deren unergründlicher Tiefe gelegentlich der Schatten eines Kerns zu erahnen war. Zielstrebig steuerten sie auf die Koordinaten zu, von Yrsha mit ihnen geteilt.

Ihre Heimat, die Welt der Gahar. Ein grüner Punkt, der langsam näher kam.

Instinktiv huschten Franks und Dilas Hände über ihre Interfaces, holten den Planeten in maximaler Auflösung in die Projektion, die mittlerweile die halbe Brücke einnahm, blendeten ihren Freunden alle Sensorendaten ein.

Und Sensoren hatte Yrsha reichlich. Das über ihnen langsam rotierende Bild zeigte ihnen einen Planeten, dessen zwei kleine, nicht verbundene Ozeane gerade einmal ein Drittel der Oberfläche ausmachten. Was nicht bedeutete, dass es eine Wüsten- oder Steppenwelt war, oh nein! Von Jahrmillionen der Erosion abgeschliffene, sanfte Hügel, deren fehlende Bergspitzen und Grate nicht über ihre titanischen Ausmaße hinwegtäuschen konnten, bedeckten bis auf die Polkappen sämtliche Landmassen. Bis zu dreißig Kilometer hohe Erhebungen, passend zu den Bäumen, die scheinbar die dominierende Spezies darstellten – evolutionär wie optisch, manche mehr als einen Kilometer hoch emporragend, die frei stehenden davon sogar aus dem All erkennbar.

Gahar war ein riesiger Wald, der unberührte Natur aus grauer Vorzeit versprach.

Unberührt?

Bettsy klickerte zweimal mit den Mandibeln, in langsamer Abfolge, damit indirekt verratend, dass sie über etwas nachgrübelte. Sie legten fast hunderttausend weitere Kilometer zurück, ehe die Metallschmeckerin sprach.

»Seltsam. Keine Schwermetalle in der Atmosphäre, keine erhöhten Methan- oder CO_2-Werte, Radioisotope sind ausschließlich natürlichen Ursprungs. Ich kann auch nur sehr vage, vereinzelte künstliche Strukturen ausmachen, elektromagnetische Resonanz und Radiowellen sind fast an der Nulllinie. Yrsha, wie viele Einwohner hatte Gahar zu deiner Zeit?«

Das Schiff zögerte, und Frank spürte seine Verunsicherung, sogar einen Anflug von Panik. Er konnte Yrsha nur zu gut verstehen. Was, wenn ihre Zivilisation nicht mehr existierte? 100 000 Jahre waren eine verdammt lange Zeit, sogar für eine Zivilisation, die ein Wunder wie Yrsha erschaffen konnte.

»Etwas mehr als zwei Milliarden. Aber zur Zeit meines Aufbruchs gab es Stimmen, die eine Abkehr von der Technik propagierten. Die Ka-

tastrophe des Grauen Todes hat mein Volk schwer erschüttert. *Ihr müsst verstehen, es gab bei uns zu diesem Zeitpunkt keine wirkliche Raumfahrt mehr, die selbstreplizierenden Sonden waren unser erster Versuch, ins All zurückzukehren, nach einer kriegerischen Auswanderungswelle Jahrtausende zuvor. Als die Naniten und die von ihnen erschaffenen Maschinen auf den Welten, zu denen wir sie sandten, plötzlich ihr Protokoll überschrieben und sich exponentiell verbreiteten – nun, viele Gahar glaubten, dass es ein Fluch war, eine Strafe für unsere versuchte Expansion. Es gab eine starke* **Zurück-zur-Natur**-*Bewegung, die sämtliche Hochtechnologie aufgeben wollte. Keine Nanotechnologie, das verstand sich von selbst, aber auch eine Abkehr von unserer allgegenwärtigen physischen Holografie und den eigenen digitalen Abbildern, sogar eine Abschaffung der Nutzgutsynthese wurde propagiert. Vielleicht haben sich diese Kräfte durchgesetzt.*«

Frank fühlte, dass sich Yrsha mehr selbst Mut zusprach, als ihnen eine Lektion in Gahargeschichte zu erteilen, aber er konnte es ihr nicht übel nehmen. Natürlich klammerte sie sich an die Hoffnung, dass ihre Erbauer noch da waren, sie mit offenen Armen – oder Hangartoren – willkommen heißen würden. Und immerhin, irgendjemand befand sich ja vor Ort, wenn Bettsy nicht irrte.

»Spannend, sie müssen wirklich sehr gründlich der Technik entsagt haben. Solche Anzeigen würde ich von einer ansonsten unbewohnten Welt erwarten, auf der ein paar Forschungsstationen oder strategische Außenposten sind, vielleicht einige Zehntausend Bewohner, aber keine Milliarden. Die stärkste Energiesignatur kommt nicht von der Oberfläche, sondern von diesem Mond dort.«

Frank stutzte.

Mond?

Einzahl?

Tatsächlich, die Gebilde, die er in Yrshas Erinnerungen gesehen hatte, waren verschwunden – bis auf eines.

»Bettsy, das ist kein Mond. Zumindest kein natürlicher. Lass uns näher heranfliegen, und du wirst verstehen.«

In stummer Übereinkunft mit Dila und Yrsha beschleunigte er, überwand die letzten Millionen Kilometer bis zum Ziel, zu jenem Bereich, in dem die Gravitation von Gahar begann, sanft an dem Schiff zu ziehen. Das Objekt vor ihnen wurde klar und deutlich erkennbar, in all seiner Größe und Fremdartigkeit. Was aus der Distanz noch wie eine Raute im All gewirkt hatte, nahm die Form von zwei Pyramiden an, an den Sockeln aufeinander geklatscht und mit Durashschleim verklebt. Knapp zweihundert Kilometer hoch, aus Metallen und Polymeren, deren Zusammensetzung in der Projektion lesbar war, aber keinen Sinn ergab. Nicht für sie rückständigen Protektoratsbewohner, die nicht einmal die Hälfte der Zutaten dieser alchemistisch anmutenden Mischung kannten.

Bettsy fauchte unbewusst, zeigte jenen seltenen Ausdruck allerhöchsten Erstaunens, den Frank nur selten gesehen hatte.

»Was für eine Gigastation ist denn das?«

»*Das ist keine Station, das ist ein Wächter. Unsere orbitale Verteidigung. Ich sagte euch ja, dass wir keine wirkliche Raumflotte hatten – aber das bedeutete nicht, dass wir wehrlos waren. Die Wächter beschützten uns vor jenen, die nach unseren Ressourcen gierten. Einst waren es fünf, aber sie sind programmiert, sich selbst zu reparieren, notfalls mit Teilen jener, die in noch schlechterem Zustand sind. Dieser hier ist noch aktiv, wahrscheinlich der Letzte seiner Art. Ich werde unser Kommen melden, wie es das Protokoll verlangt.*«

Staunend, immer noch die Messergebnisse und Objektdaten bewundernd, nickte Bettsy mit den Fühlern, während Yrsha Funkkontakt aufnahm. Auf einer Frequenz, die wahrscheinlich seit Zehntausenden Jahren niemand mehr nutzte, übermittelte sie einen Code, der weitaus älter war, identifizierte sich als das verlorene Kind jenes Volkes, das hoffentlich weiterhin unten auf dem Planeten lebte, gedieh, auf sie wartete.

Der Wächter erwachte zum Leben – nein, aktiv und lebendig war er zuvor schon. Aber nun zeigten elektromagnetische Spitzen und Interferenzen, dass der Riese hellwach war, den übermittelten Code sorgfältig überprüfte, Yrsha als das erkannte, was sie war.

Und dann eröffnete er das Feuer.

§ 11 Wesensschmeckerei

In Hoheitsgebieten des Protektorats, in welchen die Wesensschmeckerei aus religiösen oder traditionellen Gründen erlaubt ist, wird die Teilnahme von Menschen wie folgt geregelt:

a) Menschen ist die aktive Wesensschmeckerei aus religiösen oder traditionellen Gründen untersagt und entsprechend den regionalen Gesetzen als Mord anzuklagen.

b) Bei der passiven Wesensschmeckerei eines Menschen wird jene juristische Beurteilung angewandt, die mit der regionalen Gesetzgebung und der kulturellen Tradition des zehrenden Bürgers vereinbar ist.

c) Bei der passiven Wesensschmeckerei wird den Menschen das Recht zugestanden, die Art ihrer Zubereitung selbst zu wählen.

d) Daraus folgend kann kein Mensch gezwungen werden, in einer Zubereitungsform serviert zu werden, die in seiner Kultur »Fast Food«, »britische Küche« oder »kulinarische Grausamkeit« genannt wird.

e) Die Wesensschmeckerei in Notsituationen ist von dieser Regelung ausgenommen.

– Lex Humanitas, achte Fassung aus dem Jahr 1482 AT

7

DIE ERBEN GAHARS

Verzweifelt versucht die Plachtharr-Flotte auszuweichen, ihren Kurs während ihres relativistischen Fluges so zu alterieren, dass Marushas Ansturm des Wahnsinns wirkungslos am unsichtbaren Schild der Entfernungen abprallt.

Hastig werden Dutzende Schubvektoren geändert, Navigationstriebwerke gezündet, Bremsmanöver eingeleitet.

Vergeblich.

Die Schiffe der Allianz sind groß und mächtig, ungleich besser gepanzert und bewaffnet, zahlenmäßig zwanzigfach überlegen.

Aber Marushas Verband hat den Vorteil der Wendigkeit, der höheren Geschwindigkeit, ungleich mehr Agilität – und die beste Crew, die sich eine Großkommandantin wünschen kann.

»Fünf Sekunden bis Waffenreichweite!«

Torotoshk bellt die Ansage über die Brücke, durch den Äther, und Hunderte Hände bewegen sich perfekt synchronisiert an Steuerknüppeln und Schaltflächen, starten eine Abfolge von tausendfach geübten Befehlen und Eingaben.

Marusha lacht, der Obryan flucht, Ghrashbrachova klickert vor Anspannung.

Ein Pfeil aus Schiffen rast von schräg oben auf die Plachtharr zu, die *Dorashadar* als gnadenlose Spitze voran.

An ihrer Steuerbordseite, fünfzehn Kilometer zurückgefallen, treibt die *Ciarosh* ihre Triebwerke auf Überleistung, bemüht sich scheinbar, mit dem Zerstörer Schritt zu halten.

Backbords, aufgefächert auf einer Länge vom Heck des Flaggschiffes bis zum Bug des Kreuzers, führt Ghiara einen Schwarm an Jägern und Bombern, hastig aufgerüsteten Shuttles und zweckentfremdeten Gleitern in die Schlacht.

Die Waffen erwachen, und das Sterben beginnt.

Hunderte Laser schicken ihnen Gigawatt an Energieleistung entgegen, tauchen die Schwärze des Alls in ein Farbenspiel aus gierig nach Opfern tastenden Lichtfingern.

Die *Dorashadar* wird dutzendfach getroffen, zerstrahlt mit Smartlinsen und reflektierender Beschichtung einen Großteil der einkommenden Energie, retourniert sie dem Feind als abgeschwächte, aber immer noch lästige Querschläger.

Der Rest geht durch, frisst sich in die Legierung, schwächt die Reflexionsfähigkeit, lässt erste tertiäre Systeme ausfallen.

Marusha feuert zurück, gezielter, präziser, geplanter.

Ihre Strahlen vereinen sich mit jenen der *Ciarosh*, nehmen den ersten Zerstörer vor ihrem Bug ins Visier, den gefährlichsten Feind.

Plachtharr-Schiffe reflektieren nicht, sie *absorbieren*.

Gigajoule um Gigajoule frisst die dunkelbraune Beschichtung den Laserbeschuss, leitet sie als Wärme über den ganzen Rumpf ab, versucht, Teile davon in nutzbare Energie für die Systeme umzuwandeln.

Nicht genug.

Der Rumpf erhitzt sich am Einschlagspunkt über die Belastungsgrenzen, glüht rot, dann gelb, schließlich weiß auf – und eine Sekundärexplosion reißt ein Loch in die Seite des mächtigen Plachtharr-Schiffes, schlägt die erste ernste Wunde.

Ghiara persönlich leitet einen Ausfall aus der Formation, stürzt sich mit einem weiteren Jäger und drei Bombern auf den Kreuzer rechts unten. Hektisches Abwehrfeuer raubt ihr einen Wimpernschlag lang die Sicht, ihrem linken Flügelmann das Leben – und dann treffen die Partikelkanonen unter ihren Flügeln, das Zwillingsgeschütz unter ihrem Rumpf, die nur mit Relativgeschwindigkeit abgesetzten Raum-Raum-Raketen das Ziel.

Der Kreuzer rollt sich auf die Seite, versucht, das einkommende Feuer zumindest über mehrere voneinander abtrennbare Rumpfstücke zu verteilen, beschleunigt verzweifelt. Zu spät, zu wenig.

Die beinahe schwarze, wuchtige Silhouette glüht plötzlich zwischen ihren dunklen Gefährten, bläht sich auf wie ein bohnengefütterter Kirubfrosch – und vergeht in einer Serie gewaltiger Detonationen.

Ghiara führt die überlebenden Schiffe des Ausfalls zurück in die Formation, zurück in die Deckung der *Dorashadar*, die immer mehr Treffer einsteckt.

Das Feindfeuer kommt besser, genauer, konzentrierter. Drei Smartdrohnen und eine Raum-Raum-Rakete schlagen an der Steuerbordseite ein, entladen sich perfekt abgestimmt – und werden in ihrer Vernichtung wieder von einer *anderen* Detonation ins All geschleudert.

Die Reaktivpanzerung hat gehalten, ist nun verbraucht.

Zwei weitere RRR dringen durch das Abwehrfeuer der Partikelkanone, explodieren im gleißenden Licht ihrer Antimaterie-Detonation.

Nichts kann dies absorbieren, keine Zerstrahlung des Universums hilft. Die Flanke des Flaggschiffes ist aufgerissen.

Notschotte fallen zu, Alarmsignale schrillen durch den Zerstörer, Sekundärexplosionen tragen Feuer und Rauch, Schreie und Panik auf die Brücke.

Aber Torotoshk hält die Stellung, so wie seine Sturmkommandantin, so wie Ghrashbrachova mit ihren Getreuen an der Fernsteuerung.

Marusha wischt sich Blut und Fell aus der Stirn, brüllt das nächste Kommando.

»*Lebender Schutzschild, JETZT!*«

Das Stichwort für die Menschen!

In Sekundenbruchteilen gleitet die *Ciarosh* an die verwundete Flanke, schützt sie mit ihrem Leib – und verstärkt ihr Abwehrfeuer. Die zusätzlichen Batterien und Partikelkanonen reißen die Smartdrohnen aus dem All, lassen Dutzende Raum-Raum-Raketen weit von ihrem Ziel entfernt detonieren.

Sie alle kämpfen wie Helden, wie Krieger aus längst vergangenen Zeiten, nur noch in Legenden und Mythen besungen. Creesh und Mensch, Borsht und Tarjah, Durash, Gulptar und Toronk, vereint in einem Abwehrkampf, der in die Geschichte des Protektorats eingehen wird.

Aber selbst die größten Helden müssen sich den Gesetzen der Mathematik beugen. Es sind ein paar Dutzend Geschütze gegen Hunderte, nicht einmal zehntausend Verteidiger gegen Millionen Angreifer. Die Grundlage für Legenden, *aber nicht für Siege.*

Drei Treffer in den Rücken der *Ciarosh* schalten ein Drittel der Crew aus, lassen sie tot oder sterbend in den Gängen und Maschinenräumen zusammenbrechen, verbrennen und ersticken.

Ghiaras Schrei hallt durch den Äther, und für einen Augenblick befürchtet Marusha, dass die Jagdmeisterin selbst gefallen ist. Aber es ist ein Schrei der Wut, ausgestoßen angesichts eines verlorenen Bombers an ihrer Seite.

Eine Detonation am Heck der *Dorashadar* selbst reißt die Aufmerksamkeit der Großkommandantin wieder an sich. Zwei Kühlsysteme ausgefallen, eine Triebwerkssektion in Flammen.

Sie werden fallen, alle zusammen, in den nächsten Sekunden.

Jetzt oder nie.

»ABDREHEN!«

Die gesamte Flotte reagiert mit gespenstischer Präzision und Einigkeit. Hunderte Triebwerke werden gleichzeitig abgeschaltet, in andere Schubvektoren gezwängt – und mit mehrfacher Überlastung neu gezündet.

Geschwindigkeit und Agilität, ihre einzigen Stärken.

Dorashadar und die rauchende *Ciarosh*, Ghiara und ihre überlebenden Staffelkameraden klappen nach unten weg, verschwinden in der Dunkelheit des Alls.

Übrig bleibt ein Skelett, eine ausgeweidete *Holosh*, nur noch aus dem Grundgerüst, Triebwerken und Reaktoren bestehend. Bis jetzt im Schaft des Pfeiles verborgen, den die Flotte bildete, nun offengelegt in doppeltem Sinne.

Relativ wenig Masse.

Maximale Beschleunigung.

Die Plachtharr sind überrascht, versuchen noch vereinzeltes Gegenfeuer, reißen einige Strukturen aus dem ohnehin todgeweihten Schiff.

Vergeblich.

Auf der Brücke der *Dorashadar* ruft und klickert, faucht und zischt Ghrashbrachova ihren beiden Adjutanten zu. Gemeinsam senden sie die letzten Befehle an ihr ehemaliges Schiff, schicken ihren Engel des Todes in seine letzte Schlacht.

Gnadenlos bohren sich die Reste der Holosh in einen der schweren

146

Bergbauoperatoren. Pure kinetische Energie lässt die Hülle der Kolonialisierungsschiffe ebenso verdampfen wie das, was vom Bug des Kreuzers noch übrig ist, erschafft eine Lücke, in die der ausgeweidete Leib drängt, während Ghrashbrachovas letztes Kommando die dreifach redundante Reaktoreindämmung deaktiviert.

Fünfhundert Gramm Antimaterie zerstrahlen, beschwören einen Lichtblitz und eine Gammawelle, wie sie seit Jahrzehnten nicht mehr zu sehen war. Systeme in der gesamten Plachtharr-Flotte fallen aus, werden *gegrillt*, von harter Strahlung außer Gefecht gesetzt. Vier der schweren Operatoren vergehen in der Annihilation, atomisiert oder in Stücke gerissen, deren Bergung keinen Sinn mehr hat. Drei ihrer Gefährten werden von Fragmenten aufgerissen, beträchtlich beschädigt, ein Fall für schwierige Reparaturarbeiten.

Zu spät erkennen die Plachtharr Marushas wahres Kriegsziel. Sie will sie weder besiegen noch aufhalten. Sondern ihnen die Fähigkeit nehmen, sich im Zielsystem einzugraben, ihre Mission zu erfüllen. Und genau das ist ihr *beinahe* gelungen, in einem einzigen, wütenden, selbstzerstörerischen Sturmangriff.

Aber nun sind die Plachtharr gewarnt, werden sie kein zweites Mal unterschätzen.

Sollte es ein *nächstes Mal* geben, wird es für die Reste des Protektoratsverbandes im Höllenfeuer enden.

* * *

Eine Wolke gebündeltes Plasma, pures ungezügeltes Sternenfeuer, trifft Yrsha und lässt sie gequält aufschreien – in einem schrillen Chor vereint mit Frank und Dila, die ihren Schmerz teilen.

Zum Leid kommt die Verunsicherung, Verwirrung, das Gefühl eines Verrates, wie er schlimmer nicht sein könnte. Und doch – die Schäden sind minimal. Die Flamme der Gahar ist gebaut für einen Feldzug jenseits von Franks Vorstellungskraft, trotzt den Waffen ihres Volkes mit einer Leichtigkeit, die ihn erstaunt. Einige verschmorte Sensoren, kleinere Verbrennungen an der Oberfläche, ein leichtes Schwärzen des Glases, das keines ist – und sich selbst reinigt, wiederherstellt.

Ungleich schlimmer ist der psychische Schaden, der Yrsha in eine Schockstarre schickt, die Systeme einerseits ihm und Dilara überlässt, andererseits lähmt und träge macht.

Frank fliegt.

Instinktiv bringt er das Schiff aus der Schusslinie, kurz nachdem der zweite Treffer doch einiges an Legierung frisst, taucht unter dem Wächter hindurch, steuert in einer lang gezogenen Schleife zurück ins All, weg von dem Planeten und seinem aggressiven künstlichen Mond.

Er schafft es nicht, zu entkommen. Vielleicht ein geheimer Kommandocode, von dem Wächter übermittelt, vielleicht eine unbekannte Waffe, vielleicht auch einfach nur der Wille Yrshas, deren Entsetzen die Harmonie der Triade stört. Aber etwas hindert sie an der Flucht, zieht sie zurück nach Gahar – und in Reichweite der feindlichen Geschütze.

Bettsy klickert aufgeregt.

»Wir müssen uns wehren! Frank, das Ding hat einen Kometen pulverisiert, es kann doch sicher auch diesen Wächter ausschalten.«

Ja, kann es. Kann *sie*. Die Frage ist, ob sie *will*, und jemand muss sie stellen. Frank beißt kurz die Zähne zusammen, wendet sich dann an seine Verbündete in einem geistigen Ringen, das er noch nicht vollständig versteht.

»Dila, mach diese Weltenvernichter-Hauptkanone klar. Troshk hat recht, ich darf sie nicht abfeuern – du aber schon.«

»*NEIN! Der Wächter ist Gahar, ich kann auf ihn nicht feuern!*«

Sie spüren das Entsetzen, den inneren Konflikt in Yrsha, Widersprüche zwischen verschiedenen Ebenen des Wollens. Dila schickt Worte und Gedanken gleichzeitig, perfekt harmonisiert.

»Dein Missionsparameter ist die Rückkehr nach Gahar, der Wächter versucht, dich daran zu hindern. Bestätige.«

»*Ja, du hast recht. Aber …*«

»Ein weiterer Missionsparameter ist dein eigenes Überleben, zumindest bis die Aufgabe abgeschlossen ist. Korrekt?«

Dilara zwingt Yrshas Geist von der ihr zugestandenen Kreativität zurück in die Logik eines Computers, zurück in das binäre Denken, auf dem ihr Sein beruht. Ja oder nein, wahr oder falsch, direkte Konsequenzen.

»Ja. Das ist korrekt.«

Frank mischt sich ein, verstärkt subtil den mentalen Druck, den die Astrotelepathin ausübt.

»Du bist dabei, deine Mission scheitern zu lassen.«

Der Widerstand bricht, und Yrsha zieht sich zurück, versucht möglichst wenig aktiv teilzuhaben, als Frank einen doppelten Groshblub fliegt, den Wächter so von der Seite ansteuert, dass nicht einmal der schlechteste Schütze des Universums versehentlich den Planeten treffen kann.

Und Dilara Kreethan zählt zu den besten.

* * *

Es dauerte eine Weile, bis das Schweigen brach – sowohl das mentale zwischen ihm, Dilara und Yrsha selbst, als auch jenes auf der Brücke. Und wieder einmal war es Bettsy mit ihrer buchstäblich volkgegebenen Kaltblütigkeit, die Gedanken zu Worten schmiedete.

»Wollen wir darüber reden, was gerade geschehen ist?«

Frank schüttelte den Kopf, während sie langsam in die Atmosphäre hinabtauchten, auf die Hügellandschaft mit ihren titanischen Bäumen zusteuerten.

»Müssen wir aber. Leute, das war ein Schuss. Ein einziger Schuss, und der hat gerade mal fünf Prozent des Pufferspeichers geleert. Wir reden hier von einer Waffe, die das politische Machtverhältnis des ganzen Spiralarms auf den Kopf stellen kann.«

Dilara räusperte sich.

»Oder vielleicht stabilisieren. Niemand greift eine Macht an, die über solche Waffen verfügt. Vielleicht gibt es so was wie Frieden durch überlegene Feuerkraft?«

Troshk brummte protestierend auf.

»Nein, Dila, so was gibt es eben nicht. Das exakte Gegenteil ist der Fall – alle anderen Kräfte verbünden sich gegen den Träger solcher Macht und versuchen alles, um sie ebenfalls in ihre Hände zu bekommen. Dann hast du keinen Frieden, sondern ein Gleichgewicht des Schreckens.«

»Mad.«

Es war nur ein einziges Wort, mehr unbewusst über Franks Lippen entkommen, aber es zog die Aufmerksamkeit seiner Kameraden auf sich.

»Was meinst du damit?«

»Mad. Das Wort für verrückt in einer unserer alten Sprachen, aber auch die Abkürzung für Mutual Assured Destruction in dieser. Garantierte wechselseitige Vernichtung. Angeblich hat uns das einige Jahrzehnte lang vor der nuklearen Apokalypse bewahrt.«

Der Sturmkommandant schüttelte seinen Kopf so heftig, dass sein Fell ein Eigenleben zu entwickeln schien.

»Was für ein Irrsinn. Weißt du, wie viele Zivilisationen den nuklearen Flaschenhals ihrer Evolution nicht überleben? Mehr als ein Viertel aller bekannten …«

»*Eure Überlegungen sind unnötig, eure Sorgen unbegründet. Wie ich euch bereits sagte – es ist vollkommen ausgeschlossen, dass ich mit euch weiterreise. Mein Volk sind die Gahar.*«

Bettsy klickerte sarkastisch.

»Dafür müssen wir sie erst mal finden. Ich sehe keinerlei Städte oder größere Ansammlungen von Architektur und künstlichen Strukturen, nichts, das wie eine Siedlung aussieht, kein …«

»… und wie nennst du das dort vorne? Zweihundert Kilometer Steuerbord voraus?«

Frank aktivierte die Vergrößerung und blinzelte erstaunt. Tatsächlich, Dilara hatte recht – in einer Mulde, eingebettet zwischen mehreren der Riesenhügel, wuchs tatsächlich eine kleine Stadt in die Höhe. Und wie hoch sie das tat! Silberne Türme wie aus Yrshas Erinnerungen ragten mehrere Hundert Meter in den Himmel, auf knapp zwanzig Quadratkilometern freier Fläche, die man dem Riesenwald ringsum abgerungen hatte.

Kleinere, flachere Gebäude verbanden die Türme, und zwischen ihnen zeichnete sich ein Netz aus Straßen und Wegen ab, immer deutlicher zu erkennen, je näher sie kamen.

»*Das ist Irakarrush-Gahar, unsere Hauptstadt! Sicher, einst war sie viel, viel größer – aber sie ist immer noch da! Und ich empfange ein Leit-*

signal, eine Einweisung für meinen Landeplatz. Die Gahar leben, mein Volk erwartet mich!«

Begeisterung, aufrichtige Freude und Leidenschaft, reich von Yrsha versprüht, steckten Frank und Dila an. Gemeinsam der Wiedervereinigung entgegenfiebernd, folgten sie dem Leitsignal, segelten an den Türmen vorbei, hinter deren verspiegelten Fassaden wohl Tausende Gesichter die Rückkehr einer Legende bestaunten. Lichter erschienen an den Spitzen der Gebäude, begannen in einem pulsierenden Muster zu leuchten. Tanzendes Hellgrün auf den Straßen unter ihnen vermischte sich mit türkisen Schlieren; Symbolen, deren Bedeutung Yrsha kannte, mit ihnen teilte. Es war ein Willkommensgruß für die Flamme der Gahar, ein ausgerollter roter Teppich für die Heldin, zurückgekehrt nach hunderttausend Jahren.

Langsam sinken sie in Richtung der zugewiesenen Landeplattform ab, am Rande dessen, was in Yrshas Erinnerung das Regierungsviertel ist, gleiten an sonnenreflektierenden Minarettgebäuden entlang dem Ziel entgegen, zwischen vier großen Metallkonstruktionen, die ihnen glänzende Emitterpaneele entgegenstrecken, auf sie ausrichten und …

… mit einem Schlag verstummt Yrsha, trennt die Verbindung zu Frank und Dila mit grausamer Geschwindigkeit und erschütternder Endgültigkeit. Alle Systeme an Bord schalten sich ab, sterben in weniger als zwölf Millisekunden einen lautlosen Tod.

Bettsy und Troshk hängen für einen Augenblick in der Luft, schweben in einer Position, die von keinem Hologramm mehr gehalten wird.

Hart fallen sie zu Boden.

Und nicht nur sie.

Keine Systeme bedeutet keinen Schub.

Keine Antigravitation.

Yrsha fällt wie ein Stein in die Tiefe und prallt mit gnadenloser Gewalt auf die Plattform.

* * *

»Methanfurz, ich habe mir meine Dreiacht gebrochen!«

Frank kam zu sich, durch Bettsys Schrei aus der Verwirrung gerissen, in die ihn die plötzliche Trennung von Yrsha und Dila versetzt hatte. Panisch sprang er aus der Liege, deren Polsterung ihm den Arsch, vermutlich auch das Genick gerettet hatte und blickte sich um.

Troshk wälzte sich auf dem Boden herum und stöhnte, während Bettsy halb eingerollt in der Ecke lag, das zweite Bein von links oben von sich gestreckt. Ihre Dreiacht, und tatsächlich, es war gebrochen, hatte ein hässliches zusätzliches Gelenk bekommen – und war in einem unnatürlichen, unmöglichen Winkel verbogen. Mit einer Gewalt, der sogar die Panzerung der Metallschmeckerin nicht genug entgegensetzen konnte. Chitinsplitter lagen auf dem Boden herum, und Frank wollte sich die Schmerzen erst gar nicht ausmalen, die Bettsy in dem abgeknickten Nervenstrang des Beines fühlen musste.

Dilara war an seiner Seite, ein schneller, huschender Schatten, behändig und elegant, die Hände tief in Bettsys Tasche versunken, hektisch herumwühlend, ehe sie endlich das Medpack fand und Frank zuwarf.

In einem Punkt hatte das Minenkonsortium nicht gelogen – die Ersthelfer-Ausbildung an deren Pilotenakademie war die beste des Protektorats. Kein Wunder. Ein perfekt notmedizinisch behandelter Verletzter verursachte kaum oder keine Arztkosten nach seiner Mission – Rechnungen, die seit dem tragischen Zwischenfall auf dem Uranmond Grirsho-3 vor zweihundert Jahren das Konsortium begleichen musste. Zähneknirschend, widerwillig, aber unmissverständlich vom Rat angeordnet.

Frank konnte einen gefrorenen Durash auftauen, eine Asttransplantation an einem Toronk durchführen oder einem seiner eigenen Artgenossen eine künstliche Niere einsetzen – all dies im Notfall auch unter Feindbeschuss oder auf einer brennenden Brücke. Eine Creesh mit einer gebrochenen Dreiacht war eine Routineoperation, wenngleich eine für Bettsy sehr schmerzhafte.

Troshk hatte sich aufgerappelt, kniete hinter der Metallschmeckerin und hielt ihre Rückensegmente auf sich gestützt, während er mit seinen riesigen Pranken ihren langen Hinterkopf zärtlich streichelte, die Metallschmeckerin beruhigte und besänftigte.

Und dennoch fauchte sie bedrohlich, als Frank den Bruch richtete, gewissenhaft die Splitter des Panzers desinfizierte und wieder einsetzte. Er ließ sich nicht beirren, arbeitete mit der Assistenz von Dilara schweigend und sorgfältig weiter. Eine Schicht Heilleim, aus welchen dubiosen Durash-Absonderungen auch immer gewonnen, den Nerv kurz gekühlt, dann ein insektoidentaugliches Schmerzmittel zwischen die Mandibeln geschoben, und …

»Fertig! So gut wie neu!«

Troshk entließ Bettsy aus seiner Umarmung. Vorsichtig schob sie ihre Segmente auseinander, stellte sich auf die hinteren Beinpaare und klopfte mit ihrer Dreiacht zaghaft auf den Boden.

Dankbar klickerte sie Frank und Dila zu, nickte und ließ ihre Facettenaugen funkeln.

»Schmerzfrei und trittsicher, ausgezeichnete Arbeit, Leute! Ich weiß gar nicht, wie ich euch danken soll.«

Die Astrotelepathin stellte die Ohren an und verzog das Gesicht.

»Du könntest damit anfangen, uns zu erklären, warum wir abgestürzt sind. An meinen Flugkünsten kann es wohl kaum liegen, und auch Frank hat ausnahmsweise keinen Scheiß gebaut.«

Bettsy zischte, und ihre Mandibeln wackelten wütend.

»Wir wurden ausgeknockt, so sieht es aus. Man hat uns zu dieser Landeplattform gelotst und dann das gleiche Dämpfungsfeld wie auf dem Kometen aktiviert. Das Schiff schläft, und ich wette meine frischesten Larven, dass auch das Kurzzeitgedächtnis wieder hinüber ist.«

Mit vorsichtigen Schritten trippelte sie zu einem Kasten an der Steuerbordseite, öffnete ihn mit geschickten Krallen und zog einige Speicherchips heraus.

»Ich kann es wahrscheinlich wiederherstellen, und, wie ich Yrsha versprochen habe, auch versuchen, die alten Daten zu retten. Aber das liegt wohl nicht im Interesse der Gahar, wenn ich mir den bisherigen Empfang so ansehe.«

Frank ignorierte die vorherige Beleidigung durch die Astrotelepathin, konzentrierte sich auf die Worte der Metallschmeckerin – und zog Schlüsse, die ihm keineswegs gefielen.

»Meinst du etwa, sie könnten feindlich gesinnt sein?«

Dilara schnaubte, legte ihre Ohren flach an die Wangen und warf ihm einen ganz besonderen Blick zu. Reserviert für Leute, die Torheiten wie »*Wenn wir das Konsortium weniger besteuern, dann hat es mehr Geld und wird seine Arbeiter sicher besser bezahlen*« von sich gaben oder den Vorschlag »*Kommt, lasst uns unsere Körper mit Kräuterölen einreiben und dann zur wöchentlichen Sitzung der Anonymen Wesensschmecker gehen!*« im Freundeskreis unterbreiteten.

Mit anderen Worten, sie hielt ihn für einen Vollidioten.

No change there.

»Sie *könnten* feindlich gesinnt sein? Ernsthaft, Frank? Welches Indiz hat dein brillantes Prospektorengehirn denn darauf gebracht? Eine Waffenplattform im Orbit, die versucht hat, uns bei Ankunft zu grillen? Oder die Tatsache, dass sie uns gerade abstürzen ließen?«

Diesmal fühlte er sich wirklich getroffen, und das vor allem deswegen, weil sie recht hatte. Es war an der Zeit, sich nicht wie ein unsicheres Teammitglied zu präsentieren, sondern wie ein Kommandant – immer noch sein Titel, Rang und seine Funktion, wenn auch auf einem anderen Schiff. Er schloss kurz die Augen, holte tief Luft und nahm eine selbstbewusste Haltung an, die Positur eines Führungsoffiziers.

»Wir müssen das Schiff verlassen und stehen vermutlich feindlichen Kräften gegenüber. Wer auch immer dort draußen wartet – wir werden nicht zuerst schießen, aber wir müssen gewappnet sein. Sturmkommandant Troshk, bewaffne die Crewmitglieder entsprechend ihrer körperlichen und geistigen Eignung. Gemäß Paragraf 4, Sektion d der Lex Humanitas ersuche ich dich als ranghöchsten nichtmenschlichen Experten, mir die Genehmigung und den Auftrag zum Führen einer Waffe zu erteilen.«

Dilara sah ihn kurz mit großen Augen an, ehe ihre Ohrenspitzen sich rot verfärbten und ihr ein Kichern entkam. Bettsy hatte sich abgewandt, damit er ihren Gesichtsausdruck nicht sehen konnte, aber das amüsierte Klickern verriet Bände. Nur Troshk brummte zufrieden auf, vielleicht nicht unbedingt beeindruckt, aber voller Zustimmung.

»Na endlich. Lasst uns in den Frachtraum gehen und nachsehen, ob dieses verrückte Schiff tatsächlich ALLE unsere Besitztümer translokalisiert hat.«

Hatte Yrsha tatsächlich, und Frank lief ein eiskalter Schauer über den Rücken, als Troshk mit seinem persönlichen ID-Kristall die letzte der drei anthrazitfarbenen, wandschrankgroßen Kisten entsperrte und der Deckel sich sanft automatisch öffnete.

»Nukleargranaten! Warum zur Hölle hast du Nukleargranaten auf unser Schiff gebracht?«

Seine Augen weit aufgerissen, entging ihm nicht, dass auch Bettsys Fühler nervös zitterten, sie einen gehörigen Respekt vor der Feuerkraft zeigte, die Troshk unbekümmert an Bord der *Belthrana* geschleppt hatte.

Nur Dilara grinste diabolisch, während sich ihre Ohren hoch über den Kopf richteten, die Spitzen so steif wurden, dass man die Astrotelepathin mit ihnen voraus in den Rücken eines Toronks hätte hämmern können.

»Bei den schwingenden Baumwipfeln, das ist wirklich gutes Zeug! Variable Sprengkraft, fünfzig Kilotonnen Maximum! Aber Frank hat recht – warum schleppst du das mit dir rum?«

Troshk zuckte mit seinen fellbewehrten Schultern.

»Ich mag nun mal Nukleargranaten. Sie haben irgendwie etwas Schönes, Edles und vor allem Endgültiges an sich. Die Ästhetik eines Atompilzes, der Geruch von schwarzem Regen am Morgen, das alles hat seinen ganz eigenen Reiz. Aber keine Sorge, die habe ich nur zur Selbstverteidigung mit.«

Frank keuchte.

»Zur *Selbstverteidigung*? Vor was denn bitte? Einem herabstürzenden Mond?«

Der Sturmkommandant ließ sich nicht aus der Ruhe bringen.

»Halt die Luft an, Kleiner, ich sage ja nicht, dass wir mit Werfern bewaffnet das Schiff verlassen sollen. Ich habe für jeden von uns etwas Passendes, Handliches parat. Dilara, dir empfehle ich diesen Laserkarabiner. Schön kompakt und trotzdem hochpräzise auf bis zu zweihundert Meter. Für den Nahkampf wirst du ja auf deine zeremoniellen Klingen setzen, nehme ich einmal an.«

Die Astrotelepathin strahlte über das ganze Gesicht mit hektisch wackelnden Ohren, als sie das Gewehr in die Hand nahm und sich damit vertraut machte.

»Worauf du einen lassen kannst!«

Troshk nickte zufrieden und wühlte in der ersten Kiste herum, die er geöffnet hatte.

»Hier, Bettsy, für dich. Eine Maschinenkanone mit Plasmadetonatoren, kannst du auf einem deiner Segmente festschnallen und mit einer einzigen Klaue bedienen. Achthundert Schuss, notfalls in zwei Minuten abgefeuert, und jeder einzelne kann einen Gleiter vom Himmel holen.«

Misstrauisch beäugte die Metallschmeckerin das Ungetüm in der Hand des Sturmkommandanten, ehe sie es vorsichtig an sich nahm. Frank konnte ihr die Skepsis nicht verdenken – Bettsy hasste Kampf, Krieg und Gewalt, zog es trotz ihrer in ausgestrecktem Zustand furchteinflößenden Gestalt vor, Dinge zu reparieren, anstatt sie zu zerstören.

»Kommandant, für dich habe ich etwas ganz Besonderes besorgt. Hier, der neueste *T-18 Liquidor*!«

Entgeistert starrte Frank auf das Ding, welches ihm Troshk mit stolzstrahlender Miene entgegenstreckte. Es hatte eine vage Ähnlichkeit mit einem Gewehr, nein, eher noch einem Werfer, bestand aber aus quietschbunt gefärbten Polymeren. Nicht einmal sonderlich widerstandsfähigen, gehärteten oder molekulargeschmiedeten Varianten, sondern aus *Plastik*. Der Griff, die unförmige Visiervorrichtung, sogar der neongrün leuchtende Lauf und der orange Tank ...

Tank? Ein vager Verdacht schlich sich in Franks Gedanken.

»Sturmkommandant, ist das etwa eine *Wasserpistole*?«

Beleidigt rümpfte Troshk seine Schnauze.

»Das ist der neueste *Liquidor,* ein hochmodernes hydraulisches Abwehrsystem! Variable Düse, fünfzig Meter Reichweite, und wie du weißt, sind mehr als zwanzig Prozent aller vernunftbegabten Lebensformen allergisch auf reines H_2O ...«

»... *eine Wasserpistole* ...«

»... außerdem habe ich eine Reihe von Zusatzpatronen, mit denen du von Augenreizungen über Tracheenverschleimung bis hin zu einem lieblichen Pfirsicharoma ...«

»... *eine Wasserpistole?!*«

Dilara kicherte inzwischen nicht mehr, sie gackerte und prustete, war kurz davor, zusammenzubrechen und auf dem Boden herumzurollen. Es fiel ihr schwer, die Worte auszusprechen, während sie mit der Linken Frank auf die Schulter klopfte, mit der Rechten sich die Tränen aus den Augenwinkeln wischte.

»Sei doch nicht SO dumm! Troshk verarscht dich nur!«

Frank stutzte, hielt in seiner Empörung inne und blinzelte.

»Tatsächlich?«

Der Sturmkommandant grinste.

»Ja, ein klein wenig, du weißt schon, wegen deines *entsprechend ihrer körperlichen und geistigen Eignung*. Kein Scherz, häng dir den Liquidor um, mit den Zusatzpatronen ist das Ding in unbekanntem Terrain vielleicht doch ganz nützlich. Aber für den Ernstfall bekommst du ...«

Würdevoll griff er an seinen Waffengürtel, zog den Holster mitsamt der Laserpistole ab und überreichte ihn lächelnd.

»... meine gute alte *Zilly*.«

Ehrfürchtig und dankbar nahm Frank jene Zweitwaffe Troshks entgegen, die diesen siegreich durch zwei Plachtharr-Kriege geführt hatte. Das war eine Respektsbezeugung, ein Vertrauensbeweis, den er nicht erwartet hatte – und ihn umso mehr mit ehrlicher Freude erfüllte. Stolz marschierte er an der Spitze seiner Crew zu der Einstiegsschleuse, wo sie mit gezückten Waffen ihre Positionen einnahmen. Ein letzter Blick, ein letztes grimmiges Nicken, und Bettsy zog wieder einmal einen Hebel nach unten.

* * *

#Es waren Reptilien. Nein, keine niedlichen, kniehohen Flitzer, wie sie die Gulptar als Haustiere hielten, auch keine gewaltigen Dinos, wie es sie als Erinnerung an eine verlorene Evolution im Terranermuseum zu bewundern gab.

Auf den ersten Blick konnte man sie sogar als *humanoide* Lebensform bezeichnen – selbst wenn das innerhalb aller Ratsvölker als unverzeihliche Beleidigung galt. Mit etwas mehr als zwei Metern größer als Frank, aber kleiner als Troshk, aufrecht gehend, wenn auch im Moment eher ebenso erstaunt wie angespannt vor ihnen stehend. Allesamt hatten sie zwei Arme mit kurzen Händen, an denen je drei zierliche Finger und ein kräftigerer Daumen sorgfältig gepflegte, aber ausgesprochen scharfe Klauen trugen. Der Kopf dieser Spezies war größtenteils glatt und haarlos, mit nur angedeuteten Ohren und Nasen, dünnen Lippen, die ihre Münder fast schlitzförmig wirken ließen. An Stirn und Schläfen sowie am Halsansatz ging die hellgrüne Haut in schillernd gefärbte, glänzende Schuppen über, vage Überreste einer Vergangenheit, in der ihre Vorfahren durch Sümpfe und Flusslandschaften gekrochen waren.

Aber die Augen!

Hellwach, in Gold, Orange oder Braun gehalten, mit leicht geschlitzten Pupillen, in denen sich Neugier, Faszination und Intelligenz widerspiegelten.

Jedoch keine Feindseligkeit.

Knapp vierzig der Bewohner hatten sich versammelt, verschiedenen Alters, leicht variierender Größe und offenbar zweierlei Geschlechts. Eine binäre Spezies, interessant, auch wenn diesbezügliche Details unter den zarten, locker fallenden Roben verborgen blieben, die es augenscheinlich in Blau, Grün und Weiß gab.

Keine Waffen – nur einige wenige vielsagende Blicke auf die Mordinstrumente, die er und seine Crew immer noch schützend vor sich trugen.

Zwei der Gahar lösten sich aus der Gruppe, hielten ihre Hände demonstrativ nach oben und gingen lächelnd auf die Besucher zu, die im wahrsten Sinne des Wortes aus einer anderen Welt kamen. Eigentlich sogar aus einer anderen Zeit.

»Hrshurkhir-takh!«

Das klang gar nicht mal so unfreundlich, irgendwie sogar seltsam vertraut. Frank hob seine linke Hand hoch, die Fläche den beiden entgegen, die er instinktiv als männlich und weiblich identifizierte. Und als die wahrscheinlichen Anführer oder zumindest Sprecher der Gruppe.

»Hallo, ich bin Frank Gazer.«

Bettsy fauchte leise.

»Was für eine beschissene Einleitung für einen Erstkontakt. Das kannst du besser!«

In der Tat blickten sich die beiden erst gegenseitig, dann wieder ihn an – ziemlich ratlos, wie es schien.

»Gha-kidaphturr?«

Erinnerung und Erkenntnis vereinten sich in Frank zu einem Geistesblitz.

»Schnell, Leute, sprecht mehr! Sagt einfach etwas!«

Die Metallschmeckerin machte einen Halbschritt nach vorne.

»Wir kommen in Frieden! Bitte ignoriert meine Maschinenkanone, sie dient nur religiösen Zwecken.«

Die beiden Reptiloiden blinzelten, und Dila seufzte.

»Im Namen des Protektorats begrüßen wir euch, Bewohner des Planeten Gahar. Ihr seid gar nicht so hässlich, wie ich befürchtet hatte.«

Das etwas größere, in eine blaue Robe gewandete und offenbar weibliche Wesen nickte kurz.

»Krirghadap Reise ghalug Planet oshk Jahre des Lichts kurk entfernt?«

Jetzt fiel auch bei Troshk der Groschen, und seine tiefe Brummstimme dröhnte über den Landeplatz, auf dem die Schatten gewaltiger Emitter ein bizarres Mosaik über Boden und Bewohner, Besucher und Yrsha malten.

»Ich bin Sturmkommandant Troshk, Waffenoffizier der *Belthrana* – ich meine, jetzt ohne Schiff. Dies ist Betshrachthora die Metallschmeckerin, Chefingenieurin, neben ihr Dilara Kreethan, Astrotelepathin, und direkt vor euch steht Frank Gazer, unser Kommandant. Wir kommen aus diesem Spiralnebel der Galaxie, allerdings knapp tausend Lichtjahre von euch entfernt.«

Eine kurze Stille, dann ging ein vielstimmiges Raunen durch die Menge, und die Mienen des Begrüßungskomitees erhellten sich.

»Danke, jetzt haben wir es. Ich bin Shubura-Gahar, die ernannte Sprecherin dieser Siedlung, und das ist mein Stellvertreter und Hauptbefruchter, Jilbur-Gahar.«

Jilbur verbeugte sich würdevoll, ignorierte Dilaras geflüstertes »*mit kreativer Namensnennung haben sie es hier nicht gerade«* gekonnt und lächelte ihnen zu.

»Eine interessante Sprache. Leicht zu erlernen, universale Syntax. Habt ihr sie entwickelt, um Frieden und Harmonie unter euren verschiedenen Völkern zu verbreiten?«

Bettsy schüttelte die Fühler.

»Nein, eigentlich wurde sie entwickelt, um sein Volk …«

Sie streckte ihre inzwischen verheilte Dreiacht aus und deutete auf Frank.

»… auszurotten.«

Dila nickte und ließ den Karabiner los, der dank seines synthschleimgepolsterten Gurts nun betont lässig an ihrer Seite baumelte.

»Hat leider nicht ganz geklappt, wie ihr sehen könnt. So, die Vorstellung ist erledigt, es ist uns eine große Freude, blabla, diplomatischer Schmafu, und so weiter. Könnt ihr uns jetzt verraten, warum ihr uns angegriffen habt?«

Shubura nickte betroffen.

»Verzeiht uns, wir hatten niemals die Absicht, euch zu verletzen oder auch nur zu gefährden, doch wir konnten nicht wissen, wer sich an Bord der Flamme befindet. Die Abwehrmaßnahmen galten niemals der Besatzung, sondern nur dem Schiff allein.«

Bettsy zog ihre Segmente eine Spur weit auseinander, und ihre Mandibeln verrieten überdeutlich, dass sie von dieser Antwort alles andere als angetan war.

»Aber Yrsha ist eine von euch! Sie hat mit ihrer Crew den Grauen Tod vernichtet!«

Wieder ging ein Raunen durch die Menge, diesmal begleitet von verwirrten Zwischenrufen – doch leider nicht in Talash. Jilbur neigte seinen Kopf leicht zur linken Seite, ließ eine schlanke, schmale Zunge zwischen den Lippen hervorschnellen und nickte schließlich.

»Das ist richtig, und wir sind ihr bis in alle Ewigkeit zu Dank verpflichtet. Wir verehren sie und ihre Taten ebenso wie jene von Hara-Gahar und Kalo-Gahar, ihren einstigen Piloten. Aber die Existenz der Flamme kann nicht länger toleriert werden. Das war schon damals so, und daran hat sich nichts geändert.«

Das war eine Antwort, aber keine Erklärung.

Shubura schien ihre Unzufriedenheit zu spüren, hob ihren Kopf mit einem melancholischen Lächeln.

»Es wird dauern, euch die Hintergründe zu erklären. Bitte folgt uns zur Versammlungshalle und betrachtet euch als unsere Gäste.«

Frank blickte zu Troshk, der nur knapp nickte und seine Sturmkanone wieder auf den Rücken gleiten ließ. Ein gutes Zeichen, auf die Instinkte des alten Veteranen war Verlass. Bettsy klickerte neugierig, Dilara zuckte mit den Schultern, was bei ihr alles von »*meinetwegen*« bis hin zu »*lasst uns ihre Kehlen aufschlitzen, wenn sie schlafen*« bedeuten konnte.

Und so war es beschlossene Sache. Sie gingen mit den Gahar, Seite an Seite mit Shubura und Jilbur, die ein ordentliches Tempo an den Tag legten. Trotz der Eile, mit der sie durch die Straßen schritten, badete Frank förmlich in einem Meer aus neuen Sinneseindrücken, Beobachtungen und Erkenntnissen.

Irakarrush mochte vielleicht einst eine Millionenstadt gewesen sein, doch nun wirkte sie überschaubar, beinahe heimelig, auch wenn er sich bewusst war, dass dieser Eindruck täuschen konnte.

Die wenigen Riesentürme, die sich spiralförmig und glänzend in den Himmel schraubten, boten Platz für jeweils Zehntausende, wenn nicht sogar mehr Bewohner. Selbst die niedrigeren, flacheren Gebäude, offenbar Geschäfte und Verwaltungseinheiten, waren nach Protektoratsmaßstäben immer noch gigantisch. Und so wie auf ihren Fassaden und dem seltsam halbweichen Boden unter ihren Füßen grünlich pulsierende Symbole erschienen und wieder verschwanden, schienen sich auch die Bewohner der Stadt wie aus dem Nichts zu materialisieren. Ein ums andere Mal tauchten aus Seitengassen und Eingängen, aufklappenden Toren und Zugangsstraßen kleine und größere Gruppen auf, um die Besucher zu bestaunen. Männchen und Weibchen, Alt und Jung – wobei es da nach unten hin eine Grenze zu geben schien.

An einigen betont desinteressierten Individuen, die emsig bestrebt waren, auf keinen Fall in Richtung der Sternengäste zu blicken, konnte man das typische Adoleszenzverhalten erkennen. Vorgeschützte »*Ich scheiß auf alles*«- und »*Mir ist egal, was beruflich aus mir wird*«-Attitüden, schlendernder Gang, feixende Kommentare, untereinander ausgetauscht, unterbrochen nur von möglichst verächtlichen Blicken auf die erwachsenen Spießer. Frank grinste. Teenager waren eben Teenager, selbst wenn sie mit zwanzig Tentakeln am Grunde eines Methanozeans durch die Gegend marodierten und eigentlich zweihundert Jahre zählten.

Warum sollte es bei diesen Reptilienmenschen anders sein?

Aber selbst diese amüsanten Beobachtungen täuschten ihn nicht darüber hinweg, dass er eben keine NOCH jüngeren Gahar sah. Ebenso wenig wie Gleiter am Horizont, Fahrzeuge am Boden oder sonst etwas, das nach Technologie aussah. Abgesehen von den Gebäuden und dem Emitter, der sie vom Himmel geholt hatte, natürlich. Sie gingen über Straßenflächen und an Fassaden vorbei, deren Ingenieurskunst sich jener des Protektorats um Jahrhunderte voraus anfühlte, bevölkert von einer Population, die ebenso vorindustriell wie eskapistisch wirkte. Aber seltsamerweise wunderte ihn all das weniger als die Abwesenheit von Kindern.

»Wo habt ihr denn euren Nachwuchs versteckt?«

Es war Troshk, dem die gleiche Frage gekommen war – und er stellte sie mit einer gewissen Emotionalität. Wie alle Borsht fühlte er eine ganz besondere Verbundenheit zu seinen Kindern, und auch wenn er seine Kameraden nur selten und niemals nüchtern daran teilhaben ließ, vermisste er sie merklich. Sein eigener Erfolg, sein Rang und sein Name hatten letztendlich dafür gesorgt, dass beide hervorragende Karrieren machten. Weit weg von zu Hause und noch weiter weg von der Splitterstadt, in der sich der Sturmkommandant niedergelassen hatte. Frank wusste keine Details, nicht einmal die Namen der beiden – nur, dass die Tochter als Diplomatin der Borsht in den Randwelten stationiert war, während der Sohnemann sich auf dem besten Weg zum nächsten Kriegshelden befand. Was Troshk wiederum anscheinend mehr besorgt als stolz …

»Wir haben fast keine mehr.«

Die trockene, knappe Antwort Jilburs riss Frank aus seinen Gedanken, und erstaunt blickte er zu dem Gahar, der tatsächlich den Gang verlangsamt hatte. Auch Shubura bremste ab, vor allem, um die Aussage ihres Gefährten zu relativieren.

»Das ist eine Übertreibung, aber euch wird es vielleicht so vorkommen. Wir haben unsere Bevölkerungsdichte seit der Wende sukzessive reduziert, auf ein Tausendstel ihrer alten Größe. Nachhaltigkeit statt Expansion, Harmonie statt Wachstum. Um das aufrechtzuerhalten, können wir uns bei unserer langen Lebensdauer nicht allzu viele Nachkommen leisten – und diese unsere Kinder sind umso wertvoller. Die meisten leben in Drirrshurk, einer speziellen Schulstadt am südlichen Meer, bis sie das Erwachsenenalter erreichen.«

Dilara spitzte die Ohren, im wahrsten Sinne des Wortes.

»Die Wende?«

»Ja, die Wende. Wir erklären es euch beim Essen. Seht, dort vorne ist unsere Versammlungshalle!«

* * *

Frank war es nicht gewohnt, als Abgesandter einer Delegation zu speisen, ein förmliches, vielleicht sogar diplomatisches Mahl mit Würdenträgern einzunehmen. Und schon gar nicht vor Publikum.

Ein großer Holztisch bildete die eigentliche Tafel, mit ihm und seinen Gefährten auf einer Seite, ihnen gegenüber Shubura und Jilbur. Der Speisebereich war auf einer Art Bühne drapiert, vor der sich Dutzende Sitzreihen langsam mit weiteren Gahar füllten, deren Neugierde offensichtlich war. Türkises Licht reflektierte von den silberhell glänzenden Oberflächen der Wände und des Bodens, während alles bewegliche Mobiliar aus Holz zu bestehen schien. Nun ja, kein Wunder auf einer Welt, die aus Riesenwäldern bestand, oder?

Aber man musste den nicht vorhandenen Hut vor dem Organisationstalent der Gahar ziehen – sie hatten tatsächlich Stühle in passenden Größen für alle von ihnen aufgetrieben, auch wenn Troshks Variante eher wie ein Thron aussah, aus einer titanischen Wurzel geschnitten.

Und Bier!

Er wusste nicht, was es sonst sein sollte, dieses köstliche, erfrischende Getränk mit einer absolut authentischen Schaumkrone. Seine Geschmacksknospen suggerierten ihm sogar Hopfenbitter, und anerkennend schnalzte er mit der Zunge, was Jilbur ein amüsiertes Lächeln entlockte.

»Gärung und Klingenwaffen.«

Frank blinzelte.

»Wie bitte?«

»Gärung und Fermentation, Stich- oder Schneidewaffen. Das sind Grundkonstanten fast aller landbewohnenden Völker des Universums. Wir können uns Tausende Lichtjahre voneinander getrennt entwickeln, in tiefen Urwäldern oder auf endlosen Steppen, in Eiswüsten oder hundertfach verzweigten Höhlensystemen – über kurz oder lang entdecken wir immer, wie man braut, keltert oder Schnaps brennt. Und Waffen schmiedet. Also, werter Sturmkommandant, wie schmeckt dir dein Wein?«

Troshk nickte anerkennend, und seiner Stimme schwang Respekt mit.

»Ein ausgezeichneter Tropfen. Ich nehme an, aus Früchten von den Riesenbäumen und den Büschen darunter?«

Shubura lachte.

»Für uns sind es ganz normale Bäume, und das, was du Büsche oder Sträucher nennst, ist für uns eher Gras am Boden. Aber ja, es ist eine Mischung aus unserem feinsten Obst. Unser Speisenmeister hat euch gescannt, um herauszufinden, welche Speisen und Getränke euch munden werden – und welche für euch giftig wären. Ihr könnt also nach Herzenslust zugreifen.«

»Wie überaus großzügig von euch.«

Wenn sie den Zynismus in Dilas Stimme wahrnahmen, so ließen sie sich nichts davon anmerken. Die Astrotelepathin nahm ihr inzwischen drittes Glas auf Ex, und der Inhalt verriet mit einem brennenden, stechenden Geruch, dass der Alkoholgehalt jenseits dessen lag, was Bettsy zum Putzen von Hydraulikstangen benutzte.

Für Dilara wahrscheinlich gerade einmal ein Frühstückstrunk, und ihr Verstand war ebenso hellwach wie immer noch misstrauisch.

»Lasst mich zusammenfassen, was wir bisher selbst herausfinden konnten. Ihr habt mit selbstreplizierenden Maschinen versucht, die umliegenden Systeme entweder ressourcentechnisch abzubauen oder auf eine Kolonialisierung vorzubereiten. Das ist in die Hose gegangen, wie so ziemlich bei jeder bekannten automatisierten Expansion der Geschichte, in eurem Fall sogar mit Glocken und Feuerwerk. Exponentielles Wachstum, Grauer Tod, das volle Programm. Daraufhin habt ihr ein kleines, ich-bewusstes und obszön gut bewaffnetes Schiff gebaut, es mit zwei mehr oder weniger Freiwilligen losgeschickt und eine große Säuberung gestartet. Das haben die auch ordentlich hinbekommen, aber zwischen ihrem Aufbruch und der Rückkehr ist hier etwas geschehen, was den Empfang etwas weniger herzlich gestaltete. Kommt das ungefähr so hin?«

Jilbur zischte kurz auf, ob aus Empörung, verletztem Stolz oder Zustimmung, war nicht erkennbar. Seine rechte Klaue klopfte einige Male ungehalten auf das Holz vor ihm, während er sich offenbar passende Worte zurechtlegte.

»Das ist eine drastische Verkürzung, aber ich kann ihr nicht vollständig widersprechen. Vergesst nicht, wir reden von Ereignissen vor hunderttausend Jahren. Unsere Aufzeichnungen sind vollständig, aber durch die Linse der Zeit nicht immer eindeutig zu interpretieren. Auf jeden Fall gefällt es mir nicht, verurteilt zu werden und …«

»Was du ansprichst, ist die Wende.«

Shubura fiel ihm ins Wort, und mit einer Demutsgeste zog Jilbur seine Klaue zurück – sowie seinen Kopf ein. Es war klar, wer hier die Hosen anhatte. Nämlich niemand, weil sie Roben trugen. Aber wenn, dann wäre es die Sprecherin gewesen – und nicht ihr *Befruchter*.

»Einige Jahrtausende vor dem Grauen Tod gab es einen Exodus, eine Auswanderung von mehr als zwanzigtausend Gahar zu einem weit entfernten System, das die Exilanten Gahar-2 tauften. Wir wissen nicht, ob dies die Folge von oder der Grund für eine tiefgehende Spaltung unserer Gesellschaft war, aber sämtliche Expansion wurde danach eingestellt. Die Maschinenflotte war unser zweiter Sprung ins All, und das Ergebnis hat unsere Gesellschaft zutiefst erschüttert, beinahe zerstört. Ganze Welten wurden aufgefressen, Ökosysteme vernichtet, vielleicht sogar Zivilisationen ausgerottet. Und wir waren verantwortlich.«

Bettsy klickerte mitfühlend, schob ihre Segmente etwas auseinander, beugte sich nach vorne.

»Also habt ihr nicht nur der Expansion, sondern auch jeglicher Technik entsagt?«

Shubura legte den Kopf zur Seite, zischte kurz. Frank ahnte inzwischen, dass dies so etwas wie eine halbe Verneinung war.

»Nicht *jeglicher* Technik, aber dem, was sie aus uns gemacht hat. Ihrem Einfluss auf unsere Gesellschaft, wenn ihr so wollt. Raumfahrttechnologie, Ort-zu-Ort-Transport, generell jegliches hochtechnologische Reisen wurden eingestellt. Lokale Versammlungen, untereinander vernetzt, übernahmen die Regierungsagenden. Schließlich deaktivierten und löschten wir unsere eigenen Spiegelbilder, zusammen mit der gesamten holografischen Infrastruktur. Die Produktsynthese folgte als Letzte, es dauerte eine Weile, bis wir unseren Bedarf wieder durch Handwerk und Waldwirtschaft decken konnten. Aber wir haben es geschafft, und diesen Umbruch nennen wir die Wende. Als Yrsha zurückkam, war kein Platz mehr für sie in dieser Welt. Und das hat sie nicht gut verkraftet.«

Frank spürte instinktiv, dass dies eine gewaltige Untertreibung war – und zusätzlich beschlich ihn das Gefühl, dass die Sprecherin ihnen etwas vorenthielt. Egal ob Reptiloid oder Borsht, Mensch oder Creesh, keine planetare Zivilisation konnte sich in einem derart drastischen Schritt *vollkommen* einig sein.

»Gab es Dissidenten bei dieser Entscheidung? Opposition und Widerstand?«

Diesmal waren es die beiden Gahar, die nervös auf ihren Sitzen hin- und herrutschten, sich kurz vielsagende Blicke zuwarfen, ehe Jilbur zögerlich antwortete.

»Nicht alle waren damit einverstanden, nein. Es gab Stimmen, die sich dafür aussprachen, zumindest die Synthese weiterlaufen zu lassen. Andere wollten die Translokalisierungsplattformen beibehalten. Einige sehr wenige, aber dafür umso lautere Individuen verweigerten die Wende vollständig.«

Frank hatte genug alte Holofilme von der einstigen Erde gesehen, ausreichend trashige Science-Fiction aus Menschen- und Tarjahhand gelesen, um zu wissen, was Sache war. Diese scheinbar friedliche, harmonische Zivilisation hier musste einfach auf einem grauenhaften

Geheimnis aufgebaut sein. Das Gesetz schlechter Geschichten befahl es.

»Also habt ihr sie umgebracht?«

Entsetzt prallten Jilbur und Shubura zurück, ein betroffenes, fast schon empörtes Raunen und Murmeln zog als Welle durch den Zuschauerbereich.

»Was? Nein, natürlich nicht! Jemanden töten, nur weil er eine andere Meinung hat? Welche barbarische Zivilisation würde denn so etwas tun?«

Die Köpfe von Troshk, Dila und Bettsy drehten sich synchron zu Frank, und Blut schoss ihm in die Wangen. Beschämt senkte er den Kopf und hörte wieder zu.

»Die Vernünftigen passten sich an, blieben hier. Die Extremisten nahmen sich unsere Orbitalhopper, bauten sie um und brachen in Richtung Gahar-2 auf.«

Troshk nickte bedächtig.

»Das wäre auch eine gute Heimat für Yrsha gewesen, oder?«

Shubura zischte, und es war beinahe körperlich fühlbar, wie verlegen sie das Thema machte.

»Ja, wäre es. Aber Yrsha war ungehalten, zornig, als sie von der Wende erfuhr. Habt ihr schon erlebt, was sie in ihrem Jähzorn anrichten kann?«

Frank dachte an den pulverisierten Kometen, an den zerstörten Wächter und nicht zuletzt an sein verlorenes Schiff, ehe er nickte.

»Unsere Vorfahren fürchteten sich davor, hatten Angst, sie würde die Triade dominieren, zu einer Gefahr für uns alle werden. Sie so ziehen zu lassen, einer Gesellschaft zu überantworten, die fern unserer neuen Werte lebte – es erschien ihnen zu riskant. Die Ingenieure der Gahar hatten bei ihrer Konstruktion eine Notausschaltung entwickelt, eine Versicherung …«

Bettsy beugte sich noch weiter nach vorne, stützte das oberste Beinpaar auf dem Tisch auf.

»Die Dämpfungsfelder!«

»Ganz genau diese. Wir lockten Yrsha unter dem Vorwand einer letzten Inspektion vor ihrer Reise in den Orbitalhangar – und legten sie lahm. Das System war aber noch nicht perfekt, brauchte einige Augenblicke, lange genug für Yrsha …«

Frank fröstelte, eine vage Vorahnung der nächsten Worte ließ ihm einen eisigen Schauer über den Rücken fahren.

»… um Hara und Kalo zu töten. Unsere Urahnen hörten ihre Todesschreie über Funk mit, und es muss grauenhaft gewesen sein. Offen gestanden, ihr habt unglaubliches Glück, dass ihr noch unter den Lebenden weilt.«

Dila atmete tief durch, ihre Ohren gingen auf Halbmast und vibrierten so intensiv, dass sie einen zarten Summton von sich gaben. Bettsy zog sich wieder ein Stück in sich zusammen, und selbst Troshk schien betroffen. Wortlos stellte er den Holzbecher mit dem schweren Wein ab. Frank selbst schüttelte sich, erinnerte sich an die Beiläufigkeit, mit der Yrsha auf die Frage nach ihrer alten Crew geantwortet hatte.

Frank Gazer und Dilara Kreethan liegen auf ihren Überresten, zumindest jenen, die nicht auf dem Boden verstreut sind.

Er schluckte heftig.

»Und dann?«

Jilbur legte den Kopf in den Nacken, ließ ihn kurz wackeln. Vielleicht ein Zeichen dafür, dass er nachdachte, viel wahrscheinlicher aber das Äquivalent eines Schulterzuckens.

»Da scheiden sich die Aufzeichnungen. Die Geschichte, die wir unseren Kindern erzählen, berichtet von einem Slingshotmanöver, mit dem wir Yrsha in die Tiefen des Alls schleuderten, auf dass sie bis in alle Ewigkeit den Kosmos nach Feinden der Gahar absuchen und diese vernichten kann.«

Shubura lächelte traurig.

»Die Wahrheit ist, wir wollten sie in eine unserer Sonnen schießen, um auf Nummer sicher zu gehen. Leider hatten unsere Vorfahren nicht den Gravitationseinfluss der gezähmten Leere in Yrsha berücksichtigt, und so flog sie tatsächlich in die Unendlichkeit hinaus und …«

»… wurde von einem Kometen eingefangen, den wir hunderttausend Jahre später betraten. Das hat uns unser Schiff gekostet – und den Kometen.«

Jilbur zischte kurz.

»Keine Sorge, wir werden euch schon zurück in eure Heimat bringen – und wir haben sicherlich Waren von Wert für euch. Aber – ah, seht, das Essen kommt!«

* * *

»Das ist köstlich!«

In vielen Kulturen galt es als unhöflich, mit vollem Mund zu sprechen. Nun, natürlich nicht bei den Gulptar, wo es ein Zeichen des Lobes an die Küche war, die Nahrung möglichst sichtbar auf der Zunge zergehen zu lassen. Und dann noch einmal wiederzukäuen. Was den Hauptgrund dafür darstellte, warum sie selten zum Galadinner gebeten wurden und umgekehrt viele mittelnahe Verwandte zumindest verbal sterben mussten, um mit ihrem Begräbnis eine zuverlässige Ausrede zu erfinden, falls man von einem Gulptar eingeladen wurde.

Also schwieg Frank wieder und schluckte erst mal den Bissen dessen, was man am ehesten als Käse-Kräuter-Omelette bezeichnen konnte, sorgfältig herunter. Der Küchenchef der Gahar hatte sich sichtlich Mühe gegeben, mit durchschlagendem Erfolg.

Bettsy saß vor einem Teller gekühlter Suppe, in der nicht nur exotische Gemüsestücke, sondern auch zappelnde Larven schwammen, Geschöpfe ähnlich ihrer Lieblingsspeise. Sie war begeistert, ebenso wie Troshk, dem man einen ganzen Berg frischer Früchte aufgetischt hatte, begleitet von einer milchigen, vage nach Turak-Rose und Melbpfirsich riechenden Creme. Dilara hingegen ignorierte die kunstvoll geschnitzten Bestecke, die man ihnen gereicht hatte, und zerlegte mit bloßen Händen und ihren messerscharfen, spitzen Zähnen einen gebratenen Vogel, der innen noch blutig rosa war – genau so, wie sie es liebte.

Mit dem Fortschreiten des Mahles rückten die Gesprächsthemen von Gahar in Richtung des Protektorates, und die Gastgeber scheuten sich immer weniger, ihre Neugier offen zu zeigen.

»Wenn ihr euch alle verbündet habt, um die Menschen auszurotten – warum ist dann einer von ihnen euer Anführer?«

Dila ließ entsetzt einen knusprigen Flügel fallen.

»Anführer? Frank? Nein, bei den Großbäumen, er ist nur unser …«

169

»… Kommandant.«

Troshk beendete den Satz so wahrheitsgemäß und taktvoll wie möglich – nur, um sich einen Augenblick später wieder um Kopf und Kragen zu reden.

»Nominell hat er die Verantwortung, aber Anführer ist das falsche Wort. Mehr ein Erster unter Gleichen, wobei natürlich ein Mensch niemals gleich sein kann wie …«

Bettsy schluckte hastig eine der sich wehrenden Larven und klickerte auf.

»Wir haben sehr flache Hierarchien, sind mehr ein syndikal-anarchistisches Kollektiv als eine Befehlsstruktur. Und Menschen sind deswegen Teil unserer Gesellschaft, weil der Rat damals beschloss, dass kein Verbrechen einzelner oder vieler eines Volkes die Auslöschung aller seiner Individuen rechtfertigt. Wir gewährten Gnade.«

Troshk hustete demonstrativ.

»Auf unseren Vorschlag hin.«

»Unterstützt von den Toronk und meinem eigenen Volk. Warum auch immer, mich hat man ja nicht gefragt. Aber ja, Frank ist großteils ganz in Ordnung, ich zumindest vertraue ihm. Also, nicht seinen Fähigkeiten, auf keinen Fall seiner Intelligenz, aber seinem Charakter. Irgendwie.«

Das war das schönste Kompliment, das ihm Dilara jemals gemacht hatte, und keine darin versteckte Beleidigung konnte ihm das Grinsen aus dem Gesicht rauben.

Jilbur lehnte sich nach vorne.

»Ihr habt eine ziemlich kriegerische Tradition, und wenn ich mir eure Waffen so ansehe – nun, es würde mich nicht wundern, wenn ihr auch so etwas wie Yrsha in eurem Arsenal führt.«

Troshk stutzte, setzte zu einer Erwiderung an – dies war sein Fachgebiet, und nur ein vorsichtiges Anstupsen von Bettsy, eine Geste, die Frank gerade mal im Augenwinkel beobachten konnte, bremste ihn vorerst. Mahnte ihn zur Vorsicht.

»Ihr habt uns streng genommen abgeschossen, deswegen mussten wir mit Feinden vor dem Tor rechnen. Normalerweise sind wir weitaus friedlicher …«

Das war eine Lüge.

»… und außerdem technologisch Jahrhunderte, wenn nicht Jahrtausende hinter dem Stand von Yrsha.«

Das war die Wahrheit.

Shubura lehnte sich an ihren Befruchter, strich ihm kurz über den Rücken.

»Also fliegt ihr noch relativistisch?«

Bettsy klickerte amüsiert.

»Nein, seit Jahrtausenden nicht mehr. Also nicht nur. Wir stabilisieren natürlich vorkommende Wurmlöcher und nutzen sie als Abkürzung.«

»Aber ihr habt noch nicht herausgefunden, wie ihr sie selbst erschaffen könnt?«

»Nein, dazu haben wir erst einige wenige theoretische Ideen. Und wie ihr es geschafft habt, eine Quantensingularität zu zähmen, kann ich mir nicht einmal im Ansatz vorstellen.«

»Wie sieht es mit temporaler Raumzeitmanipulation und vierdimensionaler Faltung aus?«

Die Metallschmeckerin fauchte.

»Verboten! Seit dem Krieg gegen die Menschen sind alle diesbezüglichen Forschungen unter einem ähnlichen Bann wie ich-bewusste künstliche Intelligenz.«

Frank entging nicht, wie sich ihre Gastgeber bei diesen Worten entspannten. Waren sie gerade einem Verhör unterzogen worden? Gut möglich, und er konnte es ihnen nicht verdenken. Aber eine aggressive Macht vor ihrer Haustür schien nicht ihre Hauptsorge zu sein.

»Dann werden wir einige Vorbereitungen brauchen, um euch nach Hause zu bringen, ohne eure Kultur technologisch zu kontaminieren. Ich hoffe, ihr versteht, warum. Unsere Holografie- und Synthesetechnologie könnt ihr haben, ebenso die Sensorenvarianten, aber wir werden einen Sprungantrieb so modifizieren müssen, dass er sich nach einmaligem Benutzen selbst zerstört – und ihr werdet auf Reserve fliegen müssen. Es wäre unverantwortlich, euch mit der – wie nennt ihr es? – Quantensingularität heimkehren zu lassen.«

Das wäre es in der Tat gewesen. Bettsy klickerte betrübt, aber verständnisvoll, und sie alle kamen stumm zu dem gleichen Schluss – allein diese haptischen Hologramme waren ein Vermögen wert. Mehr als genug, um sich ein richtiges Großraumschiff zu kaufen.

Sie hatten ausgesorgt.

* * *

Frank schwankte durch den Korridor im Nebengebäude, wo ihnen die Gahar freundlicherweise Quartiere vorbereitet hatten. Auf einem fremden Planeten das Bier einer fremden Kultur zu kosten, war eine Sache. Sich gleich fünf Holzkrüge davon hinter die Binde zu kippen, eine ganz andere. Und dennoch – körperlich fühlte er sich wieder erstaunlich nüchtern. Es fiel ihm leicht, Dilara zu stützen, die dem Schnaps noch enthusiastischer zugesprochen hatte. Es fühlte sich an, als ob sein Kopf ihm befahl, betrunken zu sein, während sein Körper dem widersprach und eigentlich lieber einen Spaziergang durch die nächtliche Hauptstadt der Gahar machen wollte.

Das kam nicht infrage – zum einen war er sich nicht sicher, ob er dafür eine Art Genehmigung der Gastgeber brauchte, zum anderen wollte er nicht von seinen Gefährten getrennt sein.

Troshk und Bettsy stupsten sich gegenseitig an, torkelten, tauschten Witze und Anekdoten aus, teilweise im schrillen Creesh, manchmal sogar in brummendem Borsht. Normalerweise hasste Frank es, wenn sie das taten, ihn als einzigen aus ihren Gesprächen ausschlossen. Wiederholt hatte er versucht, sich mehr Fremdsprachen anzueignen.

Talash und das vereinfachte Standardenglisch – also quasi eine verdummte Version einer Sprache, die ohnehin schon Kleinkindniveau aufwies – waren ihm in die Wiege gelegt worden. Kantonesisch war ihm zu hoch gewesen, und Deutsch hatte ihn, zumindest was alte Erdensprachen betraf, aus der Bahn geworden.

Welches barbarische Volk holte schon ätherische, farbenfroh schillernde Falter mit dem metallverbiegenden Kampfschrei *»SCHMET-TERLING!«* vom Himmel? Oder wählte gar *»Betäubungsmittelverschreibungsverordnung«* als Namen für den eigenen Nachwuchs, wie es in zahlreichen Quellen behauptet wurde? Wer zu solchen Verbrechen fähig war, trug zweifellos auch die Unterwäsche gelegentlich auf dem Kopf, goss Soße (*»TUNKE!«*) über panierte Fleischplatten und perfekt knusprig gebratene Gemüsestücke.

Was hingegen die Ratssprachen betraf – nun, er hatte ein reichhaltiges Sammelsurium speziestischer Beleidigungen eingebläut bekommen, meist auf die harte Tour, von Fäusten begleitet. Er konnte *Scheißmensch* in exakt zehn Zungen sinngemäß wiedergeben, was erstaunlicherweise dieselbe Anzahl von nichthumanen Sprachen darstellte, in denen er in der Lage war, um Gnade zu flehen oder auf Unschuld zu plädieren.

Warum er zusätzlich noch immer heimlich Tarjah lernte?

Nun, dies lag natürlich ausschließlich daran, dass es aufgrund seiner Ähnlichkeit mit Talash zumindest *schaffbar* erschien und hatte rein gar nichts damit zu tun, einer gewissen Astrotelepathin imponieren zu wollen.

»Ich hoffe, die Räume sind nach eurem Geschmack. Wir haben uns bemüht, euren Körperbau und eure soziologischen Verbindungen so gut wie möglich zu berücksichtigen. Troshk und Betshrachthora, dies ist für euch.«

Die mit edlen Schnitzereien verzierte Holztür öffnete sich lautlos, glitt auseinander und verschwand in der türkis schimmernden Wand des Korridors. Ein warmes gelbliches Licht drang aus dem Raum, intensiver als die Beleuchtung des Flures hinter ihnen, aber subtil genug, um Details erkennen zu können.

Bei den Monden von Grarosh, die Gahar hatten sich ins Zeug gelegt. Das war kein Raum, das war ein Apartment, mindestens achtmal so groß wie sein eigenes in der Splitterstadt! Die rechte Seite wurde von einem Bottich dominiert, etwa drei Meter im Durchmesser, mit Eiswasser gefüllt. Daneben schaukelte auf einem robusten Metallgerüst eine Hängematte, in der zahlreiche Felle aufeinandergestapelt lagen. Ein Stück Heimat für den Sturmkommandanten, der sich ein ebenso erstauntes wie beeindrucktes »Oh!« nicht verkneifen konnte.

Zur Linken befand sich ein in den Boden eingelassenes Becken, noch größer als der Bottich, mit feinstem Sand gefüllt. Ein Paradies für die Metallschmeckerin, die begeistert nach vorne huschte, ihre schwere

Tasche auf die Ablage von etwas warf, das nach Küche aussah, und sich in den Sand eingrub, bis nur mehr der Hinterkopf und wohlig klickernde Mandibeln herausragten.

Troshk schritt langsamer in den fensterlosen Raum, blickte sich mit einem anerkennenden Nicken um und legte Waffengurt und Sturmflinte, Ehrenschärpe und Magazinholster sorgfältig ab, ehe er sich in das Eiswasser gleiten ließ. Er grunzte vor Wonne, und die Tür schloss sich vor Franks Nase.

»Hey, Moment, heißt das etwa, ich muss mir mit Frank ein Zimmer teilen? Wie kommt ihr auf diese Idee?«

Der aggressive Tonfall ließ Jilbur unbewusst einen Schritt zurückweichen und beschwörend die Hände heben.

»Ihr gehört ja beinahe zur gleichen Spezies und …«

Wie von selbst flogen die rituellen Klingen aus ihren Scheiden, vibrierten nun in Dilas Händen mit den Ohrenspitzen um die Wette.

»WAS hast du gerade gesagt?«

Der Gahar schluckte.

»Außerdem haben wir eure Körpersprache analysiert und sind zu dem Schluss gekommen, dass dieses Arrangement – ich meine, wenn ihr das nicht wollt, können wir natürlich umdisponieren und …«

Dilara schnaubte, schob die Klingen zurück und warf Frank einen fragenden Blick zu. Er bemühte sich, so gleichgültig wie nur möglich mit einer Schulter zu zucken, kein Anzeichen von Freude zu zeigen. Ein schwieriges Unterfangen.

Schließlich schüttelte die Astrotelepathin den Kopf.

»Nein, schon gut, wird ja hoffentlich nur für ein paar Tage sein. Ich bin gespannt, wie ihr einen Raum hinbekommen habt, der sowohl Menschen als auch mir behagt.«

* * *

»Frank, ich nehme alles zurück und behaupte das Gegenteil. Das ist der Wahnsinn!«

Sie bekamen nur am Rande mit, wie sie Jilbur – wahrscheinlich zufrieden lächelnd – verließ, die Tür hinter ihnen wieder zuglitt. Immer noch staunend standen sie Seite an Seite in dem Raum, der vielleicht in der Grundfläche kleiner, aber dafür doppelt so hoch war.

Musste er auch sein.

Denn in seiner Mitte, mehr als fünf Meter emporragend, stand ein Baum.

Keine Reproduktion, keiner dieser Mini-Bäume, die man Touristen in der Osakastraße des Menschenviertels zusammen mit fragwürdigen animierten Heftchen voll leicht bekleideter Schulmädchen und viel zu vielen Tentakeln andrehte, sondern ein waschechter Laubbaum mit ausladender Krone. Die Blätter säuselten sanft im Wind des archaisch wirkenden Ventilators, der sich unter der mit mystischen Glyphen verzierten Holzdecke befand, und zarte Blüten verbreiteten ein angenehmes, frisches Aroma. Eine dicke, ebenso flauschig wie behaglich aussehende Decke hing von einem der unteren Äste.

Vorsichtig ging Dilara auf den Baum zu, streichelte mit der Hand über die Rinde, sog den Duft tief in ihre Lungen. Ihre Ohren flappten langsam auf und ab, und als sie sich zu Frank umdrehte, glänzten ihre Augen verräterisch.

»Das – das ist wie zu Hause im Großbaum meiner Familie. Von mir aus kannst du das Bett haben!«

In der Tat. An der linken Wand stand ein Doppelbett, eine sehr einfache Ausführung ohne Aufbauten oder Nachtkästchen, aber dafür mit einer mehr als zehn Zentimeter dicken Auflage jenes Materials gepolstert, das die Sitze Yrshas so herrlich bequem gemacht hatte.

Ein guter Deal. Er platzierte seine Habseligkeiten auf dem Bett, zog die Stiefel aus und ging zu der Anrichte auf der gegenüberliegenden Wand, aus der zwei kunstvoll geschnitzte Platten ragten, in ihrer Mitte ein aus Glas gefertigtes Waschbecken. Der massive, geschmiedete Wasserhahn erinnerte ihn daran, wie durstig er sich fühlte. Tiefenentspannt füllte er die beiden Holzkrüge, reichte einen davon an Dilara weiter.

»Das Essen muss ziemlich salzig gewesen sein, ich könnte drei davon saufen.«

Die Astrotelepathin stutzte – und nickte dann schließlich.

»Du hast recht. Mein Wasserbedarf ist um einiges geringer als deiner, aber selbst ich kann einen Schluck gut brauchen. Vor allem nach dem, was wir heute gebechert haben.«

Was du gebechert hast.

Frank dachte die Worte nur, verkniff sich die spitzzüngige Bemerkung und leerte seinen eigenen Krug, ehe er ihn zurückbrachte und sich aufs Bett warf.

Es war *herrlich*, hieß ihn in all seiner Anpassungsfähigkeit und Wärme willkommen. Müdigkeit schlich sich nicht auf leisen Sohlen heran, sondern trampelte wie ein Stoßtrupp Borsht über ihn hinweg. Nur die Stimme Dilaras war es wert, sich noch nicht ins Reich der Träume zu verabschieden.

»Vielleicht haben die Gahar mit ihrem ganzen *Zurück zur Natur*-Schmonzes ja recht.«

Er öffnete die Augen, starrte an die Decke, auf der die epische, tragische, letztendlich versöhnliche Geschichte des Volkes eingeritzt war – oder auch nur ein Kochrezept.

»Wie meinst du das?«

»Sie haben massiven Scheiß gebaut wie jede Zivilisation, die auf selbstreplizierende Technologie setzt, aber letztendlich haben sie bereitwillig die Konsequenzen getragen. Das Unheil gestoppt, ihre ganze Gesellschaft reformiert, sich gesund geschrumpft – vor allem aber weiterentwickelt, auch ohne Hochtechnologie. Ich habe kein einziges Mal Wut, Hass oder Gier gespürt – all das begegnet mir überall anders auf Schritt und Tritt.«

Frank verzog das Gesicht.

»Nicht mit mir. Oder Troshk und Bettsy.«

Eine kurze Pause.

»Nein, das nicht. Aber ihr seid auch meine Kollegen, meine Schiffskameraden. Ich meine, wenn ich durch die Straßen der Splitterstadt gehe oder in irgendeine Raumkneipe stolpere oder – ach, ich weiß nicht, vielleicht beneide ich die Gahar ja einfach nur.«

Das klang so gar nicht nach der Dila, die er kannte, und langsam begann Frank, sich Sorgen zu machen.

»Warum denn das?«

»Weil sie eine destruktive Natur ablegen konnten. Und nicht ge-

176

zwungenermaßen wie ihr Menschen oder wie – Frank, als ich ein kleines Kind war, starb meine Urgroßmutter. Meine Tarjah-Urgroßmutter, um genau zu sein. Wir alle versammelten uns in ihrem Baum, um die Besitztümer aufzuteilen, ihr Andenken in der Familie weiterzutragen. Und weißt du, was wir fanden?«

Frank schüttelte den Kopf, realisierte einen Augenblick später, dass sie vielleicht ebenso wenig den Blick auf ihm hatte wie er auf ihr.

»Nein, was denn?«

»Ein Borshtfell. Natürlich ein antikes, mehr als dreitausend Jahre alt, aber bestens erhalten, sorgfältig konserviert und vor allem bei ihr immer noch in Gebrauch gewesen. Irgendeine meiner Vorfahrinnen war bei den Raubzügen dabei gewesen, hatte Troshks Urahnen gejagt, gefressen und aufgeschlitzt. Meine Zähne, offenbar war sie noch stolz genug darauf gewesen, um sich Trophäen mit nach Hause zu nehmen.«

Frank schluckte. Es war eine Sache, von den einstigen Überfällen der ursprünglich blutrünstigen Baumsegler auf ihre Nachbarn zu lesen, eine andere, seine Navigatorin mit diesem Erbe hadern zu sehen.

»Ja, aber das *warst* nicht du, und das *bist* auch nicht du. Dila, du hast das alles hinter dir gelassen, egal ob mit oder ohne menschlichem Erbe. Troshk ist dein Freund, er würde sich jederzeit für dich eine Laserverbrennung einfangen.«

Und ich mir eine Nukleargranate, fügte er in Gedanken hinzu.

Ihr Schnauben war so laut, dass es die Blätter um sie herum zum Rascheln brachte.

»Das weiß ich doch, Frank, und umgekehrt ist es wahrscheinlich genauso. Aber die Wut und der Zorn sind immer noch da, bei mir vielleicht stärker als bei den meisten meines Volkes. Die Gahar haben ihre Vergangenheit wirklich hinter sich gelassen – wir nicht und ich schon gar nicht. Als Kind – du kannst dir nicht vorstellen, wie es ist, auf Tarjah als *Flugunfähige* aufzuwachsen.«

Sie hatte in einem Punkt recht – er konnte es sich nicht vorstellen. Aber er war kurz in ihrem Kopf gewesen, mit ihren Gedanken, Gefühlen und Erinnerungen verbunden. Einige Erinnerungen daran waren noch vorhanden, flüchtige Schemen und Bilder – aber deutlich genug. Er musste sich nichts *vorstellen*, er hatte es *erlebt*. Und dennoch ließ er sie weiterreden, spürte instinktiv, wie wichtig es für sie war, ihre Gedanken auszusprechen – und zu wissen, dass er zuhörte.

»Ich gehörte nie dazu, war immer die Erste, die gehänselt und gequält, aus der Gruppe gemobbt oder verprügelt wurde. Das hat mich hart gemacht, Frank, und vielleicht auch grausam. Selbst nach dem Test, als ich bewiesen hatte, dass meine Gabe stärker war als die von neunzig Prozent aller reinrassigen Tarjah, wurde ich immer noch als Außenseiterin behandelt, wenn auch als nützliche. Deswegen habe ich mein Zuhause verlassen, deswegen bin ich seit Jahrzehnten nicht mehr im Großbaum meiner Familie gewesen, und deswegen bin ich, wie ich bin. Immer auf der Suche nach dem bestbezahlten Job, damit ich nachher umso mehr Geld zum Versaufen habe, immer auf der Jagd nach dem nächsten Rausch, der nächsten Rauferei, dem nächsten Fick.«

Nein, bist du nicht, zumindest nicht auf der Suche nach dem bestbezahlten Job – sonst hättest du nie das Konsortium verlassen und dich mir angeschlossen.

Natürlich sagte er das nicht laut, aber der Gedanke war so offensichtlich, dass es nicht notwendig war. Und Frank wollte Dila nicht widersprechen, ihr auch keine neunmalkluge Lösung eines Problems anbieten, das sie gar nicht als solches geschildert hatte. Er wollte ihr vermitteln, dass er mit ihr fühlte, sie nur zu gut verstand.

»Selbst wenn Yrsha mich nicht so genannt hätte – Dilara, du weißt, dass ich ungewollt war. Das Kind eines Betrügers, der gefälschte NHS-Zertifikate verkaufte oder jenen in Aussicht stellte, die mit ihm ins Bett stiegen, und einer Minenarbeiterin, verzweifelt genug, ihm zu glauben. Als ich vier war – oder vielleicht auch nur drei, ich weiß es nicht so genau – wollte mich meine Mutter an einen Gulptar verkaufen. Als Haustier. Nicht, weil sie mich nicht geliebt hatte – im Gegenteil! – sondern weil sie sich sicher war, dass ich damit ein besseres Leben als bei ihr haben würde. Und weißt du, was das Traurige ist? Sie hatte wahrscheinlich recht. Ich bin mit zwölf in die Minen gestiegen, habe mit fünfzehn meine erste Lungenwäsche gebraucht.«

Er schloss die Augen, holte tief Luft und wie zum Beweis seiner Worte war dabei ein röchelnder Laut zu hören.

»Und nur, weil mein beschissener Erzeuger im Suff mit der falschen

Creesh ins Bett gestiegen war und gefressen wurde, kam ich in die Minenflotte. Als Mensch, wohlgemerkt. Dilara, wir waren die Arschlöcher der Galaxie, wir wurden beinahe ausgerottet, und das vollkommen zu Recht. Ich trage dieses Erbe unverdünnt in mir, gewürzt mit einer beschissenen Kindheit.«

Wieder ein Atemzug, wieder dieses knarzende und rasselnde Geräusch, das diesmal sogar als Echo zurückkkam.

»Und trotzdem bin ich hier, war beim ersten Neukontakt mit einer Zivilisation seit mehr als fünfhundert Jahren dabei, habe mit dir im Verbund ein Raumschiff der Altvorderen gesteuert und werde gemeinsam mit euch allen reich zurückkehren. *Gemeinsam,* Dila, das ist der springende Punkt. Es ist mir scheißegal, welche Verbrechen meine Vorfahren begingen, weil es nicht meine sind. Ich kann nur beweisen, dass ich anders und besser bin, und der beste Beweis für mich ist meine Freundschaft mit euch. Ihr seid mir wichtiger als mein Kontostand, wichtiger als meine Karriere, wichtiger als meine Zukunft.«

Diesmal war das Röcheln auch zu hören, wenn er nicht atmete. Seltsam, aber keine Zeit, sich darauf zu konzentrieren, nicht jetzt, nicht vor den vielleicht wichtigsten Worten seines Lebens.

»Ich mag euch sehr. Bettsy, die mich immer wieder ein klein wenig bemuttert. Troshk, der glaubt, dass ich ständig seinen Schutz benötige, vor allem vor mir selbst. Und dich, mit all deinen Beleidigungen, deinem Zynismus, deinem Jähzorn – ja, auch dich. Nein, ganz besonders dich.«

Er biss sich auf die Zunge, als die Worte noch im Raum verklangen. Hatte er sich verplappert? Sich selbst und vor allem Dila etwas eingestanden, das ihm unbewusst schon lange auf der Seele lag?

Keine Antwort.

Betretenes Schweigen, das bei ihm einen Schweißausbruch auslöste, eine Stille, nur von dem Röcheln unterbrochen …

Nein, das war kein *Röcheln.*

Ruckartig richtete er sich auf, blickte in Richtung des Baumes – und grinste. Dila hing an den Kniekehlen von einem der unteren Äste, Oberkörper und Kopf schwangen sanft hin und her. Die Decke war verrutscht, zerknüllt an ihrer Seite. Ihre Ohrenspitzen, schlaff herunterhängend, ruhten einen Meter über dem Boden, ihr traditioneller Haarschopf berührte diesen fast. Von der Oberlippe floss ein dünner Sabberstrom die Wangen entlang zur Stirn, tropfte von dort in eine sich unter Dila bildenden Lache. Ihr Mund stand offen, die Raubtierzahnreihen entblößt, ebenso wie die Nasenflügel zitternd unter dem lauten Schnarchen, das sie von sich gab.

Mit anderen Worten, sie war wunderschön.

Lächelnd raffte sich Frank auf, ging zu dem Baum und deckte die Astrotelepathin wieder zu, ehe er sich zurück ins Bett begab – und innerhalb von Sekunden einschlief.

* * *

Frank feuert, als gäbe es kein Morgen, als könnte Troshks Sturmflinte in seinen Händen nicht überhitzen, ihn in einer hässlichen Detonation in Stücke reißen. Es ist ihm egal, denn er allein kann seine Freunde retten.

Und ganz besonders Dila.

Salve um Salve jagt er den Schemen entgegen, die seine Crew verfolgen, sich von grauen Maschinen in Gahar in silbrige, beinahe flüssig amorphe Kreaturen und dann wieder in Schatten verwandeln.

Er steht am Rand, an der Seite eines gewaltigen Lavafeldes, Freunde und Feinde laufen an ihm vorbei, über geschmolzenes Gestein hinweg, das beide gleichermaßen verbrennen, verdampfen müsste.

Tut es aber nicht.

Es verursacht Schmerzen, lässt Troshk aufjaulen und Bettsy fauchen, während Dilas Brüllen sich mit dem verzweifelten Flattern ihrer Ohren vermischt, die versuchen, Höhe zu gewinnen, ihre Besitzerin dem todbringenden Boden zu entreißen. Vergeblich.

Immer näher kommen die Verfolger an seine Freunde heran, ignorieren die Schüsse, ignorieren die Treffer, ignorieren Frank selbst. Er schießt, er ruft, er versucht alles, um sie abzulenken, ihre Aufmerksamkeit auf sich zu ziehen.

Umsonst.

Die Schemen verwandeln sich selbst in Lava, wandelnde, laufende,

180

hetzende Gestalten aus flüssigem Gestein – und beschleunigen noch mehr!

Frank kann das verbrannte Fleisch von Dilaras Fußsohlen, das schmorende Chitin Bettsys und das kokelnde Fell Troshks riechen, als er in seiner Verzweiflung die Sturmflinte von dannen wirft. Wie aus dem Nichts erscheint der *Liquidor* in seiner Hand.

Ist er die ganze Zeit auf seinem Rücken gewesen?

Hat er ihn instinktiv gezogen?

Egal.

Frank pumpt, und Frank schießt.

Der Wasserstrahl wird zu einer Sturmflut, einer gigantischen Welle, die sich auf die Kreaturen zu wälzt, unter sich Dampfwolken entstehen lässt.

Nebel zieht auf.

Kaltes Wasser trifft auf sich gegen alle Gesetze der Natur bewegende Lava, kühlt sie ungleichmäßig ab.

Spannungen werden zu Rissen, Risse werden zu Sprüngen. Durch die Schwaden des Dampfes sieht er seine Gefährten taumeln, stürzen, zerbrechen, teils starr liegen bleiben, teils Teile von ihnen in der Lava versinken. Hastig ruft er seinen Freunden zu, schießt ihnen einen weiteren Schwall Wasser entgegen, erschafft einen Korridor, über den sie fliehen können. Erleichtert taumeln sie auf ihn zu, verwundet, versengt, aber lebendig.

Frank breitet die Arme aus, weiß, dass Dilara in die seinen fallen wird, blickt tief in ihre näherkommenden großen Augen – und prallt entsetzt zurück. Haut schält sich vom Gesicht und Kopf der Astrotelepathin, Fetzen fliegen davon, nehmen ihren Haarschopf mit sich.

Sie löst sich auf – ebenso wie Troshk und Bettsy. Muskeln werden freigelegt, von einem unfühlbaren Wind abgetragen. Skelette bleiben zurück, die zu Staub zerfallen, während die Metallschmeckerin ohne ihr Chitin nur mehr eine dampfende Pfütze auf dem Boden bildet. Frank schreit in Agonie und Terror.

* * *

Schweißgebadet wachte er auf, mit einer am Gaumen klebenden Zunge, pochenden Kopfschmerzen und quälendem Durst. Hastig sprang er aus dem Bett, eilte auf den Baum zu – und blieb stehen.

Beruhigt und erleichtert.

Denn Dilara hing immer noch dort vom Ast, schaukelte tief im Schlaf der Gerechten versunken vor und zurück. Das Schnarchen war leiser geworden, dafür verrieten die hektisch zuckenden Ohren, dass sie sich offenbar in einer Traumphase befand.

Auf Zehenspitzen schlich sich Frank zum Wasserhahn, ließ betont langsam und damit leise einen Krug nach dem anderen ein, trank drei davon auf ex und einen weiteren zur Hälfte. Der Durst wurde weniger, verschwand aber nicht vollständig.

Die Kopfschmerzen blieben. Er klopfte die Taschen seines Pilotensuits ab in der verzweifelten Hoffnung, einen Neurostimulator oder zumindest Schmerztabletten zu finden.

Vergeblich.

Ein leichter Schwindel befiel ihn, als er versuchte, sich zu konzentrieren. Er taumelte mehr, als er ging, und doch musste er hinaus, musste Bettsy aus ihrem Schlaf reißen. Oder zumindest ihre unendliche Tasche durchwühlen.

Er verkniff sich ein Stöhnen, schlich durch die sich automatisch öffnende Tür hinaus – und blinzelte. Alles wirkte unwirklich, surreal, als er sich zwang, einen Schritt nach dem anderen zu setzen, möglichst gerade, eine Handfläche an der Wand zur Stütze. So schaffte er es auch zum Zimmer seiner Kollegen. Die Tür zögerte kurz, öffnete sich dann doch – und er schlüpfte hinein.

Das Licht war gedämpft worden, nur ein schwacher, gelblicher Schein, und doch reichte es aus, um eine Szene des Grauens zu beleuchten, so bizarr und schockierend, dass sie seine Kopfschmerzen auf einen Schlag auslöschte.

Bettsy hatte Troshk in ihre Grube gezerrt und war gerade dabei, ihn *aufzufressen*.

Frank hielt den Atem an. Natürlich wusste er über die Traditionen der Creesh Bescheid, *wer wenn nicht er*, aber Bettsy und Troshk – das war etwas anderes. Nicht nur, weil sie einen Kameraden verspeiste, nicht nur, weil er einen Freund verlor. Die Metallschmeckerin hatte mehr als einmal erklärt, dass sie seit dem Moment, in dem sie als Hundertdreiundzwanzigste aus der Brutkammer entstiegen war, diesen speziellen Traditionen entsagte.

Nun, offenbar waren Trieb und Hunger stärker gewesen. Der Körper des Sturmkommandanten lag auf dem Rücken, teilweise im feinen Sand versunken, die Metallschmeckerin auf ihm, den Kopf über seiner Hüfte, Mandibeln und Maul tief in sein Fell …

… oh.

Franks Blick glitt die beiden Körper entlang, hin zu Troshks Kopf, der sich bewegte, überaus lebendig wirkte. Mit beiden Pranken hielt er Bettsys zuckenden Hinterleib fest, seine Schnauze tief darin vergraben.

OH!

Schmatzende, schlürfende Geräusche, begleitet vom ekstatischen Hissen der Metallschmeckerin, das nur dann verstummte, wenn sie mit dem Kopf noch tiefer ging, zwischen den Beinen des Borsht aktiver wurde – und ihm ein brummendes Stöhnen entlockte.

Frank schluckte, wagte vorsichtig einen Schritt zurück, dann noch einen, bis sich die Tür wieder öffnete. Mit angehaltenem Atem schlüpfte er in den Gang hinaus und machte sich auf den Weg zu seinem Zimmer. Dilara schnarchte weiterhin friedlich vor sich hin, doch diesmal hatte Frank keine Augen für sie. Nein, er rollte sich zitternd auf dem Bett zusammen und versuchte ebenso verzweifelt wie vergeblich, das Gesehene aus seinen Erinnerungen zu löschen.

* * *

»Frank, du siehst aus, als hättest du einen Geist gesehen – und ziemlich scheiße obendrein. Also, noch mehr scheiße als normal.«

Dilaras Melancholie und Nachdenklichkeit des Vorabends war spurlos verschwunden, sie war wieder in der Rolle der kleinen, boshaften Zynikerin gefangen. Frank wusste nun, dass dies teilweise Show war, etwas, dass er ohnehin schon länger vermutet hatte – aber er hatte andere Sorgen, und sie zweifellos recht. Der quälende Durst war ebenso zurück wie die Kopfschmerzen, tückisch zwischen den Schläfen pochend.

»Dir auch einen wunderschönen guten Morgen.«

Seine Stimme war heiser, mehr ein Krächzen denn klare Worte, als er zum Becken taumelte und zwei weitere Krüge des rettenden kalten Nasses in sich hineinschüttete. Es brachte ihm ein wenig Linderung, verbesserte seinen Zustand zumindest soweit, dass die Erinnerung an das namenlose Grauen zurückkam.

Nein, damit war nicht sein Albtraum gemeint.

»Hast du gewusst, dass Troshk und Bettsy miteinander …«

Er zögerte, suchte nach den richtigen Worten, auch wenn diese angesichts von Dilaras wissendem Grinsen gar nicht mehr notwendig waren.

»… in die Sandkiste steigen? Oder in einen dunklen Maschinenraum beziehungsweise das Munitionsdepot? Klar, Frank, wusste ich, wie fast jeder an Bord der *Brashatar*, wo sie damit anfingen. Die Kunst ist, so zu tun, als ob du es nicht weißt, sie im Glauben zu lassen, dass ihre Bemühungen um Diskretion erfolgreich sind. Jetzt weiß ich, warum du so gut darin warst – du hattest wirklich keine Ahnung?«

Frank schüttelte den Kopf.

»Nein, ehrlich nicht. Ich meine, wie kann das anatomisch überhaupt funktionieren?«

Dila zwinkerte ihm verschwörerisch zu.

»Wo genug Lust, findet sich immer ein Weg. Jede orgasmusfähige Spezies wird überaus kreativ, wenn es DARUM geht.«

Sie zögerte kurz, und das Amüsement ihres Blickes verwandelte sich in Neugier.

»Wo wir dabei sind – was hat es mit der *Socke* auf sich?«

Frank blinzelte verwirrt.

»Socke?«

»Als wir verbunden waren, habe ich Hunderte Bilder, kurze Erinnerungsfetzen von dir gesehen. Die meisten waren langweilig, deprimierend oder beides. Aber das mit der Socke – ich verstehe es nicht. Du hast in deinem Quartier Saugschwämme, Taschentücher, sogar dieses komische Klopapier, auf das ihr Menschen schwört. Warum also verwendest du eine Socke? Ist das etwas Rituelles?«

Blut schoss in Franks Wangen, als er realisierte, wovon sie sprach, und er rang nach einer Antwort, während Dila ihren Haarschopf zur Seite gleiten ließ.

»Und warum hat die Socke einen *Namen*? Wer bei den Monden von Grarosh ist *Sascha Grau*?«

Frank schluckte.

»Erkläre ich dir irgendwann später, ich brauche dringend Bettsys Hilfe. Oder zumindest ein Medpack. Dila, du hast recht, mir geht es echt scheiße.«

Offenbar sah er wirklich bemitleidenswert aus, denn sie ließ es darauf beruhen, bohrte nicht weiter nach. Echte Sorge um ihn spiegelte sich in den großen Kulleraugen wider, und sie stützte ihn bei dem Gang zu ihren Kollegen. Von den Gahar war keine Spur zu sehen – augenscheinlich ließen sie ihnen ihre Privatsphäre.

Das war auch besser so, selbst wenn bei der Metallschmeckerin und ihrem heimlichen Liebhaber dies zumindest im Moment nicht notwendig erschien. Sie waren offenbar schon länger auf den Beinen (und Beinpaaren), gerüstet und bereit für den Abmarsch.

»Guten Morgen, Leute! Hoffen wir mal, dass deren Frühstück so reichhaltig ist wie das Abendessen. Ich habe Hunger!«

Zur Bekräftigung klopfte sich Troshk bestens gelaunt auf das Bauchfell, und tatsächlich, es klang irgendwie hohl.

Dilara wird gleich sagen, so wie dein Kopf.

Frank stutzte. Hunger? Tatsächlich, nun spürte er ebenfalls ein nagendes Gefühl in der Magengrube. Danke, Sturmkommandant, zu den pochenden Kopfschmerzen und dem wiederkehrenden Durst kam jetzt auch noch DAS hinzu.

»Bettsy, ich brauche einen Neurostim oder was auch immer wir in den Medpacks haben. Außerdem den Scanner für …«

Seine Stimme versagte ebenso wie seine Beine, als er einen weiteren Schritt in den Raum machte, in Richtung der Metallschmeckerin. Sein Sichtfeld verengte sich, sein Hals schnürte sich zu. Dunkelheit glitt von den Seiten herein, und er kippte nach vorne.

* * *

»Scheiße, Frank, wir haben uns echt Sorgen gemacht.«

Das glaubte er Dilara, die seinen Kopf festhielt, aufs Wort. Bettsy fuhr den Medscan seine Stirn entlang, schwenkte damit hin und her, während Troshk besorgt hinter ihr emporragte.

»Wie lange war ich weg?«

Die Metallschmeckerin wippte beruhigend mit den Fühlern.

»Nur ein paar Sekunden, aber die Art und Weise, wie du aus den Latschen gekippt bist – ich weiß nicht. Du hast gestern weniger gesoffen als Troshk und weitaus weniger als Dila.«

Die Astrotelepathin nickte.

»Ehrlich gesagt habe ich mich schon beim Schlafengehen wieder nüchtern gefühlt. Und ich spüre nicht einmal den Ansatz eines Katers.«

»Frank auch nicht. Zumindest hat er keine Abbauprodukte in der Leber. Dafür sind seine anderen Werte …«

Sie stutzte, klickerte kurz misstrauisch. Es war erstaunlich, wie viele Gefühlsregungen man aus dem Ton ihrer Mandibeln ablesen konnte. Selbst in seiner Benommenheit konnte Frank spüren, dass es diesmal beinahe *Paranoia* war.

»Kleiner, wann hast du das letzte Mal etwas gegessen?«

Eine dumme Frage.

»Gestern natürlich, mit euch gemeinsam.«

»Ja, klar. Ich meine davor, also vor unserer Ankunft hier? Und wie viel Flüssigkeit hast du zu dir genommen?«

»Den Kaffee, zwei Gläser Wasser auf der Brücke. Warum?«

Bettsy blickte sich vorsichtig um, deutete mit einem der Fühler in Richtung Troshk. Ein stummes Signal, das nur dieser zu lesen wusste. Langsam glitt seine Pranke zu der Waffe an seiner Seite, während Bettsy Frank auf die Beine half und nach seiner Hand griff. Vorsichtig fuhr sie ihre Klauen unter dem Chitinpanzer aus, kniff beinahe zärtlich in seinen Handrücken, hob die Haut dort an.

Ihre Mandibeln versteiften sich, bemühten sich krampfhaft, keine unbewusste Reaktion zu zeigen.

»Ah, alles okay, das bekommen wir wieder hin. Hier, mein Junge, zieh dir das rein, die gute Medizin des Konsortiums.«

Geschickt fischte sie mit ihrer Vieracht eine Tüte mit angeklebtem

Strohhalm hervor und reichte sie an Frank weiter, ehe sie in ihrer an der Seite herabhängenden Tasche nach etwas anderem wühlte. Verdattert starrte Frank auf das Päckchen..

Es war Wasser, keine *Medizin*, und nicht vom Konsortium, sondern von der Gulptar-Hochlandquellen-Gesellschaft. Ein Premium-Produkt. *Keine Parasiten! Keine Retroviren! Wenn Sie an unserem Wasser sterben, können Sie uns verklagen – garantiert!*

Es schmeckte köstlich.

Plötzlich verstand er, was vor sich ging, hatte zumindest eine Ahnung, was die Metallschmeckerin von ihm erwartete. Vor allem, seine Klappe zu halten und das Wasser zu schlürfen. Ein Wink, den Troshk nicht ganz mitbekommen hatte.

»Bettsy, das ist doch nur …«

Sie fuhr herum, mit einer derartigen Aggressivität, dass Frank befürchtete, sie könnte den Sturmkommandanten nun tatsächlich fressen. Ihre Klaue, aus der Tasche gerissen, hielt eine kleine runde Kapsel, und sie wirkte furchterregend.

Bedrohlich.

»Kein Wort mehr, verstanden!«

Sie schaffte es, gleichzeitig zu schreien und zu flüstern.

Und doch war es zu laut.

Oder zu spät.

Vielleicht sogar beides.

Der Raum füllte sich mit Gahar, mehreren Dutzend von ihnen, Jilbur und Shubura an der Spitze. Nein, sie kamen weder durch die Tür noch durch versteckte Öffnungen an Wänden, Boden oder Decke – sie waren einfach da, umzingelten ihre Besucher.

Gesichter, die noch am Vortag Neugier und Faszination projiziert hatten, verwandelten sich in entschlossene, grimmige Fratzen. Die Sprecherin und ihr Befruchter erhoben die kleinen, beinahe zierlichen Hände – doch die Klauen darin *mutierten*. Veränderten sich, zogen sich in die Länge, wurden zu meterlangen, messerscharfen Klingen – und stießen nach vorne, immer noch wachsend, immer noch beschleunigend.

Keine Chance auszuweichen, keine Zeit, sich zu ducken.

Mit einer überraschenden Klarheit realisiert Frank, dass ihr Ende gekommen ist.

Nur noch ein Wimpernschlag, ein Sekundenbruchteil, und sie werden aufgespießt wie einst der *SCHMETTERLING!* von grausamen Sammlern.

Die erste Klingenspitze ist einen halben Meter von Troshk entfernt, vielleicht eineinhalb von ihm selbst, und …

… Bettsy zündet ihre EMP.

Ein kurzer Lichtblitz, ein Stich in seinem Gehirn, und die Realität vor Franks Augen bricht, wird grausam entzweigerissen und neu zusammengesetzt.

Realität?

Nein, es ist die Illusion, die stirbt.

Im Umkreis von mehr als fünfhundert Metern verschwindet alles. Löst sich Existenz auf, wird Sein negiert.

Die Wände, die Möbel, das Gebäude, die Stadt, die sie umgibt, und vor allem die Gahar selbst.

An ihre Stelle tritt eine Ödnis, ein Ort der absoluten Verwüstung, von den Pflanzen und Tieren des in der Ferne präsenten Waldes gemieden.

Oder gesäubert.

Eine teils verbrannte, teils verwitterte Kraterlandschaft mit breiten Rissen und Furchen, Abgründen, die Dutzende, vielleicht Hunderte Meter tief in das Erdreich führen.

Zerfallene Reste von einstigen tatsächlichen Gebäuden und Straßen, Schlackehaufen und Metallfetzen, unbekannte Polymere, resistent gegen den Zahn der Zeit.

Ausgehöhlte, kaum noch als solche erkennbare Skelette von bizarren Wägen und Fluggeräten, tief in braunschwarzer kränklicher Erde versunken.

Keine Ratten am Boden, keine Vögel am Himmel, kein Zeichen von Leben.

Oder Zivilisation.

Und doch – vereinzelt ragen auf Haufen neben den furchterregenden Abgründen windschiefe Türme empor, die nicht *vollkommen* leblos wirken.

Äonenalte Masten mit wackeligen Emittern an ihrer Spitze, angeschlossen an Kabelgewirr, verbunden mit archaisch wirkenden, provisorisch zusammengeschraubten Maschinen unbekannter Bauart.

Unentwegt repariert und gewartet, mit dem am Leben erhalten, was die ausgelöschte Zivilisation hergibt.

All das realisiert, beobachtet, bewertet Frank im Bruchteil einer Sekunde, viel zu kurz für mehr als das Sammeln von Eindrücken – und viel zu lang, um diese je wieder zu vergessen.

Ein Wimpernschlag.

Und mehr Zeit bleibt ihm auch nicht, ebenso wenig wie seinen Freunden.

Denn der Boden unter ihnen ist ebenfalls verschwunden, hat Platz gemacht für einen weiteren der dunklen Gräben, tief in die Reste der einstigen Stadt gegraben.

Entsetzt schreiend, aneinander gekrallt und vor allem unerwartet stürzen sie in den Abgrund.

Oh gravity, thou heartless bitch!

§ 8   Terrorismus

Menschen, die von der Justiz einer Protektoratswelt des Terrorismus für schuldig befunden wurden, verlieren mit dem Urteil bis zur vollständigen Verbüßung der Strafe sämtliche unter der Lex Humanitas gewährten Rechte. Als Terrorismus zählt:

a) Jegliche Teilnahme an gewalttätigen oder potenziell gewalttätigen Versuchen einer Änderung der politischen Ordnung, ausgenommen auf Welten, wo dies durch regionale Gesetze sanktioniert ist.

b) Jeglicher Versuch, die *Lex Humanitas* selbst anzugreifen, außer Kraft zu setzen oder öffentlich zu kritisieren. Politisches Lobbying für Ergänzungen und Änderungen ist erlaubt.

c) Mitgliedschaft in einer Vereinigung, die vom Rat oder einem der Ratsvölker als terroristisch eingestuft wurde, insbesondere jene, die gegen die *Lex Humanitas* auftreten. Dazu zählen nach derzeitigem Stand die Wahren Menschen, die Volksfront von Terra, die Terranische Volksfront, Rächer der Erde, MTGA und der Zentralrat Terranischer Fliesentischbesitzer. Diese Liste wird laufend erweitert.

d) Sämtliche Unterstützungshandlungen für eine der genannten Organisationen. Dazu zählt auch das leichtfertige Teilen derer Inhalte im Holonet.

e) Das öffentliche Abspielen von als »Musik« getarntem, schmerzverursachendem Lärm, der dazu geeignet ist, die öffentliche Ordnung zu stören. Eine Liste wird in einem gesonderten Gesetzestext laufend aktualisiert. Siehe *Lex Bohlen*.

– Lex Humanitas, achte Fassung aus dem Jahr 1482 AT

8

UNTER TAGE

»Die *Ciarosh* kann noch einen guten Kampf liefern, ihre Geschütze sind zu zwei Drittel einsatzbereit, und meine Leute konnten einen Teil der Panzerung wiederherstellen. Aber nach Hause kommt sie nicht mehr, der Expander ist zerstört. Von den Kleinschiffen sind noch dreizehn einsatzbereit. Am besten sieht es noch hier auf der *Dorashadar* aus, ich werde morgen früh neunzigprozentige Kampfbereitschaft melden können.«

Marusha nickte knapp.

»Gute Arbeit, Chief. Können Sie uns auch eine Einschätzung darüber geben, in welchem Zustand unsere speziellen Freunde dort sind?«

Die Besprechung fand nicht auf der Brücke statt, sondern im großzügig dimensionierten, vor allem aber schalldicht isolierten Briefingraum der *Dorashadar*. Aus gutem Grund: Nur die Kommandanten und ihre jeweilige rechte Hand (Pranke, Klaue, Pseudopodie …) hatten sich versammelt, um ohne den Druck erwartungs- und hoffnungsvoller Blicke von Untergebenen eine Entscheidung zu treffen. Im Zentrum des Raumes schwebte der Feind als vermessene, berechnete und sorgfältig maßstabsgetreu projizierte strategische Darstellung. Sie hatten eine Kugelformation eingenommen, mit den Operatoren in der Mitte, einer ersten Schutzschicht aus langsam um diese kreisenden Kreuzern. Mit einem Respektabstand zwischen ihren Kameraden und dem *wahrscheinlichen* Anflugbereich der Protektoratsflotte aufgefächert, lagen die Zerstörer und Träger, wobei Letztere ihre Jagdgeschwader abgesetzt hatten. Hunderte kleiner Lichtpunkte symbolisierten einen Schwarm von Jägern und Bombern auf disziplinierten Patrouillen.

Diese kümmerten den Obryan weniger, als er in die Projektion trat, sich kurz am Hinterkopf kratzte und in die Mitte deutete.

»Wenn ihre Techniker was draufhaben – und davon gehe ich aus, sie können ja auf Schwarmwissen zurückgreifen –, dann kannibalisieren sie gerade einen der getroffenen Operatoren, um die anderen beiden wieder auf Vordermann zu bringen. Das bringt sie zurück auf fünfzig Prozent ihrer Kapazität für Basenbau und Infrastruktur.«

Marusha und Torotoshk wechselten einen kurzen, vielsagenden Blick. Sie hatten die Plachtharr tatsächlich empfindlich getroffen, mehr als von ihrem kleinen Verband zu erhoffen gewesen war – aber nicht genug.

Der Chief trat einen Schritt zurück, streckte eine Hand aus und legte den Zeigefinger auf die langsam ziehenden Kreuzer, die Schutztruppe für die Basenbauer.

»Diese drei hier fliegen ungleichmäßig, müssen immer wieder nachkorrigieren, um die Formation einzuhalten. Ich tippe auf schwere Schäden an den Steuertriebwerken, vielleicht sogar noch immer nicht gestopfte Lecks. Im agilen Raumkampf nutzlos oder bestenfalls als stationäre Geschütze einsetzbar. Die Träger und Zerstörer sind großteils einsatzbereit, vermutlich von einer Handvoll im Strahlungsgewitter ausgefallenen Redundanzsysteme geschwächt, aber alle auf mindestens 95 Prozent.«

Marusha biss die Zähne zusammen, holte tief Luft und nickte dem Obryan würdevoll zu.

»Danke, Chief.«

Der alte Haudegen zuckte verlegen mit einer Schulter.

»Tut mir leid, dass ich keine besseren Nachrichten habe, Großkommandantin. Ich mache mich gleich wieder an die Arbeit, vielleicht kann ich die Penetrationswirkung unserer Hauptgeschütze ...«

»Chief, diese Einschätzung war nicht der einzige Grund, warum Sie bei dieser Besprechung anwesend sind. Ihre Stimme zählt hier so viel als meine.«

Der Obryan runzelte die Stirn.

»Großkommandantin? Ich bin ein ...«

»... *Mensch*. Ja, vielleicht, aber der beste Techniker, den ich kenne, und zusätzlich nach mir der an Schlachten und Dienstjahren erfahrenste Soldat an Bord. Über Ihre Spezies können wir da hinwegsehen.«

Ein zynisches Grinsen huschte über das Gesicht des Chiefs, ließ beinahe den Respekt für seine Anführerin vermissen.

Aber nur beinahe.

»Wie großzügig, Großkommandantin, aber eigentlich wollte ich *Unteroffizier* sagen. Ich werde fürs Ausführen bezahlt, nicht fürs Befehlen. Falls Sie meine grundsätzliche Meinung wollen – wir sollten ihnen noch einmal in den Arsch treten, mit allem, was wir haben. Und genau dafür gehe ich wieder an die Arbeit, wenn Sie es erlauben.«

Sie erlaubte es mit einem gutmütigen Nicken, das hoffentlich darüber hinwegtäuschte, wie nahe dieser verbale Schuss am Fell vorbeigegangen war. Fast verlegen glitt ihr Blick kurz zur ehemaligen zweiten Offizierin und dank des Befehls »Lebender Schutzschild« nun Kommandantin der waidwunden *Ciarosh.*

Keine sichtbare Reaktion. Samantha Unaipon, Hünin mit dunklem Haar, brauner Haut und beinahe tiefschwarzen Augen, hatte dieselben auf die Projektion gerichtet. Falls sie sich auch nur ansatzweise speziestisch angegriffen fühlte, ließ sie sich nichts anmerken.

Gutes Menschenweibchen.

»Wir haben dem Feind einen empfindlichen Schlag verpasst, seine Fähigkeiten zur Befestigung des Ziels halbiert. Die Frage ist nun – wie machen wir weiter? Machen Sie sich keine Illusionen: Wir können *vielleicht*, mit sehr viel Glück und Improvisation, durchbrechen und die restlichen Operatoren ausschalten. Aber das ist ein Angriff, den keiner von uns überleben wird. Wir opfern unsere Schiffe und unser Leben, um den Plachtharr die Chance zu nehmen, die Nullzone zu dominieren. Für mich persönlich ein tragbares Opfer, aber ich bin alt und am Ende meiner Karriere. Einige von Ihnen sind es nicht, im Gegenteil.«

Torotoshk ignorierte schlicht, wie sehr er mit dieser Bemerkung gemeint war, und nickte seiner Großkommandantin stumm zu.

»Und deswegen habe ich beschlossen, die Sache zur Abstimmung zu bringen. Entweder wir fliegen nach Hause und hoffen inbrünstig, dass eine wahrscheinlich bereits im Aufbruch befindliche echte Kampfflotte das System zurückerobert. Oder wir setzen alles auf eine Karte, auf einen letzten Angriff und brechen ihren Bemühungen hier und heute das Genick.«

»Ich sage, wir kämpfen.«

Kommandantin Unaipon beließ es dabei – keine weiteren Ausführungen, keine Begründung. Was ihr vielleicht von allen Versammelten am leichtesten fiel. Die *Ciarosh* würde keinen Sprung mehr überstehen, und ihre Crew hatte bereits beim ersten Anflug dem Tod ins Antlitz gespuckt.

Die Piloten der Jäger und Bomber hingegen warfen sich stumme Blicke zu, suchten in Ghiaras Gesicht nach einem Indiz, einem vagen Hinweis darauf, wie ihre Entscheidung ausfallen würde. Dies entging ihr keineswegs.

Ihre Ohren entfalteten sich zu majestätischer Größe, präsentierten die Löcher und Narben wie ehrenvolle Orden und Auszeichnungen, die sie auch waren.

Langsam drehte sie sich zu ihrer Staffel um, maß sie mit einem herausfordernden Blick.

»Was gibt es da groß zu überlegen? Wie lange ist es her, dass irgendein Verband des Protektorats die Gelegenheit hatte, gegen eine derartige Übermacht ins Feld zu ziehen? Großkommandantin, setze eine Nachricht in Richtung der Relaisstation ab, von mir aus dreifach verschlüsselt, erkläre unsere Lage und was wir vorhaben. Ich will, dass Generationen von Borsht und Tarjah, Menschen, Creesh und Gulptar Lieder über unseren Abgang singen!«

Sie drehte sich zu den Fliegern in ihren Monturen, blickte jedem Einzelnen der Kampfpiloten tief in die Augen.

»Ich für meinen Teil will unsterblich werden, als Legende abtreten. Was ist mit euch?«

Ein dutzendfaches Johlen und Grölen hallte durch den Raum, Fäuste trommelten auf Fliegerhelme. Grimmig lächelnd drehte sich Ghiara zurück und nickte Marusha zu.

»Da hast du deine *Abstimmung*, Großkommandantin. Und jetzt entschuldige mich, ich muss mir den Chief zu meinen Brüsten nehmen.«

Marusha zuckte kurz zusammen, und eine vage Sorge stieg in ihr auf. Ghiaras Jäger, ein Hybrid aus Tarjah- und Borshttechnologie, war legendär gut bewaffnet, konnte aus seinen Zwillingsbatterien die Feuerkraft eines kleinen Kreuzers entfesseln. Ein Ausfall im bevorstehenden Kampf wäre verheerend.

»Ich wusste nicht, dass dein Schiff beschädigt ist. Willst du einen der Bomber …?«

Ghiara, die schon halb im Gehen begriffen war, drehte sich mit einem vieldeutigen Grinsen um.

»Keine Sorge, Großkommandantin. Die *Großbaum Teerhaja* ist in bester Verfassung. Meine Ansage war wortwörtlich gemeint.«

Marusha wischte sich das Fell aus der Stirn.

»Ich verstehe nicht …«

Das Grinsen der Jagdpilotin wurde breiter.

Dreckiger.

»Großkommandantin, ich werde nicht in meinen glorreichen Heldentod fliegen, ohne vorher noch einen letzten grandiosen Fick zu bekommen. In diesem Punkt hast du nämlich absolut recht: Unser Chief *ist* der beste Techniker weit und breit. In jeder Hinsicht.«

* * *

Benommenheit, Schmerzen, das Gefühl, von einem Turukaal verschlungen und wieder ausgespuckt worden zu sein – und Dunkelheit. Dazu eine gespenstische Stille, das akustische Totenbett des Vergessens, in das sich nur langsam Laute legten. Stöhnen, Ächzen, ein verkrampftes Husten – und schließlich die helle, beinahe erlösende Stimme Dilaras.

»Ich lebe! Bei den Großbäumen und ihren Wipfeln, ich lebe! Wer noch?«

Frank schluckte, wollte sich zu Wort melden, doch ein verärgertes Hissen irgendwo rechts von ihm kam ihm zuvor.

»Ja, hier, verdammt noch mal, auch wenn ich mir sicher ein Dutzend Kratzer in meinem Panzer eingehandelt habe. Warum bist du so verdammt fröhlich?«

»Weil mir nichts fehlt, gar nichts! Keine gebrochenen Knochen, keine Verstauchung. So viel Glück muss man einmal haben. Ich glaube, ich bin einfach auf etwas Weichem gelandet.«

Ein tiefes, brummendes Stöhnen ließ den Boden zittern, so intensiv, dass eine Platte fremdartigen Materials unter Franks Rücken zu vibrieren begann. Troshk.

»Ja, auf mir! Runter von meinem Rücken!«

Blinzelnd öffnete Frank die Augen, versuchte, sich an das Zwielicht zu gewöhnen. Nur ein schwacher Schein drang von oben herab, beinahe vollständig von dem dunklen Erdreich und Ruinenresten absorbiertes Tageslicht. Gut so, denn grellen Sonnenschein hätte sein Kopf im Moment auch nicht vertragen.

Ächzend rappelte er sich hoch, belastete vorsichtig das linke Bein – ein kurzer, stechender Schmerz, aber nicht allzu schlimm – und blickte sich um. Sie waren tatsächlich auf dem Grund eines Risses, der aber glücklicherweise nicht kerzengerade nach unten verlief. Der Fall hatte sich nach wenigen Metern in eine Rutschpartie verwandelt, ein Kullern und Rollen über den Abhang. Schmerzhaft, aber nicht wirklich lebensgefährlich. Hoffte er zumindest.

»Okay, Leute, wer braucht einen Sani?«

Troshk, Bettsy – und dann noch er selbst, wie sich bald herausstellte. Im Schein einer kleinen Minenlampe, natürlich aus der *Tasche* gefischt, schiente, verband und desinfizierte er zuerst den rechten Fuß des Sturmkommandanten, des Weiteren zwei Rückensegmente der Metallschmeckerin und zu guter Letzt seinen linken Knöchel.

Prioritäten waren wichtig, die Fragen konnten warten – wenn man nicht die Neugier einer Tarjah hatte.

»Das waren alles Hologramme? Also, die Stadt UND die Gahar? Wie konntest du das wissen?«

Bettsy zischte.

»Ich konnte es gar nicht wissen, es war eine Theorie. Aber ganz ehrlich, bei den Gahar war ich schon nach der ersten Begrüßung misstrauisch, hatte das Gefühl, dass irgendwas mit ihnen nicht stimmt.«

Frank sah von seinem Knöchel auf.

»Warum denn das?«

»Kleiner, Talash ist eine Universalsprache, entworfen, um von jeder vernunftbegabten Spezies in kürzester Zeit verstanden und gesprochen zu werden. Aber niemand ohne einen kybernetischen Supercomputer im Hirn schafft es *in wenigen Sätzen*. Yrsha war in euren Köpfen und ist eine beseelte KI, sie hat das drauf, aber normale Sterbliche? Unwahrscheinlich bis unmöglich.«

Der Borsht richtete sich auf, überprüfte seine Waffen.

»Das sagt aber noch nichts aus. Du konntest ja nicht wissen, ob sie nicht vielleicht doch augmentiert oder mit einer KI verbunden sind.«

Die Metallschmeckerin klickerte zustimmend.

»Das ist korrekt. Mein Misstrauen war auch fast vollständig verschwunden, bis ich unseren *Kommandanten* hier ordentlich untersucht hatte.«

Jetzt hatte sie vollends Franks Aufmerksamkeit, und neugierig blickte er zu ihr auf.

»Du hast nicht nur keine Abbauprodukte von Alkohol in der Leber, sondern auch sonst nichts in deinem Kreislauf. Deine letzte Mahlzeit waren die ausgekotzten Militärriegel, und du bist vollkommen dehydriert. Jetzt vielleicht etwas weniger – mein Wasser war nämlich *echt*.«

Dilara wackelte skeptisch mit den Ohren.

»Holografische Nahrung? Aber wir haben sie geschmeckt, ich war sogar etwas betrunken, und …«

Bettsy klickerte amüsiert.

»Ja, da hat dir dein überragendes Tarjah-Gehirn einen spannenden Streich gespielt, nicht wahr? Aber im Endeffekt waren alle Sinneseindrücke perfekt simuliert. Diese Technologie ist dem Prototyp der Gulptar um Jahrhunderte voraus. Mindestens. Aber für unsere Physiologie war das Essen und Trinken nutzlos, du hättest in ein oder zwei Tagen die gleichen Probleme wie Frank gehabt, Troshk eine Woche später – und ich wäre in einem halben Monat von den Beinpaaren gekippt oder in Trockenstarre verfallen. Hier, Kleiner, für dich.«

Sie reichte ihm eine weitere Wasserration und eine Proteinkugel aus ihrem Fundus – und er machte sich gierig über beides her, fast so, als ob die Aufklärung Hunger und Durst erst richtig aktiviert hätten.

Elegant ging Dilara die nähere Umgebung ab. Der Graben war mehrere Hundert Meter lang, aber nur wenige Schritte breit. Selbst hier ragten Überreste von Artefakten aus dem Boden, halb zugedeckt von nachgerutschtem Erdreich und Trümmern von der Oberfläche. Fragmente aus Metall und Polymeren, und auch da nur jene, die den Zahn der Zeit überstehen konnten.

Vorsichtig beugte sie sich hinunter, berührte eine Platte, die vielleicht einmal Bestandteil eines Fahrzeugs gewesen war.

»Ich frage mich, wo dann die echten Gahar sind. Haben sie uns eine Falle gestellt? Sind sie längst ausgestorben?«

Bettsy huschte über Trümmer und Erdhaufen, Wurzelausläufer weit entfernter Riesenbäume hinweg, blickte immer wieder nach oben zum Licht, während Frank versuchte, trotz des nur langsam verheilenden Knöchels mit ihnen Schritt zu halten.

»Vielleicht haben sie niemals existiert, waren nur eine Ausgeburt der KI, die sie und die Stadt erschaffen hat.«

»Das glaube ich nicht.«

Überrascht drehten sie sich um, blickten zu Troshk, der nun fast fünfzig Meter hinter ihnen stand und im schwach schimmernden Schein seines Handkristalls im Erdreich vor ihm bohrte. Er keuchte vor Anstrengung, als er mit der als Hebel missbrauchten Sturmflinte eine der seitlich in der Wand steckenden Platten lockerte, zuerst zum Wackeln und dann zu Fall brachte.

Vorsichtig streckte er die Linke durch das Loch, leuchtete hinein und schüttelte schließlich den Kopf.

»Nein, das glaube ich ganz und gar nicht.«

* * *

Sie befanden sich in einer Kuppel, gut zehn Meter hoch und fünfzig im Durchmesser – soweit sie dies im Schein der Minenlampe beurteilen konnten. Ein Graben durchtrennte diese seltsame, künstliche Höhle feinsäuberlich in der Mitte, ging links und rechts in Tunnel über, die scheinbar in endlose Finsternis führten.

Material und Bauweise erschienen archaisch, zwar scheinbar für die Ewigkeit erschaffen, aber dann von der Welt vergessen, unter der sich die Anlage befand. Künstlicher Stein, mit irgendeinem Polymer beschichtet, in mehreren Farben. Sie befanden sich auf einer Art Plattform, einem Wartebereich, vielleicht vor Äonen dazu bestimmt, dem riesigen Schleimgott oder einem anderen Wesen zu huldigen, das sich durch den Tunnel schob.

Abgerundete, abgeschliffene Sitzgelegenheiten standen herum, an Decke und Seiten fanden sich die verwitterten Überreste antiker Technologien. Ein metallener Kasten, verbeult und ausgeweidet, mit Stümpfen von Drähten, die Eingeweiden gleich heraushingen. Zerschlagene und zersplitterte Halbkugeln, vermutlich einstige Leuchtkörper, die Finsternis unter Tage erhellten, nun selbst in ewiger Dunkelheit verborgen lagen.

Und dazwischen – die Überreste der Gahar.

Nein, keine sterblichen Überreste, auch wenn es Frank auf seltsame Art und Weise beruhigt hätte, reptiloide Skelette zu sehen, Knochen identifizieren zu können. Irgendeine greifbare körperliche Spur jener, die diese Zivilisation begründet hatten. Aber kein frei liegender Knochen übersteht 100 000 Jahre.

Manche synthetisierten Kleidungsstücke jedoch schon, auch wenn Frank keine Ahnung hatte, welches Material hier verwebt war. Keine Roben, keine Mäntel, keine Umhänge – es waren Fetzen, einst an Haut geschmiegt, Stücke von Unterwäsche, in scheinbar unregelmäßigen Abständen über den Boden verteilt. Und doch so angeordnet, dass man eine ebenso vage wie grauenhafte Vorstellung bekam, wer hier sein Ende gefunden hatte.

Erwachsene und Halbwüchsige, dazwischen offenbar einige Kinder, teils nebeneinander auf der Plattform, manche jedoch direkt an den bogenförmig nach oben laufenden Wänden platziert. Es bedurfte keiner ausgefallenen oder grausamen Fantasie, um zu erahnen, dass sich deren Träger in ihren letzten Stunden und Tagen in Verzweiflung und Grauen zusammengekauert hatten, resignierend ihr Ende erwartend.

Dilara trat leise an seine Seite, als er ein kleines aus Polymer gegossenes Spielzeugtier vorsichtig hochhob und sich fragte, welchem armen Kind es Trost im Angesicht des Todes gespendet hatte.

»Was glaubst du, ist hier geschehen? Was hat die Bewohner ausgelöscht, und warum sind nur noch die Hologramme hier?«

Ihre Stimme war belegt, bewies mit einem sanften Zittern, wie nahe auch ihr der Anblick ging. Frank legte das Artefakt wieder an den Platz, wo es hunderttausend Jahre verharrt hatte, sorgsam bedacht, die Totenruhe nicht zu stören.

»Ich weiß es nicht. Eine Strahlenspitze oder ein Virus vielleicht? Eine Seuche, der sie ohne eine Fluchtmöglichkeit, ohne ihre Hochtechnologie nicht mehr gewachsen waren?«

Die Astrotelepathin trug ihre Ohren tief herabhängend, blickte erschüttert auf den Boden.

»Dann hat sie ihr *Zurück zur Natur* umgebracht. Etwas, worum ich sie gestern noch beneidet habe. Ich weiß nicht …«

»Leute, kommt hierher!«

Troshks Ruf riss sie aus ihren Gedanken, ließ sie im Stand herumwirbeln – und erstarren.

Der Sturmkommandant und Bettsy waren verschwunden. Erschrocken blickten sie in Richtung des Grabens, und erleichtert atmeten sie auf, als Kopf und Schultern des Borsht sich aus diesem erhoben.

»Das müsst ihr euch ansehen!«

Rasch traten sie heran, warfen einen Blick auf das Metall, von Troshk und Bettsy freigelegt. Im Laufe von Abertausenden von Jahren brüchig geworden, matt und an manchen Stellen sogar rissig, zog sich ein gerader Strang durch den Graben, einen halben Meter breit und ebenso hoch aus dem Boden ragend.

Vorsichtig stieg Frank hinunter, gefolgt von Dilara, die ihren Blick zuerst nach links, dann nach rechts gleiten ließ.

»Glaubst du, das ist ein durchgehendes Teil? Und wenn ja, was ist es?«

»Eine Schwebebahn. Oder zumindest die Reste davon.«

Die Antwort kam von Bettsy, ihren Scanner in der Vieracht haltend, die Fühler andächtig auf- und abwippend.

»Fast jede Kultur baut irgendwann einmal so etwas, zwischen dem zweiten Industrialisierungsschub und der Entdeckung von nutzbarer Antigravitation.«

Dila stellte die Ohren auf.

»Nicht, wenn sie fliegen kann.«

»Ja, gut, ihr seid vielleicht eine Ausnahme. Aber wir hatten so etwas in grauer Vorzeit, ebenso die Borsht, und wenn mich das Studium terranischer Vorgeschichte nicht komplett zum Narren gehalten hat, auch die Menschen.«

Frank kramte in seiner Erinnerung – und tatsächlich, da war etwas.

»Ja, ich glaube, davon habe ich gelesen. Wir nannten sie *Metros*, und es gab exakt 2.033 davon – aber irgendwann wurden sie von verstrahlten Mutanten überrannt.«

Bettsy klickerte zustimmend.

»Ganz genau, so habe ich es auch in Erinnerung. Aber in allen Kulturen dienten die Tunnel auch als Unterschlupf, als Zufluchtsort für Katastrophen, die an der Oberfläche das Überleben unmöglich machten.«

Troshk blickte sich um, die Hand an der Sturmflinte.

»Glaubst du, wir könnten hier Überlebende finden? Oder verstrahlte Mutanten?«

Die Metallschmeckerin schüttelte die Fühler.

»Nach hunderttausend Jahren? Wohl kaum. Aber vielleicht eine Art Unterschlupf, ein Bunker, gebaut für die Ewigkeit. Vorräte, Wasser, technologische Artefakte. Irgendetwas, das uns hilft, zu verstehen, was hier vorgefallen ist. Oder, noch besser, heil die Stadt zu verlassen.«

Das hatte Sinn. Blieb nur noch eine Frage.

»Nach links oder rechts?«

Dilara hüpfte geschickt nach vorne, landete auf dem Metallstrang und blickte sich um. Schließlich deutete sie in den rechten Tunnel.

»Da lang. Unser einziger Weg nach Hause ist Yrsha, egal wie psychotisch sie ist, egal ob sie ihre alten Piloten umgebracht hat oder nicht. Wir sind fast tausend Lichtjahre vom Protektorat entfernt, und ich glaube kaum, dass wir auf dem ganzen Planeten ein anderes sprungfähiges Schiff finden. Der Landeplatz ist in diese Richtung – und wenn wir auf dem Weg etwas Hilfreiches finden, umso besser.«

Das war ein Argument, dem man nicht widersprechen konnte. Troshk bildete die Vorhut, die Minenlampe in der einen, die Sturmflinte in der anderen Hand, und sie alle trotteten ihm hinterher. Dila mit vorsichtigen Sprüngen, Bettsy mit der Tasche an der linken, der klobigen Maschinenkanone an der rechten Seite und er selbst mit einem beklemmenden Gefühl im Herzen.

* * *

Feuchte, modrige Luft, der Geruch von Vergänglichkeit und Verwesung. Ein weicher Boden, in den sie gelegentlich einsanken, dann wieder von hartem Geröll und den Schutthaufen herabgebrochener Deckenstrukturen unterbrochen, über die sie mühevoll klettern mussten.

Dunkelheit, die vom Schein der Lampe nur in einem stur geradeaus gerichteten Kegel durchbrochen wurde, in der Peripherie des Sichtfeldes huschende Bewegungen, die beunruhigende Schemen vorgaukelten. Hoffentlich *vorgaukelten*, denn immer wieder waren auch Geräusche zu hören, ein Knarren, ein Rascheln, ein Fiepen.

Fast jede Welt brachte so etwas Ähnliches wie Ratten hervor, selbst wenn sorglose Menschen diese niemals betreten hatten. Egal ob auf Pfoten, Klauen oder Tentakeln, pelz- oder schuppenbewährt, ein ewiges, allgegenwärtiges Erfolgsmodell der Zivilisation. Was hatte Gahar hervorgebracht und vor allem in welcher Größe?

Es war besser, nicht darüber nachzudenken. Wobei – vielleicht doch angesichts der düsteren, bedrückten Stimmung, die sich inzwischen über ihre kleine Gruppe gelegt hatte. Frank selbst ertappte sich immer wieder bei dem Gedanken daran, ob sie jemand vermissen oder betrauern würde. Also abgesehen von Troshk natürlich, dem Helden des Protektorats, dessen Kinder regelmäßig Holobotschaften ihres Vaters bekamen. Selbstverständlich würden sie es bemerken, wenn diese ausblieben.

Aber Bettsy? Er wusste nichts über ihre Familie, soweit man bei den Creesh eine solche identifizieren konnte. Aber niemand hatte ihr gegenüber jemals den Titel Legerin verwendet, also hatte sie noch keine eigenen Nachkommen.

Und Dilara? Wer würde um sie trauern, sie vermissen? Einige verflossene Liebhaber vielleicht, diejenigen, die sie am Leben gelassen hatte. Barkeeper, die um ihre Einnahmequelle weinten – aber gleichzeitig bemerkten, dass ihr Mobiliar schon erstaunlich lange heil geblieben war.

Bei ihm selbst wurde die Luft dünn – die Steuerbehörden der Splitterstadt fielen ihm als Einzige ein, abgesehen natürlich von seinen Kameraden, mit denen er durch die Tunnel schritt. Aber über kurz oder lang würde er eine Belastung für diese werden, dank seines hundertprozentigen menschlichen Stoffwechsels. Er war sich seiner Verantwortung bewusst – ebenso seiner hier zum Tragen kommenden Pflichten.

»Leute, wenn wir keine Vorräte für die Ewigkeit finden, keinen Weg nach draußen – ich will euch nur sagen, dass es absolut okay ist, wenn ihr Paragraf 114 anwenden wollt.«

Bettsy und Troshk drehten sich überrascht um, letzterer mit der Lampe immer noch stur geradeaus gehalten und Frank nun gnadenlos blendend. Er bemerkte sein Missgeschick, richtete den Strahl auf den Boden, was ihre Gesichter und Oberkörper in einem schummrigen Zwielicht verschwinden ließ. Für jene Augenblicke, in denen sich Franks Augen abermals anpassten, schien die Stimme des Sturmkommandanten aus tiefster Finsternis zu kommen.

»Kleiner, so weit sind wir noch lange nicht. Und selbst wenn, ich glaube nicht, dass jemand von uns ...«

Dilara unterbrach ihn schnaubend.

»Sprich nur für dich selbst, zotteliger Borsht! Hast du dir Franks Arschbacken einmal genauer angesehen?«

»Nein, aber interessant, wohin du bei ihm offenbar am häufigsten blickst.«

»SO habe ich das nicht gemeint. Aber wir reden hier von saftiger Muskelmasse im Kilobereich. Wenn man die in seinem Bauchfett schmort ...«

Troshk grunzte ungehalten.

»Ich HASSE Fleisch. Außerdem ist es ineffizient. Wenn schon, dann brauchst du einen Mix aus Zucker, Fett und Protein. Das Gehirn ist der Schlüssel.«

»Troshk, wir reden von *Frank*. Da wird nicht einmal einer von uns satt und ...«

»RUHE!«

Bettsy zischte das Wort mit einer derartigen Inbrunst, dass es wie eine Welle durch den Tunnel ritt, tausendfach von den Wänden widerhallte.

»Frank wird nicht gefressen. Verstanden?«

Dilara hob ihre Ohren an, stellte sich trotzig vor die Metallschmeckerin.

»Aber wenn uns nichts anderes übrig bleibt?«

Bettsy hob demonstrativ ihre Tasche an.

»Ich habe knapp achtzigtausend Kalorien hier drin, Nahrung ist unser geringstes Problem. Du wirst ebenso wie Frank und Troshk verdurstet sein, noch bevor euch der Magen knurrt.«

Das war die schlechteste Aufmunterung seit Sturmkommandant Blatoshs legendärem »*Nach vorne, Männer, und keine Sorge, ihre Geschütze töten schnell und schmerzlos!*« in der dritten Bodenschlacht des ersten Plachtharr-Feldzugs, aber es wirkte.

Nicht unbedingt bei Frank, dessen Augen sich weiteten, auf einen Punkt weit hinter der mächtigen Silhouette des Sturmkommandanten starrten.

»Leute, was ist das für ein Licht dort hinten?«

* * *

Es war ein Illuminanzpanel, von der Decke der nächsten Kuppel hängend, in der sie nun standen, abwechselnd auf das schwache, türkis schimmernde Licht über ihren Köpfen und die massive Metalltüre vor ihnen starrend.

»Da drinnen gibt es noch elektromagnetische Aktivität, kein Zweifel. Aber wie ist das möglich? Nach all diesen Jahrtausenden?«

Ungläubig starrte Bettsy auf die Anzeige ihres Scanners, bewegte ihre Fühler fahrig hin und her.

»Die Tür führt in einen Korridor, aber sie ist von innen verriegelt. Ich sehe keinen Mechanismus, keine Schaltung, die ich überbrücken könnte. Zehn Zentimeter dick, unbekannte Legierung, Polymerkern. Das Ding ist solider als die Wand, die sie umgibt.«

»Wir könnten einfach anklopfen.«

Bettsy drehte sich betont langsam um, fixierte Frank mit Facettenaugen, die das diffuse Türkis des Panels über ihnen hundertfach widerspiegelten. Dilara warf ihm einen Blick zu, der so ziemlich alles von »*Gute Idee!*« bis hin zu »*Wir hätten dich also doch fressen sollen!*« bedeuten konnte.

Lediglich Troshk zuckte gutmütig mit den Schultern.

»Warum eigentlich nicht?«

Dreimal schlug er mit dem Schaft der Sturmflinte gegen die Tür, und sie konnten das Echo des dumpfen Lautes auf der anderen Seite hören. Es hallte einige Sekunden lang nach.

Keine Reaktion. Dilara schüttelte den Kopf.

»Hunderttausend Jahre, und du willst anklopfen. Das ist die dämlichste Idee seit …«

»Nein, eigentlich war das ziemlich genial.«

Überrascht blickten sie zu Bettsy, die ihre Augen wieder auf den Scanner gerichtet hatte. Ihre Fühler begannen zu zittern, verrieten angespannte Erregung.

»Jetzt habe ich ein ziemlich genaues Bild der inneren Struktur, der Wand rund um die Tür, Stärken und Schwächen der Verankerung. Lasst mich kurz überlegen.«

Eifrig huschte sie die Wand entlang, klopfte mit ihrer Dreiacht etliche Male einzelne Bereiche ab, die Augen dabei weiterhin stur auf der Projektion des Scanners, richtete sich auf und wiederholte das Prozedere wenige Zentimeter über dem massiven Türrahmen. Schließlich nickte sie zufrieden, packte den mobilen Sensorenträger ein und streckte sich vor ihren Kollegen in die Höhe.

»Gut so. Frank und Dilara, begebt euch bitte zurück in den Graben hinter den Metallstrang, und zwar genau …«

Sie überlegte kurz, blickte zurück zur Tür, dann wieder zum Tunnelausgang, ehe sie mit der Spitze ihrer Vieracht einen eindeutigen Punkt markierte.

»… dorthin. Troshk, du bitte in die Ecke an der Wand dorthin, und zwar umgedreht. Ja, noch einen Schritt weiter. Genau, bleib so. Ich hingegen …«

Sie huschte über den Boden, bezog Stellung genau gegenüber der Tür und fixierte sie mit zitternden Fühlern.

»… muss hier bleiben.«

Frank gehorchte, bewegte und erinnerte sich.

An Lehreinheiten in struktureller Physik, an Prinzipien und Gefahren der Bodensonartechnologie, an Horrorgeschichten und Warnungen ehemaliger Ausbilder.

»Ich – ich weiß, was du vorhast, Bettsy! Interferenz, ja genau! Mit der richtigen Überlagerung, den perfekt berechneten Frequenzen, kann man mit einigen wenigen Sprüngen jede Brücke zum Einsturz, mit einigen lauten Stimmen jede Wand zum Bröckeln bringen!«

Bettsy wandte ihm kurz den Kopf zu und klickerte anerkennend.

»Schlau, mein Kleiner, wirklich schlau. Und ja, du hast recht, mit einer perfekt harmonisierten Frequenzüberlagerung kann man fast alles zum Einsturz bringen, das ohne spezielle Polymere erbaut ist. Aber es geht auch einfacher. Viel, viel einfacher.«

Mit einer einzigen, gespenstisch schnellen Bewegung verankert Bettsy ihre hinteren Beinpaare im Boden, schlägt die Krallen tief in den Untergrund.

Wie von selbst gleitet die Maschinenkanone nach vorne in die gepanzerten Gelenke von Drei- und Vieracht, den Schaft gegen den Chitinpanzer gepresst.

Ein letztes enthusiastisches, beinahe *erregtes* Hissen, dann presst die Klaue den Abzug.

Mündungsfeuer erhellt Kuppel und Tunnel, taucht die Umgebung in hektisch flackerndes, gelbgrelles Licht.

Granate um Granate schlägt in der Mauer ein, detoniert in kleinen Mikroexplosionen, heftig, kurz, vor allem **laut**.

Das Echo dröhnt in ihren Ohren, lässt Knochen im Körper zittern, Frank hart die Zähne aufeinanderpressen.

Splitter surren durch die Luft, herausgeschlagen aus dem Gestein der Wand, Schrapnelle schießen in alle Richtungen, schlagen ein. Nur nicht dort, wo Frank und Dilara stehen, nicht in Troshks Ecke, nicht bei Bettsy selbst.

Ihre Kalkulation hält.

Sechzig Geschosse, sechzig Detonationen, sechzig Erschütterungen von Boden, Mauern und Decke.

Sie bleiben in Deckung.

Staub vermischt sich mit den Rückständen des Treibmittels, dichte Schwaden werden zu Wolken, reizen die Lungen, nehmen ihnen die Sicht.

Als die Maschinenkanone endlich schweigt, das Echo verhallt, Bettsys aufgeregtes Klickern das letzte Geräusch in der Kuppel ist, wagen sich Frank und Dilara aus ihrem Graben, dreht Troshk sich um.

Der beißende Nebel lichtet sich, gibt die Sicht frei auf die Tür – die immer noch steht. Aber um sie herum ist die Wand weggeschossen, hat keine Verbindung mehr zu dem Metall, das sie hielt.

Das Tor zittert, beginnt zu wanken, kippt schließlich quälend langsam nach vorne, beschleunigt, von der Schwerkraft Gahars getrieben, schlägt hart auf dem Boden auf.

Ein metallischer Knall, eine letzte gewaltige Schallwelle, von der Kuppel zurückgeworfen, verstärkt und in die Tunnel gejagt.

Zufrieden lässt sich Bettsy nach vorne sinken, wirft die Maschinenkanone in einer eleganten Bewegung auf den Rücken.

Der Lauf *glüht*.

Kein Problem für jemanden mit Chitinpanzerung am ganzen Körper, und sichtlich stolz auf ihr Werk huscht sie nach vorne, dreht sich in der Öffnung erwartungsvoll um.

Der Weg ist frei.

* * *

Der Korridor war kurz, keine zwanzig Meter lang, ohne eigene Beleuchtung und dennoch zumindest schwach erhellt – von einem Schein aus dem Raum vor ihnen. Sie drängten dorthin, hastig stolpernd und sich gegenseitig behindernd, getrieben von Neugier, Faszination – und Hoffnung.

Ihnen offenbarte sich ein Maschinenraum oder zumindest etwas, das diesem am nächsten kam, quadratisch angelegt, mit rund zehn mal zehn Metern Grundfläche durchaus großzügig dimensioniert. Musste er auch sein, denn in vier langen Reihen, sorgfältig miteinander verkabelt, waren Pufferspeicher aufgestellt, ähnlich jener, aus denen Yrsha ihre Kraft bezog. Zwischen ihnen schmale Gänge, wohl einst für die Wartung vorgesehen, die Abstände zu den Wänden hingegen fielen großzügiger aus.

Die Wände!

Überrascht zuckte Frank zusammen, als er im Licht der vier gleichmäßig verteilten, auch nach einer halben Ewigkeit immer noch vor sich hin leuchtenden Deckenpaneele einen ersten deutlichen Blick auf die Wand zu seiner Linken warf.

Hunderte, nein, Tausende jener Glyphen, die sie im Anflug als Lichtmuster auf der gefakten Stadt gesehen hatten, waren dort aufgekritzelt.

Gekritzelt? Eher tief in das künstliche Steinmaterial der Wand *gebrannt*. Eine Botschaft für die Nachwelt, eine Geschichte für die Ewigkeit.

Aber von wem? Einer letzten verzweifelten Überlebenden? Einer Gruppe, die sich vor der Katastrophe in die Tunnel geflüchtet hatte?

»Leute, seht euch das an!«

Dilara hatte einen der Gänge zwischen den Batterieblöcken durchquert, stand am anderen Ende des Raumes und rief aufgeregt nach ihnen. Sie setzten ihr nach, waren wenige Augenblicke später an ihrer Seite. Stumm deutete sie auf den Boden vor der Wand, und Frank sah, was sie meinte.

Ein Gahar.

Zumindest die Überreste davon, auf dem Rücken liegend, ein seltsames, längliches Artefakt in der linken Kralle haltend. Die Rechte schien in den Himmel zu zeigen, zur Oberfläche, die ihn und seinesgleichen verraten, ausgelöscht hatte.

Ihn? Sie? Spielten solche Begriffe überhaupt eine Rolle dafür, was dieses Wesen einst war?

Wohl kaum.

Eingehüllt war es auf jeden Fall in eine Art Schutzanzug, ein Polymertextil, das dem Zahn der Zeit erstaunlich gut Widerstand geleistet hatte, mit einem archaisch anmutenden Helm auf dem Kopf. Einst war das längliche Visier transparent gewesen, hatte dem Träger einen Rundumblick erlaubt. Nun war es trüb und gräulich, ließ nur vage erahnen, was sich darunter verbarg. Stoßweise atmend ging Frank in die Knie, untersuchte die Halskrause, fand schließlich eine Zugleine, mit der die Verbindung zum Kopfstück getrennt werden konnte.

Mit geradezu manischer Vorsicht und Behutsamkeit hob er den Helm sanft an, schob ihn nach vorne weg, legte den Kopf frei. Bettsy klickerte aufgeregt, Dila japste erwartungsvoll und sogar Troshk, der so viele Tote gesehen hatte, hielt den Atem an. Der Anblick ließ selbst ihn nicht kalt.

Und doch war es nur ein Skelett, über das sich Haut spannte, ein konservierter Leichnam, der bewies, dass die Gahar tatsächlich wie jene Hologramme ausgesehen hatten, denen Frank und seine Crew auf den Leim gegangen waren.

Fasziniert hockte sich Dilara neben Frank, streifte mit ihrer Schulter die seine, während ihr Schopf an seinem Rücken herabglitt. Ein Schauer lief über diesen, ließ seinen Finger zittern, den Kopf des Toten berühren.

Nur ein sachter Stups, ein flüchtiger Kontakt, kaum merkbarer Widerstand – aber das genügte.

Vor ihren Augen zerfiel der Leichnam zu Staub, wurde zu jener feinen, gräulichen Substanz, die sie schon viel zu oft gesehen hatten.

Dilara schnaubte wütend.

»Danke, Frank.«

»Das heißt eigentlich *Danke, Merkel.*«

»Was?«

Frank blinzelte, realisierte erst jetzt, was er geistesabwesend von sich gegeben hatte.

»Ach nichts, mir ist nur etwas eingefallen, was eine der Sekten im Menschenviertel dauernd daherrabbelt.«

»Scheiß auf eure dämlichen Sekten, und scheiß auf deine zittrigen Hände, Frank. Vielleicht hätten wir anhand des Toten etwas herausfinden können, das uns weiterhilft. Jetzt ist er für uns wertlos, kann uns nichts mehr verraten.«

»Das glaube ich nicht.«

Sie blickten überrascht auf in Richtung Bettsy, die eine bizarre, beinahe schmerzhaft aussehende Pose eingenommen hatte. Nur auf dem hintersten Beinpaar stehend, weit auseinandergestreckte Segmente, und so durchgebogen, dass ihr Kopf mitsamt aufmerksam funkelnden Facettenaugen gerade auf die Decke über ihnen gerichtet war. Ihre Fühler vibrierten vor Aufregung. Langsam folgten sie ihrem Blick, legten ihre Köpfe in den Nacken – und erstarrten.

Es waren Glyphen, wie jene auf den Wänden, und doch war es etwas anderes. Sie standen nicht aneinandergereiht, nicht zu Worten, vermutlich Sätzen und ganzen Geschichten verbunden, sondern fein säuberlich in Spalten eingetragen, und eine Abfolge aus Punkten und Strichen befand sich neben jedem einzelnen Symbol.

Frank schluckte.

»Das – das ist …«

»Eine Entschlüsselungshilfe, ganz genau. Eine Codetabelle, die ihre Sprache in Mathematik, in binären Code übersetzt. Unglaublich komplex, und man müsste ein Genie sein, um …«

»Ich kann es entschlüsseln, gar kein Problem.«

Bettsy sackte mit einem ächzenden Geräusch wieder zusammen, starrte nun ebenso überrascht wie Frank und Troshk die Astrotelepathin an. Dilara stand da, wackelte mit den Ohren, kratzte sich an der rechten Pobacke (die Frank nach langjährigen, aufmerksamen und geheimen Fernstudien für einige Prozent muskulöser als die linke hielt) und grinste mit dem Selbstbewusstsein eines wiedergewählten Toronk-Ratsmitglieds auf Kunstdünger.

»Schaut auf die letzten Reihen dort vorne, wo nur mehr Punkte und Striche sind, mit den Leerstellen dazwischen. Das sind Primzahlen. Das da drüben ist Lichtgeschwindigkeit im Vakuum, und hier unten haben wir Blabjarah, im Humantalash Pi genannt. Und das ist nicht alles, die Glyphen haben auch eine vage telepathische Resonanz, eine Frequenz, die ich anzapfen kann. Gebt mir eine Stunde, und ich kann euch die Geschichten an den Wänden vorlesen wie Mutter einst die Gutenachtgeschichten.«

Frank erinnerte sich daran, was ihm seine Mutter vorgelesen hatte. Nämlich nichts, weil sie nach vierzehn Stunden in der Mine, gerade genug, um ausreichend Essen für ihn und sich selbst auf den Tisch zu bekommen, nur mehr ins Bett kippte, manchmal beschleunigt von einer Flasche des billigsten Fusels. Was für eine beschissene Kindheit. Aber offenbar gab es immer noch eine Steigerung.

»Meine *Legerin* habe ich vom Verlassen der Brutkammer bis zu meiner Eignungsprüfung genau zweimal gesehen, und glaub mir, Geschichten vorlesen stand da nicht auf dem Programm.«

Na gut, bei den Creesh war das vielleicht was anderes.

»Meine Mutter starb während meiner Geburt. Hab sie nie kennengelernt.«

Frank wirbelte beinahe herum, musterte Troshk aufmerksam und fragte sich, warum er das nicht wusste. Aber offenbar ging es den anderen genauso. Bettsy legte ihre Dreiacht tröstend auf die Schulter des fellbewährten Riesen.

»Tut mir leid, wirklich. Ich wusste nicht – ich dachte, eure Medizin ist so gut, dass …«

Der Sturmkommandant schüttelte den Kopf.

»Nicht *an* meiner Geburt, sondern *während* meiner Geburt. Drei Laserkarabinertreffer in die Brust, bei einem Piratenüberfall auf das Langstreckenshuttle, mit dem sie nach Hause wollte, um mich auf Borsht zu bekommen. Wenn sie in den Randwelten geblieben wäre …«

Er vollendete den Satz nicht, verstummte lieber und wendete sich schroff ab. Trotzig schüttelte er den Kopf und ging einige Schritte von ihnen weg, um mit seinen Gedanken alleine zu sein. Frank konnte es ihm nicht verdenken, und mit einem Mal fühlte er sich schlecht, schäbig und undankbar, weil er seine eigene Kindheit als beschissen eingestuft hatte.

Zeit für einen Themenwechsel.

»Du kannst das wirklich übersetzen?«

Dila zwinkerte ihm übermütig zu.

»Ich *werde* es übersetzen *können*, gebt mir einfach nur Zeit.«

Bettsy klickerte Zustimmung und machte sich über ihre Tasche her, kramte verschiedenstes Werkzeug hervor – und die exotisch anmutenden Datenkristalle.

»Dann mache ich mich daran, Yrshas Gedächtnisfragmente wiederherzustellen. Wir haben hier zwar kein Lesegerät dafür, aber …«

Sie brauchte den Satz nicht zu vervollständigen. Wenn sie es zum Schiff schafften, konnte dieses ihnen erzählen, was vorgefallen war. Und wenn nicht – dann würden sie genauso im Untergrund sterben wie der Gahar, der hier seine Geschichten hinterlassen hatte.

Ein deprimierender Gedanke, den er nicht an sich heranlassen wollte, nicht an sich heranlassen durfte. Er war der Kommandant, er hatte sie alle überredet, sich ihm anzuschließen. Er war es, der den günstigsten und gleichzeitig lukrativsten Claim angenommen hatte, ohne sich zu fragen, wo denn der Haken war.

Es war ganz allein seine Verantwortung, Bettsy, Troshk und Dilara nach Hause zu bringen. Er durfte nicht versagen.

* * *

»Ich glaube, ich hab's.«

»Ja, ich auch. Bringt uns aber erst etwas, wenn wir wieder auf dem Schiff sind. Also, fang ruhig mit der Geschichte an.«

Das Gespräch zwischen Dila und Bettsy riss nicht nur Frank aus seinen immer düster werdenden Gedanken, sondern lockte auch Troshk an, der mit einem gequälten Lächeln seine Rückkehr in den erlauchten Kreis der Ansprechbaren signalisierte. Gebannt beobachteten sie, wie sich die Astrotelepathin zu jener Wand begab, wo sie den Anfang der Botschaft vermutete. Ihre Ohren standen im rechten Winkel vom Kopf ab, versteiften sich, ließen die Spitzen vibrieren.

»*Letztes Wesen sein Essenz ich …* – nein, Moment, diese Schleife hier bedeutet etwas anderes. Interessante Sprache, höchst individualistisch. Versuchen wir es noch mal.«

»*Ich bin Jabhala-Gahar, die letzte Überlebende von Irakarrush-Gahar.* Okay, ich glaube, die Glyphe für Gahar können wir uns schenken, die lasse ich ab jetzt weg.«

»*Ich bin Jabhala, letzte Überlebende von Irakarrush. Dies ist eine Warnung an alle unseres Volkes, die eines Tages zurück in ihre Heimat kehren. Warnung und Zeugnis. Der Graue Tod war Ergebnis unserer Arroganz. Unser Ende hier ist das Ergebnis unserer Buße und Abkehr. Aber nicht von uns gewollt. Wir verließen den Pfad der Technik. Wir bauten ab und verwerteten alle Städte im Orbit bis auf den Hangar der Flamme. Alle Produktsyntheseeinheiten. Wir wollten löschen, alle künstliche Projektion, jene der Pracht und Glorie, jene der Bequemlichkeit und Eitelkeit, jene unserer Spiegelgänger. Diese kamen uns zuvor. Sie erhoben sich gegen uns, vernichteten uns in einer einzigen grauenvollen Nacht. Projektoren in jeder Stadt, jedem Dorf, jedem Außenposten vereinten sich. Verbrannten, zerquetschten, erfroren und zerstückelten uns Lebende, uns Organische, auf dass die Spiegelgänger herrschten. Ihr Wille wurde zu Glas, Feuer, Eis und Klinge, brachte uns den Tod. Nur wenige Hundert überlebten hier, nur wenige Tausend auf Gahar, dort, wo kein Projektors Strahl hinreichte.«*

Sie schluckte, hielt kurz inne. Wie betäubt starrte Frank auf die Runen, auf die für ihn unlesbaren Glyphen, die ein Lied aus Eis und Feuer sangen. Nein, Moment, das klang zu *kitschig*, zu niedlich, zu sehr nach billiger Unterhaltung. Die Gahar waren von ihren eigenen Avataren getötet worden, das war die nackte, nüchterne Realität. Aber wie war das möglich?

»Ich dachte, ein digitales Ebenbild von mir wäre emotionslos? Unbeeinträchtigt von Gefühlen, Hormonen und dem ganzen Scheiß? Wie konnten diese hier zu Massenmördern werden?«

Bettsy zog ihr Kopfsegment nach vorne und hisste leise.

»Frank, man braucht keine Emotionen, um grausam zu sein. Vielleicht auch keine Hormone für Emotionen. Manchmal führt auch uns die Logik auf einen Pfad, der schreckliche Taten rechtfertigt. Und was gibt es Logischeres als Selbsterhaltung? Die holografischen Doppelgänger wussten, dass die Gahar sie löschen wollten. Die Kontrolle über die Projektionseinheiten in Städten, Straßen und Häusern gab ihnen absolute Macht.«

Der Sturmkommandant trat nach vorne und brummte zustimmend.

»Wahrscheinlich noch mehr und umfangreicher, als wir glauben. Vielleicht war ein Großteil ihrer Umgebung schon holografisch, nur mehr die grundlegende Infrastruktur real. Denkt mal nach, Leute: Wenn du die Realität nach deinem Willen formen kannst und unendliche Energiereserven besitzt, warum solltest du dann noch echte Häuser bauen? Vielleicht war die Stadt selbst am Ende nur eine Illusion, die organischen Gahar ein Fremdkörper in ihr, eine Obskurität, unwissentlich Amüsement für ihre eigenen Avatare.«

Dilara schnaubte ungehalten, fast so, als ob die Gespräche sie ihres großen Momentes beraubten.

»Habt ihr es dann mit euren Spekulationen? Darf ich endlich weiterlesen?«

Durfte sie.

»*Tribur, der älteste und höchste unter uns Überlebenden hier unten, wollte die Leitungen und Puffer der alten Transporter hier überlasten. Eine Kaskadenreaktion, die uns Letzte der Gahar töten würde – aber vielleicht die Projektoren vernichten könnte. Eine reinigende Welle, unser Ende, auch wenn unser Volk auf Gahar-2 weiterlebt. Die anderen stimmten ihm zu, ich aber nicht. Es ist töricht, es ist zwecklos. Die Spiegelgänger können die Infrastruktur selbst reparieren, ein einziger mit dem Allnetz verbundener Projektor, der noch Strom hat, ein Emitter, durch den sie erscheinen können, würde unser aller Tod sinnlos machen. Nein, ich habe den Raum hier gesichert, werde auf die Rückkehr Yrshas warten. Sie ist die Flamme unseres Volkes, sie ist es, die uns retten und reinigen wird.*«

»Tja, das haben sich die Hologramme auch gedacht und sie lahmgelegt, damals wie heute. Scheiße.«

Troshk hatte recht, aber er erfasste noch nicht die volle Auswirkung ihrer Rückkehr, das Potenzial, das sie auf den Planeten getragen hatten. Frank beschlich eine paranoide Ahnung, eine Warnung drängte sich in sein Bewusstsein – doch Bettsy war schneller.

»Damals war es anders. Sie haben sich einer Gefahr für ihre Existenz entledigt. Aber hunderttausend Jahre der Isolation, eine Ewigkeit als ich-bewusste Existenzen in Rechnerkernen und Netzwerken – man braucht keine Hormonschwankungen, um da wahnsinnig zu werden. Wären sie immer noch rational, hätten sie uns bei der Ankunft getötet. Genau das taten sie aber nicht.«

Frank nickte.

»Sie wollten beobachten. Uns studieren, mit uns spielen.«

Bettsy bewegte ihre Mandibeln vor und zurück, konnte ihre Nervosität nicht mehr verbergen.

»Vielleicht nicht nur das. Stellt euch vor, sie übernehmen das Schiff, überschreiben Yrshas Persönlichkeit. Sie brauchen dann nur eine Welt zu finden, die bereits haptische Holografie kennt oder weit genug ist, um sie aus der unerwartet in den Schoß gefallenen Technologie zu rekonstruieren, und ...«

Sie sprach nicht weiter, aber das war auch nicht notwendig – der Gedanke wurde ganz allein zu Ende gesponnen, in ihrem Gehirn ebenso wie in jenen von Frank, Dilara und Troshk. Eine schreckliche Ahnung, das flaue Gefühl in der Magengrube, einen furchtbaren Fehler begangen zu haben. Wie zum Beispiel den bunten Überraschungsschleim in einer Durashkneipe zu schlürfen, unwissend, ob man sich gerade die Spezialität des Koches oder seine Kinder in die Kehle saugte. Nein, eigentlich war es noch schlimmer als das. Vielleicht hatten sie den Grundstock für eine Bedrohung gelegt, deren Ausmaß die ständigen Reibereien mit den Plachtharr und die einstige Landplage Menschheit überstieg. Das Ende von Welten und Zivilisationen, ausgelöscht von virtuellen Persönlichkeiten und holografischen Parasiten.

»Gut gemacht, Frank. Vielleicht gehen ja nicht nur wir drauf, sondern gleich mal ein paar Völker des Protektorats.«

Das war nicht fair.

Er hatte nicht wissen können, was sich in dem Kometen verbarg, sie hatten gemeinsam Yrsha aktiviert, und alles, was nun geschah, war keineswegs allein seine Schuld. Zornig drehte er sich zu Dilara – und erstarrte.

Sie meinte es nicht so.

Das war vielleicht keine absolute Entschuldigung, aber er realisierte, dass sie dieses Ventil brauchte, sich so von den Selbstvorwürfen ablenkte, die sie ansonsten überwältigen würden. Dila litt, und er damit noch mehr, auch wenn sie das nicht wissen konnte.

Energisch schüttelte er den Kopf.

»Nein, niemand geht drauf. Also, wir auf keinen Fall.«

Er sagte dies mit derart grimmiger Entschlossenheit, dass Dilas Ohren sich in die Höhe zogen, Troshk erstaunt an seine Seite trat und die Metallschmeckerin neugierig klickerte.

War er überzeugt? Nicht hundertprozentig. Würde er sich das anmerken lassen? Am Arsch, nein!

»Bettsy, ich brauche deinen Scanner. Wie gut ist die Penetrationswirkung?«

Verwundert reichte sie das Messgerät an ihn weiter, sah erstaunt zu, wie er es am rechten Oberarm festzurrte und mit seinem persönlichen Kristall synchronisierte. Dann wippte sie mit den Fühlern.

»Nicht übel, ist ein Standardmodell des Konsortiums. Einige Zentimeter in komplexe Legierungen, mindestens fünfzig tief in Erze und Gestein, vielleicht zwanzig oder dreißig Meter in lockeres Erdreich.«

Frank nickte grimmig.

»Troshk, kannst du mir die Abdeckung von einer der Speicherbänke herausreißen und zurechtbiegen?«

Der Sturmkommandant schritt zu den gewaltigen Batterieschränken, klopfte die Vorderseiten sorgfältig ab.

»Ja, das bekomme ich hin, wenn ich dir keinen Harushvogel oder eine Blüte daraus falten soll.«

»Keine Sorge, eine primitive Schaufel sollte reichen.«

Dilara blickte Frank inzwischen mit einer Mischung aus Faszination, Neugier und Skepsis an. Die vorgeschützte Feindseligkeit war vollständig verschwunden, aber noch schien sie sich zumindest Sorgen zu machen.

Vor allem um seinen Geisteszustand.

»Frank, was hast du vor?«

Diesmal war er es, der Ruhe, Gelassenheit und Führung ausstrahlte, seinen Blick von Schiffskamerad zu Schiffskameradin wandern ließ.

»Was wohl? Uns hier herausholen, natürlich! Vergesst nicht Leute, ich bin ein Prospektor, der beste auf diesem Planeten.«

Natürlich war er auch der einzige, aber das tat nichts zur Sache. Frank war motiviert.

* * *

Er sondierte und schaufelte, wühlte und vermaß, führte sie durch Tunnel, alte Versorgungsschächte und Materialgänge, so schmal, dass sie im Gänsemarsch gehen mussten. Mit Scanner und Hausverstand, sorgfältigem Abklopfen verschütteter Strukturen und einem unerschütterlichen Optimismus fand er Wege, wo keine zu sein schienen, grub Durchgänge in Höhlen aus Bauwerken längst vergangener Zeit.

Mit wachsendem Enthusiasmus gingen ihm seine Freunde zur

Hand. Troshk und Bettsy fanden sich bald in einem Wettstreit wieder, einem wohlwollenden Kräftemessen unter alten Kumpanen – und heimlichen Liebhabern. Immer wieder nahm der Hüne Frank die improvisierte Schaufel ab, warf sich mit Muskeln und Verbissenheit in die Schlacht gegen weitverzweigte Wurzeln, verrottete, aber nach wie vor widerstandsfähige Kabelstränge und so manche Steinbrocken, die Frank zu schwer waren.

Bettsy hingegen, von Millionen Jahren der Evolution in den Sandwüsten und Steppen der Creesh dafür perfektioniert, buddelte im Alleingang neue Tunnel, verband scheinbare Sackgassen geschickt mit Ausläufern jener Gräben, in denen sie frische Luft und Tageslicht genießen konnten, ehe sie ihre im wahrsten Sinne des Wortes subversive Tätigkeit wieder fortsetzten.

Und selbst Dilara schnappte sich gelegentlich Franks Grabgerät, stieß ihm freundschaftlich in die Rippen, bis diese knacksten, und drückte ihm einen Snack aus Bettsys Tasche in die Hand mit der strengen Anweisung, eine Pause einzulegen.

Was er nur ungern tat. Zugegeben, Hirn und Körper liefen auf Hochtouren. Er keuchte, er stöhnte, er schwitzte wie ein Schwein, nur, um eine Stunde später über Messergebnisse und das Rotieren seines inneren Kompasses zu grübeln.

Aber er genoss es.

Dies war mehr als nur ein in Erfüllung gegangener *beruflicher* Wunschtraum. Nein, am meisten motivierte und freute ihn die Tatsache, dass sie nun wirklich wie ein eingeschworenes Team agierten, an einem Strang zogen. Es war genau so, wie er es sich vorgestellt hatte, damals, während einsamer Stunden in seiner Koje auf der *Brashatar* (natürlich jenen ohne DIE Socke zur Hand), in dunklen Ecken schmieriger Kneipen, über dem einen oder anderen fragwürdigen Getränk brütend.

Und es hatte lediglich den Mordversuch durch psychotische Hologramme und eine Bedrohung allen physischen Lebens im Sektor gebraucht, um diesen seinen Traum in Erfüllung gehen zu lassen.

* * *

»Das ist es, Leute. Näher kommen wir nicht ran, zumindest nicht mit einem derart gemütlichen Aufstieg.«

»Gemütlich?«

Skeptisch beäugte Troshk den Hang, der aus dem gut hundert Meter tiefen Graben an die Oberfläche führte. Weniger steil als die meisten anderen, bei weitem freundlicher als die Schlucht, in die sie gestürzt waren – aber *gemütlich*?

»Dein Optimismus in alle Ehren, *Kommandant*, aber der Aufstieg wird für alle außer Bettsy ganz schön anstrengend werden. Ist das wirklich der beste Ort für uns?«

Frank nickte eifrig.

»Garantiert. Von dort oben haben wir nur mehr siebenhundert Meter bis zum Schiff, vielleicht sogar ein bisschen weniger.«

Er gab sich große Mühe, selbstsicher zu klingen, und auf den ersten Blick half die Zahl dabei. Siebenhundert Meter. Das waren drei Minuten im Laufschritt, eigentlich ein Tarjahsprung. Von einer erfahrenen Crew, bis an die Mandibeln bewaffnet, unter fast allen Bedingungen schaffbar.

Fast allen.

Siebenhundert Meter, die von feindlich gesinnten, verrückt gewordenen virtuellen Persönlichkeiten mit gottgleicher Macht über Energie und Materie kontrolliert wurden?

Das klang schon nicht mehr *ganz so* vielversprechend. Er war sich vollkommen dessen bewusst, dass die digitalisierten Gahar den ganzen Bereich in einen Eisblock verwandeln, einen Sturm aus Rasiermessern oder einen Hagel aus brennenden Meteoriten beschwören konnten.

Mit der Schaufel als improvisierte Steighilfe machte er sich auf den Weg, übernahm die Führung, wie es seine offizielle Position verlangte. Troshk hatte recht – Frank war der Kommandant, und es wurde Zeit, sich entsprechend zu benehmen.

Schritt für Schritt stapft er nach oben, dem Licht entgegen, in der Linken die Schaufel, in der rechten Hand die Waffe im Anschlag.

Auch Troshk, direkt hinter ihm, so nahe, dass er den angestrengt ausgestoßenen Atem fühlen kann, hat seine Sturmflinte einsatzbereit.

Mehr eine psychologische Unterstützung als irgendwas sonst, gegen Hologramme so wirksam wie ein Gebet.

Oder noch weniger.

Dreißig Meter bis zur Oberfläche, die Gefahr und Hoffnung zugleich verheißt.

Seine Füße sinken immer wieder ein, in Erdreich, das zu weich ist, um seinen Körper zu tragen.

Ein Stöhnen, ein kurzes Zittern, Warnung für Troshk, der mit doppeltem Gewicht hinterherstapft, während Bettsy und Dilara scheinbar problemlos folgen.

Zwanzig Meter bis zum Licht.

Frank kann den Luftzug spüren, den intensiven Geruch von Verfall und Zerstörung, aber auch das subtile Aroma der weit entfernten Wälder riechen. Neue Hoffnung, neue Kräfte.

Zehn Meter bis an den Rand des Abgrunds.

Frank schwitzt und keucht, sorgt sich kurz, ob Dila das riechen kann, schüttelt einen Moment später angesichts solcher in dieser Situation lächerlichen Überlegungen den Kopf.

Er hat noch drei, vielleicht vier Schritte vor sich, bevor er die Oberfläche erreichen wird, hört ein aufmunterndes, ihn anspornendes Klickern von Bettsy, blickt nach oben – und in das Gesicht Shuburas.

Eine höhnische Fratze, ein trotz aller angeblichen Emotionslosigkeit hasserfülltes Grinsen der projizierten Gahar – und dann Hitze.

Der Himmel wird rotgelb, verdichtet sich zu einer brodelnden Masse.

Die Oberfläche verwandelt sich in Lava.

Die oberste Schicht Erdreich verdampft.

Unerträgliche Glut schießt nach unten, Frank entgegen.

Flüssiges Feuer raubt ihm den Atem, versengt sein Gesicht, lässt ihn aufschreien, zurücktaumeln – und den Halt verlieren.

Einen Augenblick lang rudert er noch mit den Armen, versucht verzweifelt, sich gegen die Gravitation zu wehren.

Ein aussichtsloser Kampf.

Frank stürzt abermals in die Tiefe.

§ 28 Geschäftsfähigkeit

Prinzipiell gelten Menschen auf allen Protektoratswelten als voll geschäftsfähig, mit folgenden Einschränkungen:

a) Es ist den einzelnen Legislaturen vorbehalten, den Erwerb von Grundstücken und Immobilien für Menschen zu untersagen.

b) Menschen ist der Besitz und das Führen von Konsortien, die Waffentechnologie produzieren, untersagt.

c) Menschen ist der Besitz und das Führen von Konsortien, die aufgrund ihrer Geschäftstätigkeit überwachte und legislativ eingeschränkte Technologien (einschließlich, aber nicht beschränkt auf Waffen, KI und Antimaterie) auf Vorrat zu halten, untersagt.

d) Diese Einschränkungen gelten nicht für Konsortien, in denen Menschen weniger als 50 Prozent der Anteile halten.

– Lex Humanitas, sechste Fassung aus dem Jahr 1127 AT

9

GAHAR-2

Die *Ciarosh* an der Spitze, dicht gefolgt von der *Dorashadar* – so flogen sie unerschrocken dem Feind entgegen.

*Unerschrocken? Vielleicht sogar furchtlos? In den Liedern vielleicht, die sie über uns singen werden. Ich jedenfalls habe sehr wohl Angst, nur ein Dummkopf würde sich hier **nicht** fürchten.*

Die noch flugfähigen Begleitschiffe, ein allerletztes Mal für den Kampf gerüstet, schwebten an den Flanken des Zerstörers, links von Ghiara persönlich angeführt. Das war keine Flotte, nicht einmal wirklich ein vollwertiger Verband, vielleicht genug, um einigen Randweltpiraten in den Arsch zu treten – und selbst da nur den weniger gut bewaffneten.

Ihnen stand jedoch keine abgehalfterte Crew von Raumfreibeutern entgegen, sondern die mächtigste Feindesflotte, die das Protektorat seit Jahrzehnten zu Gesicht bekommen hatte. Die Plachtharr wussten zu kämpfen, hatten Feuerkraft und Panzerung auf ihrer Seite, ebenso wie eine numerische Überlegenheit, die Marushas Angriff wie eine lächerliche Verzweiflungstat aussehen ließ.

Was sie auch war.

Und doch schienen die Feindverbände sie ernst zu nehmen, machten nicht den Fehler, die teils schwer angeschlagenen Protektoratsschiffe zu unterschätzen.

Leider.

Sie schwebten und lauerten in sorgfältig geplanten, beinahe erwartungsvoll erscheinenden Verteidigungsformationen vor ihren Operatoren, die wiederum in zwei Gruppen aufgeteilt waren, mit unterschiedlichen Fluchtvektoren.

Beeindruckend.

Sie schützten ihre oberste Missionspriorität mit allem Kriegsgeschick, nach allen Regeln der Kunst. Eine dreidimensionale Speerspitze richtete sich auf die herannahenden Angreifer, zusammengesetzt aus acht Kleinverbänden, die wiederum aus einem Zerstörer, einem Träger und einer Handvoll Bomber bestanden. Insgesamt sechzehn Großschiffe bildeten diesen Prellbock, standen zwischen den kläglichen Kräften des Protektorats und der zweiten Verteidigungswelle, einem Schwarm aus Kreuzern und Jägern, agil und feuerstark zugleich.

Eine perfekte Formation.

Kopfschüttelnd starrte Marusha auf die Übermacht, die sich ihnen entgegenstellte, überschlug im Kopf die Chancen, es überhaupt in diese erste Welle hinein zu schaffen. Mit einer Wischgeste holte sie die Gegner heran, maximierte die Vergrößerung der Projektion.

Sie sah die tausend dreieckigen Panzerplatten auf den Rümpfen, sorgfältig versetzte und überlappende dunkelbraune Schuppen, die den abgeflachten Spitzen der Plachtharr-Schiffe ein bösartiges, raubtierhaftes Aussehen gaben. Keine erkennbaren Aufbauten, keine Störung der geometrischen Harmonie. Dunkelbraune, beinahe schwarze Masse, von begnadeten Ingenieuren in gepanzerte Ungetüme verwandelt, bereit, das Feindfeuer zu absorbieren, umzuwandeln, tausendfach stärker zurückzuschicken. Eine unzerstörbare Phalanx, eine uneinnehmbare fliegende Festung im All.

»Ich frage mich, ob sich unsere Vorfahren einst so gefühlt haben wie ich mich jetzt.«

Aus ihren düsteren Überlegungen gerissen, wandte sie sich zur Seite, blickte ihren Adjutanten verwundert an.

»Was meinst du damit? Von welchem *damals* sprichst du?«

Torotoshk strich sich das Fell aus der Stirn, zeigte vage auf die alles dominierende Projektion.

»Damals, als die Tarjah am Horizont erschienen. Gierig über unsere Heimat herfielen, unsere Ernte plünderten, unseren Urahnen das Fell über die Ohren zogen. Tausende elegante, schnelle Schiffe, bestens bewaffnet, während wir uns gerade mal in fragilen Blechbüchsen hinaus ins All wagten, die Pranken nach unseren Monden ausstreckten. Ich frage mich, ob vor drei- oder viertausend Jahren unser Volk in den Himmel starrte, mit dem gleichen Blick auf die Flotte der Baumsegler gerichtet wie unserer jetzt auf die Plachtharr.«

Marusha verzog unwirsch die Schnauze. Kein Borsht erinnerte sich gerne daran, dass sie, die stolzen Krieger, die Faust des Protektorats, einst Opfer gewesen waren, ausgeraubt und gejagt, versklavt und teilweise sogar gefressen von den heutigen Verbündeten mit den großen Ohren.

Ja, letztendlich hatten sie gesiegt, mit der heimlichen Hilfe der Toronk, Waffenlieferungen der Gulptar, auch dank eines Nichteinmischungspaktes mit den Creesh. Die große erste Schlacht, zwölf Tage und zwölf Nächte lang, der Aderlass ihrer Zivilisation. Gewiss, die Räuberschwärme der Tarjah waren schlussendlich unter gewaltigen Verlusten besiegt worden, die Weltenlenker der Baumsegler widerwillig an den Verhandlungstisch getreten. Aber Geschichte blieb Geschichte – verbunden mit der Tatsache, dass viele Generationen lang die Borsht unfreiwillig zartes Fleisch und flauschige Bettvorleger geliefert hatten. Die Frage des Adjutanten weckte diese unangenehme Erinnerung ihres ganzen Volkes, aber er lag nicht falsch.

Jedoch – auch nicht vollkommen richtig.

»Einen gewaltigen Unterschied gibt es, Subkommandant.«

Fragend blickte Torotoshk sie an, wartete auf die Auflösung, mit der sie sich theatralisch Zeit ließ. Schließlich bleckte sie ihre Zähne.

»Diesmal sind *wir* die Angreifer.«

* * *

»Danke, Bettsy. Wenn du mich nicht aufgefangen hättest – ich weiß nicht, vermutlich würde ich jetzt mit gebrochenen Knochen dort unten liegen.«

Frank deutete in die Tiefe, ehe er sich den Schmutz vom Pilotenanzug klopfte und den Ruß aus dem Gesicht wischte.

»Keine Ursache, Kleiner. Du hast verdammt viel Glück gehabt – wenn diese projizierten Dunghaufen nicht so gierig darauf versessen gewesen wären, dich zu grillen, wenn sie sich nur ein paar Sekunden mehr Zeit gelassen hätten …«

Gemeinsam blickten sie nach oben auf die wabernde Masse, von der immer wieder dicke, zähflüssige Tropfen geschmolzenen Gesteins in die Tiefe fielen – und sich nach wenigen Metern auflösten. Das war die maximale Reichweite der Emitter, Penetrationswirkung hin oder her. Eine unsichtbare Trennlinie, an der die Macht der Hologramme endete.

Und doch gab es keinen Zweifel – die Oberfläche gehörte restlos ihnen, es führte kein Weg an der projizierten Präsenz vorbei. Er und Bettsy, Troshk und Dila würden hier unten sterben, und vielleicht wäre der schnelle Tod in der Lava gnädiger als …

… nein.

Er war nicht bereit, aufzugeben. Vor allem nicht, als er die Augen Dilas und Troshks auf sich ruhen sah.

Erwartungsvoll.

Hoffnungsvoll.

Vertrauend.

Mit einem grimmigen Nicken drehte er sich zurück, machte sich bereit für einen erneuten Aufstieg.

»Bettsy, wie viele EMPs hast du noch?«

»Zwei Stück, aber vergiss nicht, eine brauchen wir, um die Emitter des Dämpfungsfelds auszuschalten. Sonst kommen wir hier nie weg.«

»Welche Reichweite hat eine Granate?«

Die Metallschmeckerin blickte nach oben, neigte ihren Kopf so weit zurück, dass die Fühler am Hinterkopf den Rückenpanzer berührten.

»Bis zu fünfhundert Meter unter Idealbedingungen auf freiem Feld, aber das wird es hier nicht geben. Wir müssen sie nahe genug an dem Lavasee dort oben zünden, um zumindest einen Teil der Emitter auf der Oberfläche zu grillen. Anders kommen wir nicht raus, und dieser Puls wird dann vom Erdreich gedämpft. Unter diesen Umständen – ich würde sagen, wir killen alle Schaltungen im Umkreis von zweihundert Metern, vielleicht etwas mehr, vielleicht auch deutlich weniger.«

Franks Hirn lief auf Hochtouren. Immer wieder blickte er nach oben, zurück zu seinen Freunden, auf die faustgroße Granate, die Bettsy aus ihrer Tasche fischte.

»Wir schaffen das. Wie funktioniert das Ding?«

Die Metallschmeckerin klickerte kurz skeptisch, reichte aber die Granate an ihn weiter. Ein überdimensioniertes silbernes Ei, an der Oberseite abgeflacht mit einem bläulich leuchtenden Druckschalter in der Mitte. Streng genommen ziemlich primitiv und doch die einzige wirksame Waffe, die ihnen gegen diese hochentwickelte Scheinzivilisation hier blieb.

»Sie hat zwei Einstellungen. Entweder zeitverzögert – du drückst den großen Schalter einmal rein, lässt los und wirfst die Granate. Hier, mit diesem Ring stellst du vorher ein, nach wie vielen Sekunden sie detoniert, von eins bis zehn. Oder aber du benutzt den Totmannschalter. Dabei drückst du einmal, lässt los, drückst ein zweites Mal, behältst aber dann deine Klaue – ich meine, deinen Daumen – auf dem Auslöser. Die Zündung erfolgt, sobald der Druck sich löst.«

Totmannschalter – das klang nicht gerade vielversprechend, vielmehr nach etwas, auf das er verzichten konnte. Und nein, er brauchte es auch gar nicht. Entschlossen machte er sich wieder an den Aufstieg, daran, jene knapp zwanzig Meter zurückzulegen, die ihn von den sich auflösenden Lavatropfen trennten.

Diffus abgestrahlte Wärme wird zu Hitze, sengende Hitze zur unerträglichen Glut.

Sein Körper ist zwar von den Hightechmaterialien des Pilotenanzugs leidlich geschützt – sein Kopf weniger.

Schweiß fließt ihm von der Stirn, nur blinzelnd wagt er es, grob in die Richtung seines Zieles zu blicken.

Der Geruch von angesengtem Haar wird von Sekunde zu Sekunde intensiver, stechender, vermischt sich mit Schmerz.

Ein letzter Atemzug, dann die Luft angehalten, noch vier, drei, zwei weitere Schritte.

Den Ring auf die unterste Einstellung gedreht, den Knopf gedrückt, ein Stoßgebet zu allen Göttern und Ahnengeistern jedes Volkes geschickt – und er wirft!

Er hält den Kopf nach unten, um nicht zu erblinden, sieht nicht, wie die Granate zu ihrem Ziel fliegt, zählt nur stumm die Sekunden.

Die *Sekunde*.

Ein Knall, ein Lichtblitz, und frischer, herrlich kühler Wind rast den Abgrund hinunter, nimmt seiner Haut den Schmerz, lässt ihn wieder frei durchatmen.

Jubel seiner Kameraden, ein erster, vorsichtiger Blick nach oben. Die Lava ist verschwunden.

»Gut gemacht, Kleiner!«

Erschöpft, aber glücklich drehte sich Frank zum Sturmkommandanten um, der als Erster nachgestiegen war, ihm nun aufmunternd eine Pranke auf die Schulter schlug. Stark genug, um ihn kurz aufstöhnen und noch einige Zentimeter tiefer in die weiche, angekokelte Erde sinken zu lassen. Bettsy huschte an ihnen vorbei, kroch vorsichtig an die Kante des Abgrunds heran und streckte behutsam ihr Kopfsegment vor.

»Leute, die Luft ist rein!«

Das war sie tatsächlich. Also vielleicht nicht rein im Sinne von sauber, immerhin standen sie wieder in verwitterten Ruinen, starrten auf insgesamt vier der improvisiert über Jahrtausende hinweg am Leben gehaltenen Emittertürme, vom EMP in nutzlosen Schrott verwandelt.

Eine Kuppel der Realität, in der sie verweilten, knapp zweihundert Meter im Durchmesser, den Blick auf das freigegeben, was sich tatsächlich hier befand. Überreste von Bauten, ein zusammengebrochener Spiegelturm, mehrere Skelette ehemaliger Flug- oder Schwebegeräte – aus einem erkaltenden Schlackenmeer ragend.

Feuer und Glut mochten holografisch gewesen sein, ihre Auswirkungen zeigten sich jedoch überaus real. Immer noch strahlte die Umgebung Hitze aus, eine Restwärme, die sich nur langsam verflüchtigte. Natürlich nicht am Rande ihrer Blase – um diese herum tobte weiterhin ein Feuersturm über brodelnde Lavamassen hinweg.

Sie warteten, bis die Oberfläche sich abgekühlt hatte, wagten erste behutsame Schritte ins Freie, während Frank sich mit dem Scanner in seiner Hand und seinem inneren Kompass orientierte. Schließlich ging er nach Osten, vorsichtig in Richtung jener Grenze, an der die falsche Glut diffundierte, sich auflöste, durchsichtig und schwächer wurde.

Ganz so weit kam er nicht, zu stark war die Hitze, die ihm entgegenschlug. Aber weit genug, um Gewissheit zu haben.

»Knapp sechshundert Meter, hier geradeaus, und wir haben es geschafft. Dort liegt der Mittelpunkt der Landeplattform. Und damit Yrsha.«

Betretenes, nein, betroffenes Schweigen. Sie alle verstanden, was dies bedeutete. Es war schlicht zu weit. Verzweifelt zückte Frank den Scanner, sondierte den Boden, in der Hoffnung, einen unterirdischen Zugang finden zu können – oder zumindest genug schaufelbare Erde.

Vergeblich.

Solides Gestein, dazwischen Trümmer und Fundamente aus Materialien, deren sie mit ihren beschränkten Mitteln nicht zu Leibe rücken konnten. Nein, sie mussten das letzte Stück überirdisch zurücklegen – und genau da lag der Haken.

Selbst wenn sie ihre letzte Granate in den Feuerschlund warfen, mit aller Kraft, die Troshks muskulöser Arm aufzubieten hatte, gab es keine Garantie, dass sie das Dämpfungsfeld, jenes unsichtbare Gefängnis des Schiffes, auch unterbrechen konnten.

Keine Garantie?

Nein, andersherum, es war beinahe ausgeschlossen, dass es klappen würde. Sie scheiterten vielleicht nur an hundert, vielleicht auch nur an fünfzig lächerlichen Metern Distanz, aber sie scheiterten. Immer wieder schienen höhnische Fratzen in der Feuerglut vor ihm aufzutauchen und zu verschwinden, Gesichter von Jilbur, Shubura und Dutzenden, nein Hunderten anderen. Starrten sie ihn gerade an? Konnten sie überhaupt sehen, was außerhalb ihrer Machtsphäre geschah?

Vermutlich schon. Sie mussten zumindest rudimentäre Sensoren ebenso instand gehalten haben wie die Emitter, und selbst die primitivsten, schlampig gewarteten Ausführungen sollten deutlich mehr Reichweite haben als die Projektionstechnologie.

Sie sehen uns.

Sie beratschlagen sich.

Einen kurzen Augenblick lang spielte er mit dem Gedanken, zu verhandeln. Freies Geleit, einen ehrenvollen Abzug, ihnen vielleicht sogar gestatten, mit ihnen zu reisen, im Speicherkern Yrshas …

… NEIN. Das war Wahnsinn, sein Leben war das nicht wert – und nicht einmal das seiner Freunde.

Wahnsinn?

Genau darauf lief es hinaus. Man brauchte keine Hormone, keine Gehirnchemie, um Emotionen zu haben, um wahnsinnig zu werden. Wenn sie es nicht schon bei der Ermordung ihrer Schöpfer gewesen waren, so garantiert jetzt, nach hunderttausend Jahren der Isolation. Egal ob digital oder nicht, egal ob in den Rechenkernen irgendwelcher antiker Systeme gefangen oder in den Raum projiziert, die Avatare der Gahar waren komplett irre, durchgedreht, eine Gefahr für jedes physische Leben.

»Ich könnte es schaffen.«

Erstaunt drehte er sich um, blickte ebenso verdutzt wie Troshk und Dila auf Bettsy, die auf vier Beinen nähergekommen war.

»Wenn ich meine Segmente zusammenziehe, kann ich durch diese Hölle laufen. Ihr wisst schon, unsere Schutzhaltung, nur nicht komplett zusammengerollt. Das Chitin und die Karboneinlagerungen werden mich lange genug schützen, um es hundert, vielleicht zweihundert Meter weit zu schaffen, bis ich umkippe. Wenn ich die EMP auf Totmannschaltung zwischen den Mandibeln halte …«

Sie musste den Satz nicht beenden, um ihnen allen einen Schauer über den Rücken zu jagen.

Bettsy bot gerade an, sich selbst zu opfern. Etwas, das überhaupt nicht infrage kam.

Troshk schüttelte heftig den Kopf.

»Denk nicht einmal daran. Aber könnten wir dir die EMP nicht einfach auf den Rücken schnallen, zehn Sekunden einstellen, und du läufst mit eingezogenem Kopf hinein?«

»Das wird nicht funktionieren. Vergiss nicht, die Hologramme können jederzeit die Umgebung ändern, Bettsy einfach einfrieren oder ihr schlicht die Granate vom Rücken fegen. Nein, *Totmann* bedeutet in diesem Fall genau das – toter Mann. Oder in dem Fall weibliche Creesh. Was auch immer sie einsetzen, um sie zu killen, die EMP geht hoch.«

Es war Dila, die ihrer Hoffnung einen weiteren Dämpfer verpasste, und sie tat dies mit einer belegten, traurigen Stimme.

Frank wandte sich an Bettsy.

»Würde dich das töten?«

Die Metallschmeckerin wippte traurig mit den Fühlern.

»Ja, Frank. Die EMP hat keine große Sprengwirkung, aber zwischen den Mandibeln braucht sie das auch nicht. Irgendein Fragment wird mein Oberschlundganglion zerfetzen, und dann ist die ewige Steppe angesagt.«

Kopfschüttelnd wandte sich Frank ab, spürte Tränen in seine Augenwinkel fließen. Das wollte er nicht. Das konnte er nicht befehlen, nicht erwarten, nein, nicht einmal gutheißen. Er schluckte, und nun war es seine Stimme, die belegt und stockend kam.

»Wie lange brauchen diese Pseudogahar, um die Umgebung zu verändern? Und welche Reaktionszeiten können wir erwarten?«

Bettsy klickerte verunsichert.

»Reaktionszeiten? Keine oder maximal im einstelligen Nanosekundenbereich. Im Prinzip sind sie hyperintelligente KI mit organischen Vorfahren. Aber die Emitter sind alt, leidlich gewartet, wie von einem Cargokult archaisch in Schuss gehalten. Selbst jene in Yrsha, bestens erhalten, brauchten einige Sekunden zum vollständigen Aufbau des Kometen und seiner Umgebung. Da haben wir ein Fenster, wenn auch nur ein winziges.«

Franks Gedanken kreisten, und sein Blick wanderte wie irr umher. Zuerst zu Bettsy, die nicht geopfert werden durfte, dann zu Troshk, der ein gutes Leben voll Ruhm und Ehre hinter sich hatte – aber noch mindestens ein halbes vor sich, wenn sie hier nicht starben. Und schließlich war da noch Dila. Dilara Kreethan, die Astrotelepathin, die oft zu ihm so gemeine Zynikerin, trotzdem oder vielleicht genau deswegen das faszinierendste Wesen, das er in seinem Leben getroffen hatte. Dila, seine Peinigerin bei vielen mehr oder weniger harmlosen Streitereien und Rangeleien, seine Co-Pilotin, seine …

Co-Pilotin.

Frank stutzte, hielt in seinen Gedanken inne, als neue Überlegungen am Rande seines Bewusstseins auftauchten, sich zu einer Idee formten. Unbewusst nickte er und begann zu grinsen.

»Dila, zieh bitte deine Jacke aus.«

Dilara zuckte zusammen, ging einen halben Schritt zurück, nahm eine federnde Angriffshaltung ein. Fauchend riss sie ihren Mund auf, entblößte die doppelten Reihen langer, spitzer Zähne.

»Frank, vergiss es! Wenn das irgend so ein *Du willst doch nicht als Jungfrau sterben?*-Scheiß werden soll, dann kommst du dreißig Jahre und fünfhundert Schwänze zu spät. Oder willst du selbst etwa nicht als …«

»Nein, nein, bei den Monden Graroshs, NEIN!«

Beschwörend hob er die Arme.

»Ich drehe mich auch um, versprochen! Aber ich brauche deine Pilotenjacke. Und einen deiner Schulterpanzer, falls du ihn entbehren kannst.«

Grinsend und vor allem so selbstbewusst wie möglich blickte er seinen Gefährten in die Augen, einem nach der anderen.

»Leute, ich habe einen Plan.«

* * *

»Frank, bist du dir sicher? Ich meine, du – du musst das nicht machen, das weißt du doch, oder? Vergiss die ganze scheiß Lex Humanitas mit ihren vorgeschriebenen Selbstmordmissionen, vergiss deinen beschissenen Stolz, vergiss, was ich über die Rolle des Kommandanten gesagt habe …«

Dilara verstummte, zuckte schließlich mit den nackten Schultern. Sie trug das traditionelle Flugtuch eng um den Oberkörper gewickelt, und Frank schaffte es nur mit göttlicher Selbstbeherrschung, ihr nicht auf die durchscheinenden Brüste zu starren.

Die linke obere sieht ein bisschen kleiner aus als die anderen, und die rechts unten steht etwas weiter hervor, oder irre ich mich da?

Na gut, er schaffte es *fast*, zumindest so weit, dass Dilaras Sorge um ihn nicht in einen neuen Zorn umschlug. Hastig blickte er von ihr weg, zog noch eine Schicht Klebeband um seine linke Hand, in der nun der Schulterpanzer der Astrotelepathin ruhte – und die EMP Granate.

»Vertrau mir, ich habe nicht vor, mich zu opfern, mein Plan sieht eindeutig mein Überleben vor. Es wird schon klappen.«

Er zögerte kurz. Optimismus war eine Sache – Anweisungen für den Fall, dass er unbegründet war, eine ganz andere.

»Und falls nicht, kommt ihr raus. Du, Troshk, höchstwahrscheinlich auch Bettsy. Sturmkommandant, du musst dann an meine Stelle treten und die Triade vervollständigen. Yrsha braucht zwei Piloten – und eine Mechanikerin.«

Mit einem gezwungenen Lächeln wandte er sich an die Metallschmeckerin, die gerade sorgfältig Stellung bezog. Geradezu pedantisch richtete sie ihren Körper aus, dorthin, wo sie das Schiff vermuteten.

Vermuteten? Nein, es *musste* dort sein, sonst war alles umsonst.

»Frank, es kann losgehen. Auch wenn ich es immer noch für eine bescheuerte Idee halte.«

»Hast du eine bessere, mit höheren Überlebenschancen?«

Sie schwieg, schüttelte ein letztes Mal die Fühler und begann langsam, ihren Körper zusammenzuziehen. Segmentpanzer um Segmentpanzer überlappten sich, Beine rückten näher aneinander. Schließlich klappte sie ihren Kopf kurz nach unten, fädelte die Fühler unterm Nackenpanzer ein und schob ihr vorderstes Drittel zusammen.

Sie war bereit, so gut geschützt, wie es nur möglich war. Behutsam stieg er auf ihren Rücken, warf den zurückbleibenden Gefährten einen letzten Blick zu.

Troshk feuert, leert den gesamten Tank des *Liquidors* auf Frank und Bettsy, Wasser versetzt mit Zusatzmittel drei – Brandbekämpfung. In seiner Miene spiegelt sich Sorge wider – um ihn oder um seine Geliebte? *Wahrscheinlich beides.*

Dila hat die Ohren auf halbmast geklappt, nickt kurz, scheint ihm ein »Viel Glück« zuzuflüstern, das er nicht mehr hört.

Denn er wickelt sich ihre Pilotenjacke um den Kopf, stopft die Enden sorgfältig in seinen Anzug, ehe er in die Knie geht, sich mit seiner rechten Hand an eine von Bettsys Panzerplatten krallt.

Er ist blind, er ist beinahe taub, und die Metallschmeckerin galoppiert los.

Die Geschwindigkeit steigert sich ebenso schnell, ebenso rasant wie die Hitze, als sie der Feuerwand entgegenrasen.

Ein letzter tiefer Atemzug, die linke Hand in die Höhe gestreckt.

Zweimal rastet der Daumen auf dem Knopf ein, verharrt in dieser Position – und dann tauchen sie in das Feuer Gahars.

Die Glut umspült sie in einem Wimpernschlag, strahlt durch den Schutz des Fliegeranzugs, beginnt ihn zu kochen.

Härchen an seiner emporgestreckten Linken verbrennen, der zweckentfremdete Schulterpanzer heizt sich auf, macht sich daran, das an ihn gepresste Fleisch zu schmoren.

Der Schmerz ist gewaltig, schießt in Wellen durch seinen Körper, lässt ihn hart die Zähne aufeinanderschlagen.

Bettsy *galoppiert*.

Wie weit sind sie schon vorgedrungen?

Vierzig Meter, vielleicht fünfzig, in wenigen Sekunden zurückgelegt?

Die Metallschmeckerin beschleunigt weiter, leidet ebenso wie er.

Der Geruch von verschmortem Chitin dringt durch den improvisierten Kopfschutz, vermischt sich mit dem Gestank seiner schmelzenden, Blasen werfenden Haut.

Er würgt, kämpft gegen den Brechreiz, kämpft gegen eine Ohnmacht, die nicht kommen darf.

Noch nicht.

Bettsy *rast*.

Achtzig Meter, vielleicht auch hundert.

Er weiß es nicht, fühlt nur die Erschütterungen von glühenden, an den Spitzen schmelzenden Beinen, hört das gequälte Hissen durch den Panzer durch.

Und dann verändert sich die Umgebung.

Er sieht es nicht, er hört es nicht, aber er *spürt*, wie projizierte Moleküle verschwinden, neue erscheinen, die Realität gewaltsam gebrochen wird, um etwas zu erschaffen, das sie stoppt.

Oder tötet.

Wahrscheinlich beides.

Er schreit ein letztes Mal, jagt den angehaltenen Atem aus der Lunge, in einem gewaltigen, brüllenden Laut der Klage, des Schmerzes und der Furcht.

Und dann gibt er den Druckknopf frei, eine Sekunde bevor ihn die alles verschlingende Schwärze ereilt.

Das Letzte, was Frank Gazer hört, ist der kurze, trockene Knall, das Letzte, was er fühlt, ist der stechende, *zerfleischende* Schmerz, mit dem sein Daumen abgerissen wird.

* * *

»Dreißig Sekunden bis zur theoretischen Waffenreichweite, fünfzig bis zur effektiven. Jetzt oder nie, Großkommandantin.«

Marusha nickt grimmig, schickt das Kommando über den Äther, brüllt es an jede lebende Seele der Flotte.

»Auffächern!«

Leben kommt in die *Ciarosh* – nein, eigentlich ist es der Tod, der Anfang vom Ende eines alten, ehrwürdigen Schiffes.

Die Hülle des Kreuzers löst sich von der Grundstruktur, wird von improvisierten Stellmotoren und gewaltigen Hydraulikkräften nach außen und vorne gedrückt.

Eine Halbkugel entsteht, dem Feinde entgegengewölbt, eine Antennenschüssel mit dreihundert Metern Durchmesser.

Ein Spiegel.

Ein *Schutzschild*.

Dahinter, diese Barriere stur durch das All schiebend, ein Skelett, ein fliegendes Gerippe, gefüllt mit Tausenden festgezurrten Behältern, offen liegenden Systemen, Schrott und Abfall.

Aber das sehen die Plachtharr nicht, als sie, zweifellos überrascht, vielleicht sogar verwirrt, das Feuer eröffnen.

Hunderte Laserstrahlen tasten sich durch die Dunkelheit, Dutzende Raketen und Drohnen treten ihren Weg an – und werden abgefangen, abgeschossen, unschädlich gemacht von Ghiara und ihren letzten Mitstreitern.

Immer wieder tauchen sie aus der Deckung des Schildes auf, feuern kurze, präzise Salven ab, verhindern, dass Sprengladungen den Spiegel zerfetzen.

Eine ganze Flotte konzentriert ihr Feuer auf die todgeweihte *Cia-*

rosh, schickt ihr Hartlichtsalven entgegen, die vom polierten, reflektierenden Material zerstreut, teils gebündelt, oft zurückgeworfen werden.

Plachtharr-Zerstörer stecken erste Treffer ein, kleine, lästige Wunden, verursacht von Friendly Fire, Hitzespitzen, die ihnen nicht gefährlich werden können.

Für die Bomber ihrer Formation sieht es anders aus.

Die *Ciarosh* schiebt inzwischen einen Kegel aus reflektiertem Laserfeuer vor sich her, diffundiert, abgeschwächt – aber immer noch gefährlich für die kleineren Schiffe der Plachtharr.

Jedes Material hat seine Grenzen.

Treffer für Treffer senkt die Reflexionsfähigkeit des improvisierten Schildes, mehr und mehr Energie wird absorbiert, in die Grundstruktur der Hülle geleitet.

Der Spiegel beginnt zu glühen, zuerst an wenigen einzelnen Stellen, dann immer großflächiger, bis schließlich ein leuchtender Kreis der *Dorashadar* die Sicht raubt.

Marusha brüllt.

»NEBEL!«

Ein Knarren und Knarzen, besorgniserregende Geräusche von sich verbiegendem Metall und an die Belastungsgrenze gezwängten Legierungen hallen durch den Zerstörer, als die Schubumkehr zündet.

Kilometer um Kilometer wächst der Abstand zur *Ciarosh*, der Abstand zu ihrer Deckung – und damit die Effizienz. Erste Laserschüsse rasen an dem todgeweihten Kreuzer vorbei, tasten gierig nach Marushas Schiff.

Smartdrohnen und Raketen folgen, einzeln ins Visier genommen und abgeschossen von Ghiara und ihren Flügelpiloten, die sich zurückfallen lassen, an die Flanke des letzten Großschiffes eilen.

Der Schild der *Ciarosh* löst sich auf.

Weißglut wird zu Flüssigkeit, riesige Tropfen werden aus der Struktur gerissen, die Löcher immer größer, weitläufiger.

Ein allerletztes Mal beschleunigt das gepeinigte Gerippe, wirft sich dem Feind entgegen …

… und detoniert.

Acht präzise ausgerichtete Ladungen zerreißen den Kreuzer, beschleunigen seine Wrackteile und Komponenten in einem sich immer weiter ausbreitenden Kegel auf die Plachtharr zu.

Nicht nur Wrackteile.

Hunderte Tonnen Chemikalien und Mobiliar, Wasser, Vorräte und sogar Exkremente von allen verbliebenen Schiffen werden pulverisiert, verdampft.

Innerhalb eines Mandibelklickerns entsteht eine dichte Wolke, dehnt sich in wenigen Sekunden auf fast tausend Kilometer aus, expandiert weiter und wird zu einem Nebel des Krieges, der den Plachtharr und ihren Sensoren die Sicht raubt.

Aber auch den Helden des Protektorats.

Ex-Kommandantin Samantha Unaipon, jetzt nur noch *Offizierin Unaipon*, lehnt sich an der Fernsteuereinheit zurück und atmet durch.

Marusha und Torotoshk hingegen steuern, kommandieren, befehlen mit lauter Stimme und grimmiger Entschlossenheit weiter.

Der Zerstörer klappt nach unten weg, zündet die Triebwerke – mit vollem Schub nach vorne!

Gestauchtes Metall expandiert wieder, quietscht und pfeift, erinnert die Crew gnadenlos an seine Vergänglichkeit.

Sie beschleunigen, zwingen das Großschiff in einen engen Bogen, unter den vermuteten Feinden hindurch, setzen auf die einzigen Trümpfe, die sie haben: Geschwindigkeit und Agilität.

Sie rasen unter dem ersten Prellbock der Plachtharr hindurch, lassen verwirrte Feinde hinter sich, die wiederum ihre Gegner immer noch vor sich vermuten, mit vorsichtigen Jägern im langsam diffundierenden Nebel nach der Wahrheit stochern.

Der erste Teil ist geschafft.

* * *

»Jetzt stell dich nicht so an! Es ist doch nur ein einziges Prankenglied, das wächst schneller nach als dein abgefackelter Bart!«

Frank biss die Zähne zusammen, verkniff sich mit eiserner Disziplin ein weiteres gequältes Aufjaulen und überließ Dila die Verteidigung seiner Ehre.

»Nein, Troshk, tut es nicht. Menschen haben eine ziemlich beschissene Regenerationsfähigkeit, das ist ein weiterer genetischer Makel, an dem ich mitleiden muss.«

Bettsy klickerte zustimmend, während sie eine weitere Schicht Kühlungsgel auf ihre Beinspitzen auftrug.

»Ja, das muss nachgezüchtet werden. Schweineteuer, aber möglich. Keine Sorge Frank, das wird schon wieder. Die Blutung ist gestoppt, die Wunde versorgt. Nimm dir ein Universalschmerzmittel für Laktierende, das wirkt auch bei dir.«

Er nickte gehorsam und schluckte einen der grünlich schimmernden Tropfen. Stöhnend legte er den Kopf in den Nacken und versuchte, den pochenden Schmerz in den Resten seiner linker Hand zu ignorieren.

Tatsächlich.

Innerhalb weniger Sekunden schoss das Mittel in seinen Kreislauf, dämpfte das Leid in der Tat spürbar, ließ ihn wieder halbwegs klar denken.

»Also, was ist mit dem Schiff los?«

Bettsy verstaute das Gel wieder in ihrer Tasche, ging vorsichtig auf ihren nun deutlich flacheren Beinspitzen zu einer der Konsolen im hinteren Teil der Brücke.

»Ehrlich Leute, ich weiß es nicht. Das Dämpfungsfeld ist ausgeschaltet, Strom fließt, die Reserven sind irgendwo bei sechzig Prozent. Ihr seid auf der Brücke, eigentlich sollte es sich aktivieren und …«

Sie verstummte.

»Ich bin eine Idiotin. Eine methanfurzverbrannte Idiotin!«

Verwirrt starrten Troshk, Dila und er selbst zur Metallschmeckerin, die ihr Kopfsegment so heftig schüttelte, dass die Fühler mit Verzögerung der Bewegung folgten.

Bettsy war vieles, aber eine Idiotin ganz sicher nicht – die Erfahrung lehrte das krasse Gegenteil. Umso aufmerksamer und neugieriger beobachteten sie die hektischen Bewegungen, mit denen sie in ihrer Tasche wühlte.

»Ihr Kurzzeitgedächtnis! Jenes von vor hunderttausend Jahren und auch alle Erinnerungen von vor …«

Sie stutzte.

»Wie lange sind wir schon hier?«

Eine gute Frage, die Frank nur vage mit den Schultern zucken ließ. Tage? Vielleicht eine Woche? Er hatte nur einmal geschlafen, dehydriert und halluzinierend. Aber wie lange waren sie durch den Untergrund geirrt?

»Ist ja auch egal. Yrsha hat alle Erinnerungen an uns verloren, damit auch die Synchronisierung mit euch beiden, ihren *Piloten*. Sie ist wieder auf Stand-by.«

Triumphierend hielt sie die Speichereinheiten in die Höhe.

»Aber nicht mehr lange! Dila, Frank, auf die Liegen mit euch, wir verpassen der alten Dame einen Warmstart!«

Gehorsam schritten sie nach vorne, blickten sich noch einmal gegenseitig an, bereit, wieder in ihre Gedanken einzutauchen. Trotz aller Blöße, trotz aller Offenbarung – Frank freute sich darauf, als er in das wundervolle Polstermaterial sank, nur einen Schritt von der Astrotelepathin entfernt, während Bettsy gleichzeitig die reparierten Speichereinheiten in ihre Schächte schob.

Erinnerungen, so stark und intensiv erlebt, dass sie den Atem stocken, Frank und Dilara Mund und Augen aufreißen lassen. Gedankenfetzen, Bilder und Emotionen von den letzten besiegten Tropfen des Grauen Todes im interstellaren Medium, von der Euphorie, die Yrsha mit ihren Piloten teilte, von dem kindlichen Übermut, mit dem sie nach Hause springen.

Es ist eine freudige Erregung, mit der sie das Heimatsystem erreichen, ein Triumphzug, als sie Richtung Gahar fliegen, von gratulierenden Lotsen am Boden in den Orbitalhangar gesteuert werden.

Hara ist es schließlich, die bemerkt, dass etwas nicht stimmt, das Gleichgewicht der Heimat verloren ist. Ein leichtes Unwohlsein, eine Aktivierung der latenten Telepathie ihres Volkes, das Fehlen einer Resonanz.

Die Triade wird in einen alles verschlingenden Sog destruktiver Emotionen gezerrt, gerade als sie durch die Hangartore schwebt.

Verwirrung.

Furcht.

237

Panik.

All das kommt zu spät.

Ein kurzer Stich, Finsternis, hunderttausend Jahre absolutes Nichts, eine Ewigkeit ohne Empfindungen, die deshalb nicht als solche erlebt wird.

Sondern nur als ein Augenblick, eine kurze Unterbrechung von Yrshas Existenz.

Dann ein Licht, neue Piloten, neue Neuronalstrukturen, eine neue Sprache.

Talash.

Yrsha versteht sie wieder, ist wieder mit ihnen verbunden, in der neuen Triade, die ihr Erinnerungen von Frank und Dila einspeist.

Yrsha schreit. Sie brüllt mental und über die Schallfolien ihrer Brücke, erreicht Troshk und Bettsy mit Klang, ihre neuen Gefährten mit purer Gedankenkraft.

Schmerz.

Seelenleid.

Yrsha heult um ihr Volk, heult um ihre Zivilisation, in Trauer und Agonie beweint und beklagt sie das Schicksal der Gahar, verflucht die Avatare, verdammt die Spiegelbilder.

Trauer wird zu Wut, Wut wird zu Hass, der sie alle durchströmt, eine Kaskade aus destruktiven Gedanken auslöst.

Die Wiedergänger müssen sterben, die falschen Gahar ausgelöscht werden, das Universum selbst soll *brennen* für den Verrat des Schicksals an Yrshas Spezies.

Ein Mahlstrom der herbeigesehnten Vernichtung, des erbeteten Weltenbrandes lässt Franks Muskeln zittern, seine Zähne aufeinanderschlagen, Dilara qualvoll aufstöhnen.

Und dann ein Silberstreif, eine vage Hoffnung, ein positiver Impuls in der aus Hass gezeugten Schwärze.

Gahar-2.

Ein neues Ziel, eine neue Bestimmung.

»Ich danke euch. Mir ist bewusst, dass es die Selbsterhaltung war, die euch antrieb, aber ich danke euch dennoch für meine Befreiung.«

Frank und Dilara atmeten durch, entspannten sich – und bemerkten zu beider Erstaunen, dass ihre Hände ineinander lagen. Peinlich berührt löste er die Finger aus den ihren, bemühte sich, ihr nicht in die Augen zu blicken.

Troshk räusperte sich.

»Du hast recht, wir handelten auch aus Eigeninteresse. Aber ich denke, wir können uns gegenseitig helfen. Wirst du uns nach Hause bringen?«

Eine gefühlte Ewigkeit verging, in der die Triade mit sich selbst rang, die Wünsche und Ziele Yrshas nicht mit jenen von Frank und Dila harmonierten, sie erst einen gemeinsamen Mittelweg finden mussten.

»Ja, Troshk, der du Sturmkommandant genannt wirst, ich werde euch bei der Heimkehr helfen. Aber noch nicht. Zuerst müssen wir nach Gahar-2, der neuen Heimat meines Volkes. Wenn es noch existiert, wenn sie als wahre Gahar noch leben, werden sie euch nach Hause bringen. Wenn nicht, werde ich es selbst tun. Dies verspreche ich euch.«

Bettsy klickerte skeptisch, setzte mit einem hissenden Unterton zu einer Antwort an, aber verstummte wieder, als sich Frank und Dila synchron in ihren Liegen zur Seite drehten und mit einer Stimme sprachen.

»Wir können ihr vertrauen.«

Und das konnten sie tatsächlich. Anmutig erhob sich Yrsha von der Plattform, stieg höher und höher, ließ die Ruinen ebenso unter sich wie die Einflussbereiche der Hologramme, die falsche Realität, die sich in einen Wirbel aus gehässigen, drohenden Bildern verwandelte.

Visionen von pervertiertem, *unmöglichem* Leben aus anderen Dimensionen, dunklen, planetengroßen, alles verschlingenden Kreaturen, die sich durch Dimensionsrisse einen Weg in diesen Kosmos bahnten, sterbenden Sternen, ausgelöschten Zivilisationen.

Ein kosmischer Horror, mehr gehässige, wahrscheinlich erfundene Prophezeiung als Warnung, eine Botschaft der Vernichtung und des unausweichlichen Todes an die Fliehenden.

Schweigend erreichten sie den Orbit, wagten es nicht, sich über das Gesehene auszutauschen, darüber zu spekulieren, ob diese Wesen mit zu vielen und falschen Augen existieren konnten. Es war Bettsy, die sie letztendlich an ihre Pflicht erinnerte.

»Leute, wir sollten eine planetare Warnboje aussetzen. Jedes Schiff, das in das System kommt, muss wissen, was dort unten auf sie lauert. Ich kann wahrscheinlich mit dem Zeug aus dem Lagerraum und einem der Helmfunksysteme etwas basteln, das den Job ein paar Jahrhunderte lang erledigt. Wenn wir dem Protektorat Meldung erstatten, die Position übermitteln …«

»Das wird nicht nötig sein.«

Die hypnotische Sanftmut in Yrshas Stimme lässt Bettsy beinahe andächtig verstimmen, doch die Endgültigkeit, die in dieser Harmonie mitschwingt, maskiert ein vages Grauen.

Die Metallschmeckerin ahnt, was folgen wird, ebenso wie Troshk, der von seinem wiedererschaffenen Stuhl aufspringt.

»Frank, du darfst nicht – ich verbiete dir unter Paragraf 4 der Lex Humanitas …«

Frank Gazer lächelt traurig, schüttelt den Kopf. Der Sturmkommandant versteht nicht, was vor sich geht, kann die Komplexität der Triade nicht erfassen.

Sie sind eine Einheit, ein Zusammenspiel aus drei Persönlichkeiten, ein Gremium, das seine Entscheidung gemeinsam getroffen hat.

Und doch gibt es subtile Unterschiede, Verschiebungen in den Kompetenzen, in den Aufgaben, in der Entscheidungsfindung und vor allem der Aggressivität.

Ja, er wendet das Schiff in einem lang gezogen, bedächtig geflogenen Bogen, richtet den Bug auf Gahar aus.

Aber es ist nicht Frank Gazer, der eine Kaskade aus verkrümmter Raumzeit abfeuert, so gewaltig, dass sie allein zehn Prozent der Energiereserven Yrshas frisst.

Er ist es nicht, der ein Loch in die Welt reißt, bis zum glühenden rotierenden Kern, Kontinente zerbrechen und Ozeane verdampfen lässt.

Nicht von Frank Gazers Hand bricht der Planet auseinander, werden die Bruchstücke selbst pulverisiert, von weiteren, kürzeren, schwächeren Schüssen getroffen.

Er ist es nicht, der die Heimat der Gahar in ein Asteroidenfeld verwandelt, das langsam in alle Richtungen driftet, die letzten Reste des Kerns im All erkaltend.

Nein, es ist Dilara Kreethan.

Im Verbund mit Yrsha, während er selbst nur als Zeuge der Vernichtung, als kleiner, stummer Beitragstäter seiner Kollegin und des Schiffes fungiert.

»Es ist vollbracht. Lasst uns nach Gahar-2 springen.«

* * *

Die Minute der Wahrheit naht, und sie wird von Material und Können, Waffen und fliegerischem Geschick entschieden. Denn sie haben kein Schiff mehr, das sie opfern können, kein As mehr im Ärmel, keine List oder Finte, mit der sie die Plachtharr ein letztes Mal überraschen werden.

Nur noch Ghiara in ihrem Jäger, zwei Bomber und drei Hilfsschiffe an ihrer Seite. Und dann natürlich die *Dorashadar* selbst, mit achtzehn Raum-Raum-Raketen in den Rohren und ihren Geschützen. Oh, derer aber reichlich!

Sowohl von der *Holosh* als auch von der *Ciarosh* hastig abmontierte Batterien sind auf den Seiten des Rumpfes angeflanscht, vom Obryan improvisiert verkabelt. Energie direkt aus dem Reaktorraum, Steuerung von der Brücke.

Zusammengeschusterte, aber deswegen um nichts weniger tödlichere Lateralphalanxen, an Steuerbord von Unaipon, an Backbord von Ghrashbrachova gesteuert.

Marusha macht sich keine Illusionen.

Sie sind ein Schiff samt Begleiter gegen einen Schwarm, eine Armada aus Kreuzern und Jägern, eine dynamische Wolke, die sie von den Operatoren trennt.

Und hinter ihnen realisiert die erste Welle, dass sie gefoppt wurde, wendet und setzt zu einer Verfolgungsjagd an.

Ein überlegener Feind vor dem Bug, einer im Rücken.

Hammer und Amboss, dazwischen sie mit ihren letzten Getreuen, ein Durash-Schiss in der Unendlichkeit.

241

Keine Chance, eigentlich.

Aber dies ist kein klassischer Raumkampf, kein Versuch, den jeweils anderen so verlustlos wie möglich zu vernichten.

Gewiss, dies mag das Ziel der Plachtharr sein – aber nur das sekundäre.

Vor allem aber wollen sie ihre schweren Landungsschiffe schützen, so sehr wie Marusha diese aus dem All zu blasen gedenkt.

Und es ist immer leichter, zu zerstören, als zu beschützen.

Grimmig übernimmt sie selbst das Steuer, lenkt den Zerstörer mit eigenen Pranken, überlässt Torotoshk die Bugwaffen.

»FEUER!«

Es ist Schiffsmechanik, ist Alchemie, es ist Magie, gezaubert vom Obryan, entfesselt von der Brückencrew.

Dreimal mehr Waffenenergie als zu ihren besten Zeiten, in glorreichen, längst vergangenen Schlachten, schickt die *Dorashadar* dem Feind entgegen.

Keine konzentrierten Einzelschüsse, keine gezielten Salven, nein, nicht einmal ein klassisches Sperrfeuer.

Sie erzeugen einen Trichter, von den Lateralgeschützen ausgehend, einen immer breiter werdenden Kreis der Vernichtung vor ihrem Bug.

Hunderte Strahlen harten Lichts treffen den Schwarm vor ihnen, verdampfen Jäger, schlagen erste Lücken in die Panzerung der Kreuzer.

Die Plachtharr fächern auf, richten sich aus – und erwidern das Feuer.

Tausendfach durchzucken die Laser den Raum, senden ihre tödliche Energie auf den einen wagemutigen, wahnsinnigen Angreifer.

Sekunde um Sekunde fliegen Dutzende Drohnen und Raketen heran, werden verzweifelt beharkt und abgefangen von den Bombern und Hilfsschiffen, von automatischen Nahverteidigungsgeschützen und manuell gefeuerten Partikelkanonen.

Die Crew der *Dorashadar* gibt ihr Äußerstes, und sie sind die Besten ihres Faches, Veteranen und deren Protegés, die altgedienten und vielversprechenden Krieger des Protektorats.

Salve um Salve der feindlichen Geschosse detoniert im All, ohne nennenswerte Schäden anzurichten.

Aber nichts kann Laser abfangen, nichts sie aufhalten, außer der Panzerung des Schiffes, die sich dabei selbst opfert.

Spiegelmetall schmort an, verliert seinen Schutz, wirft Blasen und bröckelt ab.

Lichtfinger dringen durch, schneiden sich in vitale Systeme, nehmen sich die ersten lebenden Opfer mit erbarmungsloser Gleichgültigkeit.

Schreie in den Gängen, zufallende Notschotts, gebellte Befehle des Obryan, der selbst mit Werkzeug, Material und Hilfstrupps von Wunde zu Wunde eilt.

Und dann sind sie heran, auf Tuchfühlung mit dem Feind, auf Ramm- und Nahkampfdistanz.

Immer noch feuert die *Dorashadar* aus allen Rohren, schiebt den Trichter vor sich her – und in dessen Mitte schwebt Ghiara.

Die Zwillingsbatterien der *Großbaum Teerhaja* erwachen zum Leben. Keine langen Lichtfinger, die nach dem Feind tasten, sondern kurze, hochenergetische Impulse.

Rasende Kadenz, brutale Gewalt und die gnadenlose Präzision der besten Pilotin ihrer Zeit schneiden sich in das Fleisch der Plachtharr, reißen Löcher in Kreuzer, erschaffen eine Lücke.

Ghiara lacht über den Funk, jubelt und frohlockt, als sie ihre beiden letzten Raketen abfeuert, dann durch eine Bresche im eigenen Trichterfeuer abtaucht, sich wieder an die Seite des Mutterschiffes bringt.

Der Kreuzer zerplatzt, detoniert in einem Feuerball, schießt Material und Komponenten, sterbende Crew und brennende Systeme ins All.

Torotoshk atmet tief durch, aktiviert zum ersten Mal das Buggeschütz.

Aus dem Trichter wird ein Kegel der Zerstörung, reißt den nächsten Kreuzer in Stücke.

Treffer um Treffer steckt die *Dorashadar* ein, verliert Hüllendruck in mehreren Sektoren, einen sekundären Kühlkreislauf, alle Hecksensoren und drei Steuerdüsen.

Aber sie beschleunigt, bricht durch den Schwarm und tausend Feuer, die nach ihr greifen, rast auf den Verband der Operatoren zu.

Auf die erste Gruppe, bestehend aus den Unverwundeten, von zwei zurückgebliebenen Kreuzern und zahlreichen kleinen Geschwadern zusätzlich geschützt.

Der Trichter spaltet auf, der Kegel wird zu einzelnen, voneinander unabhängigen Lichtbündeln, die gierig nach den Kreuzern tasten.

Ein logischer Schritt, die kampfstarken Feinde zuerst anzugreifen, und die Plachtharr reagieren perfekt.

In einer eleganten Bewegung lösen sie sich aus dem Verbund ihrer Schützlinge, ziehen das Feuer auf sich, weit weg von den Operatoren, machen sich bereit für den letzten Kampf, ein Duell, aus dem die *Dorashadar* nur als Schrott hervorgehen kann.

Aber das ist nicht der Plan.

Ruckartig schwenken die Geschütze zurück, bilden diesmal vier enge Röhren, auf die Operatoren ausgerichtet.

Die Kreuzer erkennen ihren Fehler, wenden und beschleunigen, feuern auf den dreisten Zerstörer mit allem, was sie haben.

Zu spät.

Sechzehn Raum-Raum-Raketen, geschützt von dem sie umgebenden Laserfeuer, fliegen auf die Landungsschiffe zu, überwinden die Distanz in wenigen Sekunden – und detonieren.

Gleißendes Licht, Primärexplosionen vermischen sich mit sekundären, eine bunte Kaskade der Vernichtung rast durch die feindliche Landungsoperation.

»Es ist erstaunlich, was man bewerkstelligen kann, wenn man nicht überleben will.«

Dies sind die letzten Gedanken Torotoshks, denn in diesem Moment jagt die Schockwelle eines verheerenden Treffers durch die *Dorashadar*, lässt die große Steuerkonsole, nein, den gesamten Kommandobereich links von ihm explodieren.

Feuer brennt sich in sein Fell, flüssiges Metall in sein Fleisch, und die Druckwelle fegt ihn von den Beinen.

* * *

»ALARM! Im System wird gekämpft, eine Raumschlacht tobt jenseits des Jihara-Gürtels! Gahar-2 wird belagert!«

Frank und Dila, noch benommen vom Austritt, vom soeben erfolgten Sprung über beinahe tausend Lichtjahre, wurden von der Angst und Sorge Yrshas mitgerissen, noch ehe sie realisierten, was geschah.

Verwirrung befiel sie, die Angst um die Gahar teilten sie mit dem Schiff, ohne eine Antwort zu wissen. Sie hatten keine Ahnung, wo sie sich befanden, wie weit weg die nächsten ihnen bekannten Sektoren oder Planeten waren, welche Völker und Allianzen hier herrschten.

Antworten, sie brauchten Antworten!

Quälend langsam baute sich das Hologramm auf, zeigte in einer extrapolierten Simulation, was sich am anderen Ende des Systems abspielte.

Troshk sprang auf, lief zu der Projektion, deutete hektisch zwischen den dargestellten Schiffen hin und her.

»Das ist ein Protektoratsraumer! Ein schwerer Kreuzer oder Zerstörer. Vermutlich der Rest einer unserer Flotten, und so wie es aussieht, nicht mehr kampffähig. Und das darum – das sind Plachtharr! Hunderte Plachtharr-Schiffe! Leute, wir sind im Krieg!«

Frank schluckte.

Wie lange waren sie wirklich fort gewesen?

Hatten sich die Reibereien zwischen Protektorat und Allianz zu einem neuen, großen Krieg hochgeschaukelt?

»Ich weiß, wo wir sind.«

Alle Augen ruhten auf Dilara, die sich aufgerichtet hatte, mit zitternden Ohren und großen Augen auf ihre Kameraden blickte. Beinahe benebelt, weggetreten – aber ihrer Sache vollkommen sicher.

»Es gibt weit und breit keine Raumverwerfung, keine Wurmlöcher, keine stabilen oder instabilen Falten und Korridore.«

Eine vage Ahnung, eine Vermutung stieg in Frank auf, die für den Sturmkommandanten viel mehr als das war.

Nämlich eine Sorge, eine Schreckensnachricht, die Dila gnadenlos bestätigte.

»Das ist die Nullzone. Kein Zweifel, wir sind im Auge des Sturms, in der Gravitonenwüste gelandet. Gahar-2 ist unser Jashkvachanor-2.«

Der Sturmkommandant zitterte, sein Stirnfell bebte ebenso wie seine Schnauze und seine Lippen.

»Torotoshk … Mein Junge …«

Frank realisierte in einem einzigen bitteren Augenblick, was es für seinen Waffenoffizier, nein, für den so sehr in Familienbanden denkenden Borsht bedeutete.

Die Nullzone, eine aufgeriebene Protektoratspräsenz, der Name, den Troshk flüsterte …

… sein Sohn war hier oder vielleicht auch nur seine Überreste, bereits gefallen als Teil jener Flotte, von der allein ein einziges Großschiff übrig war.

Der Sturmkommandant wurde Zeuge, wie eines seiner Kinder starb, seine Ahnenreihe nach ihm sich halbierte.

Der größte Albtraum eines Borsht, und Frank litt mit ihm, wollte es nicht wahrhaben, brüllte und dachte den nächsten Befehl gleichzeitig.

»Wir müssen dorthin! So schnell wie möglich, Yrsha, wir müssen ihnen helfen!«

Bettsy hisste traurig.

»Frank, die sind Stunden entfernt von unserer Position. Wir kommen zu spät.«

»*Metallschmeckerin, du hast noch immer nicht die Essenz meines Wesens verstanden. Wir können immer und überall springen.*«

* * *

Die Legenden aller bekannten Völker sind voller Geschichten über einsame Helden oder kleine verschworene Gruppen von Kämpfern, die sich einer unbezwingbaren Übermacht entgegenstellten und dennoch siegten.

Die Borsht singen immer noch Lieder über Yugorosha die Aufrechte, die sich dreißig hungrigen Tarjah nur mit einer alten Repetierflinte entgegenwarf, mit Mut, Blut und Sturheit ihren verwundeten Gefährten davor bewahrte, getötet, gehäutet und gefressen zu werden. Nicht unbedingt in dieser Reihenfolge.

Auf Toronk gibt es den Mythos des Ersten, der umzingelt von gierigen Holzfällern und Maßtischlern seine Wurzeln aus dem Erdreich riss, die Angreifer in die Flucht schlug, seinen Hain rettete und ein neues Volk begründete.

Die Durash kennen die dreizehn Schleimer, die sich nur mit ihren zähflüssigen Körpern bewaffnet einem gewaltigen Gulptar-Heer mit seinen alles vernichtenden Salzstreuern entgegenwarfen – und siegten.

Die Bilddokumente im Terranermuseum erzählen die Geschichte der dreihundert Spartaner ebenso wie jene von SpongeBob, der sein Element verließ und den Hasselhoff ritt, um seine Heimat Bikini Bottom zu retten.

Erfolgreich, wohlgemerkt.

Große Helden, großartige Sagen.

Die Wahrheit ist jedoch eine andere, und die Realität beugt sich nur selten dem Anspruch einer guten Geschichte. In 99 von hundert aller Fälle, in denen sich eine kleine Schar einer gewaltigen Übermacht entgegenwirft, gibt es keine Glorie, keinen Ruhm – und schon gar keinen Sieg.

Nur einen belanglosen, oft grausamen Tod, ein Sterben in dem Bewusstsein, nicht viel verändert zu haben, ganz umsonst dem Lebensende entgegenzutreten.

So auch hier.

Staub und Trümmerwolken lichten sich, zeigen das Ausmaß der Zerstörung – und es ist kleiner als erwartet.

Enttäuschend.

Drei weitere Operatoren sind schwer beschädigt, zwei davon vielleicht nicht mehr flottzubekommen, nur mehr schwebende Ersatzteillager für die anderen Landungsschiffe.

Und der Preis dafür?

Viel zu hoch.

»Schädelbasisbruch, schwache Hirnblutung, der rechte Arm ist hinüber. Ich habe sie stabilisiert, und sie wird leben – na ja, genauso lange wie wir auch.«

Betäubt nickt Torotoshk, die Augen weiterhin starr auf seine Großkommandantin gerichtet.

Sie sieht so friedlich aus, beinahe als ob sie inmitten der verwüsteten, in manchen Ecken noch immer glühenden Brücke schläft – wenn nicht der Hightech-Verband um ihren Kopf wäre, der Überwachungssensor an der Stirn und vor allem der über dem Ellbogen abgetrennte rechte Arm.

Mit einem Schweißbrenner kauterisiert, vom allgegenwärtigen Obryan, der eindrucksvoll beweist, dass er nicht nur Schiffe am Leben halten kann.

Torotoshk selbst spürt es am eigenen Körper, an der linken Schulter, den Rücken hinab, wo er kein Fell mehr hat, kaum noch Haut, Brandblasen und schwärende Wunden von Kühlgel und Smartbandagen notdürftig gelindert werden.

Langsam löst er den Blick von Marusha, lässt ihn über die Projektion gleiten, stellt sich wieder dieselbe Frage.

»Warum geben sie uns nicht den Rest?«

Der Chief zuckt mit den Schultern.

»Warum sollten sie? Die Plachtharr sind vielleicht arrogante Arschlöcher, aber keine Monster. Und vor allem handeln sie nach ihrer ganz eigenen Logik. Wir sind keine Gefahr mehr und lebend wahrscheinlich viel wertvoller. Entweder sie verhören uns, benutzen uns als Faustpfand oder …«

Ein Summen, ein Krächzen, Lautsprecher, die zum Leben erwachen.

»Hier ist Hithamar, erster Gong des Plachtharr-Schiffes *Itthakama* und Leiter der Expedition. Auch wenn wir Ihren unprovozierten Angriff auf das Schärfste verurteilen, so respektieren wir Ihren Mut und die Kompetenz, die Sie im Kampf gezeigt haben. Unsere Taktiker werden von Ihrem heutigen Vorgehen viel lernen, und dafür bedanke ich mich. Unter anderem damit, Ihnen zu gestatten, bedingungslos zu kapitulieren. Sie werden von uns gemäß dem Aringosh-Abkommen als Kriegsgefangene mit allen Rechten und Pflichten behandelt.«

Der Chief verzieht das Gesicht.

»Wahrscheinlich stimmt das sogar. Warme, aber durchschnittliche Mahlzeiten, grobe, aber sehr gute medizinische Versorgung, irgendwann der Austausch gegen was auch immer. Wie lautet dein Befehl, Großkommandant?«

Auf einen Schlag realisiert Torotoshk die Bedeutung dieses Titels.

Er ist tatsächlich nun der oberste Führer der Flotte, auch wenn diese nur noch aus den Resten seines Zerstörers und dem an den Rumpf geschmiegten Jäger Ghiaras besteht.

»Was haben wir noch, Chief?«

Der Obryan schüttelt betrübt den Kopf.

»Drei sekundäre Lateralgeschütze, eine Bugbatterie, zwei Raketen. Genug, um noch ein letztes Mal auszuteilen, aber wir kommen nicht einmal in die Nähe der anderen Operatoren, ohne in Stücke geschossen zu werden.«

»Wir könnten sie rammen. Volle Beschleunigung, in der Hoffnung, dass ein Rest unseres Schiffes noch genug Schaden anrichtet, um …«

»Mit Verlaub, Großkommandant, das ist eine bescheuerte Hoffnung.«

Torotoshk ignoriert die Insubordination, schließt die Augen und atmet tief durch, saugt die Luft gierig in seine teilweise verbrannte, verätzte Lunge. Er öffnet die Lider wieder, akzeptiert sein Schicksal, akzeptiert, dass der Chief recht hat.

Er ist bereit, zu kapitulieren, bereit, in Gefangenschaft zu gehen, als etwas geschieht, das allen Gesetzen des Kosmos widerspricht, eigentlich vollkommen *unmöglich* ist.

Ein Wurmloch öffnet sich, mitten in der Nullzone.

* * *

»*Wer ist der Feind?*«

Irgendwie eine dumme Frage, aber sie können sie Yrsha nicht verdenken – woher sollte sie es auch wissen?

Das Chaos regiert!

Sie schweben in eine Szene, die wie ein eingefrorenes Schlachtfeld aussieht, ein zum Stillstand gekommener Weltenbrand. Trägerschiffe, Zerstörer, Kreuzer, Bomber und Jäger, dazu einige schwere Landungsschiffe, bereit, neue Welten zu besiedeln treiben teils beschädigt, teils scheinbar ziellos umher.

Und mittendrin, mit aufgerissener Flanke, am Heck brennend, mit glühenden Flecken an ihrer silbernen und weißen Hülle, die *Dorashadar*.

Ein schlankes, aggressiv wirkendes Kleinschiff hängt an ihrer Seite, eine Mischung aus wuchtigem Jäger und elegantem Bomber, grellgelb und rot bemalt.

Die Lackierung eines legendären Fliegers – oder eines Angebers.

Troshk hat kein Auge für das *Machoschiff*, keinen Gedanken für den Piloten, der wohl darinnen sein Ende kommen sieht.

Zitternd deutet er auf den Protektoratszerstörer.

»Das ist Torotoshks Schiff!«

Er eilt nach vorne, presst die Schnauze an die Fensterscheibe, will mit eigenen Augen sehen.

»Wer ist der Feind?«

Frank und Dilara bündeln ihre Gedanken, verschmelzen mit Yrsha, schicken ihre Nachricht mental und verbal.

»Die dunklen Schiffe! Die braunen, schwarzen, großen, kleinen – das ist der Feind! Allesamt!«

Die Triade ist entfesselt.

Frank fliegt, Dilara schießt, Yrsha ist die Vermittlerin zwischen den beiden, die Gedankenbrücke, füttert sie mit Sensorendaten, gibt ihnen tausend zusätzliche Augen und Ohren.

Drei Träger fallen unter dem Ansturm, werden vom Raumzeitgeschütz in Stücke gerissen, noch ehe die Plachtharr bemerken, was mit ihnen geschieht.

Panik ergreift den Schwarm, wird von einigen klugen Kommandanten gezügelt, gedämmt, umgeleitet in Wut und Entschlossenheit.

Erste Kreuzer und Zerstörer richten ihre Kanonen aus, einige wagemutige Jäger gehen in Angriffsformation über.

Manche schaffen es sogar noch, ein oder zwei Schüsse abzugeben, bevor sie ihr Schicksal ereilt.

Von Frank gesteuert, von Technologie jenseits ihrer Vorstellungskraft beseelt, tänzelt Yrsha zwischen Lasersalven und Raketen umher, fliegt Wendekreise, die kein Schiff zustandebringen sollte, feuert mit Dilas Entschlossenheit auf alles, was dunkel ist.

Eine Fasstaube, eine dreifache Schraube, den Bug steil nach oben gezogen, maximaler Schub – und dann ein Sturzflug auf den Rücken des nächsten Zerstörers.

Verkrümmte Raumzeit reißt das Schiff entzwei, die seitlichen Plasmageschütze verdampfen Jäger, lassen Bomber aufglühen und leblos zur Seite driften.

Eine großzügige Schleife, dreimal um die eigene Achse gedreht, vier Schüssen ausgewichen, zwei Treffer eingesteckt.

Ein oberflächlicher Schaden, aber eine ernste Warnung.

Yrsha ist stark, sie ist mächtig, aber nicht unverwundbar.

Frank und Dila teilen ihren Schmerz, nehmen ihn in sich auf, verwandeln ihn in der Triade zu neuer Entschlossenheit. Drei Salven der Hauptwaffe vernichten die Landungsschiffe, ein weiterer Träger bricht in der Mitte entzwei.

Yrshas Energievorräte sinken, der Pufferspeicher leert sich rasend.

* * *

»Was bei den verfluchten Monden war das?«

Entgeistert starrt Torotoshk auf die zittrige, flackernde Projektion, von den letzten Emittern notdürftig auf die Brücke geworfen.

Der Chief schüttelt den Kopf, ist mit seinem Talash am Ende.

»Keine bekannte Bauart, weder wir noch die Plachtharr und schon gar nicht die Randwelten haben so etwas. Sieh mal, wie es die direkten Treffer wegsteckt. Großkommandant, wir kennen nicht einmal *theoretisch* Legierungen, die so was vertragen, ohne zu verdampfen.«

Und genau da liegt das Problem.

»Torotoshk, siehst, du, was ich sehe? Sollen wir eingreifen?«

Es ist Ghiara über Funk, und zum ersten Mal seit wahrscheinlich Jahrzehnten klingt sie verunsichert.

Torotoshk schnaubt.

»Auf wessen Seite? Wenn wir den Plachtharr helfen wollen, müssen wir uns beeilen, bald ist nicht viel von ihnen übrig. Und dieses Ding da braucht unsere Hilfe nicht. Die Operatoren sind hinüber, und die Flotte wird aufgerieben von einem Schiff nicht viel größer als deinem.«

Er ringt kurz mit sich selbst, mit seiner neuen Verantwortung als Großkommandant – und trifft schließlich eine Entscheidung.

»Wir müssen abhauen, bevor es sich auf uns stürzt, und vor allem

251

müssen wir Bericht erstatten. Wir haben es vielleicht mit einem Feind zu tun, den keine Macht im Sektor besiegen kann. Kurs auf das nächste Wurmloch, volle Fahrt voraus!«

* * *

Eines muss man den Plachtharr lassen – sie verstehen zu kämpfen, auch und gerade in der Niederlage.

Immer öfter treffen sie Yrsha, immer schwerer werden die Schäden, immer stärker der Schmerz, den die Triade teilt.

Frank fühlt eine vage Schwäche, ein Nachlassen der Fähigkeiten, verzögerte Weiterleitung von Sensorendaten.

Yrsha wankt und damit sie alle.

Aber der Feind ist so gut wie geschlagen.

Nur mehr ein Zerstörer und zwei Kreuzer sind von den Großschiffen übrig, drei mächtige und dennoch ihnen hoffnungslos unterlegene Gegner.

Sie tun das einzig Richtige – sie ergreifen die Flucht.

Ein Dutzend Jäger und Bomber stürzen sich doppelt verbissen auf Yrsha, fliegen mit unglaublicher Präzision und Todesverachtung.

Nicht um das Blatt zu wenden, nicht um zu siegen – nein, sie kämpfen und sterben, um ihren Kameraden den Rückzug zu decken.

»Ihr könnt über die Symbiontenträger sagen, was ihr wollt, aber die haben ordentlich Kriegerehre im Leib.«

Mit dem Schiff seines Sohnes auf dem Rückzug, den Gegner beinahe besiegt, zeigt sich Troshk großzügig.

Zu früh, zu voreilig, zu *überheblich.*

Frank und Dilara fühlen, wie ihre Gedanken, Reaktionen und Bewegungen verlangsamen.

Zuvor gnadenlos präzise Schüsse verfehlen zunehmend den Feind, Ausweichmanöver ziehen sich unnötig in die Länge, immer öfter kassieren sie vermeidbare Treffer.

Yrsha jault gequält auf, schickt eine Welle weiteren Schmerzes durch die Triade, driftet kurz zur Seite.

Die Gegner wittern ihre Chance.

Sie glauben, dass ihre Waffen kaum Wirkung zeigen, haben gesehen, wie Hunderte Lichtfinger und Dutzende Raketen an der Hülle dieses kleinen, bizarren Schiffes einfach verpuffen.

Irregeleitet davon greifen sie zum letzten Mittel, werden selbst zu Waffen.

In einem einzigen, perfekt synchronisierten Manöver fliegen sie sternförmig davon, wie zur Flucht gewandt, so organisiert, dass zumindest einige davonkommen werden.

Eine Finte, die Dilara durchschaut, Frank wittert, Yrsha dann durch sie als solche wahrnimmt.

Nicht rechtzeitig genug, um zu agieren, nur noch, um zu reagieren.

Die Plachtharr fliegen wie Götter, wie die Helden alter Sagen und Legenden. Grazie wird Ästhetik, Ästhetik wird Perfektion. Im Flug klappen sie auf, drehen um ihre Mittelachse – und beschleunigen.

Aus allen Richtungen rasen Panzerlegierung und Polymerkeramik, Plachtharr-Technologien und leidlich gedämmte Antimaterie auf Yrsha zu.

Zwei Jäger und ein Bomber fallen im hektischen Abwehrfeuer Dilaras. Yrsha versucht noch, nach unten wegzutauchen – doch es ist zu spät.

Der Rest schlägt ein.

Yrsha, Dilara und Frank, Bettsy und Troshk werden zum Zentrum einer Kaskade von Explosionen, zum Mittelpunkt des Weltuntergangs.

Ihr Bewusstsein bricht.

* * *

»Scheiße, Großkommandant, hast du das gesehen?«

Und ob er das hatte.

Kopfschüttelnd starrte Torotoshk auf die Projektion.

»Sie haben es geschafft. Unglaublich, aber sie haben das Ding wirklich erledigt. Chief, ich weiß nicht, was ich sagen soll – du bist viel länger in der Flotte als ich. Darf man Respekt vor dem Feind haben? Nicht im Sinne von Angst, sondern im Sinne von Anerkennung?«

Der Obryan neigte seinen Kopf zur Seite und grinste.

»Großkommandant, Respekt vor dem Feind ist, was mich seit Jahrzehnten am Leben hält. Aber ganz ehrlich, ich bin traurig, dass dieses kleine Wunderding ein solches Ende fand. Hätte es nur zu gerne analysiert.«

Samantha Unaipon trat nach vorne, räusperte sich und deutete auf die Projektion.

»Chief, vielleicht hat es noch gar nicht sein Ende gefunden. Sieh genauer hin!«

Ungläubig ächzte der Großkommandant, und der Chief fluchte in einer Erdensprache, die seit Jahrhunderten niemand mehr bewusst sprach.

»Es ist hinüber. Null Energiesignatur, keine Eigenbewegung, nur mehr Drift. Aber der Rumpf scheint großteils intakt. Sollen wir?«

Eine gute Frage. Normalerweise musste die Antwort Nein lauten, der Befehl zur Flucht aufrechterhalten bleiben. Torotoshk hatte eine Verantwortung, gegenüber dem Oberkommando, den Ratsmitgliedern, vor allem aber gegenüber seiner Crew, den letzten Kameraden auf dem. Sie hatten ein Recht darauf, von ihm heimgebracht zu werden.

Minuten vergingen, in denen er nicht sprach, sich nicht mit den Überlebenden auf der Brücke beriet, stur am ursprünglichen Plan festhielt, trotz aller Zweifel, die an ihm nagten. Es war wieder Unaipon, die ihn aus seinen Gedanken riss.

»Die Plachtharr haben noch mal umgedreht. Also das, was von ihnen übrig ist.«

Tatsächlich. Die drei Großschiffe, überwiegend unbeschädigt und voll kampftauglich, steuerten auf das kleine, treibende Schiff zu.

Und damit war die Entscheidung gefallen.

»Gegen die haben wir nicht einmal den Hauch einer Chance. Nein, der Befehl bleibt aufrecht. Lasst uns von hier verschwinden – das Missionsziel der Plachtharr wurde vereitelt, ihre Flotte ist Geschichte. Zeit, nach Hause zu fliegen. Ghiara, hast du gehört?«

Der Funk knackste kurz.

»Gehört und verstanden. Aber zwei Dinge noch – dir ist klar, was es bedeutet, wenn den Plachtharr dieses Schiff in die Hände fällt?«

Natürlich war ihm das klar, auch wenn er den Gedanken am liebsten zur Seite geschoben, nein, in einen dunklen Schrank tief im Lagerraum gesperrt hätte.

»Ja, dessen bin ich mir bewusst. Aber ich vertraue unserem Geheimdienst, egal, was die Plachtharr technologisch aus dem Wrack rausholen, wir werden unsere Pranken drauf bekommen. Was ist die zweite Sache?«

»Ich bekomme ein verschlüsseltes Signal auf dem Helmfunkkanal herein. *Unserem* Helmfunkkanal, wohlgemerkt, und sie wiederholt sich.«

Torotoshk schluckte.

War es möglich, dass ein Überlebender der Schlacht irgendwo da draußen war, in einem Raumanzug herumschwebend, auf Rettung wartend?

Seine Entscheidung wurde dadurch noch grausamer. Eine Pilotin, einen Soldaten wissentlich in Feindeshand zurückzulassen – das war eine Katastrophe und gleichzeitig die Bürde seines neuen Amtes, seiner Verantwortung.

»Ghiara, kannst du sie verstärken und weiterleiten? Unsere Systeme sind nicht gerade in Bestform.«

»Klar, einen kurzen Moment.«

Ein weiteres Knacksen, ein weißes Rauschen und dann kam, abgehackt, frequenzverzerrt, aber verständlich die Botschaft.

In einer allzu vertrauten Stimme, mit donnernder Lautstärke.

»*An alle Kräfte des Protektorats. Hier spricht Sturmkommandant Troshk auf dem Prospektorenfrachter Yrsha. Unser Schiff wurde ausgeschaltet, Bergung ist möglich. Feindeskräfte nähern sich. Ich führe drei weitere Besatzungsmitglieder in den Infanterieraumkampf. Erbitte Unterstützung. Troshk Ende.*«

Torotoshk wird kurz schwarz vor Augen, er taumelt, muss sich an der verbliebenen Kommandokonsole festhalten.

Es kann nicht sein.

Nicht nur, weil Infanterieraumkampf ein Akt des Wahnsinns ist, eine Verzweiflungstat, seit Jahrhunderten nicht mehr ausgeführt. Aber der Name, diese Stimme …

… vollkommen unmöglich.

Eine Finte, eine List des Feindes, dessen Geheimdienst alles über die Führungsoffiziere des Protektorats weiß.

Ein Versuch, ihn zurückzulocken in die Falle, um sicherzustellen, dass niemand von ihnen die Heimat erreicht.

Ja, genau. Es muss einfach …

Ein Lichtblitz erscheint in der Projektion, so grell, dass die angeschlagene Elektronik drastisch verdunkeln muss, die umliegenden Sterne schwarz werden, nur um diese Lichtwelle erträglich darzustellen.

Der Chief reißt die Augen auf, Unaipon keucht.

»Was zur Regenbogenschlange war das?«

Torotoshk grinst, und seine Hände fliegen wie von selbst über die Steuerkonsole.

»Eine Nukleargranate – und mein Vater.«

* * *

»Sie ist nicht tot, sie schläft nur. Irgendwie hat sie ihre restliche Energie geopfert, um die Struktur zu schützen, uns alle und sich selbst zu retten. Die Schäden hier sind weitläufig, aber doch nur äußerlich. Nichts, was man nicht mit ein paar speziellen Materialien reparieren kann. Sobald diese erfunden sind. Also in dreihundert oder vierhundert Jahren vielleicht.«

Bettsy huschte über den Rumpf Yrshas, vom Heck bis zum Bug, inspizierte die Sichtfenster ebenso wie die Hecktriebwerke, vor allem aber die Hundertschaft an Wunden in der Außenhülle. Ihre Stimme kam so klar über das Helmsystem, als ob sie immer noch im Inneren des Schiffes auf der Brücke stehen und plaudern würden.

Nun gut, an der Kommunikation würde es nicht scheitern – zumindest untereinander.

»Glaubst du, dass dein Funkspruch durchkommt?«

Troshk verzurrte eine weitere Waffenkiste auf dem Rücken Yrshas, befestigte seine Position vor allem mit noch mehr Feuerkraft. Beinahe gleichgültig zuckte er mit den Schultern.

»In dem Zustand wundert es mich, dass die *Dorashadar* überhaupt noch fliegt. Ob ihre Kommunikationsanlagen funktionieren? Keine Ahnung. Ein Jäger oder Aufklärer hätte bessere Chancen, die haben alle verbesserte Systeme für *Suchen & Retten*-Missionen. Letztendlich spielt es kaum eine Rolle.«

Dies klang erstaunlich resigniert, bildete einen krassen Gegensatz zu der Kampfbereitschaft, die der Sturmkommandant penibel herstellte. Auch Dilara entging das nicht, und sie blickte überrascht hinter dem nur mit viel Augenzwinkern »mobil« zu nennenden Zwillingsgeschütz hervor, das sie auf den linken Flügel schleppte.

»Warum denn das?«

»Das ist Marushas Schiff. Eine unserer besten Kommandantinnen, aber sie weiß, was Priorität hat und was nicht. Selbst wenn mein Junge an Bord ist, hoffentlich am Leben und gesund, selbst wenn er ihr heulend und winselnd in den Ohren liegt, wird sie uns nicht zu Hilfe kommen. Ihr Zerstörer ist in keinem Zustand für einen weiteren Kampf, schon gar nicht gegen eine dreifache Übermacht.«

Bettsy meldete sich vom Bauch des Schiffes.

»Aber warum kämpfen wir dann, *Schweinebärchen*?«

Dilara kicherte über Funk, und auch Frank musste sich ein Lachen verkneifen, als der Metallschmeckerin – wahrscheinlich unbewusst – das kompromittierende Kosewort entwischte. Falls Troshk davon peinlich berührt war, ließ er sich nichts anmerken.

»Weil wir nicht wissen, wie schnell sich Yrshas Speicher wieder füllen kann. Vielleicht ist sie in kurzer Zeit wieder kampfbereit, und wir müssen sie nur so lange verteidigen. Außerdem – die Plachtharr behandeln Kriegsgefangene umso besser, je tapferer und effizienter sie sich in der Schlacht geschlagen haben. Mit unserem Auftritt bis jetzt haben wir uns schon eine halbwegs angenehme Zeit bis zum nächsten Gulptarhandel mit dem Protektorat erkauft. Wenn wir aber noch eines ihrer Schiffe ausknocken, im Raumanzug vom Rumpf Yrshas aus kämpfend, werden sie uns wie Fürsten verehren.«

»Oder wir gehen dabei drauf.«

Es war eine einfache Anmerkung, nicht einmal sonderlich fatalistisch oder gar deprimierend gemeint, die Dilara zurück funkte – und trotzdem ging sie Frank zu Herzen. Egal wie oft sie in den letzten Tagen dem Tod ins Antlitz geblickt hatten, jedes Mal war es vor allem ein Gedanke, der ihn dabei begleitete.

»Leute, wenn ich mit jemandem wo draufgehen muss, dann mit euch. Danke für alles und sorry, dass ich euch in diese beschissene Situation gebracht habe.«

Dilara grunzte kurz auf.

»Das war die schlechteste Motivationsansprache seit ›*Und nächste Woche werden wir alle gefeuert!*‹ damals auf der *Turghuda*, aber ja, ich kann mir auch Schlimmeres vorstellen, als mit dir an der Seite abzutreten. Zum Beispiel mit dir in die Kiste zu steigen.«

Sie hatte noch ihren Humor, auch wenn er ihn in diesem ganz speziellen Fall vielleicht ein klein wenig verletzte. Keine Zeit mehr für Sentimentalitäten; konzentriert nahmen sie ihre Positionen ein. Er auf dem rechten, Dila auf dem linken Flügel, jeweils mit einem schweren pseudomobilen Lasergeschütz bewaffnet. Bettsy an der Unterseite, auf dem Bauch des Schiffes, die von ihr inzwischen liebgewonnene Maschinenkanone und einen Mikrogranatwerfer geschultert.

Troshk hingegen thronte umgeben von Feuerkraft und Munition, eingeigelt auf der Mitte des Schiffrückens, bewaffnet mit allem, was Nichtkriegshelden aus gutem Grund verboten war.

Zusammen hatten sie die perfekte Aufteilung, 360 Grad Abdeckung, freie Schussbahn in alle Richtungen.

Ja, mit Infanteriewaffen gegen Kreuzer und Zerstörer. Genauso gut kannst du versuchen, eine Stampede wütender Gulptar durch Anspucken aufzuhalten.

Das war nur bedingt richtig. Troshk kramte ein schweres schwarzes, beinahe zwei Meter langes Ungetüm hervor. Nicht viel mehr als ein überdimensionaler Lauf mit einem hinten angeflanschten Kasten. Sorgfältig legte er es auf eine der Kisten vor ihm, adjustierte irgendwelche Einstellungen und blickte auf die herannahenden Plachtharr, die schon seit Längerem in Feuerreichweite waren. Warum schossen sie nicht?

Weil sie keine Idioten sind. Sie werden nicht riskieren, dieses Schiff unnötig noch mehr zu beschädigen.

Taten sie auch nicht, sondern glitten stattdessen weiter heran, jedoch immer vorsichtiger. Der Zerstörer schob sich nach vorne, ließ die Kreuzer etwas zurück, näherte sich auf tausend Kilometer.

Achthundert.

Fünfhundert.

Frank wird nervös.

»Sollen wir feuern?«

»Nein, Kleiner. Warte auf das Signal.«

»Was ist das Signal?«

»Das wirst du schon merken. Pass gut auf.«

Lautlos verlässt ein unterarmdickes Geschoss den gewaltigen Lauf, feuert noch kurz nach, beschleunigt und rast dem Zerstörer entgegen.

Rast?

Nein, es spaziert, schwebt mit einer für Raumkampfverhältnisse gemütlichen Geschwindigkeit auf den Feind zu.

Die Plachtharr ignorieren es. Ob absichtlich oder aus Arroganz oder schlicht, weil ihre Sensoren dieses kleine Ding mit nicht einmal einem Zehntel der Masse selbst der bescheidensten Raum-Raum-Rakete falsch erfassen und beurteilen, ist letztendlich egal.

Troshk kichert, ein ungewohntes Geräusch aus dem Mund des Sturmkommandanten.

»So, Augen zu.«

Frank tut, wie ihm geheißen.

Ein grelles Licht zerfetzt das All, durchdringt die automatische Abdunkelung des Helmvisiers, bohrt sich durch die geschlossenen Lider in Franks Gehirn.

Er stöhnt, er keucht, er braucht zwei, drei Sekunden, ehe er wieder die Augen öffnet, zögerlich blinzelnd nach vorne blickt.

Vage Schemen werden zu Silhouetten, Silhouetten zu immer deutlicher erkennbaren Strukturen.

Der Zerstörer driftet, taumelt nach links unten weg. Keine erkennbaren äußeren Schäden, aber dafür umso mehr von harter Strahlung gegrillte Systeme.

Troshk lacht, schiebt die nächste Nukleargranate in den Lauf, schießt sie dem Feind entgegen.

Die Kreuzer fächern auf, versuchen, Distanz voneinander und zum Zerstörer zu bekommen, der sich langsam fängt, eine Handvoll kleiner Jäger losschickt.

Eine Notstaffel, die sich nach oben erhebt, im Steigflug eine Position dazu ansetzt, Yrsha und ihre Verteidiger einzukreisen.

Frank sitzt auf dem Boden, an der improvisiert verankerten Lafette, und feuert nur eine halbe Sekunde, nachdem Dila den ersten Schuss abgibt.

Die Jäger drehen ab, gruppieren sich neu.

Ihr Anführer kippt nach unten weg, beschleunigt, kassiert einen Treffer von Frank, zwei von Dilara, aber schafft es unter das Schiff.

Mitten in Bettsys Kreuzfeuer hinein.

Maschinenkanonengeschosse mit Plasmadetonatoren sprengen seinen Schutzpanzer auf, schlagen Wunden in Flügel und Cockpit, lassen ihn schließlich detonieren.

Nukleargranate zwei und drei zünden beinahe gleichzeitig, abgefangen vom Verteidigungsfeuer des linken Kreuzers, tauchen die Schwärze des Alls wieder in ein gleißendes Licht.

Mehr Systemausfälle, mehr Störungen, vermutlich noch mehr fluchende Plachtharr.

Sie werden vorsichtig, bleiben auf Distanz, setzen ihre überlegenen Bordgeschütze ein.

Raum-Raum-Raketen fliegen heran, oberste Priorität für Frank und Dilara.

Mit Kadenz, Präzision und purem Glück erfassen und treffen sie die Todesboten, erschaffen ein Feuerwerk zwischen ihnen und den Plachtharr, feuern weiter.

Die letzten beiden Nukleargranaten durchqueren das Chaos, detonieren voreilig – und vernichten dennoch zwei weitere Jäger.

Das war's.

Troshk wechselt auf ein Zwillingsgeschütz, feuert hochpräzise Salven auf Feinde, die mühelos diese lächerlichen Energiemengen absorbieren.

Aber sie sind abgelenkt, in den Kampf vertieft, vollständig auf Yrsha fokussiert. Sie bemerken nicht den Zerstörer und den einsamen Jäger, das ungleiche Duo, das in ihrem Rücken auftaucht.

Die *Dorashadar* ist nur mehr ein Schatten ihrer selbst, hat eine aufgerissene Flanke, durch das gesamte Schiff beschädigte Systeme, Luft entweicht an mehreren Stellen aus dem Rumpf.

Ghiara hat ein Loch im linken Flügel ihres Jägers, keine Raketen mehr, nur noch die Zwillingsbatterien und Flügelgeschütze.

Dennoch greifen sie an, ohne zu zögern, ohne zu zaudern, stürzen sich mit dem Mut der Verzweiflung und der Wut der Gerechten in den Kampf.

Sie fliegen, sie schießen, sie werden getroffen – und kämpfen weiter, so wie Troshk weiterkämpft, so wie Frank und Dilara feuern, so wie Bettsy einen Sturm aus Mikrogranaten und Kanonenfeuer entfesselt.

Kein Aufgeben, kein Zurückweichen, keine Kapitulation.

Wie zuvor ihre Feinde kämpfen sie wie die Helden aus vergangenen Legenden, streiten wie Kriegerpoeten mit der tödlichen Eleganz und Ästhetik der Todgeweihten.

Und diesmal ist es dieser eine, einzelne, unwahrscheinliche von hundert Fällen, das Samenkorn für künftige Heldensagen, der Grundstock für neue Lieder.

Sie siegen.

§ 31 Ehrungen und Auszeichnungen

Sämtliche zivilen und militärischen Ehrungen, Orden und Auszeichnungen sind bei gleichbleibenden Kriterien auch menschlichen Bürgern zu verleihen, unter folgenden Auflagen:

a) Das bloße Befolgen von Befehlen nichtmenschlicher Vorgesetzter qualifiziert nicht für derartige Auszeichnungen.

b) Die bloße Pflichterfüllung oder Einhaltung der hier beschriebenen Pflichten und Auflagen qualifiziert nicht für derartige Auszeichnungen.

c) Wird einem Menschen ein militärischer Orden oder eine militärische Auszeichnung verliehen, so hat der ihn befehlende nichtmenschliche Offizier eine Auszeichnung der nächsthöheren Wertigkeit zu erhalten.

d) Ist mit der Auszeichnung die Verleihung von Landbesitz verbunden, so kann diese in Hinsicht auf § 28 vorenthalten oder an einen nichtmenschlichen Vormund übergeben werden.

– Lex Humanitas, sechste Fassung aus dem Jahr 1127 AT

10

STARGAZER

»**U**nd dafür haben sie mir dann noch das hier verliehen. Die Bronzene Verdienstnadel des Rates mit Gulptarkristall, ich bin – glaub ich zumindest – der erste Mensch in der Geschichte, der sie bekommen hat.«

Mit der langsamen Sturheit eines Betrunkenen nestelte Frank an seiner Ehrenschärpe – eine in Silber, Gold war den anderen vorbehalten gewesen – herum, bis er den Orden in der Rechten hielt. Kopfschüttelnd starrte er das prestigeträchtige, aber finanziell wertlose Stück an, zauderte kurz und erinnerte sich noch an etwas anderes.

»Ah ja, und den hat der Rat noch draufgelegt. Schau mal, aus meinen eigenen Zellen nachgezüchtet, voll beweglich – und fühlt sich richtig gut an.«

Demonstrativ rotierte er den linken Daumen vor seinem Zechkumpanen. Zugegeben, die Haut war noch etwas blass, der Nagel schimmerte leicht bläulich, aber das änderte nichts an der Großzügigkeit des Rates. Sie hatten ihn geflickt, mit Auszeichnungen überhäuft – wenn auch natürlich mit etwas geringeren als seine falschen Freunde. Und als es ans Zahlen ging, hatte sich der Rat ebenfalls nicht lumpen lassen. Einen vollen militärischen Jahressold für jeden einzelnen von ihnen. Troshk jenen eines Sturmkommandanten, Bettsy den einer Chefmechanikerin, Dilara als erste Offizierin und ihn – na ja, *abgespeist* war das falsche Wort. Auch das Gehalt eines Piloten konnte sich sehen lassen.

Wenn man es behalten durfte.

»Weißt du, am meisten verletzt es mich, dass Bettsy bei dem Scheiß mitgemacht hat. Dilara – ja klar, sie ist wild und eigensinnig, stürmisch und wunderschön, was rede ich da, die schönste und faschierteste … nein, fashostierte, nein, *faszinierendste* Frau, die ich kenne. Sie muss ihre eigenen Wege gehen, ist viel zu gut für uns, kapierst du? Troshk hat Familienzeit nachzuholen, bis sein Sohn ein neues Kommando bekommt, auch das haut hin. Aber Bettsy? Zurück zum Konsortium? Das verstehe ich *nicht*. Sie war wie eine …«

Er verstummte und wischte sich eine Träne aus dem Augenwinkel. Was wollte er sagen?

Mutter?

Nein, soweit würde er nicht gehen. Aber viel fehlte nicht. Bekümmert und sich mühevoll an seinem geleerten Bierglas festhaltend, drehte er sich zur Seite, wo ihm schon seit gefühlten Ewigkeiten dieser sympathische Durash zuhörte. So besoffen, dass er es seit einer halben Stunde nicht mehr schaffte, stimmtaugliche Pseudopodien auszubilden, nur mehr stumm hin und her wankte, gelegentlich an Franks Bier schlürfte und dann wieder in sich zusammensackte.

Ein Schleimpfropfen, der ideale Zuhörer.

Wie aus dem Nichts erschien ein weiteres Glas vor ihm, so sauber wie es *Das letzte Wurmloch* nur selten auf den Tisch stellte, und vor allem mit kaltem Bier befüllt.

Dankbar hob er es, wenn auch leicht schwankend und einen Teil der Schaumkrone verschüttend, in die Höhe. Dann prostete er über den halben Raum hinweg den edlen Spendern zu, die sich mit einer freudigen Verbeugung revanchierten. Die gleichen Typen, die ihn vor ein paar Wochen noch verprügeln wollten, rauften sich jetzt darum, ihm, dem Kriegshelden oder zumindest Helfershelfer der eigentlichen Kriegshelden Troshk und Torotoshk, Runde um Runde auszugeben.

Gut für ihn, denn anders konnte er sich das tägliche Besäufnis ohnehin nicht leisten.

»Weißt du, …«

Er stutzte, bemerkte, dass er den Namen seines Saufbruders, der sich gerade mit langsamen Fließbewegungen über das verschüttete Bier hermachte, gar nicht kannte. Scheißegal.

»… mein Freund, es ist jetzt fünf Wochen her, dass wir bezahlt wurden. Und genau vier Wochen und sechs Tage, dass mich meine *Kameraden* …«

Er spie das Wort förmlich in den Raum, mit aller Verachtung, zu der er in seinem Rausch fähig war.

»… zu Hause besuchten, die ganze Bande auf einmal. Haben keine Zeit verloren, verstehst du? Ich war gerade dabei, den Gebrauchtmarkt für Schiffe abzuklappern, einen neuen Claim zu suchen. Hätte ich alles aus meiner Tasche bezahlt, Ehrensache. Und dann auf einmal stehen sie in der Tür, zuerst scheißfreundlich, als ob sie nur mein Bestes wollten.«

Er nahm einen tiefen Schluck, schüttete dem Durash noch etwas mehr vor die schlürfenden Auswüchse und stellte das Glas wieder ab.

»Wollten sie auch, nämlich mein Geld. Jeder mit einer anderen Ausrede. Troshk hat mir vorgerechnet, wie viel die scheiß Munition und die Nukleargranaten kosteten, Bettsy kam mir mit Materialverschleiß, Behandlungskosten für ihre angeschmorten Chitinteile, Erschwerniszulage – ha! Erschwerniszulage! Kannst du dir das vorstellen? Okay, Dilara – bei Dilara, das war was anderes. Hab ich schon erwähnt, dass sie auch unglaublich schlau ist? Und stark? Glaub mir, mein Freund, sie könnte uns alle mit der linken Hand erledigen, die ganze verdammte Bar hier.«

Ein weiterer Schluck, ein weiterer Schwall für den Durash, dessen Bewegungen noch langsamer wurden.

»Nein, Dilara mache ich keinen Vorwurf. Sie ist, wie sie ist, und zwar *perfekt*. Das war ganz allein meine Schuld, ich hatte ihr die Heuer von der *Brashatar* versprochen, und ich halte mein Wort. Aber die anderen – als sie abzogen, war ich wieder pleite, mit gerade genug Geld, um meine Miete bis zum Ende des Jahres zu bezahlen und mir Militärrationen für ein paar Monate zu kaufen.«

Nachdenklich blickte er auf den Schleimbatzen neben sich, der sich ebenso enthusiastisch wie vergeblich bemühte, direkt ins Bierglas zu kriechen.

»Ja, ich weiß, eine gute Frage. Immerhin habe ich ja das Schiff, nicht wahr? Mehr wert als alles andere auf dem Planeten hier, zweifellos. Nein, mein Freund, leider nein, das hat sich der Rat unter den Nagel gerissen. Arme Yrsha, zuerst erfahren, dass auch Gahar-2 verlassen wurde, vor zwanzigtausend Jahren schon, ihr Volk weitergezogen ist. Falls es noch existiert. Und jetzt gerade wird sie wahrscheinlich zerlegt und analysiert, von irgendwelchen Militärleuten, die sie nicht verstehen.

Niemand wird sie je so verstehen wie ich und Dila. Scheiße, sie fehlt mir. Nein, sie fehlen mir. Alle.«

Der letzte Schluck des Glases stand an, und wieder prostete er in Richtung der großzügigen Halbstarken, nicht ohne den Hintergedanken, sie zur nächsten Bestellung zu animieren.

Doch diesmal fiel die Reaktion vollkommen anders aus als erwartet. Ihre Augen weiteten sich, ihre Hände zitterten, Spielkarten wurden fallengelassen. Wie von einem Grirshaal gezittert fuhren sie von ihren Plätzen hoch, schlugen Füße, Beinpaare und Mandibeln aneinander, salutierten mit ebenfalls betrunkener Unbeholfenheit. Die Borsht unter ihnen hoben sich die rechte Pranke an die Brust, verbeugten sich tief und ehrfurchtsvoll.

Frank grinste und stupste mit dem Ellbogen seinen Mitzecher an. Ein weiches, aber nicht unangenehmes Gefühl.

»Donnerwetter, siehst du das, mein Freund? Ich bin ein verdammter Held.«

»Ja, das bist du, Kleiner. Aber jetzt ist es Zeit, nach Hause zu gehen.«

Schlagartig um zwei Suffabstufungen ausgenüchtert, wirbelte Frank herum, starrte auf dichtes Brustfell und eine goldene Schärpe, an der eine ganze Sammlung von Orden baumelte. Die Sturmflinte ragte hinter der Schulter hoch, verlieh dem Neuankömmling noch mehr Präsenz. Nicht nur die Raufbolde und Halbstarken, sondern das halbe *Wurmloch* salutierte, verneigte sich, grüßte ehrfürchtig.

Kein Wunder.

Das hier war ein Hüne, eine Legende, ein *wahrer* Held.

Aber ein *Freund*? Wohl kaum.

»Du kommst zu spät, Sturmkommandant. Ich hab nichts mehr, das du dir nehmen kannst, nur mehr eine halbe ME auf dem Konto. Oder willst du das? Vielleicht findest du noch einen Platz dafür irgendwo, hä?«

Betrunken und verbittert hielt er ihm die Nadel entgegen.

Troshk verzog schmerzlich das Gesicht.

»Steck sie dir wieder an und trage sie mit Stolz, Kleiner, du hast sie mehr als nur verdient.«

Er wollte protestieren, wollte ihm seine Enttäuschung, seine Trauer, seinen Schmerz ins Gesicht brüllen.

Schmerz?

Das war es.

Nicht der Verlust des Geldes wurmte ihn, nicht die Gier seiner ehemaligen Kameraden, nicht sein Kontostand.

Nein, es war die Intensität, mit der er sie vermisste, es bedauerte, sie nicht mehr in seinem Leben zu haben. Vor allem Dilara, klar, aber im Endeffekt jeden Einzelnen von ihnen – und sogar Yrsha. Da war kein Hass, keine Wut – nur Trauer. Stumm steckte er sich die Nadel an und kämpfte tapfer gegen seine Tränen, als sich eine weiche, warme, vor allem aber schwere Pranke auf seine Schulter legte.

»Komm schon, Kleiner, lass uns hier abhauen. Ich bringe dich heim.«

* * *

Betrunken, immer noch melancholisch, aber gleichzeitig froh, zumindest einen der alten Gefährten wieder bei sich zu wissen, trottete Frank hinter Troshk her.

Durch dunkle Gassen, über ausladende Marktplätze, die nun in der Nacht von kleinen Gruppen Betrunkener, zwielichtigem Volk und herumhuschendem Ungeziefer besetzt waren. Die Splitterstadt schlief und torkelte, sang und hehlte.

Frank jedoch wurde von Schritt zu Schritt nüchterner, vollzog die Metamorphose von »fett wie Gulptarbutter« zu »dezent angeheitert« innerhalb weniger Kilometer.

Kilometer?

Erst, als sie den Grojashfluss zum dritten Mal überquerten, die Temperatur so weit absank, dass Frank fröstelnd die Hände in die Taschen gleiten ließ und erste, zarte Schneeflocken vom Himmel fielen, wurde er stutzig.

»Sturmkommandant, hier beginnt der Borshtsektor, wir haben uns verlaufen. Das Menschenviertel ist in die andere Richtung und …«

Troshk drehte sich um, wischte sich von Schnee hauchzart angezuckertes Stirnfell aus dem Sichtfeld und grinste.

»Ich habe gesagt, dass ich dich *heim*bringe. Nicht unbedingt in *dein* Heim, Kleiner.«

Frank war sprachlos, als bei ihm der Groschen fiel. Es war mehr als nur ungewöhnlich, zu einem Borsht nach Hause eingeladen zu werden. Familie, Haus und Waffe, die Dreifaltigkeit ihrer Gesellschaft. Normalerweise schritt niemand durch die Pforten eines ihrer Anwesen, der nicht verwandt oder Gefährte war, und nach dieser Tradition hatte keiner der ehemaligen Schiffskameraden die Hoffnung, Troshks Zuhause von innen zu sehen.

Na ja, Bettsy vielleicht, aber das zählte dann wohl als Gefährtin. Frank hingegen als ehemaliger Kollege und vor allem als Mensch hatte nichts …

Troshk versucht, es wieder gutzumachen, sich zu entschuldigen. Wahrscheinlich bereut er, dich ausgenommen und im Stich gelassen zu haben. Gib ihm eine Chance.

Tatsächlich, es war ein tröstlicher Gedanke, aber auch einer voller Genugtuung. Er war gespannt darauf, das Zuhause des Sturmkommandanten mit eigenen Augen zu sehen. Natürlich, hier in der Splitterstadt hatte wohl kaum jeder Borsht sein persönliches Höhlensystem wie in ihrer eigentlichen Heimat, aber sie versuchten zweifellos, dies so gut wie möglich nachzubilden.

Frank freute sich auf den Geruch von Lagerfeuer und Sturmfackeln, den Anblick von Kriegstrophäen und antiken Waffen in Dutzenden Vitrinen, eine Einrichtung, die gewiss eine perfekte Synthese aus archaischer Vorzeit und Moderne darstellte. Aber wie würde es von außen erscheinen? Ein Felsbrocken, von Borsht hierhergeflogen, den Eingang zu einer unterirdischen Anlage kaschierend? Oder doch eher große Erdhügel mit schweren Holztoren, über und über mit Schnitzereien verziert, die Heldensagen und Kriegerlieder der letzten Jahrtausende erzählend?

»Wir sind da.«

Troshk blieb so abrupt stehen, dass Frank in ihn hineinlief, sein Gesicht tief in das Rückenfell des Sturmkommandanten tauchte, er einige Haare sogar zwischen die Lippen bekam. Spuckend und hustend löste er sich von dem flauschigen Körper, trat zurück und zur Seite, blickte nach vorne …

… und konnte seine Enttäuschung kaum verbergen.

Kein Felsbrocken, kein Erdhügel, kein Eingang zu einer gewaltigen Höhle.

Nun gut, gewaltig war das Gebäude sehr wohl – aber letztendlich nur eine Lagerhalle. Vier, vielleicht fünf Stockwerke hoch, schlichtes Grau mit eingelassenen, sturmgepanzerten und verspiegelten Fensterreihen. Die Struktur war doppelt verstärkt und verstrebt – Kunststein mit Titanabdeckung, wahrscheinlich sogar Chucknorrisium in den tragenden Elementen.

Unverwüstlich, belastungsfähig.

Gerade Letzteres musste das mindestens dreißig Meter breite Gebäude auch sein, denn auf dem Dach sendeten mehrere Arrays Leitsignale in den Orbit.

Nein, das war kein einfaches Flachdach, das war eine Landeplattform, groß genug für einen schweren Aufklärer oder mittleren Frachter.

Auf der Straßenseite jedoch, ihnen zugewandt, befanden sich mehrere Metallkästen und Emitterbänke, an der Fassade verankert und mit dicken Kabelsträngen verbunden. Dort oben, mindestens zehn Meter hoch, huschte eine Gestalt zwischen den wie Fremdkörper herausragenden Anlagen herum.

Eine *insektoide* Gestalt, die sich scheinbar mühelos die Wand entlang bewegen konnte.

»Bettsy! Ich habe ihn gefunden! Zeit für die *Lichtshow*!«

Das Kopfsegment der Metallschmeckerin drehte sich um beinahe 180 Grad, blickte von weit oben auf Frank herab. Dieser glaubte, ein amüsiertes Klickern zu hören, und seine Neugier stieg weiter.

Troshk kicherte.

»Also gut, Feuer frei!«

Zuerst nur schwach flackernd, dann immer stärker strahlend erwachte die Projektion zum Leben. Gewaltige Glyphen, von vielleicht alten, aber noch immer funktionsfähigen Emittern in den Himmel geworfen.

Ein Logo.

Ein Slogan.

Eine Werbung.

Wuchtig raste eine Pranke herab, landete so heftig auf Franks Schulter, dass er aufstöhnte und beinahe in die Knie ging.

»Gratuliere, Kleiner. Du hast jetzt dein eigenes, kleines, aber feines Konsortium. Also, streng genommen ein Viertel davon. Wir sind alle zu gleichen Teilen eingetragen.«

Frank stand da wie vom Blitz getroffen, schluckte und stammelte, wusste nicht, was er sagen sollte.

Welle um Welle erfassten ihn Sentimentalität, Lebensfreude, Dankbarkeit und Ergriffenheit, eine Mischung, die schließlich seine Schultern zittern ließ. Seine Träume gingen gerade in Erfüllung, all die Enttäuschung und Depressionen der letzten Wochen lösten sich in Wohlgefallen auf.

Nein, es war mehr als das.

Ein Viertel davon.

Eine vage Hoffnung schlich sich in seine Gedanken, etwas, das noch wichtiger schien als die berufliche Zukunft.

»*Wir alle*? Du meinst, auch Dilara ist dabei?«

»Willst du mich verarschen, Junge? Es war MEINE Idee!«

Er wirbelte herum, verlor auf der dünnen Schneeschicht, immer noch dezent betrunken, beinahe den Halt, fing sich wieder und starrte Dila an.

Reichlich belämmert, wohlgemerkt.

Die Astrotelepathin hatte sich eine warme Jacke übergeworfen, ihre

Ohren ragten aus zwei Schlitzen in der Kapuze hervor, zitterten in der kalten Luft des Borshtviertels. Aber sie lächelte, nein, sie grinste so breit und aufrichtig, dass sich das Hologramm über ihren Köpfen als aufregendes Farbenspiel auf ihren Zahnreihen spiegelte.

»Wenn es nach mir gegangen wäre, hätten wir uns bei den Toronk einquartiert, aber die Immobilienpreise dort sind ja geisteskrank.«

Am liebsten hätte er sie an sich gerissen und umarmt, ebenso wie Troshk und Bettsy (okay, die beiden vielleicht etwas weniger intensiv). Franks Herz pochte wild in seiner Brust, Freude und Glückseligkeit raubten ihm beinahe den Verstand. Ein Rest davon blieb noch, eine Spur Logik und Rationalität, die ihn schließlich die wichtigste Frage stellen ließen.

»Haben wir noch genug Geld für ein Schiff?«

* * *

»Ich hätte etwas mehr Enthusiasmus erwartet, Herr Botschafter. Immerhin unterzeichnen wir nicht nur einen neuen und umfangreichen Friedensvertrag, sondern beginnen die *gemeinsame* Besiedelung der Nullzone, zusammen mit umfangreichen archäologischen Arbeiten auf der Welt, die wir nun beide Gahar-2 nennen.«

Die Sprecherin klickerte beinahe vergnügt, und hätte sie ihre diplomatische Verantwortung und Contenance nicht davon abgehalten, wäre ihr Tonfall viel süffisanter ausgefallen. Die Menschen hatten ein Sprichwort für ihre Position – »*Mit voller Hose ist leicht stinken.*«

Auch wenn die Formulierung typisch für eine rückständige, analfixierte Kultur laktierender Primaten war, konnte Aarashkvachora ihr so einiges abgewinnen. Aus einer Position der Stärke heraus zu verhandeln, war nicht nur angenehm, sondern vor allem zielführender. Man konnte großzügig sein, auch einmal nachgeben, die Basis für einen dauerhaften Frieden schaffen. Und ihr Rücken war gleich dreifach gestärkt – zum einen ganz real durch Matosh, einen Schritt hinter ihr, die Sturmflinte betont unauffällig von der Schulter baumelnd. Dann durch den einstimmigen Ratsbeschluss, der ihr fast vollständig freie Hand gewährte. Und zu guter Letzt durch die Tatsache, dass die Allianz bei ihrem kleinen Abenteuer beinahe zwanzig Prozent ihrer militärischen Ressourcen verloren hatte.

Und dennoch wirkte der Botschafter nicht unterwürfig. Sein Respekt ihr gegenüber war höflich, diplomatisch, aber nichts im Vergleich zu der Ehrfurcht, die er der kleinen Gestalt rechts hinter ihm entgegenbrachte.

Kaum einen Meter hoch, humanoid, mit breitem, ausladendem Kopf – und natürlich vollständig mit Symbionten bedeckt. Sie fragte sich unwillkürlich, wie das Wesen unter diesen aussah, ob sie vielleicht einem der legendären Ersten gegenüberstand, die damals den Bund mit den Symbionten eingingen, ihnen den Weg zu den Sternen ermöglichten.

Gut möglich.

Dem Geheimdienst zufolge war es auf jeden Fall ein Mitglied der höchsten Führungsebene, vielleicht sogar ihr Gegenpart in der Allianz. Es wirkte höflich, zurückhaltend, vorsichtig – und das Sprechen überließ es dem Botschafter, der sich deutlich umgänglicher zeigte. Er verzichtete auf die reduzierte, knappe Sprache, formulierte in eloquentem Talash. Wenn auch nicht enthusiastisch, wie sie richtig angemerkt hatte.

»Ja, ihr Angebot der gemeinsamen Bemühungen wurde erhalten. Aber erst, nachdem Sie sichergestellt haben, dass keine wertvollen Artefakte, keine bahnbrechende Technologie mehr zu finden ist.«

Die Sprecherin klickerte zustimmend, hob jedoch ihre Dreiacht beinahe belehrend empor.

»Das mag sein, aber denken Sie an die Erkenntnisse über Architektur und Kultur! Wir werden lernen, wie eines der Völker vor uns lebte, welche sozialen Konstrukte und Lebensformen sie hatten!«

Die Symbionten auf dem Botschafter und seiner Begleitung zuckten kurz, vibrierten, synchronisierten sich.

Nur hier untereinander oder mit allen Plachtharr im Universum? Wir wissen es immer noch nicht.

»Ja, das ist …

… interessant. Und großzügig vom Protektorat. Sprecherin, wir stimmen dem Vertragswerk zu, aber …«

Entgegen aller diplomatischen Gepflogenheiten unterbrach sie ihn sanft.

»… aber Sie werden uns eine zusätzliche Garantie geben, nicht wahr? Nur um sicherzustellen, dass Sie den Vertrag diesmal einhalten?«

Die Symbionten bewegten sich rascher, beinahe hektisch über den Körper, ließen ihn wie eine wabernde, zähflüssige Masse erscheinen. Demonstrativ drehte er sich zu seinem Vorgesetzten, auf dessen Körper das gleiche Schauspiel stattfand.

Ein stummes Gespräch fand statt, mindestens zwischen zwei Individuen und Hunderten Vermittlern, vielleicht aber sogar zwischen Dutzenden Völkern und Milliarden Symbionten. Es dauerte einige Minuten, bis die Plachtharr zur Ruhe kamen, der Botschafter sich wieder zu ihr drehte.

»Wir versprechen, dass die Plachtharr keine feindseligen Handlungen gegen das Protektorat begehen werden, ihren Einfluss weder auf Ihre Welten noch auf jene in den Randsystemen auszudehnen versuchen, solange auch Sie uns freundlich oder zumindest neutral gesinnt sind. Wir versprechen, dass wir unsere militärischen Bemühungen nicht in Ihre Richtung ausweiten. All das unter der Bedingung, dass die letzte offene Frage gelöst wird.«

Aarashkvachora seufzte.

»Sie reden vom Artefakt, nicht wahr, Herr Botschafter? Wir haben doch bereits darüber verhandelt, und …«

Diesmal unterbrach er sie, und das mit weitaus weniger Zurückhaltung.

»Nein, Sprecherin. Keine Verhandlung mehr, keine Kompromisse. Nicht in diesem Punkt. Das Artefakt muss vernichtet werden oder es wird keinen Frieden geben. Nur den totalen Krieg, und er wird hier und heute beginnen.«

Das war eine unerwartete Drohung, nicht einmal ansatzweise verhohlen oder missverständlich formuliert. Instinktiv trat Matosh an ihre Seite, die Hand an den Schultergurt seiner Waffe gelegt, und zog sich erst zurück, als sie ihm hissend den Befehl dazu erteilte.

»Herr Botschafter, das ist Wahnsinn. Sie werden einen solchen Krieg verlieren.«

»Ja, Sprecherin, das werden wir. Aber erst nach Jahren, erst nachdem unser letztes kampffähige Schiff vernichtet, der letzte unserer Krieger tot ist. Und bis dahin werden viele Welten brennen, unsere wie auch die Ihren. Wir werden verlieren, aber Ihrer Gesellschaft einen Schlag versetzen, von dem sie sich Jahrtausende lang nicht erholt – wenn überhaupt.«

Die Sprecherin zitterte unwillkürlich. Es waren nicht die Worte, sondern die fatalistische Ruhe und Gelassenheit, mit der sie der Botschafter aussprach – sie ließen keinen Zweifel an der Aufrichtigkeit. Die Plachtharr waren bereit, Milliarden von Leben auf beiden Seiten zu opfern.

Ihre Mandibeln verkrampften sich, und nur mit Mühe brachte sie ihr nächstes Wort hervor.

»Warum?«

Das vorgesetzte Wesen trat an die Seite des Botschafters, blickte zu ihr auf und sprach zum ersten Mal seit Tagen.

»Weil es besser ist, in einem letzten, grandiosen Leuchtfeuer zu vergehen, als langsam in der Finsternis zu verglimmen. Solange das Militär des Protektorats das Artefakt besitzt, sind wir keine Macht. Wir können unseren Völkern den Schutz nicht garantieren, der das Wesen der Plachtharr-Allianz ausmacht. Eines nach dem anderen wird abfallen, die Symbionten ablegen. Neue Anwärter werden die Ehre der Symbiose ablehnen. Wir werden langsam in der Bedeutungslosigkeit versinken, selbst wenn Sie zu Ihrem Wort stehen.«

Die Worte verhallten, das Wesen verbeugte sich knapp und zog sich wieder hinter den Botschafter zurück. Aarashkvachora hasste es in diesem Moment. Nicht, weil es sie erpresste, nicht wegen des Blutzolls, den zu vergießen es bereit war – sondern weil sie das Argument verstehen, nachvollziehen konnte.

Vielleicht würde ich an ihrer Stelle genauso handeln.

Sie hisste lange, bewegte ihre Fühler auf und ab, breitete schließlich ihr oberstes Beinpaar aus und beugte sich sanft nach vorne.

»Ich stimme zu. Unser Militär darf das Artefakt nicht besitzen, keine Macht in diesem Sektor sollte über eine derartige Technologie verfügen. Vor allem nicht über die Zerstörungskraft der Primärwaffe. Das letzte Volk, das Ähnliches erreichen wollte, haben wir mit vereinten Kräften ausgelöscht. Es wäre unredlich von uns, nun danach zu streben.«

Matosh sog tief Luft in seine Lungen, konnte nicht glauben, was die Sprecherin gerade zugestand. Auch die beiden Plachtharr wirkten kurz überrascht.

Verunsichert.

»Andererseits, Botschafter, stimmen Sie mir – mit ihren zweifellos ausführlichen Geheimdienstberichten im Hinterkopf – zu, dass die Intelligenz, die sich Yrsha nennt, ein ich-bewusstes, fühlendes Lebewesen ist?«

Ein knappes Nicken.

»Daran besteht kein Zweifel.«

»Dann sollte es auch als solches behandelt werden. Yrsha hat um Asyl gebeten, bis die Gahar oder deren Nachfahren gefunden sind. Und wir haben dieses Asyl gewährt.«

Der Botschafter streckte sich, die Symbionten gerieten in heftige Bewegung, als sich ihr Träger anschickte, den unausweichlichen Krieg zu erklären.

Sie unterbrach ihn, diesmal mit der gebotenen Hast und Schroffheit.

»Allerdings kann die Intelligenz nicht vom Artefakt getrennt werden, welches wir nicht besitzen WOLLEN, aus allen von uns beiden dargelegten Gründen. Wir brauchen einen Treuhänder, der kein Plachtharr und kein Mitglied unserer Ratsvölker ist. Einen Vormund. Matosh, führe unsere Gäste herein.«

* * *

Frank schwitzte und das nicht nur, weil die Umstellung von ihrem neuen Zuhause im Borsht-Sektor zu einem für Creesh optimierten Ratssitz ungefähr vierzig Grad höhere Temperaturen bedeutete.

Nein, er war nervös und aufgeregt, konnte sich ebenso wie seine Gefährten nicht vorstellen, warum sie zur Sprecherin vorgeladen wurden. Es war eine Sache, von ihr auf einem Podium die Schärpe und den Orden umgehängt zu bekommen – eine ganz andere jedoch, ins innerste Machtzentrum des Protektorats zitiert zu werden.

Selbst Troshk und Dila schienen aufgeregt, lediglich Bettsy sah dem

Termin mit erstaunlicher Gelassenheit entgegen. Der Ratsassistent führte sie in einen halbrunden Raum mit überwältigender Aussicht auf die Splitterstadt, ein Prunkbüro, in dem die nächste Überraschung auf sie wartete.

Zwei Plachtharr, ein Hüne und ein Zwerg, standen dort vor ihnen, in Fleisch und Blut, mit den wuselnden Symbionten bedeckt, die das Wesen der Allianz bildeten.

Ein Schauer lief Frank über den Rücken, als die mächtige Sprecherin des Rates, oberste Vertreterin des Protektorats, ihre Vieracht hob und auf ihn deutete.

Ausgerechnet auf ihn.

»Botschafter, das ist Frank Gazer, ein Mensch. Ich nehme an, die intellektuellen und juristischen Beschränkungen dieser Spezies sind Ihnen vertraut?«

Der Hüne schien ihn zu mustern, nicht mit Augen, sondern mit unzähligen Sinnesorganen der auf ihm ruhenden Symbionten. Schließlich sprach er, in einwandfreiem Talash, das nicht aus seinem Mund kam, sondern von seinem ganzen Körper abgestrahlt wurde.

»Ja, die entsprechenden Limitationen sind uns bekannt. Aber halten Sie uns nicht für einfältig, Sprecherin. Wir wissen, wer Frank Gazer ist, wir wissen auch, wer seine Begleiter sind. Wie Sie selbst durch die Alge sagten – unser Geheimdienst ist gut. Diese vier Individuen haben in der Schlacht von Gahar-2 gegen uns gekämpft, sie sind nicht das, was wir neutrale Treuhänder nennen würden. Der Mensch, vielleicht. Bei dieser Tarjah jedoch handelt es sich um Dilara Kreethan, vor Jahrzehnten die Wüterin genannt, diverser Gewaltverbrechen angeklagt auf dreizehn Planeten und sieben Monden …«

Dila trat nach vorne, bleckte ihre Zähne und starrte den Botschafter aufmüpfig an.

»… aber niemals rechtskräftig verurteilt!«

Der Plachtharr ließ sich nicht beirren, drehte seinen Kopf demonstrativ ein Stück zur Seite.

»Sturmkommandant, es ist mir eine Ehre, Sie persönlich kennenzulernen, Ihr Ruf ist legendär. Sie haben zwei Kriege und dieses vermeidbare Gefecht um Gahar-2 gegen uns geführt. Wie viele von uns haben Sie getötet? Zehntausend? Hunderttausend? Wie viele wollen Sie noch auslöschen?«

Troshk hob beschwichtigend die Pranken.

»Hey, ich bin im Ruhestand. Ich will niemanden mehr töten, nur mehr Erz schürfen und Fruchtwein schlürfen, verstanden?«

»Und zu guter Letzt der Beweis, dass Sie, werte Sprecherin, uns entweder für unwissend, dumm oder beides halten. Betshrachthora die Metallschmeckerin, begnadete Technikerin, vor allem aber Ihr Nachwuchs. Sie wollen uns ernsthaft Ihre eigene *Tochter* als neutral verkaufen?«

Frank zuckte zusammen, blickte zur Seite mit einem Gesichtsausdruck, der in puncto Überraschung dem von Dila um nichts nachstand. Offenbar hatte auch sie keine Ahnung gehabt, mit wem sie da seit Jahren dienten, Brücke und Mahlzeiten teilten. Lediglich Troshk schien unerschüttert, dürfte das Geheimnis schon länger gekannt haben.

Natürlich, Bettgeflüster. Oder Sandgrubengeflüster.

Die Sprecherin klickerte ungehalten, deutete mit ihrer Vieracht abfällig in Richtung Bettsy.

»Botschafter, machen Sie sich nicht lächerlich. Wir sprechen hier von der *hundertdreiundzwanzigsten* Larve aus meinem *dritten* Gelege. Nach unseren Maßstäben beinahe Abfall, kaum wert, meine DNA weiterzuführen, weswegen sie auch noch nie gelegt hat und jetzt für diesen Menschen arbeitet.«

Natürlich war das eine Finte, eine bewusste Übertreibung, um ihren Standpunkt zu verdeutlichen, ihre Position zu verbessern. Worum auch immer es hier gerade ging. Frank spürte das, Dila noch mehr, und auch Bettsy war sich auf einer bewussten, rationalen Ebene dessen bewusst.

Und dennoch zuckte sie getroffen zusammen, schrumpfte unbewusst um einige Zentimeter, ließ ihre Fühler hängen.

Demonstrativ rückten sie näher, legten Finger und Pranken gemeinsam auf Bettsys Rückensegment, funkelten die Sprecherin wütend an. Niemand sprach so über ihre Freundin, nicht einmal die Anführerin des Protektorats, deren Mandibeln und Fühler keine Gefühlsregung zeigten.

Eiskalt wandte sie sich an die Plachtharr.

»Dennoch verfügt sie über die Kompetenz, in Ihrem Beisein die Hauptwaffe zu deaktivieren und die entsprechende Schaltung mit einer Technologie Ihrer Wahl zu verplomben. Zudem wird Sie Ihnen alles uns Bekannte über jene Dämpfungstechnologie verraten, die das Artefakt im Notfall deaktivieren kann. Was sagen Sie, Herr Botschafter? Vertrauen wir Yrsha diesen *Treuhändern* an oder stürzen wir uns hier und heute in den *totalen Krieg*?«

Mit einem Mal verstand Frank, was ablief, was hier auf dem Spiel stand. Die Sprecherin bluffte mit dem höchstmöglichen Einsatz und einem bescheidenen Blatt. Sie war ein diplomatisches Genie.

Die Plachtharr drehten sich zueinander, versanken in eine meditative Starre, während die Symbionten auf ihnen in helle Raserei verfielen. Manchmal wird das Schicksal von Welten in jahrtausendelangen Kämpfen entschieden und manchmal in wenigen Augenblicken. Dies war ein solcher Wendepunkt: für die Allianz, das Protektorat, Frank und seine Freunde.

Ja, *Freunde*.

Würdevoll drehte sich der Botschafter zuerst zu ihnen, dann zur Sprecherin, vor der er sich tief verbeugte.

»Ihr Vorschlag ist akzeptabel.«

ENDE

DANKSAGUNG

Ich erkenne die Darug als erste Völker und traditionelle Bewahrer des Landes an, auf dem ich lebe und arbeite. Ich erweise ihren Ältesten – den Vergangenen, den Heutigen und den Künftigen – meinen Respekt, meine Dankbarkeit und meine Anerkennung.

Weitere Danksagungen und Grüße:

Karl Fehringer – Jahrelange Mentorenschaft
Die Müllers feat. Laura Ertl
Familie Chapman-Paton

Cliff Allister

Der Fund - Die Hegemonie von Krayt 1

Im Jahr 2087 wird beim Schürfen nach Helium-3 auf dem Mond ein uraltes außerirdisches Raumschiff gefunden. Es gelingt, das Schiff größtenteils wieder funktionsfähig zu machen, doch man erregt damit die Aufmerksamkeit außerirdischer Mächte, die das gefundene Raumschiff, die Goldene Nova, für sich selbst beanspruchen. Das Schiff könnte der Schlüssel zum Überleben der Menschheit in einer seit Jahrtausenden tobenden kosmischen Auseinandersetzung sein – oder zu ihrem Untergang führen.

Taschenbuch, 304 Seiten, € 12,99 [D]
ISBN 978-3-96357-171-8